ANDREA KANE

La petite fille qui disparut deux fois

Roman

MOSAÏC

Collection :
MOSAÏC

Titre original :
THE GIRL WHO DISAPPEARED TWICE

Traduction de l'américain par PHILIPPE CORNU

83-85 boulevard Vincent-Auriol, 75646 PARIS CEDEX 13.
Service Lectrices — Tél. : 01 45 82 47 47
www.harlequin.fr

ISBN 978-2-2802-7117-2

Prologue

Comté de Westchester, Etat de New York
Il y a trente-deux ans, en été

Lorsque, du haut de ses six ans, Felicity Akerman monta se coucher, ce soir-là, elle n'imaginait pas que la vie qu'elle avait connue jusqu'alors était sur le point de changer radicalement, et pour toujours.

Tirant sur elle son couvre-lit en coton, elle plongea la tête dans son gros oreiller. C'était la canicule, et sa maman lui avait soigneusement attaché ses longs cheveux blonds pour lui dégager les épaules. Elle portait sa chemise de nuit favorite. Celle à manches courtes, avec les ballons de foot orange devant. Un jour comme celui-là, elle devait forcément la mettre. C'était obligé. Comme ces jours où elle rapportait de l'école un dix sur dix en dictée. Ou chaque fois qu'elle recevait un prix ou une grosse récompense.

Cette fois, l'événement à fêter était le match de l'après-midi. Le docteur avait d'abord hésité à la laisser jouer. Son père et sa mère aussi, d'ailleurs. Mais elle s'était montrée plus têtue que jamais, et avait fini par les convaincre de lui donner l'autorisation qu'elle attendait avec tant d'impatience. Personne ne pouvait comprendre combien il avait été dur de passer tout l'été derrière la ligne de touche après s'être cassé le bras. Mais elle allait mieux, désormais. Plus de plâtre. Même plus mal. Aucune raison d'attendre un jour de plus.

Elle l'avait d'ailleurs prouvé avec éclat sur le terrain. Au stage de foot de Pine Lake, elle avait célébré son grand retour sur le gazon en marquant trois des quatre buts qui avaient fait gagner son équipe.

Un large sourire aux lèvres, elle se tourna sur le côté, celui qui ne faisait pas mal, tout en protégeant encore par réflexe son bras resté plâtré pendant sept longues et horribles semaines. Mais toutes ces précautions n'étaient plus nécessaires, se souvint-elle tout à coup, en souriant de plus belle. Elle plia son coude en remuant les doigts. Libre. Elle était enfin libre. Et surtout, elle redevenait capitaine de son équipe.

La brise chaude de cette nuit d'été faisait onduler les rideaux. Sa maman avait laissé la fenêtre à demi ouverte avant de quitter la chambre. L'air du soir sentait bon les fleurs des champs. Il tournoyait dans la pièce et la berçait comme une caresse.

Felicity ferma les yeux, ses petits doigts entortillés dans un pli de sa chemise de nuit. A côté d'elle, sa sœur marmonna quelques mots dans son sommeil avant de se retourner sur le dos. Elle détestait dormir seule lorsque leurs parents n'étaient pas là. En temps normal, Felicity tenait à avoir sa chambre à elle. Elle avait déjà le même visage, les mêmes cheveux et la même date d'anniversaire que sa sœur. C'était bien suffisant comme ça. Mais ce soir-là, elle était tellement heureuse que cela lui était égal. Et puis, elles n'étaient pas seules. Juste en bas, dans le salon, Deidre écoutait son magnétophone en chantant tout haut. Sa voix était vraiment vilaine. Les deux fillettes passaient leur temps à la singer. Mais elles n'en avaient jamais dit un mot à Deidre. C'était leur baby-sitter : un vrai gendarme. Et puis, elle avait dix-huit ans et entrait à l'université. Ce qui faisait d'elle presque une grande. Et papa et maman leur disaient toujours de faire preuve de respect envers les adultes.

Toutefois, ce soir-là, malgré la mélopée stridente de Deidre qui s'égosillait au rez-de-chaussée, Felicity ne resta pas éveillée bien longtemps. Après avoir dû se contenter de regarder les autres courir pendant de si longues semaines, elle s'était dépensée comme quatre pendant tout l'après-midi. Littéralement épuisée, elle tomba vite de sommeil.

Elle ne vit pas la fenêtre remonter jusqu'en haut de son châssis. Et ne vit pas non plus la silhouette enjamber l'appui de fenêtre, s'introduire dans la pièce sans un bruit et avancer à pas de loup jusqu'au lit, du côté de sa sœur. Et Felicity ne vit pas non plus l'intrus appliquer un mouchoir sur le visage de celle qui sommeillait à côté d'elle. En revanche, elle entendit bien un gémissement.

A demi endormie, elle se frotta les yeux et se retourna. Alors qu'elle somnolait déjà, elle distingua vaguement une forme humaine. Vêtu d'un sweat-shirt noir à capuche long et ample, quelqu'un se penchait de l'autre côté du lit. Lorsque Felicity regarda sa sœur, celle-ci ne gémissait plus. Elle était immobile. Comme une statue.

Felicity se raidit soudain et ouvrit grand les yeux. Elle était désormais parfaitement éveillée. Qui était entré dans la maison ?

Pas le temps de réfléchir. L'intrus se releva et pressa sur sa bouche une main gantée. Felicity se débattit comme elle put en se tortillant dans tous les sens. Elle sentit la manche du sweat-shirt lui balayer le front. Elle était humide et dégageait une drôle d'odeur.

Comme un médicament à l'orange.

Le temps d'un éclair, la main gantée lâcha prise pour lui plaquer un mouchoir sur le nez et sur la bouche. Il avait la même odeur. Une odeur horrible. Et Felicity ne pouvait pas se libérer.

Toute la chambre se mit alors à tournoyer. Felicity jeta un œil sur sa sœur. Sa silhouette qui ondoyait dans la pénombre semblait s'être dédoublée. Et la voix de Deidre semblait si lointaine…

Le mouchoir dégoûtant eut rapidement raison d'elle.

Tout devint noir. D'un coup.

1

Manhattan, New York
Aujourd'hui

Le bar empestait la bière éventée et la sueur.

Casey Woods croisait et décroisait les jambes dans son fauteuil. Installée en retrait du centre névralgique des lieux, elle faisait rouler son verre entre la paume de ses mains. Sans réfléchir, elle avait commandé la première chose que le serveur lui avait proposée. Sirotant son verre, elle se sentait à la fois nerveuse et nostalgique, au milieu de cette fourmilière d'étudiants qui frétillaient dans le dernier lieu branché d'East Village.

Pourtant, elle était l'une des leurs. Ou du moins s'évertuait-elle à en donner l'illusion. Elle jouait un rôle. Timide et naïve, elle restait sur la touche, jalousant ses congénères qui s'agitaient sous ses yeux. Elle aurait donné n'importe quoi pour être invitée à rejoindre une bande de copains.

Tout en jetant un regard circulaire, elle passa entre ses doigts une mèche de ses longs cheveux roux, qu'elle avait tirés en arrière. Un truc infaillible pour se rajeunir de quelques années. Son œil aiguisé scrutait les alentours, sans jamais perdre sa cible de vue. Perché sur le premier tabouret du bar, l'homme avait une petite trentaine d'années. Chaque regard qu'elle lançait dans sa direction le surprenait en train de la dévisager.

Les minutes s'égrenaient lentement. Casey s'appliquait à reluquer ouvertement, bien que timidement, les plus beaux mecs, passant de l'espoir à l'incertitude ou à l'abattement. L'un après l'autre, chaque jeune homme sur lequel elle avait jeté son dévolu finit par repartir avec un groupe d'amis ou une fille qu'il avait draguée.

Quand il fut précisément 3 h 30 du matin, le barman entama le cérémonial de la fermeture, et le bar se vida. Il ne restait plus que quelques traînards, et les espoirs de Casey semblaient s'envoler, du moins pour ce soir-là. Le regard abattu, elle avait l'air sombre de celle qui essuie un échec cuisant.

Lentement, elle se leva, tout en plongeant la main dans sa sacoche pour y attraper de quoi régler sa note. Comme prévu, le sac glissa sur son épaule et tomba sur le sol, déversant son contenu à ses pieds. Rouge de honte, elle s'agenouilla et se mit à ramasser ses affaires : son portefeuille, son nécessaire à maquillage et sa fausse carte d'étudiante.

Dans son champ de vision périphérique, elle vit l'homme se lever à l'extrémité du bar, jeter plusieurs billets sur le comptoir et suivre vers l'extérieur les derniers retardataires.

Il était 4 heures du matin. L'heure de fermer boutique.

Faisant fi du regard insistant du barman, Casey prit le temps de remettre ses affaires dans son sac en feignant de les ordonner avec soin. Son portefeuille à la main, elle lâcha quelques billets sur la table et regagna la rue.

Le barman ferma derrière elle.

Retenant son souffle, Casey se mit en route en prenant soin de suivre le même itinéraire que celui qu'elle empruntait depuis maintenant une semaine. Le scénario était calé. Mais ce soir, elle s'était attardée plus longtemps. Les rues étaient plus désertes. Le moment était propice.

S'armant de courage, elle passa la ruelle qui jouxtait Tompkins Square Park, le regard droit, les yeux figés.

Derrière elle, elle entendit les pas de Fisher. A peine un instant plus tard, il lui empoignait le bras. D'une main, il la saisit par la taille et, de l'autre, pointa un couteau sur sa gorge. Mais trop vif, trop rapide. Et sans un mot. Ce n'était pas ainsi qu'elle avait imaginé la scène. Et maintenant, il la tenait.

— Fais pas la maligne, ma belle ! Pas un geste. Pas un mot. Ou je te tranche la gorge.

Casey ne broncha pas. Nul besoin de feindre les tremblements qui la parcouraient ni la peur qui la pétrifiait. Mentalement, elle se ressaisit, essayant de se souvenir de ce qui l'avait amenée jusque-là. Elle n'opposa aucune résistance lorsque Fisher la traîna dans l'allée pour la plaquer sur le bitume crasseux. Agenouillé sur elle, avec un regard triomphant de psychopathe tout-puissant, il maintint le couteau sur sa gorge tout en lui arrachant son jean de son autre main.

Le bouton de sa braguette sauta. Mais la fermeture Eclair résista.

Marc Deveraux avait fait le nécessaire.

Emergeant de l'ombre tel un prédateur surgissant de la savane, il abattit sa puissante carrure sur l'agresseur. D'un coup sec, il fit voler dans les airs le couteau de Fisher, puis agrippa son avant-bras, avec une telle force que ses os craquèrent dans le silence de la nuit, tandis que le couteau rebondissait sur le sol dans un claquement métallique.

Fisher hurla de douleur.

— Ce n'est qu'une mise en bouche ! lança Marc sur un ton qui avait tout l'air d'une promesse.

Relevant Fisher, il le plaqua contre le mur.

— Ça va ? lança-t-il à Casey, qui se remettait debout.

— Vachement mieux qu'il y a trente secondes, assura-t-elle dans un souffle.

— O.K.

Marc se retourna vers Fisher.

— Parle ! lui ordonna-t-il.

Tout en lui comprimant l'aine d'un genou, il lui enfonçait un coude dans la trachée.

— C'est elle qui m'a allumé, haleta Fisher, le front perlé de sueur. C'est cette petite salope !

Sa respiration saccadée suivait le rythme des pressions que Marc exerçait avec son genou.

— Mauvaise réponse. Dis-moi plutôt quel programme tu lui avais réservé, et ce que tu as fait à toutes les autres.

S'approchant un peu plus, il frôla de son haleine le visage de Fisher.

— T'as pas l'air de savoir qui je suis ni ce dont je suis capable. A côté de moi, tu n'es qu'un gentil petit enfant de chœur, dit-il en appuyant son coude d'un cran supplémentaire.

A présent, Fisher était à deux doigts de suffoquer.

— Maintenant, parle-moi de ces filles. Toutes ! Et n'oublie aucun détail. Je suis tout ouïe.

Fisher mit plus de temps que prévu avant de se décider à passer aux aveux. Il fallut lui faire goûter quelques recettes maison des forces spéciales de l'US Navy. Lui enfoncer un pouce au-dessus de la clavicule. Une douleur atroce et prolongée qui promet d'être dix fois plus forte la deuxième fois, si une deuxième fois s'avère nécessaire — pour autant que le cou ne lâche pas en premier. Les froids aveux de ce salopard avaient donné la nausée à Casey. Il encourait de longues, très longues années de prison, mais à la vérité, Casey espérait même que ses geôliers perdraient à jamais la clé de sa cellule.

— Je n'en peux plus, Marc, dit-elle à celui qui venait de la secourir. Il va me faire vomir.

— File, lui enjoignit-il d'un ton protecteur. J'en ai fini avec lui, de toute façon. Je ne vais pas tarder à rentrer au QG. Ils vont pouvoir retrouver les corps. Il pourra toujours prétendre qu'on l'a contraint et forcé à parler, mais ce sera la parole d'un meurtrier contre la nôtre. Ses aveux seront validés sans problème. Rentre chez toi.

Son domicile était une maison de trois étages en grès rouge du quartier de Tribeca, au sud de Manhattan. Une *brownstone* qui combinait habilement les fonctions de domicile et de bureau. Il n'y avait pas mieux. Un seul lieu qui renfermait tout ce qu'elle possédait sur terre. Et pas de transport. L'idéal, en somme.

Bien sûr, elle ne montait pas souvent jusqu'au troisième, où elle était censée dormir. Elle croisait d'ailleurs assez rarement son lit et, à vrai dire, passait dans son bureau le plus clair de son temps, si ce n'est tout son temps. Un choix de vie. Un sacerdoce qu'elle renouvelait jour après jour. Et dans lequel elle trouvait son équilibre.

D'un rapide coup d'œil, Casey inspecta l'entrée, au rez-de-chaussée, puis tourna à gauche et grimpa l'escalier en L qui menait au premier. Juste en face, sur le palier, elle avait fait installer une large porte-fenêtre ouvrant sur un balcon qui surplombait un jardin soigneusement entretenu, clos par un portail en fer forgé. Des massifs de fleurs colorés. Un labyrinthe de buissons taillés de près. Et une paire de gracieux saules qui ondoyaient de part et d'autre sous la brise. L'ensemble exhalait à la fois une sérénité solennelle et un je-ne-sais-quoi de fascinant qui retenait l'œil.

D'un geste, elle poussa la porte-fenêtre et sortit un instant, refermant aussitôt derrière elle. Elle espérait que l'air frais du matin la revigorerait un peu. Tout en soupirant, elle remarqua que le soleil s'était déjà hissé au-dessus de l'horizon et grimpait droit vers le zénith. Sa montre indiquait 9 h 30. Les méthodes peu officielles de Marc avaient mis beaucoup plus de temps que prévu pour produire le résultat escompté. Une éternité, pour Casey. Mais enfin, après une attente interminable, Fisher avait fini par cracher le morceau, et ils avaient réussi à lui arracher des aveux complets.

Elle sentait encore sur sa peau les mains moites de ce pervers. Ce malade lui avait vraiment fichu la frousse de sa vie.

Dans un frisson, elle se répéta que cette mission était un succès de plus. Ils avaient même fait d'une pierre deux coups. D'abord, l'arrestation de Fisher, mais aussi ses révélations. La liste trop longue de toutes ses autres victimes. Un très sale boulot. Cela dit, le dégoût absolu que lui inspirait ce genre de monstre était précisément la raison qui l'avait initialement poussée à créer Forensic Instincts, Ltd.

Elle rentra, présenta son pass d'accès au lecteur de carte et composa son code de sécurité sur le clavier Hirsch. Poussant d'une main la double porte, elle fit un pas à l'intérieur et referma derrière elle. Pas le temps de se reposer, du moins pas encore. C'était l'heure pour elle et son équipe de tenir leur réunion post-op.

Forensic Instincts avait d'abord été un rêve, mais aujourd'hui, il était tout ce qu'il y avait de plus réel.

L'aventure avait commencé quatre ans plus tôt et n'en était encore qu'à ses débuts. Casey s'était lancée à la recherche de talents uniques, dans l'optique de constituer une équipe qu'elle dirigerait. Grâce aux solides compétences qu'elle avait acquises auprès de profileurs psychologiques et comportementaux, grâce au don qu'elle avait pour lire dans les pensées, et aussi à ses années de travail au sein des autorités judiciaires et dans le privé, c'était presque naturellement qu'elle avait embrassé une nouvelle carrière de profileuse indépendante. Titulaire d'un master en psychologie judiciaire du John Jay College, elle avait aussi en poche une licence de psycho décrochée à Columbia. Mais surtout, elle n'avait pas son pareil pour décrypter les attitudes et pénétrer les esprits.

Ses deux collègues étaient d'une efficacité à couper le souffle. Et elle le savait mieux que personne, car elle avait mis un soin particulier à les sélectionner, à les évaluer et à les recruter. Elle les avait choisis très différents l'un de l'autre. Le jour et la nuit, pour ainsi dire. Chacun apportait une expertise spécialisée à l'équipe des Forensic Instincts, et les résultats parlaient d'eux-mêmes. La liste des affaires criminelles complexes qu'ils avaient résolues ensemble ne cessait de s'allonger.

Toutefois, même s'il était unique en son genre, leur trio n'en était encore qu'à ses débuts. Et c'est pourquoi ils étaient accueillis tantôt comme le messie, tantôt comme des chiens dans un jeu de quilles.

Néanmoins, dans l'ensemble, leur travail était respecté d'un nombre croissant d'instances judiciaires, et, surtout, de clients de plus en plus nombreux. Pour ceux qui faisaient appel à leurs services, ils constituaient tout simplement l'ultime espoir.

Si leurs règles se comptaient sur les doigts d'une main, elles étaient en revanche absolues. Une loyauté sans faille, à la fois envers l'organisation et les uns envers les autres. Une implication à cent dix pour cent dans chaque mission. Une franchise totale, quel qu'en soit le prix, mais uniquement à huis clos. Enfin, en toute circonstance, ils s'arrangeaient pour éviter les feux de la rampe. Puisqu'ils avaient fait de leur non-conformisme leur marque de fabrique, et qu'ils repoussaient au besoin leurs limites au-delà de celles de la loi, la moindre des choses était de rester discrets. Le trio était donc pour le moins éclectique, et chaque membre avait une foi inébranlable en ses propres méthodes.

Trois ego bien trempés travaillaient ainsi main dans la main. Bien sûr, il y avait de temps en temps quelques bras de fer. A la vérité, leur collaboration était émaillée d'interminables débats et de tonnes d'argumentaires, avec même quelques vetos obstinés, ici et là. Dans l'affaire Fisher, Casey avait voulu mettre à contribution son expérience et son instinct pour confondre le meurtrier. Pour elle, le meilleur moyen de le mettre hors d'état de nuire était d'observer ses interactions avec les étudiantes pour anticiper son comportement. Marc avait plaidé en faveur du recours aux statistiques et de l'exploitation des recherches effectuées en amont par les autorités. Ce faisant, il entendait constituer une base scientifique solide qui lui permettrait d'élaborer un profil précis avant de partir à la traque du criminel. Ryan s'était, quant à lui, montré inflexible. Il fallait évidemment appliquer la même technique que le prédateur. S'immiscer dans la tête de Fisher et tenter de comprendre les rouages pervers de sa pensée malade. Où allait-il débusquer ses proies ? Comment s'y prenait-il pour les aborder ? Du haut de ses vingt-huit ans, Ryan alliait à un talent singulier un génie de la technologie et une pensée stratégique. Il étudiait les profils comportementaux à partir de programmes informatiques complexes, qu'il alimentait d'une masse de données brutes avant de les appliquer à l'analyse des dynamiques humaines.

Chaque membre de l'équipe croyait dur comme fer en ses techniques, et leur collaboration dépassait de loin la somme de leurs talents.

Pas de doute, ils formaient une sacrée équipe. Et malgré

quelques accrocs occasionnels, ils étaient les meilleurs. C'était d'ailleurs l'ambition que Casey s'était donnée en se lançant dans ce projet. Et c'est ainsi que Forensic Instincts, Ltd. avait pris son envol. Son grand-père aurait été fier d'elle. Elle avait su mettre à profit son héritage et l'utilisait à bon escient.

Esquissant un léger sourire, elle promena un regard circulaire. La deuxième porte-fenêtre l'avait conduite directement dans la salle de conférences du premier étage. C'était la pièce la plus spacieuse et la plus sophistiquée.

A peine fut-elle entrée qu'un mur d'écrans vidéo s'illumina. Une longue ligne verte traversa chacun d'eux de gauche à droite en dessinant des pulsations. Puis s'éleva une voix apaisante qui semblait provenir des quatre coins de la pièce.

— Bonjour, Casey ! lança la voix tandis que, sur les écrans, apparaissait l'oscillographe de chacune de ses paroles. Attention, rythme cardiaque élevé.

Casey fit un bond en arrière. Décidément, jamais elle ne s'habituerait au salut de Yoda, et encore moins à son intelligence artificielle. Pourtant, force était de constater que le dernier joujou de Ryan McKay, sorcier high-tech des Forensic Instincts, avait réussi à l'identifier en un temps record. Cette fichue « créature » était même capable de déceler la moindre anomalie, ce qu'elle n'avait pas manqué de faire à l'instant. Ryan avait cent fois tenté de lui expliquer le fonctionnement de Yoda, mais, pour Casey, ce genre de prouesse relevait de la magie pure et simple.

La salle de conférences était un petit bijou de modernité. Parquet de bois précieux. Somptueux tapis d'Orient. Table de conférence en acajou hors de prix et buffet assorti. Enfin, et surtout, une infrastructure technologique dont la conception et le fonctionnement étaient à des années-lumière en avance sur leur temps. Le tout était parfaitement invisible, à l'exception du mur vidéo géant qui s'étendait sur toute la longueur de la pièce, et permettait à Ryan de fusionner toutes sortes d'informations en une seule image ou d'afficher diverses données sur des aires distinctes. Un matériel de visioconférence, un système téléphonique ultra-perfectionné et une station de travail virtuelle sur mesure pour chaque membre de l'équipe complétaient ce joyau technologique.

Le tout était supervisé par Yoda, qui répondait imperturbablement aux moindres requêtes du trio. Et derrière cette voix suave se cachait le quartier général des serveurs qui ronronnaient au rez-de-chaussée, dans le centre de données sécurisé de l'agence. Parce qu'il en était aussi fier qu'un père de ses enfants, Ryan les avait baptisés en latin des noms de *Lumen*, *Equitas* et *Intueri*. Rien de moins que *Lumière*, *Justice* et *Intuition*. Trois noms intimement liés à l'organisation, à tel point qu'ils avaient été intégrés au logo de la société.

Casey portait sur la technologie un œil presque aussi incrédule qu'émerveillé. Cette sophistication, ce pouvoir et cette capacité d'analyse forçaient le respect. A vrai dire, elle ne comprenait à peu près rien à son fonctionnement, mais Ryan maîtrisait parfaitement le sujet, et c'était tout ce qui comptait.

Traversant la salle, elle s'arrêta à l'extrémité du tapis, tira un fauteuil et s'installa à la longue table ovale.

Tout en se laissant basculer dans son siège, elle lança :

— Yoda, s'il te plaît, les infos télévisées…

— Internationales, nationales ou locales ? demanda la voix, avenante.

— Locales.

— CBS, NBC, Fox, ABC ou toutes les chaînes ?

— Toutes.

Yoda s'exécuta, affichant au quart de tour les quatre chaînes sur l'écran géant.

Casey fit pivoter son fauteuil. Tout en fixant attentivement les images, elle retira le bandeau dont elle s'était affublée cette nuit, secoua ses longs cheveux roux et passa une main dans ses mèches emmêlées. Lorsque apparut Glen Fisher, sur la Fox, elle ordonna :

— Yoda, Fox News en plein écran.

Aussitôt, l'image de Glen Fisher envahit le mur tout entier. Il était suant et agité. Tandis qu'on l'embarquait dans un fourgon de police, il enfouit brusquement sa tête dans ses bras en apercevant la caméra braquée sur lui à la sortie de la ruelle.

Les médias étaient électrisés. Proche de l'hystérie, l'envoyée spéciale semblait tout autant savourer l'annonce de l'arrestation que déplorer l'horreur des événements. Casey le lisait sur son visage. Elle l'entendait dans sa voix et le percevait dans le moindre de ses gestes. Une énergie féroce qui trahissait un impérieux conflit intérieur. Le menton haut, le dos droit, les yeux brillants de fierté, mais qui fuyaient de côté de temps en temps. Elle travaillait déjà à sa prochaine promotion, mais ses méthodes lui donnaient mauvaise conscience. Il faut dire qu'elle était avant tout une femme, et que faire ses choux gras des viols et des assassinats de ses congénères n'était pas sans lui valoir quelques scrupules.

Elle parlait beaucoup trop vite et répétait sans fin la liste interminable des crimes effroyables de Fisher, prenant soin de s'appesantir longuement sur chaque détail sordide. Un esprit tordu d'obsédé, malgré une enfance équilibrée et une vie d'adulte tout aussi stable. Un emploi décent dans un contexte économique difficile. Une épouse aimante et à mille lieues d'imaginer la monstruosité de l'homme qui partageait sa vie. Sans compter un coquet appartement dans Manhattan, et des voisins ignorant tout du danger et de la perversion qui rôdaient à leur porte. Plus incroyable encore, l'homme avait réussi, Dieu sait comment, à échapper au NYPD pendant des mois et des mois. Aussi insaisissable qu'une ombre dans la nuit, il s'était joué de toutes les forces de police de New York sans jamais éveiller le moindre soupçon. Si étonnant que la chose paraisse, il avait fallu l'intervention d'une jeune entreprise privée comme Forensic Instincts Ltd. qui, pour une raison inconnue, avait décidé de concentrer tous ses efforts sur Glen Fisher. Grâce à elle, l'enquête avait enfin fini par rebondir, avant d'aboutir à ce dénouement presque inespéré.

Contrariée par cette présentation sottement mélodramatique, et par les coups de griffe infligés au passage au NYPD, Casey marmonna une volée d'injures tout en serrant ses mains, faisant craquer un à un ses doigts crispés. Elle prenait toute cette histoire beaucoup trop à cœur, et cela ne lui ressemblait pas. Mais son manque d'objectivité ne devait rien au hasard. Les crimes perpétrés par Fisher ravivaient des souvenirs qui lui donnaient la nausée.

— Tu as réussi à attirer le monstre dans tes filets, lança une voix masculine qui la tira de ses pensées. Aucun doute : dans le rôle de l'appât, tu as été parfaite.

Jetant un œil par-dessus son épaule, Casey regarda son sauveur et néanmoins coéquipier, Marc Deveraux, entrer nonchalamment dans la salle. Considérant brièvement les nouvelles débitées à l'écran, il jaugea rapidement la situation. Sans un mot. Pas une once d'émotion ne traversa son visage. Tout juste une onde de satisfaction glaciale au fond de ses yeux. Marc venait des unités spéciales de la Navy et s'était glissé dans l'uniforme comme on entre en religion.

Il était, du reste, la plus expérimentée des recrues de Casey. Ses états de service parlaient d'eux-mêmes : ancien du FBI, il était aussi passé par l'unité d'analyse comportementale et le Navy SEAL, prestigieux corps d'élite de l'armée américaine. Ses origines étaient multiples, avec des grands-parents maternels asiatiques et une longue généalogie française du côté de son père. En plus, il parlait trois langues étrangères couramment : le mandarin, le français et l'espagnol. Rien d'étonnant à ce que le FBI ait fait main basse sur un pedigree aussi complet et séduisant. A trente-neuf ans, il avait tout fait, et sans perdre son temps. Ce célibataire ravi de l'être et bien décidé à le rester dégageait quelque chose de ténébreux et de troublant qui n'enlevait rien à son côté sexy. Et surtout, dès qu'il s'agissait de se mettre au travail, il était l'homme de la situation.

— Cette petite plaisanterie m'aura tout de même coûté un ravalement de façade intégral. Des pieds à la tête, continua Casey. Tu n'as pas idée du temps que j'ai mis à me badigeonner de cosmétiques.

— Le relooking ne fait pas tout, répliqua Marc sur un ton taquin. J'aurais plutôt dit que tu devais ton succès à ta performance d'actrice. Toi, en plante verte, toute seule dans son coin. Ça relève carrément de l'exploit. J'ai du mal à imaginer la scène !

— Très drôle, gros malin ! Figure-toi que je n'ai pas eu dix-huit ans depuis bien longtemps. J'ai dû faire appel à un maquilleur professionnel pour effacer les traces du temps.

— Inutile, rétorqua Marc, qui n'avait pas pour habitude de mâcher ses mots. Pour avoir l'air plus vraie que nature, il t'aurait suffi d'une bonne couche de fond de teint bien poisseux et d'un serre-tête en plastique. Crois-moi, le reste est encore nickel. Demande donc aux deux puceaux qui n'en pouvaient plus de te mater en bavant. Je connais ce genre de mecs. Et si tu n'avais pas joué les vierges effarouchées, je peux te dire qu'ils n'y auraient pas réfléchi à deux fois avant de t'accoster.

— On dirait bien que tu étais assis au premier rang.

— Tu ne crois pas si bien dire.

Stupéfaite, Casey secoua la tête.

— Je ne t'ai même pas vu ! Pas une seule fois.

— C'était un peu le but du jeu, à vrai dire. Et je reconnais que je ne suis pas mauvais à cet exercice. Rester invisible tout en surveillant les autres. Y compris les puceaux en rut qui…

— C'est bon, c'est bon ! J'en ai assez entendu sur le sujet. Le dossier est clos, coupa Casey.

Elle n'était pas d'humeur à plaisanter. Le moment était plutôt venu d'adresser à Marc les compliments qu'il méritait.

— Parlons plutôt de toi. Je ne sais pas comment tu t'es débrouillé, mais tu as été hypersynchro. Et ton numéro : absolument terrifiant ! Même moi, j'y aurais presque cru, lorsque je t'ai vu débouler dans l'allée avec ce regard de prédateur. Et je t'avoue que j'ai pris un certain pied à regarder Fisher flipper comme un malade et s'humilier sous nos yeux. Ce taré a fini par se pisser dessus avant de passer à table. On n'aurait pas pu rêver mieux. Mettre la main sur ce psychopathe et obtenir en prime des aveux complets… Chapeau !

Marc tira le fauteuil à côté de Casey et s'y enfonça à son tour, les mains croisées derrière la tête.

— Désolé de t'avoir infligé ce spectacle sordide. J'aurais aimé que tout ça soit plus rapide.

— Ne t'excuse pas. C'est le résultat qui compte. Et c'est de toute façon ce que les flics nous avaient « officieusement » demandé de faire.

— Peut-être, mais ce ne sont pas eux qui ont eu la lame de Fisher pointée sur leur gorge. Ni ses mains sur leur jean.

— Oublions tout ça, O.K. ?

Marc lança un rapide coup d'œil en direction de Casey. Puis il pivota vers la télévision et se concentra sur les détails et les images dont il avait eu l'exclusivité quelques heures auparavant, et pour cause. Trois étudiantes rousses, toutes portées disparues, avaient été retrouvées violées et assassinées. Trois bars de drague miteux, et, chaque fois, une ruelle peu fréquentée et mal éclairée, à moins d'un pâté de maisons. Des filles qui sortaient boire un verre comme on le fait à cet âge-là dans l'espoir d'une rencontre, mais qui rentraient seules.

Les aveux de Fisher avaient permis de retrouver de nouvelles victimes, dont la disparition n'avait même pas été signalée, et d'identifier leurs corps. Toutes étaient nouvelles à Manhattan, soit des filles de passage, soit des étudiantes d'autres universités venues suivre une année de cours à New York. Mais dans tous les cas, Fisher avait fait suffisamment de recherches sur ses proies pour savoir qu'elles n'avaient sur place ni famille ni amis susceptibles de remarquer leur absence. Et elles correspondaient toutes à une seule et même description.

Marc soupira longuement. Il n'était pas mécontent de voir cette affaire enfin résolue, et espérait que Fisher croupirait le restant de ses jours en prison. Maintenant, il était temps de passer à autre chose.

Pour Marc, passer à autre chose voulait d'abord dire s'octroyer quelques heures de sommeil bien méritées et prendre un peu de bon temps. Entre deux missions, il aimait retrouver l'adrénaline de l'époque où il faisait partie des SEAL en s'adonnant à des sports extrêmes. Sa dernière trouvaille en date était le BASE jump, qui consistait à se jeter dans le vide depuis toutes sortes d'immeubles, d'antennes relais, de ponts ou de falaises. Et si Marc affectionnait autant ce genre de dangers, ce n'était pas seulement pour l'excitation qu'ils lui procuraient, mais aussi, et surtout, pour se prouver qu'il était capable de se maîtriser en pleine chute libre avant de déployer son parachute et de se laisser flotter jusqu'au sol.

Pressé de s'éclipser, Marc frétillait d'impatience dans son fauteuil.

— Où est Ryan ? demanda-t-il. Toujours en bas, terré dans son repaire ?

— Non, en haut. Juste derrière toi. Prêt à mettre un point final à cette mission pour qu'on en finisse pour aujourd'hui.

Ryan McKay entra d'un pas décidé dans la salle. Parfaite antithèse du geek stéréotypé, il était non seulement un génie de la technologie, mais aussi un abonné assidu des salles de gym, qui enchaînait deux heures d'exercice chaque matin et comptait parmi ses prouesses athlétiques quelques compétitions de mountain bike et plusieurs marathons. Ses préférés ? Celui de la Vallée de la Mort et du désert marocain. Grâce à Marc, il avait récemment passé son certificat de saut en chute libre et se faisait une joie de l'accompagner dans plusieurs de ses activités.

Outre ses tablettes de chocolat, Ryan était grand et large d'épaules et, en bon Irlandais, il décochait à l'envi des regards de jais intenses et pénétrants qui faisaient tomber les filles comme des mouches. Pourtant, l'ironie du sort voulait que les jolies groupies qui croisaient son chemin le laissaient parfaitement indifférent. Les seules rares femmes à qui Ryan accordait un peu de son temps et qu'il daignait courtiser étaient des femmes fortes, indépendantes, et aussi insensibles à ses attributs physiques qu'à ses exploits sportifs.

— Bien, lui dit Casey. Est-ce que ta présence parmi nous laisse entendre que tu es prêt à délaisser tes robots assez longtemps pour que nous puissions procéder au debrief vidéo final ?

— Aucun robot à l'horizon. Je testais notre nouveau système numérique de communication crypté sans fil. Et jusqu'à présent, tout marche comme sur des roulettes !

Ryan prenait déjà place aux commandes de l'écran tactile. A la résolution de chaque affaire, il avait l'habitude de faire un exposé des grandes lignes et des détails de leur mission fraîchement achevée. Et aussi de mettre en lumière certains aspects susceptibles d'impacter des enquêtes futures.

Tout en s'installant dans un fauteuil, il lança un rapide coup d'œil en direction de Casey.

Marc et lui étaient au courant du passé de leur patronne. Et, que Casey le reconnaisse ou non, Ryan savait aussi bien que Marc que c'était exactement le type d'affaire qui ne la laissait pas indifférente.

Un silence de mort venait d'envahir la pièce. Il n'y avait rien à dire, et Ryan ne se risqua pas à tenter de prouver le contraire, car faire affront à Casey était la dernière des choses qu'il souhaitait à cet instant.

La sonnerie de son téléphone cellulaire arracha soudain Casey à un sommeil agité, qui l'avait plongée dans un abîme de violents cauchemars. Son regard s'arrêta net sur son réveil. 16 h 30. Une heure parfaitement décente pour un coup de fil. Du moins, pour toute personne qui n'est pas restée debout cinquante heures d'affilée sans fermer l'œil. Elle se mordit les doigts de ne pas avoir éteint ce maudit téléphone avant de se coucher.

Mais puisque le mal était fait et qu'elle était désormais réveillée, elle pouvait tout aussi bien répondre.

Elle s'extirpa de son lit pour attraper son portable.

La dernière chose qu'elle voulait, c'était avoir sur les bras une nouvelle affaire aussi éprouvante.

Malheureusement, c'était bien cela qui l'attendait.

2

White Plains, New York
Premier jour

Après avoir rendu son verdict et levé la séance, Hope Willis, juge aux affaires familiales, venait d'en finir avec le dernier dossier inscrit au rôle de son tribunal. Sans perdre une seconde, elle quitta la salle d'audience, s'arrêtant tout juste un instant pour se débarrasser de sa robe de magistrat, rassembler quelques dossiers et adresser deux mots à sa greffière. Ayant ainsi ôté son habit de juge pour retrouver son rôle de mère, elle quitta le bureau et sortit de l'immeuble en un temps record.

Folle de joie à l'idée de rentrer à la maison plus tôt que d'habitude, elle traversa le parking d'un pas énergique. Pour une fois, elle pourrait passer du temps avec Krissy, l'écouter raconter sa journée à l'école maternelle, et profiter de l'occasion pour rigoler ensemble.

Ces moments privilégiés se faisaient rares. Depuis que Sophia Wolfe, l'autre juge aux affaires familiales, avait obtenu sa mutation, la charge de travail de Hope s'était considérablement alourdie. Et ses horaires singulièrement allongés. Tout ça à cause de Claudia, son ancienne greffière, qui avait rompu avec son fiancé. Depuis sa rupture, elle s'était comportée bizarrement avec Hope, se montrant revêche et hargneuse, et tellement étourdie qu'elle fichait immanquablement un bazar monstre dans les dossiers en cours. Au nom de leur longue collaboration, Hope lui avait laissé maintes et maintes fois la chance de se reprendre, mais avait finalement dû se résigner à se séparer d'elle. Former une nouvelle greffière était tout sauf simple, mais rattraper en plus le retard accumulé exigeait d'y consacrer beaucoup plus de temps et d'efforts qu'il n'était humainement possible de le faire. Pourtant, à peu de choses près, Hope assurait à elle seule les différents postes de son bureau.

Depuis quelque temps, les moments qu'elle passait avec Krissy étaient donc plus que chronométrés.

Quant à Edward… Un mariage tendu et un cocon familial qui n'était plus qu'une illusion. La plupart du temps, le mari de Hope brillait par son absence. Avocat pour un grand et prestigieux cabinet implanté à Midtown Manhattan et à White Plains, il s'astreignait à des horaires qui frôlaient l'obscénité. En fait, mis à part les quelques fois où ils se croisaient fortuitement au tribunal, Hope ne voyait que rarement son époux, et Krissy encore moins son papa.

Hope savait que sa fille en souffrait, et aujourd'hui, elle se réjouissait à l'idée de passer de bons moments avec son petit bout de chou de cinq ans.

Elle avait traversé le parking presque en courant, grimpé au volant de son GMC Acadia et démarré vers la Nationale 287 qui menait jusqu'à Armonk et à leur maison.

Evidemment, à cette heure, le trafic était plus que chargé. Sortir de White Plains devenait presque aussi difficile que s'extirper de Manhattan.

Avançant au ralenti sur le macadam surchauffé, elle atteignit finalement la bretelle de la voie rapide, où elle put enfin accélérer. Impatiente d'arriver à la maison, elle quitta la 287 pour la 684 Nord.

C'est à ce moment précis que toute sa vie bascula.

Si seulement Hope avait jeté un œil à travers sa vitre… Si seulement elle avait remarqué l'autre 4×4 qui fonçait à tombeau ouvert dans le sens opposé… Si seulement elle avait aperçu, sur la banquette arrière, l'enfant qui s'escrimait en vain à ouvrir de ses mains frêles la portière désespérément close…

Si seulement…

Mais Hope ne vit rien de tout cela. Elle n'avait qu'une chose en tête : rentrer à la maison où l'attendait son petit ange.

Et comme deux paquebots qui se croisent sur la ligne d'horizon, les deux 4×4 suivirent chacun leur route. Hope ne distingua même pas l'autre conducteur, pas plus que ce dernier ne la remarqua.

Les yeux rivés sur la route, Hope était à mille lieues de se douter que son destin venait de lui échapper. A mille lieues d'imaginer qu'elle aurait pu éviter le cataclysme qui s'apprêtait à l'anéantir.

Elle était presque arrivée à la sortie d'Armonk lorsque son téléphone sonna. Un rapide coup d'œil sur l'écran lui indiqua qu'il s'agissait de Liza Bock. Hope fronça les sourcils. Olivia, la fille de Liza, était dans la même classe que Krissy. Et aujourd'hui, c'était le jour de Liza. C'était elle qui était chargée de covoiturer les enfants après l'école.

Avec l'appréhension naturelle de n'importe quelle mère, Hope s'empressa de prendre la communication.

— Liza ?

— Ah ! Hope ! Dieu merci, vous avez décroché… Je craignais que vous ne soyez encore au travail.

Le ton alarmé de Liza ne fit rien pour apaiser l'inquiétude croissante qui gagnait Hope et lui tenaillait déjà l'estomac.

— Que se passe-t-il ? demanda-t-elle.

— Est-ce que Krissy est avec vous ?

— Avec moi ? répéta-t-elle, hésitante, alors que son cœur s'emballait dans sa poitrine. Bien sûr que non ! Je pensais que vous la preniez à la sortie de l'école, aujourd'hui, pour la déposer à la maison avec Ashley.

Ashley était la nounou employée par les Willis depuis la naissance de Krissy.

— Elle n'est pas avec moi, répliqua Liza d'une voix soudain tremblante. Je viens de parler à Ashley. Elle était très inquiète. C'est pourquoi elle m'a appelée. Krissy n'est pas avec elle non plus.

— Comment ça ?

— Quand je suis allée à l'école, les enfants m'ont tous dit que vous étiez venue la chercher, expliqua Liza. Alors, j'ai vérifié auprès des maîtresses et des surveillants du ramassage scolaire, et ils m'ont confirmé que Krissy était partie avec vous. Tout le monde a vu Krissy quitter l'école, et tous l'ont entendue crier : « Ma maman est là ! » avant de courir jusqu'à votre voiture. Ils ont reconnu votre Acadia gris métallisé. Pas un instant ils n'ont pensé… Ni moi-même, d'ailleurs…

— Vous voulez dire que Krissy a disparu ? coupa Hope, étranglée par l'émotion.

— Je ne sais pas. J'ai appelé tous les autres parents. Personne ne l'a vue. Je ne comprends pas.

— Liza, raccrochez et contactez la police. Expliquez-leur ce qui s'est passé. J'appelle Edward, ajouta Hope avant de couper la communication.

Vingt minutes plus tard, elle arrivait à son domicile. Sa maison s'était déjà transformée en un véritable siège. Policiers, amis et voisins étaient massés à l'entrée de la propriété. Ashley accourut en larmes. Entre ses sanglots, Hope parvint à comprendre que M. Willis s'était entretenu avec le secrétaire d'Etat à la Justice, lequel s'était chargé de contacter en personne le FBI. Des agents spéciaux étaient donc en route, à la fois vers la maison et l'école de Krissy. La police locale se trouvait déjà à l'école et interrogeait tout le monde, y compris les parents en charge du covoiturage, qui avaient été enjoints de retourner sur la scène de l'enlèvement.

Hope entendit à peine le flot de paroles que lui débitait la nounou. Se frayant un chemin parmi l'attroupement, elle bouscula les uns et les autres, sans même voir les policiers qui l'attendaient pour s'entretenir avec elle, et monta à l'étage comme une furie. Ignorant la bande en plastique jaune « NE PAS FRANCHIR » scotchée en travers de la porte, elle se baissa pour entrer dans la chambre de Krissy.

Rien n'avait bougé. Tout était là.

Tout ou presque. Un détail aurait pu échapper à n'importe

qui, mais pas à la mère de Krissy. Et elle le remarqua au premier coup d'œil.

Oreo, le panda en peluche préféré de Krissy, n'était plus là. Sa fille ne passait pas une nuit sans lui, et lorsqu'elle partait à l'école, elle l'installait toujours sur son lit, sous une minuscule couverture molletonnée.

Hope se précipita sur le lit, jetant au sol coussins et oreillers. Puis elle tomba à genoux pour vérifier que le panda n'avait pas glissé sur le parquet. Face contre terre, elle tâtonna d'une main tout en priant. Ne trouvant toujours rien, elle céda à l'hystérie, arracha l'édredon et les draps, et les secoua frénétiquement. Rien. Elle s'attaqua alors au placard, fouillant les tiroirs du bureau, renversant les vêtements sur le tapis.

— Madame la juge, arrêtez ! Cette pièce a été placée sous scellés.

L'officier Krauss, du département d'Armonk de la police de North Castle, venait de débarquer comme un boulet de canon. Alarmé par le vacarme qui provenait de la chambre de Krissy, il n'avait pas mis longtemps à comprendre ce qui se passait. Entrant dans la pièce d'un pas ferme et décidé, il empoigna Hope par le bras, coupant net l'extrême agitation qui venait de s'emparer d'elle.

— Vous risquez de contaminer des objets personnels qui pourraient nous mener jusqu'à votre fille. Nous avons besoin de son linge, de ses habits, de n'importe quel élément exploitable et susceptible de nous aider à la retrouver. Il nous faut aussi une photo récente, une description de ce qu'elle portait aujourd'hui, son carnet de santé avec le détail complet de ses antécédents médicaux, et toute information qui pourrait nous permettre de mettre un nom sur son ravisseur. Vous devez vous concentrer et nous parler. La dernière des choses à faire serait de céder à la panique.

Hope se dégagea, et se retourna tout en secouant vivement la tête.

— Vous parler ? Je devrais vous parler ? Je vous rappelle que vos hommes sont censés être sur le pied de guerre pour me ramener ma fille. Alors qu'est-ce que vous faites tous plantés là, au lieu de passer le district au peigne fin pour retrouver Krissy ? Ça ne fait qu'une heure qu'elle a disparu. C'est maintenant qu'on peut la retrouver. Après, il sera trop tard. Vous avez besoin d'effets personnels ? Très bien ! Prenez tout ce que vous voulez. Les photos d'elle, les habits qu'elle portait hier, sa brosse à dents. Emportez son édredon, cherchez des empreintes. Mais je doute que vous trouviez quoi que ce soit. Ce salaud est bien trop malin ! Il n'a pas dû oublier de mettre des gants. Enfin, essayez quand même… Et à l'école ? C'est là-bas qu'elle a été enlevée. Est-ce que les caméras de surveillance ont filmé quelque chose ? Bon sang, avez-vous au moins un début de piste ?

— Rien du côté des caméras. Mais j'ai envoyé toute une équipe interroger chaque membre du personnel.

Krauss marqua une pause et posa sur Hope un œil inquisiteur.

— Cela dit, j'aimerais bien savoir pourquoi vous venez de retourner la chambre de votre fille. Et pourquoi vous insistez pour faire un relevé d'empreintes sur son édredon. Comme vous venez vous-même de le dire, elle a été kidnappée à son école. Il y a quelque chose que vous ne nous dites pas. Et je veux savoir quoi.

— Rien que vous n'auriez déjà dû deviner, rétorqua froidement Hope. Ma fille n'a pas été choisie au hasard. Il s'agit d'un enlèvement méticuleusement préparé. Dieu sait depuis combien de temps ! Il est évident que le monstre qui a kidnappé ma fille s'est débrouillé pour se procurer la même voiture que la mienne. Même marque, même modèle et même couleur. Et tout ça pour quoi ? Pour se faire passer pour moi. Il a aussi pris le temps de se renseigner sur Krissy. Suffisamment, en tout cas, pour savoir ce qui comptait le plus pour elle. Je vous dis qu'il est venu le chercher jusqu'ici et qu'il s'en est servi d'appât pour la faire monter dans sa voiture…

— Mais de quoi parlez-vous ?

— C'est pour ça que je mets sa chambre sens dessus dessous. Pour le trouver. Mais il n'est plus là…, répondit Hope, un sanglot dans la voix, tout en considérant le lit défait et le linge éparpillé. Il est venu ici. Aujourd'hui. Mais ce n'était pas Krissy qu'il cherchait. C'était…

Hope enfouit son visage entre ses mains.

Avant que Krauss n'ait le temps de lui demander de terminer sa phrase, Edward enjambait la bande en plastique jaune et s'engouffrait dans la chambre.

— Hope ? lança-t-il en auscultant frénétiquement chaque centimètre carré de la pièce, comme si sa fille allait surgir de cet indescriptible chaos. Qu'est-ce que tu as trouvé ? Officier… ?

— Krauss, compléta le policier.

— Officier Krauss, reprit Edward. Les kidnappeurs sont-ils entrés en contact avec vous ?

Krauss se demanda pour quelle raison Edward Willis privilégiait spontanément la thèse de la demande de rançon. Mais il garda cette question pour plus tard, et se contenta de répondre d'un hochement de tête.

— Aucun contact quel qu'il soit. Mais il est encore un peu tôt.

— Comment ça, un peu tôt ? reprit brusquement Edward. Il ne s'agit pas d'une petite balade qui s'éternise un peu plus que prévu. C'est la vie de ma fille de cinq ans qui est en jeu !

— Croyez-moi, nous en sommes bien conscients. Notre sergent et deux officiers sont à l'école de votre fille, avec plusieurs détectives de la police du comté de Westchester et des agents du FBI du bureau permanent de White Plains. Ils interrogent en ce moment même la maîtresse de Krissy, le directeur et l'ensemble du personnel. D'autres agents de l'unité des crimes violents du FBI sont en chemin pour consolider nos effectifs. Et nous attendons aussi la brigade des experts en constatations criminelles. Nous allons passer votre maison au crible, et élargir au maximum le champ d'investigation. Il n'est pas question pour nous de négliger la moindre piste.

— J'ai appelé le secrétaire d'Etat à la Justice. Il a alerté le bureau local du FBI à New York, annonça Edward. J'ai également téléphoné personnellement au bureau local. J'ai un contact là-bas, qui travaille à la CAC, la brigade spécialisée dans la criminalité contre les enfants.

— Ce n'était pas nécessaire, monsieur Willis. Comme je vous l'ai dit, j'ai pris contact avec le FBI pour solliciter son aide dès que nous avons reçu l'appel de Mme Bock. Ils étaient déjà avertis de la situation. La hotline a joint le bureau de recherche local, qui a lui-même activé la cellule de crise de la CAC à New York. Le directeur adjoint s'est rapproché du siège du FBI et a déclenché le protocole d'urgence avec l'envoi d'une CARD. Euh, excusez-moi… D'une unité de déploiement rapide pour enlèvement d'enfant. Cette unité est maintenant en route. Tout comme celle du bureau local du FBI. Ils vont établir ici, sur place, un poste de commande avancé, et nous allons unir nos efforts pour retrouver votre fille. Par ailleurs, une alerte enlèvement a été lancée.

— Et le fichier du NCIC ? demanda Edward, faisant référence au système national d'archives criminelles. Avez-vous… ?

— Un dossier a été ouvert immédiatement, coupa Krauss sans rien perdre de son calme. Vous êtes avocat, monsieur Willis, et vous connaissez bien la loi. Vous savez donc que les premières heures sont cruciales, dans une affaire d'enlèvement d'enfant. Notre service de police n'est peut-être pas aussi imposant que celui de New York, mais nous connaissons notre boulot. Nous savons ce que nous avons à faire, et nous le faisons bien.

Ces quelques mots de Krauss firent mouche, et Edward mesura soudain à quel point il s'était montré arrogant et suffisant.

— Je vous prie de m'excuser. Je ne voulais pas vous offenser. Dans d'autres circonstances, je n'aurais jamais…

— Pas de problème, je comprends. Je sais que vous vivez un véritable enfer.

— Ed, intervint Hope, agrippant tout d'un coup le bras de son époux. Qui a pu faire ça ? Qui nous a pris notre fille ?

— Je ne sais pas, répondit-il en serrant contre lui sa femme d'un geste protecteur. Mais qui que ce soit, nous lui mettrons la main dessus. Et nous ramènerons Krissy à la maison.

De nouveau, il balaya la chambre du regard.

— Qui a mis la chambre dans un état pareil ?

— C'est moi.

Affichant une moue de totale confusion, Edward esquissa un mouvement de recul.

— Je ne comprends pas. Tu m'as dit que Krissy avait disparu à l'école. Qu'elle avait été enlevée juste à la sortie. Alors pourquoi… ?

— Votre épouse était justement sur le point de répondre à cette question, reprit Krauss. Nous avons commencé par inspecter cette chambre, avant de la placer sous scellés pour l'unité d'investigation scientifique de la police de Westchester. Tout semblait parfaitement en ordre, et rien ne paraissait avoir été touché, du moins jusqu'à ce que votre épouse mette tout sens dessus dessous. Votre nounou a confirmé être arrivée juste après vous, ce matin. Elle s'est occupée du linge, a préparé des cookies pour le goûter de votre fille, puis s'est mise à réviser ses cours. Elle nous a certifié que personne n'est entré dans la maison ni dans cette pièce de toute la journée.

— Ashley se trompe ! protesta Hope. Et la police aussi.

Des larmes jaillirent entre ses cils et perlèrent sur ses joues.

— Celui qui a emmené Krissy est venu ici. Aujourd'hui. Pendant qu'elle était à l'école. Ed…, poursuivit-elle en se tournant vers son mari. J'ai regardé partout. Oreo n'est plus là !

Son regard piqua aussitôt sur le lit.

— Tu es sûre ?

— Certaine. Il a disparu. Et sa couverture aussi. Le kidnappeur a dû venir ici exprès pour les récupérer.

— Bon sang !

Visiblement éprouvé par ce nouvel élément, Edward se tourna vers Krauss pour lui fournir quelques explications.

— Oreo est l'ours en peluche de ma fille.

— Le panda, corrigea Hope.

— Oui, le panda. Elle le promène dans toute la maison et ne le lâche que pour aller à l'école. Là, elle le couche sous une petite couverture couleur…

Il marqua une pause pour réfléchir.

— Lavande, compléta Hope. Elle l'avait eue en cadeau avec une poupée, et elle l'a donnée à Oreo. Elle disait qu'elle avait peur qu'il attrape un rhume pendant qu'elle était à l'école, lorsqu'elle n'était pas là pour le prendre dans ses bras. Alors elle avait l'habitude de le glisser sous cette couverture tous les matins, sur son lit…

A ces mots, emportée par les sanglots, Hope s'effondra littéralement, dissimulant son visage entre ses mains.

Edward posa une main sur l'épaule de sa femme, mais celle-ci se dégagea et se recroquevilla, visiblement déterminée à faire face seule à cette insupportable épreuve. Pleurant à chaudes larmes, elle resta ainsi prostrée quelques instants. Imperméable au monde extérieur, elle cherchait vainement dans ses propres retranchements le réconfort que nul ne pouvait lui offrir.

C'était comme revivre un cauchemar. Mais en pire. Maintenant, elle était adulte. Et cette fois, la victime était sa fille, sa petite fille adorée.

L'officier Krauss griffonnait des notes sur un bloc de papier.

— Vous êtes certains que le panda en peluche était bien là lorsque Krissy est partie à l'école ?

— Aucun doute, répondit Hope. Je me souviens l'avoir vu lorsque je suis venue chercher la veste de Krissy. Ma fille était déjà prête et m'attendait à la porte d'entrée. Nous étions en retard. Je l'ai emmenée directement à l'école. A aucun moment elle n'est remontée.

— Ce qui veut dire qu'elle n'est pas revenue dans sa chambre.

Krauss inspecta de nouveau les fenêtres de la pièce.

— Comme je vous l'ai dit tout à l'heure, il n'y a aucune trace d'effraction, conclut-il en regagnant la porte. Mes hommes et moi allons revérifier le système d'alarme ainsi que chaque porte et chaque fenêtre de la maison. Ensuite, j'aurai besoin des effets personnels et des documents dont nous avons parlé.

Un silence de plomb s'abattit sur Hope et Edward, restés seuls dans la pièce.

— Le FBI devrait arriver d'une minute à l'autre, déclara-t-il enfin.

— Je n'en doute pas. Ils vont installer leur quartier général, attendre une demande de rançon et passer des heures à nous interroger dans les moindres détails. Tout passer au crible, à commencer par notre relation. Puisque nous sommes les parents de Krissy, nous serons évidemment les premiers suspects. Ensuite, ils passeront à toutes les personnes susceptibles de nous en vouloir sur cette Terre, ce qui prendra des semaines, vu nos professions. Et pendant ce temps, Krissy est quelque part, on ne sait où, seule et terrifiée. Et Dieu sait ce qu'ils sont en train de lui faire subir !

La main tremblante, Hope sortit son téléphone portable de sa poche.

— Alors oui, je suis ravie que le FBI et toutes les polices de l'Etat soient sur la brèche, mais ça ne suffit pas, dit-elle en composant le numéro des renseignements.

— Qui appelles-tu ?

— Les Forensic Instincts.

Incrédule, Edward haussa les sourcils.

— Les profileurs ?

— Oui, confirma-t-elle. Tu connais comme moi leurs états de services. Ils parlent d'eux-mêmes. Cinq affaires. Cinq succès. Ils ont le flair pour débusquer les criminels. Les tueurs en série. Les violeurs. Les kidnappeurs. Ils vont droit au but. Et ils font mouche. Ces gens-là ne traitent pas dix affaires à la fois.

Edward se renfrogna.

— Nous devrions d'abord en parler avec le FBI. L'interférence d'une organisation privée pourrait mettre Krissy en danger.

— Cela n'arrivera pas…, bredouilla Hope, tant elle articulait à toute vitesse. J'ai suivi leur travail. Ils savent parfaitement comment s'y prendre. Peut-être que ça ne plaira pas à tes amis du FBI, mais je m'en contrefiche, ajouta-t-elle avec un regard de défiance. J'ai déjà vécu ce cauchemar. Cette fois, je refuse de perdre Krissy.

— Je sais ce que tu as vécu, mais tu ne peux pas comparer. Ça remonte à plus de trente ans. Aujourd'hui, les moyens de la police n'ont rien à voir avec ceux de l'époque.

— Ça m'est égal ! Si l'histoire devait se répéter, je n'y survivrais pas. Surtout lorsque c'est la vie de ma fille qui est en jeu.

— Je comprends, mais…

— Trente ans ou pas, il y a des choses qui ne changent pas et qui n'ont pas changé. Tu sais très bien qu'une enquête ne peut pas rester ouverte indéfiniment. La dernière fois, l'affaire a été classée au bout de deux ans. Il est hors de question que je prenne ce risque. Pas lorsqu'il s'agit de ma fille. Ce n'est pas la peine d'essayer de m'en dissuader, Edward. C'est tout vu. Ma décision est prise. Je vais les convaincre de laisser en plan ce qu'ils sont en train de faire. Je leur paierai le prix qu'ils me demanderont.

Sur ces mots, Hope lança l'appel.

— Je voudrais le numéro de Forensic Instincts Ltd., à Manhattan, demanda-t-elle en attrapant un bloc-notes et un stylo.

— Très bien. Si tu es vraiment sûre de ce que tu fais, alors vas-y, admit Edward du bout des lèvres. Mais à condition qu'ils travaillent avec la police. Il est hors de question qu'ils fassent bande à part.

— Si c'est possible, tant mieux. Sinon, tant pis, rétorqua Hope en griffonnant le numéro qu'elle s'empressa de composer à toute vitesse. Pour être honnête, je n'ai que faire du règlement interne du FBI ou de la police. Comme du reste, d'ailleurs. Tout ce qui m'importe, c'est de voir Krissy rentrer saine et sauve à la maison. Alors si les méthodes des Forensic Instincts ne sont pas assez conventionnelles pour toi… Allô ?

La gorge nouée, Hope porta son téléphone à son oreille.

— Casey Woods ?

— Moi-même, lui répondit une voix nonchalante. Vous êtes ?

— Hope Willis. La juge Hope Willis. J'habite à Armonk. Ma fille de cinq ans a été kidnappée il y a une heure et demie, à la sortie de l'école maternelle. La police est là. Ainsi que le FBI. Mais le temps presse. Et la liste des suspects est beaucoup trop longue pour qu'ils en viennent à bout tout seuls.

— Vraiment ? Et pour quelle raison ?

— Parce que je suis juge aux affaires familiales et que mon époux est avocat. Il défend des affaires au pénal. A nous deux, nous nous sommes fait plus d'ennemis qu'une prison ne peut en contenir. Nous allons essayer d'en dresser la liste, mais ça va prendre du temps. Par ailleurs, des circonstances particulières rendent cet événement tout à fait insupportable. J'ai besoin des services des Forensic Instincts. Maintenant. Et de manière exclusive.

Son interlocutrice marqua un silence prolongé.

Des circonstances particulières… Une formulation laconique et intéressante. Du reste, Casey avait perçu une légère retenue dans la voix de Hope Willis. Cette femme avait beau vivre un enfer, il était évident qu'elle ne disait pas tout. Et Casey fuyait comme la peste le manque de franchise, quelle que soit la gravité de la situation.

— Je suis terriblement désolée pour votre fille, répondit Casey, mais mon équipe et moi sortons tout juste d'une enquête très intense et particulièrement éprouvante, pour laquelle nous avons dû mettre entre parenthèses plusieurs autres affaires qui nécessitent désormais toute notre attention. Je suis sûre que la police et le FBI sauront parfaitement comment…

— Ça ne suffit pas ! coupa Hope. J'ai besoin de plus que les méthodes conventionnelles. Nous n'avons pas une seule seconde à perdre. Le temps nous file entre les doigts. S'il vous plaît ! Vous savez à quel point ces trois premières heures sont cruciales.

— Oui, se contenta de confirmer Casey. Je le sais.

« Et vous êtes en train de les gaspiller », pensa-t-elle.

— Alors, vous acceptez ? Je ferai tout ce que vous voudrez. Votre prix sera le mien. Je suivrai vos instructions à la lettre.

A ce moment, Hope abandonna pour de bon son sang-froid.

— Je vous en prie, mademoiselle Woods ! Je vous en supplie ! Retrouvez mon enfant !

Casey céda enfin. Et pas uniquement pour la coquette somme que l'entreprise empocherait au passage. Mais parce que son instinct lui souffla que l'honnêteté et la confiance viendraient d'elles-mêmes lorsqu'elle la rencontrerait en personne. Dans le cas contraire, les Forensic Instincts déclineraient l'offre.

Pour l'heure, une enfant de cinq ans était portée disparue.

— O.K. Restez calme. Nous allons faire tout notre possible, assura-t-elle à Hope d'une voix soudain plus douce. Ne raccrochez pas, poursuivit-elle en attrapant un Post-it et un stylo. Donnez-moi votre adresse. Nous serons chez vous dans une heure.

3

Le trio des Forensic Instincts arriva au domicile des Willis en même temps que le FBI. Dans la voiture banalisée qui s'engouffrait dans l'allée, Casey reconnut immédiatement les agents spéciaux dépêchés directement du QG du FBI à Washington D.C. Les quatre recrues tout juste débarquées constituaient l'une des deux unités de déploiement rapide qui intervenaient sur tout le quart nord-est du pays. Chacune de ces CARD était composée d'agents recrutés dans différents bureaux locaux et spécialement formés, qui s'étaient mis en route toutes affaires cessantes à l'instant même où ils avaient été bipés. Sachant d'expérience que, dans les affaires d'enlèvement, tout se joue au cours des premières heures, la CARD avait été appelée à la rescousse pour assister le C-20, la brigade de la CAC du bureau local de New York, avec pour seul et unique objectif de retrouver Krissy Willis et de la ramener à la maison.

La berline cinq portes n'était pas encore arrêtée qu'en déboulèrent l'agent spécial en chef Don Owens et les agents spéciaux Will Dugan, Guy Adams et Jack McHale. Et Casey savait exactement lesquels d'entre eux les accueilleraient à bras ouverts, et lesquels auraient préféré se couper une main plutôt que de les voir rappliquer.

— Salut, Don !

Tout en descendant de sa voiture, Casey salua d'un geste l'agent chevronné qui devait friser les cinquante-sept ans. A quelques années de la retraite, c'était un pur et dur. Littéralement marié au FBI, il manifestait paradoxalement plus d'ouverture d'esprit à l'égard de Casey et de son équipe que certains de ses pairs pourtant moins âgés.

— Casey Woods ! Bizarrement, je ne suis pas du tout surpris de vous voir ici…

Embusqué derrière une moustache grise taillée de près, Owens la salua d'un léger sourire.

— Heureusement que j'ai filé directement à Logan et que j'ai eu le premier vol, sinon vous auriez installé vous-même le poste de commande du FBI et déjà interrogé la moitié du voisinage.

— En voilà un qui a le mérite d'être direct ! marmonna Ryan dans sa barbe.

Casey roula des yeux exaspérés. Ryan était bougon. Il avait été contraint et forcé de faire une croix sur la cure de sommeil sur laquelle il comptait pour se remettre de la dernière affaire. Tourner à vide n'était pas sa spécialité, mais plutôt celle de Casey. Même avec des accus à zéro, elle pouvait rester en mode « on » comme si de rien n'était et faire parfaitement illusion. Elle avait cette capacité de dépasser sa fatigue pour faire le boulot quoi qu'il arrive. Marc, quant à lui, était un Navy SEAL. Un vrai de vrai. Il avait appris dans les corps d'élite à carburer à l'adrénaline. Ryan endurait donc seul son calvaire. Il était particulièrement pénible, lorsqu'il n'avait pas dormi. Et dans ces moments-là, Casey et Marc limitaient toute communication avec lui au minimum vital et l'esquivaient tel un pestiféré.

— Cet endroit ne va pas tarder à se transformer en un vaste foutoir, continua-t-il à grommeler. La CARD, les fédéraux, la police du comté, la police locale… Et puis quoi encore ? On ne pourrait pas tous les renvoyer à leurs bureaux ? Ils feraient mieux de nous laisser opérer seuls… Moi, je rentre dans l'ordinateur de la gamine. Casey, tu passes en revue la liste des suspects et tu interroges les meilleurs clients. Marc, tu te débrouilles pour faire cracher le morceau au salaud qui a fait ça. Ensuite, Casey observe ses réactions, et on en déduit l'endroit où il a caché la pauvre gamine. Et Krissy Willis sera en sécurité dans son lit avant que cette sale ordure n'ait le temps de commettre le pire. Quant à nous, on rentre tous se pieuter à la maison.

Avant que Casey puisse répondre quoi que ce soit, Ryan avait intercepté dans son viseur la femme, grande et élancée, qui se tenait accroupie juste à l'entrée du garage des Willis. Ses sourcils froncés indiquaient une concentration intense, tandis que ses doigts délicats se promenaient au-dessus du guidon d'un vélo de petite fille.

— Parfait ! Il ne manquait plus qu'elle ! maugréa Ryan en haussant la voix. Voyez un peu qui est là ! Cette chère « Claire-voyante », la médium préférée des représentants de la loi. Et en pleine action, avec ça ! Je me vois déjà en train de passer les suspects sur le gril, pendant que Madame cherche son salut dans les chaussettes sales de Krissy Willis. J'ai hâte de voir ça !

Casey réprima un sourire. Claire Hedgleigh, que Ryan s'entêtait à affubler du surnom de « Claire-voyante », était, selon ses propres mots, une intuitive. Eminemment réputée, elle travaillait en tant que consultante avec plusieurs départements de police, à qui elle proposait ses services pour aider à résoudre certaines affaires. Et Casey était plus qu'impressionnée par ses résultats. Elle avait effectué des recherches approfondies sur Claire, et passé au peigne fin son cursus universitaire et son expérience professionnelle.

En matière de diplômes, Claire avait en poche un premier master en développement humain et un deuxième en théorie et pratique transformatives. Parallèlement, elle avait suivi des formations dans diverses écoles américaines, anglaises et australiennes, dans toutes sortes de matières allant du développement psychique aux sciences métaphysiques. Professionnellement, elle jouissait d'une excellente réputation et avait à son actif plus de trois années de collaboration avec la police. Elle avait, en fait, un tel palmarès que Casey était bien décidée à la débaucher au profit des Forensic Instincts. Elle constituerait un atout de taille pour l'équipe. Le tout était de persuader Ryan de la pertinence d'une approche alternative. D'ailleurs, son instinct lui disait que ce scientifique invétéré se laisserait convaincre plus facilement qu'il voulait bien le faire croire. Claire et lui se livraient certes une guerre incessante, mais Casey et Marc n'y voyaient rien d'autre qu'une mascarade. Un écran de fumée qui cachait quelque chose de plus profond.

A quelques pas devant eux, Claire se relevait. Grande et svelte, les cheveux blonds et les yeux gris pâle, elle dégageait quelque chose de doux et d'éthéré en parfaite harmonie avec son surnom. Lâchant le guidon de la bicyclette, elle remit en arrière une mèche de cheveux collée à sa joue et les vit s'approcher.

Une expression d'agacement voila son visage lorsqu'elle aperçut Ryan. Elle n'était manifestement pas d'humeur à se livrer à l'une de leurs joutes verbales habituelles. Ryan, quant à lui, était prêt à sauter sur le ring.

Cette fois, Casey ne parvint pas à dissimuler son sourire. Un tête-à-tête électrique se profilait inévitablement à l'horizon ; elle et Marc avaient déjà lancé leurs paris sur la durée et les résultats des hostilités.

A cet instant précis, la patronne des Forensic Instincts n'était pas contre un petit épisode de badinage acidulé. Cet intermède de légèreté lui ferait d'ailleurs le plus grand bien. Un grand bol d'air frais avant de passer aux choses sérieuses. Ils savaient exactement ce qui les attendait. Les enlèvements d'enfant étaient de loin les affaires les plus éprouvantes.

— Vas-y mollo, Ryan, dit-elle sèchement alors qu'ils approchaient du garage. Claire sait parfaitement ce qu'elle fait. Alors ne la cherche pas trop.

— Qui ? Moi ? répondit-il d'un ton faussement innocent.

— Oui, toi. Tu as l'air d'un taureau prêt à rentrer dans l'arène. Détends-toi. Dès que nous aurons vu la façon dont les choses s'organisent ici, tu pourras retourner dans ta tanière.

Casey arriva à la hauteur de Claire.

— Salut, Claire. Tu es sur le coup ?

Claire acquiesça d'un signe de tête.

— Et vous aussi, visiblement. Si je peux vous aider en quoi que ce soit, n'hésitez pas.

Ryan laissa échapper un gloussement railleur.

— Je crois qu'on s'en remettra plutôt à la science. Les confidences des pseudo-témoins inanimés ne sont pas très parlantes. Du moins pour moi. Cela dit, merci quand même, chère Claire-voyante.

— Ah ! Ryan… Toujours aussi désobligeant, à ce que je vois. Qu'est-ce qui ne va pas, aujourd'hui ? Tu as oublié ton casse-croûte et ton Kinder à la maison ?

— Ne fais pas attention à lui, dit Casey. Il n'a pas dormi depuis plusieurs jours.

— Hum hum… Ceci explique cela, conclut Claire, tout à coup émoustillée, ce qui ne manqua pas d'exaspérer davantage Ryan. Merci pour l'info. Me voilà donc prévenue.

Sur ces mots, elle tourna les talons vers la maison.

— L'heure est venue pour moi d'aller communier avec les objets inanimés, lança-t-elle par-dessus son épaule. Tu serais surpris de voir à quel point ils peuvent se montrer coopératifs… Enfin, dans un monde un peu plus réel que le cyberespace, je veux dire.

Ryan se serait manifestement fait un plaisir de lui clouer le bec, mais il dut se mordre les lèvres et retenir ses sarcasmes, car il devait rejoindre l'équipe de la CARD avec Casey et Marc.

— Les Willis vous ont donc déjà engagés ? lâcha l'agent spécial Guy Adams, qui semblait encore plus contrarié que Ryan à l'idée de devoir travailler avec les Forensic Instincts.

Adams avait une formation de négociateur pour les prises d'otages. La trentaine révolue, c'était un homme vif et aussi féru de compétition que Ryan et Marc. Et, pour couronner le tout, il ne jurait que par les approches qu'il avait apprises au FBI, et méprisait tout particulièrement les Forensic Instincts et leurs méthodes peu orthodoxes.

— Ça pose un problème ? demanda Marc d'un ton calme et inquisiteur.

— Pas tant que vous restez à votre place.

— Guy, nous sommes ici pour travailler main dans la main, répliqua Casey. Avec vous et avec le C-20. Nous avons tous le même objectif : ramener Krissy Willis saine et sauve à la maison. Alors laissons nos ego de côté, et évitons les combats de coqs.

— Nos agents spéciaux sont déjà à l'intérieur, l'informa

Guy, ignorant délibérément sa tentative de rapprochement. Le bureau local de New York a envoyé Harrington et Barkley. Ils sont avec les parents, en ce moment. Ils leur font remplir le questionnaire habituel. Le reste de l'équipe de New York est à l'école de Krissy avec deux agents de l'unité de recherche de White Plains. Harrington et Barkley vont nous faire leur debriefing d'une minute à l'autre. C'est Harrington qui a été choisie pour mener l'affaire.

— Je trouve que c'est un très bon choix, remarqua Casey.

— Ça tombe bien.

— Je suis sérieuse, insista Casey en passant outre à ce brin de sarcasme.

Elle réfléchissait aux agents avec qui elle allait devoir collaborer chez les Willis. Peg Harrington et Ken Barkley étaient deux enquêteurs chevronnés qui travaillaient depuis plus de dix ans sur des affaires de violence aux enfants. Intelligents et expérimentés, ils n'étaient pas du style à tomber dans le complexe d'infériorité, ce qui devrait faciliter le travail d'équipe. Et puis, avec Peg à la barre, ça ne pouvait que bien se passer. Elle savait rester calme sous pression, et faisait preuve d'une efficacité hors du commun.

— Est-ce que vos clients vous ont exposé tous les faits ? demanda Guy à Casey.

D'un geste de la main, elle lui répondit de manière incertaine.

— J'ai pris quelques renseignements auprès de Hope Willis pendant le trajet. J'ai les grandes lignes. A tout hasard, personne n'aurait relevé le numéro d'immatriculation de l'Acadia du kidnappeur ?

— Juste une ou deux lettres. Rien d'assez solide pour obtenir quoi que ce soit. La police a lancé un avis de recherche. Pour l'instant, ça n'a rien donné. Ils ont également prévenu la cellule de crise de Westchester, lancé une alerte enlèvement et ouvert un dossier dans le NCIC. Des officiers sont répartis sur les deux sites. Ici et à l'école maternelle, avec la police du comté et le CSI.

D'un seul coup, Casey s'aperçut que Guy se faisait bien bavard et fort prévenant, pour quelqu'un qui, au premier abord, n'avait pas fait mystère de son hostilité à son égard. Jetant un coup d'œil par-dessus son épaule, elle vit McHale et Dugan entrer dans la maison. C'était donc ça, son plan. L'occuper à l'extérieur pendant que les autres membres de la CARD rejoignaient leurs collègues du C-20 pour prendre une longueur d'avance.

Même s'il s'agissait d'une ruse de débutant, Casey ne put s'empêcher de saluer la tentative. Et d'admettre qu'à leur place, elle aurait agi exactement de la même manière. En tout état de cause, le C-20 avait carte blanche. Ses agents incarnaient le pouvoir judiciaire, contrairement à elle et à son équipe.

Quoi qu'il en soit, elle avait bien l'intention de rejoindre les autres dans la maison et de rencontrer les Willis. Ils étaient ses clients, et le FBI ne pouvait donc pas l'en empêcher. En vérité, elle voulait non seulement les rencontrer, mais surtout tenter de les cerner. Elle avait besoin de savoir ce que Hope Willis n'avait pas voulu lui dire. Et elle tenait à évaluer elle-même comment les époux arrivaient à faire face, à la fois individuellement et en tant que couple, quelques heures seulement après l'enlèvement de leur fille.

Le langage du corps était un puissant révélateur.

Le FBI et la police avaient déjà soumis les Willis à plusieurs interrogatoires officiels et s'apprêtaient maintenant à livrer leur compte rendu à la CARD. La procédure habituelle. Comme toujours, les Forensic Instincts se verraient fermer catégoriquement la porte au nez. Et comme toujours, ils mettraient ce moment à profit pour glaner la moindre information auprès du voisinage. Chaque membre du trio procéderait d'ailleurs à sa manière.

— Fini de jouer, Guy, déclara brusquement Casey. Vous pouvez nous interdire d'assister à vos sessions de debriefing, mais pas d'accéder à la maison. Hope Willis nous a engagés. Nous allons entrer maintenant et les rencontrer, elle et son mari. Nous nous ferons tout petits. Et nous n'interférerons pas dans votre enquête.

— C'est bon, dit Don dans un soupir à peine dissimulé. Si vous arrivez à dégoter une information, n'importe laquelle, nous sommes preneurs. C'est la vie d'une fillette de cinq ans qui est en jeu. J'ai une petite-fille de cet âge. Je suggère que nous mettions nos ressources en commun pour résoudre cette affaire avant qu'il ne soit trop tard.

— Pas de problème, répondit Casey en faisant signe à son équipe de suivre Don et Guy à l'intérieur.

Parfait. Ils venaient d'enterrer la hache de guerre avec le chef de la CARD. Barkley et Harrington avaient travaillé à de nombreuses reprises avec le personnel de l'unité de déploiement rapide, et ils lui portaient une grande estime. Il en était de même pour les agents de la brigade des crimes de violence de White Plains et pour la police du comté de Westchester.

— Super, murmura tranquillement Marc. Il ne nous reste plus qu'à faire les yeux doux à la police locale. Malheureusement, ce n'est jamais ce qu'il y a de plus facile.

Le silence marqué par ses deux collègues valait pour approbation. Les policiers locaux, et tout particulièrement ceux des petites circonscriptions, appréhendaient souvent avec suspicion les éléments et les personnes qu'ils ne connaissaient pas. Certains voyaient même dans ce type d'affaires l'opportunité de s'affirmer personnellement face aux fédéraux, ce qui les rendait méfiants vis-à-vis du statut d'indépendant dont jouissaient les Forensic Instincts.

— On risque de rencontrer une certaine résistance, mais en tout cas, ce ne sont pas des débutants, intervint Ryan, qui venait d'effectuer avec son ordinateur une recherche rapide sur le département de la police de North Castle. Ils sont plutôt costauds.

Marc lui lança un regard interrogateur.

— Qu'est-ce que tu as trouvé ?

— Quasiment aucune rotation du personnel. Que ce soient les flics ou les détectives, ils restent accrochés à leur poste comme des moules à leur rocher. Ces types adorent leur boulot. Bien formés et consciencieux. Ils n'ont pas beaucoup de crimes à se mettre sous la dent — principalement des portières de voitures forcées et des cambriolages. Mais ils sont aussi parés pour du lourd. Leur unité de police-secours est en place depuis plus d'une douzaine d'années et affiche des résultats impressionnants. En un mot, ils ont un fort esprit communautaire. Ils savent veiller sur leurs ouailles, et ils le font bien.

— Ça se présente plutôt pas mal, commenta Marc. Sauf s'ils se la jouent bornés et qu'ils refusent de coopérer.

— Il n'y a qu'une façon de le savoir.

Casey acquiesça. Avec les meilleurs enquêteurs et un vrai soutien de la police, l'affaire se présentait on ne peut mieux.

Mais il restait toutefois un point : découvrir ce que Hope lui cachait.

Casey trouva Hope occupée à arpenter le salon de sa demeure tentaculaire, rejetant derrière ses oreilles, d'un geste convulsif, les mèches défaites de ses cheveux blonds.

Il ne lui fallut pas plus de dix secondes pour s'en convaincre : cette femme au regard hanté, incapable de rester en place sur une chaise, n'avait rien à voir avec la disparition de sa fille.

Edward Willis était un peu plus difficile à cerner. Froid de nature, Willis était un avocat parfaitement lustré, habitué à se dérober derrière un vernis sans faille. Mais une légère crispation venait rider l'artifice en surface. De même qu'il régnait une tension évidente entre lui et sa femme. Une distance physique, mais aussi émotionnelle. Deux entités distinctes plutôt qu'une unité faisant bloc. Edward était crispé, et connaissait trop bien le monde judiciaire pour ignorer qu'il figurait parmi les suspects.

Casey s'avança directement vers le couple.

— Monsieur et madame Willis ? Je me présente, Casey Woods.

Hope cessa instantanément de faire les cent pas et vint à sa rencontre.

— Nous n'avons eu aucun contact, laissa-t-elle échapper. Aucune demande de rançon, aucune lettre, aucun coup de téléphone. Même pas un e-mail de menace.

Hope posa un regard désespéré sur Casey puis sur les agents du FBI avec qui elle venait de s'entretenir, et enfin sur l'équipe de la CARD qui entrait à son tour.

— Est-ce que cela veut dire qu'il est en train de lui faire du mal ? Ou pire ? Et si ce n'est pas de l'argent qu'il veut, qu'est-ce que ça peut bien être, alors ? Oh ! mon Dieu…, dit-elle, emportée par une vague de sanglots, tandis que son corps se contorsionnait d'épouvante.

— Ce n'est pas la peine d'imaginer le pire, madame la juge. Nous n'en sommes pas là.

Don s'avança devant Casey et se présenta d'une voix calme et posée.

— Agent chef spécial Don Owens. Voici les agents spéciaux Will Dugan, Guy Adams et Jack McHale. Nous faisons partie d'une unité spécialisée dans les disparitions d'enfants. Nous sommes là pour vous aider à retrouver votre fille. Avez-vous donné aux agents spéciaux Barkley et Harrington une description précise de Krissy, ainsi que des photos et quelques vêtements ?

— Oui, affirma Edward en se plaçant au côté de sa femme. Merci d'être venu jusqu'ici, agent Owens. Je suis Edward Willis, le père de Krissy. Pour répondre à votre question, nous avons effectivement rempli un questionnaire général. Et aussi remis à la police et au FBI une liste non exhaustive de nos voisins, amis et parents. Sans oublier les amis de Krissy, ses petits camarades de classe et ses enseignants. Parallèlement, Hope et moi sommes en train de dresser la liste de tous ceux qui seraient susceptibles de nous en vouloir. Nous avons également fourni la photo et les vêtements que vous venez de mentionner, ainsi que la brosse à cheveux de Krissy, sa brosse à dents et tous les détails de l'enlèvement dont nous disposons — c'est-à-dire pas grand-chose. Que pouvons-nous faire d'autre ?

— Répondre présents pour quoi que ce soit, expliqua Don. Enregistrer un message télé ou radio. Suivre nos instructions si nous vous demandons de faire durer un appel téléphonique pour essayer de le localiser. Nous aider à faire le tri entre les appels sérieux et les appels fantaisistes que nous recevrons au numéro d'urgence, ou au Centre national pour les enfants disparus ou exploités. Vous devrez tous les deux vous soumettre à un test graphologique. Je vous rassure, ce n'est qu'une procédure de routine. Ne le prenez pas mal. Faites-le sans vous poser de question. Eliminer des suspects est aussi important que de les traquer. Et surtout, gardez espoir.

— Les traquer…, répéta Hope, l'air hagard. Et les barrages routiers ?

— C'est chose faite. Dans tout le comté, et même au-delà, affirma Don. Des patrouilles routières sillonnent toute la région. Croyez-moi, madame la juge, nous connaissons notre métier.

Hope acquiesça en baissant les yeux, tandis que des larmes coulaient sur ses joues.

La compassion de Don se lisait sur son visage. Il partageait sa douleur et savait fort bien qu'il n'existait qu'un seul moyen de la soulager.

— Si vous voulez bien m'excuser, je dois debriefer mon équipe, reprit-il. Le plus tôt sera le mieux. Ainsi, nous ne perdrons pas une minute. Dans quelle pièce pouvons-nous nous installer ?

— Mon bureau, répondit Hope sans hésiter. En bas, dans le hall, deuxième porte à droite. Les autres agents du FBI y sont déjà, avec la police. Il y a une grande table de conférence et largement assez de chaises pour vous tous.

Tout en la remerciant d'un rapide signe de tête, Don et son unité de la CARD filèrent vers le hall.

Hope se tourna vers Casey.

— J'ai perçu dans votre voix quelque chose d'évasif, lança Casey à brûle-pourpoint. Vous nous cachez quelque chose. Avant que nous n'allions plus loin, je veux savoir de quoi il s'agit.

Prenant une rapide inspiration, Hope répondit instinctivement à ce qui avait tout l'air d'une offensive caractérisée.

— Croyez-vous vraiment que je pourrais faire du mal à ma fille ? Vous pensez que c'est pour cela que j'ai préféré ne pas vous en dire plus ?

— Dans un premier temps, c'est l'une des explications que j'ai envisagées.

Casey continuait de jouer la carte de la franchise. Simultanément, elle observait du coin de l'œil une scène fort intéressante qui se déroulait dans la cuisine. Mais la réponse qu'elle fit à Hope fut claire et sans détour.

— Toutefois, après vous avoir vue en personne, mes soupçons se sont dissipés. Cela dit, ça ne répond pas à ma question. Il y a bien quelque chose que vous ne nous dites pas. Je veux savoir quoi et pourquoi.

— Parce que ça n'a aucun rapport avec la disparition de notre fille, intervint brutalement Edward Willis.

D'un rapide coup d'œil par-dessus son épaule, Casey enjoignit à Marc et Ryan d'aller vaquer à leurs occupations. Quand ils eurent quitté la pièce, Casey s'adressa à Edward en le regardant droit dans les yeux.

— Arrêtez-moi si je me trompe, monsieur Willis. J'ai la nette impression que vous n'approuvez pas le fait que votre épouse ait fait appel à nos services.

— Vous ne vous trompez pas. Je crois dur comme fer dans la justice de mon pays.

— Je n'en doute pas, puisque vous êtes avocat, lui répondit-elle avec respect.

Pourtant, elle n'aimait pas cet homme. Il semblait avoir pour manie de porter un jugement sur toutes choses et de vouloir tout contrôler. Rien d'étonnant à ce qu'il croie en la justice. Ou plutôt en sa justice à lui. Monsieur se spécialisait en effet dans la remise en liberté de criminels violents pour assouvir sa soif de notoriété, gonfler son ego et alimenter son compte en banque.

Mais elle se contenta d'expliquer :

— Je comprends votre point de vue. Mais rassurez-vous. Mon équipe et moi n'avons pas l'intention de court-circuiter les autorités judiciaires ni d'aller à l'encontre des décisions que vous serez amenés à prendre avec elles. Nous sommes là pour suivre leurs orientations. Du moins, si notre conversation aboutit à une décision unanime de travailler ensemble.

— Comment ça, *si* ?

La remarque de Casey l'avait décontenancé. De toute évidence, cet homme était habitué à tout régenter. Il n'imaginait pas qu'il puisse en être autrement, même si, en l'occurrence, il aurait vu d'un bon œil Casey et son équipe débarrasser le plancher.

— Je ne comprends pas, mademoiselle Woods, dit-il en serrant les mâchoires. Ma femme vous a engagés…

— C'est vrai. Mais à une condition. Je veux ma réponse. Quelle est cette chose que vous ne me dites pas ?

Hope fixa le sol quelques instants. A sa façon de déglutir avec peine et de s'armer de courage en fermant les yeux, Casey comprit que cette femme avait ressassé la même histoire un nombre incalculable de fois et que la douleur était restée intacte.

— Ma sœur Felicity a été kidnappée il y a trente-deux ans, expliqua-t-elle lentement, d'une voix chancelante d'émotion. Nous avions six ans. Elle dormait à côté de moi lorsque c'est arrivé. On l'a endormie avec du chloroforme. Voilà. C'est elle que le kidnappeur a choisi de prendre, et elle seule. Je n'ai jamais compris pourquoi. Nous sommes…, poursuivit-elle avant de marquer une pause, tant la douleur la submergeait. Nous étions jumelles. De vraies jumelles. Rares étaient ceux qui parvenaient à nous distinguer, mis à part nos parents. Ce qui, pour moi, signifie que le kidnappeur nous connaissait assez bien, pour ne pas dire parfaitement bien. Et puisque vous allez me poser la question… Non, le corps de Felicity n'a jamais été retrouvé. L'affaire a été classée et le dossier refermé deux ans après l'enlèvement. Et aujourd'hui cette histoire se répète… avec ma fille.

Etranglée par l'émotion, Hope porta un poing à sa bouche pour réprimer un sanglot.

— Vous comprenez maintenant pourquoi je préférais éviter le sujet, intervint Edward en enlaçant sa femme.

Bizarrement, son geste avait quelque chose de raide qui manquait de naturel. Presque une mise en scène.

— Je ne vois vraiment aucun intérêt à faire revivre à Hope un épisode douloureux de son passé, continua-t-il.

— Je ne suis pas d'accord, objecta Casey.

Tout en analysant les répercussions de ce nouvel éclairage, elle laissait dériver son regard vers l'entrée de la cuisine.

— Cela explique pourquoi cette histoire est encore plus

terrible pour votre femme qu'elle ne le serait pour n'importe quelle autre. Deux kidnappings de deux êtres si proches dans une seule et même vie… En sachant, surtout, que le premier est resté irrésolu. Votre femme n'était encore qu'une enfant, donc par définition extrêmement vulnérable… Ce genre de blessure ne guérit jamais, monsieur Willis. Notamment lorsqu'il s'agit de jumeaux, qui plus est de vrais jumeaux. Beaucoup les considèrent d'ailleurs comme deux moitiés d'un tout, et à juste titre. Et aujourd'hui, le sort s'acharne sur son propre enfant, la chair de sa chair, la raison de vivre de chaque mère. Je comprends mieux pourquoi Mme Willis était dans un tel état au téléphone. Elle revivait un traumatisme tout à coup resurgi du passé. Qui n'aurait pas été prêt à tout pour éviter que l'horreur se répète ?

— Alors, vous comprenez, lâcha Hope en regardant Casey droit dans les yeux malgré la douleur qui l'accablait.

— Oui, répondit Casey sans l'ombre d'une hésitation. Je comprends vos craintes. Je comprends maintenant ce que vous n'avez pas voulu me dire au téléphone. Considérez-vous comme notre priorité numéro un.

Hope s'écroula littéralement de soulagement.

— Merci !

Sans perdre un instant, Casey se mit au travail.

— Votre baby-sitter… Il s'agit d'Ashley, c'est bien cela ? demanda-t-elle en esquissant un geste en direction de la cuisine.

Surpris par ce changement de sujet inopiné, Hope et Edward suivirent des yeux le regard de Casey.

— Ma baby-sitter ? répéta Hope. Oui, c'est Ashley Lawrence. Bien que l'on ne puisse pas vraiment dire qu'il s'agisse d'une baby-sitter à proprement parler. Elle est la nounou de Krissy depuis notre retour de l'hôpital. Pour nous, ce n'est pas une employée. Elle fait partie de la famille. Et elle adore Krissy.

— Raison de plus pour éveiller ma curiosité. Si tout ce que vous me dites est vrai, pourquoi se dispute-t-elle au téléphone depuis que je suis arrivée ?

— C'est probablement son petit ami, expliqua vaguement Edward, éludant la question d'un geste impatient. Il doit encore râler parce qu'elle a décidé de rester ici jusqu'à ce que nous ayons des nouvelles de Krissy.

— Je vois.

Casey sentait qu'une tension croissante s'emparait d'Edward.

— C'est donc un petit ami sérieux. Je veux dire : pas une amourette de passage. Comment s'appelle-t-il ?

— Frank. Frank Barber.

Casey griffonna le nom du jeune homme sur un bloc-notes.

— Vous m'avez dit que le panda en peluche de Krissy avait été volé aujourd'hui dans la maison. La police a-t-elle relevé des traces d'effraction ?

— Aucune.

— Et personne n'avait accès à la maison, à l'exception d'Ashley, fit remarquer Casey. Laquelle affirme que personne n'est entré ici de toute la journée. Et la voilà maintenant en pleine dispute avec son petit ami.

— Oh ! non ! s'écria Hope, rejetant avec véhémence l'idée qu'Ashley ait pu être impliquée d'une façon ou d'une autre dans l'enlèvement de sa fille. Comme je vous l'ai dit, Ashley adore Krissy, et Krissy est très attachée à Ashley. La pauvre gamine était au bord de l'hystérie lorsque je suis arrivée à la maison. Elle est en état de choc. Je pense plutôt qu'elle cherche auprès de son ami un soutien psychologique.

— Je ne crois pas. Elle a l'air plus nerveuse que bouleversée. Nerveuse, oui, c'est ça… Et anxieuse, si j'en crois son langage corporel, continua Casey en réfléchissant. Peut-être se rend-elle compte qu'elle est allée trop loin et que la situation lui échappe.

— Vous faites fausse route, mademoiselle Woods, insista Hope. Ashley est incapable de faire du mal à Krissy.

— Je ne vous parle pas de lui faire du mal. Du moins pas directement, expliqua Casey tout en dirigeant son regard vers la pyramide de livres apparemment neufs, empilés sur la table de la cuisine. On dirait qu'Ashley est en troisième cycle universitaire. A moins que vous ne la payiez une fortune, elle doit avoir sur le dos un lourd emprunt étudiant. Qu'est-ce que fait Frank dans la vie ?

Le silence qui s'ensuivit tint lieu de réponse.

— Rien de bien lucratif, j'imagine, conclut Casey.

— Des petits boulots, répondit Hope à contrecœur, sur un ton qui laissait transparaître une confiance vacillante. Il est barman à temps partiel et aussi videur, également à temps partiel. Rien de très stable.

— Si je comprends bien, un peu de beurre dans les épinards serait le bienvenu, renchérit Casey avant de marquer une pause. Réfléchissez : une jeune fille vulnérable amoureuse du mauvais numéro. Une jeune fille qui a un accès direct à votre maison, à vos emplois du temps et à votre fille.

Pour la première fois, Casey fixa ouvertement Edward. Et comme elle se l'était figuré, il s'était littéralement figé sur place.

— Je dirais que c'est une piste suffisamment solide pour qu'on s'y intéresse de plus près, n'est-ce pas, maître ?

— Je dirais que ce n'est pas mon métier mais le vôtre, mademoiselle Woods, articula-t-il tout en la fusillant du regard.

4

Cette journée a été éprouvante. Je sais que tu es terrifiée. Mais tu n'es pas une enfant comme les autres.

Tu es unique et précieuse.

Le somnifère fait enfin effet. Tes yeux sont fermés. Ta respiration est régulière. Tes longs cheveux blonds ébouriffés sont étalés sur l'oreiller. Quel dommage que tes cils soient collés par tes larmes... Tu as pleuré pendant des heures. Tu t'es débattue de toute ton énergie. Ton cou est encore humide de transpiration.

On dirait que tu es chez toi, ici. Tant mieux, car tu ne pourras pas t'enfuir. Même si, pour l'instant, tu n'as que cette idée en tête.

Quand tu te réveilleras, tu pleureras encore, bien sûr. Tu me supplieras. Et finalement, tu abandonneras. Tu auras cet air hagard au fond des yeux. Tes grands yeux bleu-vert si expressifs...

C'est à moi d'effacer tout ça. De te faire changer d'avis sur ta nouvelle maison. De faire en sorte que tu te sentes chez toi, ici.

Je réussirai. Je suis la seule personne qui en soit capable.

J'ai dans ton cartable tout ce dont j'ai besoin. Tu n'auras rien d'autre à faire qu'à te laisser guider.

Fais de beaux rêves, Krissy. Dès ton réveil, c'est une nouvelle vie qui commencera pour nous.

Ashley raccrocha son téléphone en toute hâte à l'instant même où Casey entra dans la cuisine. Lorsqu'elle croisa le regard de la jeune détective, elle avait l'air agitée, comme si elle était à bout de nerfs. Ou comme si elle avait eu quelque chose à cacher.

— Bonjour..., dit-elle d'une voix hésitante.

— Bonjour, Ashley, répondit Casey en lui tendant la main. Je suis Casey Woods, et mon agence travaille avec les Willis pour retrouver Krissy.

— Votre agence ? demanda Ashley en serrant la main de Casey.

A en juger par la chaleur et la moiteur de sa paume, la conversation téléphonique avait été longue, et la jeune fille était extrêmement nerveuse.

— Vous n'êtes pas de la police ou du FBI ?

— Ni l'un ni l'autre. Je dirige les Forensic Instincts, une société privée spécialisée dans la résolution d'affaires comme celle-ci. Je voudrais vous poser quelques questions.

Hésitante, Ashley humecta ses lèvres.

— J'ai déjà dit tout ce que je sais aux autorités.

— Je n'en doute pas. Mais puisque mon équipe et moi venons juste d'arriver, ce serait très gentil à vous de me le répéter.

Casey n'avait nul besoin de se retourner pour savoir que les Willis l'avaient suivie jusque dans la cuisine. Elle le lisait sur le visage d'Ashley, dans ses yeux, dans son regard voilé d'incertitude qui semblait lancer un appel au secours.

— C'est bon, Ashley, assura Hope.

Toutefois, Casey était à peu près certaine que Hope n'était pas la destinataire de ce SOS désespéré.

— Vous pouvez dire à Mlle Woods tout ce qu'elle a besoin de savoir, poursuivit la maîtresse de maison.

Casey se retourna vers Hope.

— Pourrais-je m'entretenir avec Ashley seule à seule ? Peut-être dans une chambre ou dans un endroit confortable. Je suis certaine qu'elle est épuisée par tout ce qu'elle vient de vivre.

— Bien entendu. Il y a une véranda derrière la cuisine, indiqua Hope. Prenez tout le temps qu'il vous faudra.

A ces mots, elle se dirigea vers le réfrigérateur, dont elle sortit deux bouteilles d'eau qu'elle donna à Casey et à Ashley. Edward, quant à lui, se tenait à l'écart, les traits tendus, l'air crispé.

— Merci, dit Casey avant de suivre Ashley vers la véranda.

La jeune fille était décidément au bord de la crise de nerfs.

Peut-être l'accumulation de tout le stress de la journée ? Ou alors un sentiment de culpabilité ?

Les deux, selon Casey.

— Je voudrais commencer par revenir sur les tout premiers éléments, dit-elle dès qu'elles furent installées dans les confortables fauteuils de la véranda. Je vais prendre quelques notes. Cela ne vous dérange pas ? demanda-t-elle en sortant un bloc de papier et un stylo.

— Ça m'est égal, assura Ashley tout en croisant et décroisant les mains, visiblement en proie à une confusion certaine. Mais ça ne serait pas plus simple de récupérer auprès de la police une copie de mes déclarations ?

— Je le ferai aussi. Mais mes collègues et moi avons tendance à préférer l'humain à la procédure. Certaines choses que vous pourriez me dire pourraient nous permettre d'aider les autorités. Vous comprenez ?

— Comme quoi ?

D'un clic, Casey arma son Bic et se pencha vers son interlocutrice.

— Comme me faire un portrait psychologique de Krissy. Je n'ai pas besoin d'un portrait physique. Pour cela, il me suffirait de consulter les photos qui ont été remises à la police. Ou d'étudier le rapport de victimologie rempli par ses parents. Mais le problème de ces documents, c'est qu'ils sont rarement aussi précis que je le souhaiterais. D'autant qu'en l'occurrence, j'aimerais surtout en savoir plus sur les petites manies de Krissy. Ce qu'elle aime, ce qu'elle déteste, les particularités de ses traits de caractère… A pas mal d'égards, c'est vous qui vous occupiez le plus d'elle. Les Willis ont des carrières professionnelles brillantes et très prenantes, notamment M. Willis. Comprenez-moi bien, je ne veux pas dire qu'ils ne sont pas des parents exceptionnels, mais au bout du compte, c'est vous qui avez passé le plus de temps avec Krissy depuis sa naissance. Vous êtes peut-être plus à même de me préciser certaines choses, qui sont plus fraîches dans votre mémoire que dans la leur.

Ashley esquissa un sourire discret.

— Krissy a toujours été une petite fille adorable. Elle est toujours joyeuse. Et puis elle est très douée. Et tellement précoce que j'ai même parfois du mal à anticiper ses réactions !

Ainsi mise en confiance, la jeune nounou continua volontiers de s'épancher, évoquant une enfant pleine d'allant, enthousiaste, qui adorait les livres, les dessins et le Disney Club Pingouin. Elle était sans cesse invitée chez les uns et chez les autres et avait plein d'amis — et surtout un petit Scotty. Krissy faisait partie de la troupe de lutins des scouts. Elle avait décrété qu'elle se mettrait au tuba dès qu'elle passerait en CE2, et elle aurait rêvé avoir les cheveux roux et bouclés de son amie Erin, qui les portait jusqu'en bas du dos, toujours soyeux et brillants.

— Krissy adorerait vos cheveux, confia Ashley sur un ton tellement affectueux qu'il ne pouvait être feint. Elle vous poserait un million de questions. Qui est roux dans votre famille ? Comment avez-vous réussi à hériter de cette couleur ? poursuivit-elle en esquissant de nouveau un sourire attendri. Elle vous demanderait aussi si vous avez un petit ami, et s'il aime les cheveux roux. Ensuite, elle vous parlerait de Scotty, elle vous le décrirait dans les moindres détails, et vous raconterait qu'elle arrive à tenir bien plus longtemps que lui la tête à l'envers sur les agrès. Elle n'a vraiment rien d'une enfant timide ou farouche, croyez-moi.

Casey posa son bloc de papier.

— Elle a l'air d'une enfant extraordinaire.

— Elle l'est. C'est bien simple, tout le monde l'adore.

— Et ses parents ? Est-ce que tout le monde les aime, eux aussi ?

Brusquement, le cou d'Ashley s'empourpra.

— Il m'est difficile de répondre à cette question. Ils sont formidables avec moi, et ils l'ont toujours été. Ils ont des tas d'amis. Mais ils ont aussi l'un et l'autre un travail qui leur attire certaines inimitiés. Donc, je ne pourrais pas vous dire…

— Je ne m'attendais pas à ce que vous connaissiez en détail leur vie professionnelle. Je pensais plutôt à des différends importants d'ordre privé. Des différends avec n'importe qui, ou entre eux.

— Non, aucun. Du moins, pas que je sache, répondit-elle du tac au tac, sur la défensive.

Casey remarqua à son cou que son pouls s'accélérait. Nerveuse ? Peut-être…

Elle poursuivit sur un ton calme et rassurant.

— Ashley, mes questions ne sont pas dirigées contre les Willis. Ils ont tout l'air d'être des gens charmants. Tout ce que je veux, c'est retrouver Krissy. Je ne cherche pas à déterrer de vieux secrets de famille. Ce n'est pas mon boulot. Mais les disputes de famille peuvent donner lieu à des confidences. Des confidences faites à des tiers. Qui peuvent elles-mêmes éveiller de la colère ou de l'amertume, même chez des amis. On peut quasiment dire que vous vivez ici. C'est pourquoi je vous demande si vous avez eu vent de quelque conflit interne ou externe.

Ces éclaircissements apaisèrent Ashley.

— Non, aucun.

— D'accord, ponctua Casey avant d'enchaîner sans transition sur le point suivant. Si je comprends bien, vous avez passé toute la journée à la maison sans recevoir aucune visite.

— Tout à fait, reconnut-elle, désarçonnée par ce brusque changement de sujet.

— Lorsque vous êtes là, l'alarme est-elle connectée ?

— Pas pendant la journée. Mais je ferme toutes les portes. Si quelqu'un s'introduisait par effraction, je m'en rendrais compte. Et puis, j'aurais entendu.

— C'est vrai, admit Casey tout en réfléchissant. Et le courrier ?

— Comment ça, le courrier ?

— J'ai vu que la boîte aux lettres se trouvait en bas de l'allée, qui est assez longue et sinueuse. Avez-vous relevé le courrier, aujourd'hui ?

— Oui. J'ai déjà dit tout ça à la police. Et oui, la porte est restée ouverte pendant ce temps-là. Mais je ne suis descendue que deux ou trois minutes. Pas plus. Alors, si vous pensez que quelqu'un a pu en profiter pour s'introduire et ressortir en si peu de temps, j'en doute. Est-ce que c'est matériellement possible ? Je suppose que oui. Mais je crois que j'aurais remarqué quelque chose. Sans compter qu'il est quand même peu probable qu'ils aient eu le temps de monter à l'étage, de prendre Oreo et de repartir. Et encore, il faudrait qu'ils connaissent l'intérieur de la maison, l'emplacement de la chambre de Krissy…

— A moins que quelqu'un ne leur ait fourni un plan, coupa Casey avec aplomb.

— Mais qui… ? s'interrompit Ashley, les yeux écarquillés, avant de comprendre subitement où Casey voulait en venir. Vous voulez dire *moi* ? Vous croyez que *moi*, je suis impliquée dans ce kidnapping ?

— Je ne sais pas quoi en penser, lâcha-t-elle en haussant brusquement les épaules. Je vois bien combien vous aimez Krissy, et combien vous êtes accablée par ce qui est arrivé. Mais vous êtes la seule personne à être restée ici toute la journée. Alors, vous pourriez m'avoir menti. Ou être impliquée d'une manière indirecte, en tant que complice, par exemple.

La violence manifeste du choc qu'Ashley venait de recevoir se lisait sur son visage.

— Complice de qui ? Mon Dieu ! Jamais de ma vie je ne pourrais toucher à un cheveu de Krissy ! Jamais je ne l'enlèverais à sa famille ! Jamais il ne me viendrait à l'idée de lui faire vivre une chose pareille !

— Après tout ce que vous m'avez dit, je vous crois. Mais il fallait que je vous pose la question. En particulier à cause de Frank.

— Frank ? demanda Ashley, de nouveau sur la défensive. Qu'a-t-il à voir dans tout ça ?

— D'après les Willis, il vivrait un peu de tout et de rien, et serait loin de rouler sur l'or. Quant à vous, vous êtes encore à l'université. Vous devez payer vos cours et vos manuels. Les Willis sont riches, eux. Je me suis dit que Frank aurait pu vous obliger à faire quelque chose que vous n'auriez jamais fait en temps normal. Vous persuader que cela resterait sans conséquence. Qu'il ferait tout son possible pour que Krissy ne sache pas qui l'avait enlevée. Vous auriez veillé à ce qu'il ne lui fasse aucun mal. Il l'aurait retenue juste assez longtemps pour empocher une énorme rançon que les Willis n'auraient pas hésité à verser, et ensuite, il la leur aurait rendue. Vous seriez tous les deux riches. Et on n'y aurait vu que du feu.

— Et Krissy serait traumatisée à vie, rétorqua Ashley en tremblant. Jamais je ne cautionnerais un plan aussi diabolique ! Jamais ! Même pas pour un million de dollars !

— Et Frank ?

— Certainement pas. Frank n'est peut-être pas un battant, mais ce n'est pas un voleur. Et jamais il ne kidnapperait un enfant.

— De toute façon, ce n'était pas la théorie du siècle, reconnut Casey. D'autant qu'il n'y a pas eu de demande de rançon. Du moins pour l'instant. Mais je me devais de poser la question. Enfin, surtout concernant votre petit ami. C'était avec lui que vous vous disputiez, au téléphone, n'est-ce pas ?

— Oui.

— Est-ce que cela avait quelque chose à voir avec Krissy ?

— Oui… Non… Enfin… C'était à propos de Krissy, mais pas dans le sens que vous croyez, répondit-elle, maladroite, avant d'observer un silence gêné. Il est contrarié parce que je passe beaucoup trop de temps ici. Je sais que ça a l'air horrible, dit comme ça, mais c'est un homme. Il est désolé pour Krissy, mais il en a par-dessus la tête de toute cette histoire. Il a été interrogé par la police. Il a supporté mes crises d'hystérie tout l'après-midi. Et maintenant, je lui annonce que je ne quitterai pas cette maison tant que Krissy n'aura pas été retrouvée saine et sauve. Ce n'est pas un mauvais garçon, vous savez. Il faut se mettre à sa place. Il est juste impatient. Il en a ras le bol.

— Effectivement, je crois qu'on appelle ça un homme, conclut Casey dans un sourire.

— Je sais, poursuivit Ashley, manifestement soulagée par la réaction de Casey.

— Vous et Frank, c'est du sérieux ?

— Plutôt, oui. Nous sommes ensemble depuis un an, précisa Ashley en dévissant le bouchon de sa bouteille pour avaler une gorgée. Je ne m'imagine pas passer devant le maire avec lui, mais comme je vous l'ai dit, c'est un type bien.

— Tout ce qu'il voudrait, c'est que vous lui consacriez davantage de temps.

— Oui, reconnut-elle en buvant de nouveau. Et moi, j'aimerais qu'il travaille un peu plus. Mais je crois que je peux toujours courir.

De la tête, Casey lui adressa un signe de compréhension.

— L'ambition, ça ne s'acquiert pas. On naît avec ou on n'en a pas.

— Exactement, approuva Ashley en décroisant les jambes pour se redresser dans son fauteuil. S'il n'y a rien de plus, je voudrais vraiment retourner à l'intérieur. Le FBI a peut-être du nouveau.

L'inquiétude, l'émotion dans ses yeux, son regard affolé, rien de tout cela n'était joué.

— Vous tenez vraiment beaucoup à Krissy, dit Casey.

— Vous n'imaginez pas à quel point.

Ashley roula sa bouteille entre les paumes de ses mains.

— Au risque de faire dans le cliché, je me sens un peu comme une deuxième maman pour elle. Comme vous l'avez dit, j'ai aidé Mme Willis à l'élever depuis sa naissance, et vu qu'ils ont l'un comme l'autre des emplois du temps plus que surchargés, c'est ici que je passe le plus clair de mon temps. Elle est vraiment la plus adorable des petites filles que je connaisse. Souriante. Intelligente. Elle n'est qu'en maternelle, mais elle a déjà atteint le niveau deux de la méthode de lecture. Elle sait additionner et soustraire plus vite que moi. Et si vous la voyiez à son ordinateur… Un vrai petit génie de l'informatique ! Elle passe des heures sur le Club Pingouin à chatter et à faire des coloriages. Elle est tout simplement incroyable. Et son avatar pingouin est vraiment extra.

— J'imagine, approuva Casey en se levant. Je crois qu'on a fait le tour. Allons voir à l'intérieur où ils en sont. Oh ! Et… Ashley…, ajouta-t-elle alors que la jeune fille se levait elle aussi. Krissy a de la chance de vous avoir dans sa vie. Vous êtes une nounou formidable.

— Merci, dit Ashley en esquissant un sourire mêlé de tristesse. Si seulement je pouvais la ramener à la maison !

La séance de debriefing venait de se terminer lorsque Casey entra dans le salon. Première des priorités, s'entretenir avec l'agent spécial Peg Harrington.

— Bonjour, Peg !

— Casey, salua sobrement celle-ci.

Peg avait quarante-deux ans, les cheveux foncés coupés court et le regard perçant.

— Don m'a dit que les Willis vous avaient engagés. Je n'ai pas besoin de vous rappeler les règles.

— Non, pas besoin. Cette affaire est la vôtre. Mon équipe et moi sommes là pour aider nos clients et mettre nos compétences à votre disposition. J'aurais juste besoin de connaître l'organigramme des responsabilités.

Peg s'éclaircit la gorge.

— M. Willis préférerait que la direction des opérations soit confiée au bureau local de New York. C'est donc moi qui vais me charger de l'affaire sur le terrain, avec Ken Barkley pour coéquipier. Cela dit, l'équipe d'intervention spéciale de White Plains et le département de police de North Castle comptent aussi de bons éléments. Je n'ai pas l'intention de me passer de leurs talents. Et, bien sûr, vous avez vu la CARD arriver. Ah oui ! J'allais oublier… Deux agents de la BAU-3 devraient aussi être ici dans une heure, ajouta-t-elle en faisant référence à l'unité d'analyse comportementale spécialisée dans la protection des mineurs. Comme vous le voyez, nous ne laissons rien au hasard.

Casey acquiesça.

— Du nouveau du côté de la scène de crime ?

— Rien. On interroge en ce moment tout le personnel de l'école. En particulier les témoins. Et aussi la maman chargée de covoiturer les enfants. La scène s'est pour ainsi dire déroulée sous ses yeux. Mais pour l'instant, mes agents sont bredouilles. Les Willis s'apprêtent à faire une déclaration aux médias et à passer un appel à la télévision. Nous allons dans peu de temps ouvrir une ligne d'urgence pour les personnes qui auraient un indice à nous communiquer. Quiconque ayant aperçu un GMC Acadia gris métal avec une plaque comportant les lettres « X » et « M ». Et un enfant à l'intérieur.

— C'est-à-dire la voiture du banlieusard lambda dans une succession de banlieues qui se ressemblent sur des centaines de kilomètres. Autant chercher une aiguille dans une meule de foin.

— Malheureusement, vous avez raison. Et ce n'est pas tout. Le père et la mère ont chacun un nombre incalculable d'ennemis qui rêveraient de leur faire mordre la poussière. Et quel meilleur talon d'Achille qu'un enfant, qui plus est une fille unique ?

Casey esquissa une grimace.

— Evidemment.

Balayant les alentours du regard, elle considéra les agents du FBI qui s'affairaient ici et là pour coordonner les opérations.

— Dites, Peg… Nos interrogatoires de suspects vont certainement se chevaucher, donc s'il y a quelqu'un que vous voulez nous confier… Si vous pensez que nous pouvons obtenir des infos de la part de certaines personnes de cette liste, vous n'avez qu'à demander. Comme vous l'avez dit, la liste des suspects fait trois kilomètres de long. Et nous voulons tous la même chose — retrouver Krissy saine et sauve. Alors n'hésitez pas. Nous sommes là pour ça.

— Comptez sur moi. Pour l'instant, nous nous occupons de faire le tri dans la liste. Une fois que ce sera fait, nous aurons besoin de main-d'œuvre. Ne vous inquiétez pas, nous ne vous oublierons pas.

A ces mots, Peg partit rejoindre son équipe, déjà en pleine effervescence. Casey en profita alors pour explorer les environs à la recherche de ses comparses. Marc discutait dans l'entrée avec deux agents du C-20. Ryan, quant à lui, était introuvable, mais Casey le soupçonna d'être monté à l'étage avec l'espoir de glaner quelques indices dans la chambre de Krissy, où s'était installé l'agent chargé d'analyser son ordinateur.

L'annonce télévisée était maintenant prévue dans moins d'une heure. Une série de conseils et de recommandations étaient donnés à Hope et Edward. Juste à côté d'eux, Ashley écoutait attentivement. Sa posture et son langage corporel, on ne peut plus révélateurs, n'échappèrent pas à Casey, qui consigna immédiatement l'information dans un coin de son cerveau.

Puis elle tourna les talons et se fraya un chemin en direction d'une autre partie de la maison. Elle aurait voulu quitter les lieux, mais elle préférait attendre d'avoir d'abord parlé à Hope et à Edward. Après quoi, une fois qu'elle et son équipe auraient collecté suffisamment d'informations pour passer à la vitesse supérieure, ils fileraient à l'école de Krissy et commenceraient leur travail d'investigation approfondie.

Déambulant de pièce en pièce, elle ne s'attendait pas à tomber sur la salle de jeux, que l'absence de Krissy avait figée dans un calme sinistre. Et encore moins à y trouver Claire Hedgleigh. Assise en tailleur sur l'épaisse moquette, la jeune femme faisait rouler un crayon entre ses doigts, tout en promenant son autre main sur un dessin à demi achevé d'un album de coloriage.

Des larmes roulaient sur ses joues.

5

Maman ?

Tu es où ? J'ai peur. Je suis où ? Comment je suis arrivée là ?

La peinture que j'ai faite pour toi à l'école est en train de sécher. La fermeture Eclair de mon sac à dos s'est coincée. Alors la cloche a sonné deux fois avant que je sorte. J'étais surprise de t'entendre klaxonner. C'était une bonne surprise. Tu es partie tôt du travail. Tu as quitté le banc où tu t'assois toujours, exprès pour qu'on puisse jouer. Tu n'avais même pas changé le tailleur noir que je t'avais aidée à attraper ce matin. Comme ça, tu as pu arriver à l'école avant que la maman d'Olivia nous ramène chez nous.

Maintenant, je me souviens de cette écharpe qui sentait pas bon. J'ai essayé de te dire qu'elle sentait pas bon, mais tu parlais. Je sais pas à qui. Mais pas à moi. A quelqu'un d'autre. Tu conduisais sans t'arrêter. Je me suis réveillée un peu. Tu m'as donné quelque chose à boire pour faire partir le mauvais goût.

Je me sens bizarre. Je suis peut-être malade ? Je sais pas. C'est pas mon lit. Et c'est pas mon pyjama. J'aime pas les pyjamas. Ça me donne chaud, les pyjamas. Et puis ça colle. Moi, je préfère les chemises de nuit. Où est ma chemise de nuit ?

J'aime pas ici. C'était la voix de papa, tout à l'heure ? Il est toujours là ? Et toi ? Tu es toujours là ?

J'espère que vous êtes pas partis tous les deux.

Vous m'avez pas laissée toute seule ici avec Oreo ?

Je vous ai appelés très fort, mais vous n'êtes pas venus. J'ai appelé Ashley, aussi. Elle a pas répondu. Mais c'est pas elle que je veux voir. Et je veux pas voir papa, non plus. Je veux toi.

Tu es où, maman ?
S'il te plaît, viens.

Claire ferma les yeux pour mieux se recueillir. La peur et la confusion de la fillette s'emparaient de tout son être.

Elle sentait que celle-ci retrouvait peu à peu ses esprits. Le brouillard qui avait envahi son esprit se dissipait. Et Claire, elle aussi, y voyait plus distinctement. Il y avait de la peur. Tellement de peur…

Krissy pleurait. De grosses larmes perlaient entre ses cils et roulaient sur ses joues jusqu'à la pointe de son menton. Du revers de ses petites mains, elle les essuyait. Mais certaines lui échappaient. Oreo avait la tête trempée.

Et maintenant, la panique. L'enfant commençait à céder à la panique. Et s'époumonait en appelant sa maman, tout en sanglotant et en suppliant…

— Claire ?

Dans un premier temps, la voix de Casey ne l'atteignit pas. Puis elle entendit son nom, et Claire se rendit compte que quelqu'un l'appelait. Dans un sursaut, elle revint à la réalité tout en clignant des yeux. Par-dessus son épaule, elle aperçut Casey.

— Tout va bien ? demanda Casey.

— Non.

Lentement, Claire se remit debout, sans se rendre compte que son visage était baigné de larmes.

— Krissy est terrifiée. Elle se demande où elle est. Elle n'arrête pas d'appeler sa maman.

Casey ne sourcilla pas.

— Tu as réussi à percevoir ce qu'elle ressentait ? Est-ce que cela ressemblait à quelque chose qu'elle avait déjà vécu ? Quelque chose que tu pourrais exploiter ?

Claire acquiesça légèrement.

— Quelle qu'elle soit, la personne qui l'a enlevée portait un tailleur noir semblable à celui que porte sa mère pour aller travailler. Elle avait les cheveux blonds avec la raie sur le côté, exactement comme Mme Willis.

— Des vrais cheveux ou une perruque ?

— Je ne sais pas. Je n'ai rien perçu à ce sujet…, expliqua Claire en esquissant de la main un geste incertain. La femme portait des lunettes de soleil noires. De toute évidence, elle tenait à masquer son apparence. Mais surtout, elle cherchait par tous les moyens à se faire passer pour la mère de Krissy. Sa voiture. Ses cheveux. Un grand sourire. Un signe du bras pour lui faire coucou.

— Tout ça pour mieux l'attraper, fit remarquer Casey. Est-ce que Krissy se souvenait de ce qui s'est passé dans la voiture ? Le kidnappeur était seul ? Il lui a fait du mal ?

— Je crois qu'elle l'a endormie avec du chloroforme, et qu'ensuite elle lui a donné un sédatif. Krissy l'a entendue parler. Mais je n'ai senti aucune autre présence dans la voiture, donc je pense qu'elle était au téléphone.

— Probablement avec son complice ou son commanditaire, poursuivit Casey. Qu'est-ce que tu as perçu d'autre ? Où se trouve Krissy, maintenant ? Est-ce que tu as pu apercevoir son environnement ? Qui était avec elle ? Un détail, peut-être, qui pourrait nous aider à la retrouver ?

Cette fois, Claire hésita un instant.

— Casey, il vaudrait mieux que je parle à la police en premier. Vraiment.

— Tu as sûrement raison. Mais tant que tout est frais dans ta tête… Les policiers sont en pleine réunion, en train de se répartir les tâches pour filer sur le terrain et commencer au plus vite les interrogatoires. Moi, je suis là. Je mémoriserai tout ce que tu me diras. Je pourrai t'accompagner lorsque tu iras faire ton compte rendu aux autorités. Comme ça, si jamais tu oublies un détail, nous pourrons à nous deux leur donner une description la plus précise et complète possible.

Casey marqua alors une pause, avant de reprendre.

— Claire, ce n'est pas la première fois que nous travaillons ensemble. Tout ce qui m'importe est de retrouver cette gamine avant qu'il ne soit trop tard. Alors dis-moi ce dont tu te souviens.

— Elle veut sa chemise de nuit, répondit calmement Claire. Elle n'aime pas les pyjamas. Mais c'est ce qu'on lui a fait mettre. Un pyjama en flanelle. Elle se trouve dans une pièce en sous-sol, derrière une porte avec un verrou à l'extérieur et un autre à l'intérieur. Le kidnappeur l'utilise chaque fois qu'il descend la voir. Il n'y a personne d'autre, en ce moment. Elle a entendu des voix, un peu plus tôt, mais maintenant, il n'y a plus un bruit. Elle est folle d'impatience de voir sa maman.

— La pièce, est-ce que tu l'as vue ?

— Quelques flashes, oui. Elle est vide. Calme. Il y a un lit à baldaquin. Avec un couvre-lit blanc imprimé de petites couronnes dorées. Avec des plumes roses tout autour. La luminosité est assez forte dans la chambre, mais c'est une lumière artificielle. Une lampe posée sur la table de nuit. Pas de lumière naturelle. Et aucune fenêtre. Juste quatre murs rose pâle et une moquette fuchsia. Globalement, malgré quelques touches personnelles, la chambre reste assez vide.

— Sans surprise, remarqua Casey. Celui qui se cache derrière tout cela est certainement un homme. Il a mis Krissy dans un environnement où elle se sent totalement vulnérable, mais avec suffisamment d'éléments personnels, il espère lui faire baisser sa garde et la convaincre qu'il prend soin d'elle. C'est une façon d'exacerber son sentiment de toute-puissance. Quant à la décoration de petite fille, ça doit être une marque de l'infinie bonté de sa complice. Elle doit le faire pour lui, mais j'ose espérer qu'une toute petite partie d'elle le fait aussi pour Krissy. Cela voudrait dire que cette femme ne serait pas complètement dépourvue de pitié ou de compassion. Il lui reste peut-être suffisamment d'humanité pour baisser sa garde et mettre en danger sa propre sécurité. Si tel est le cas, nous pourrions exploiter sa sensibilité à notre avantage.

Claire acquiesça et passa devant Casey en ramassant l'album de coloriage et les crayons.

— Je vais essayer de trouver les détectives de North Castle.

— En espérant qu'ils sont toujours là, lui rappela Casey. Il est bien possible que tout le monde soit sur le terrain, à l'heure qu'il est. A mon avis, il ne reste plus que les agents que Peg a désignés pour accompagner les Willis et répondre au téléphone.

— Dans ce cas, je m'adresserai à eux.

— Est-ce que tu veux que je sois là ?

— Non, répondit-elle avant de marquer une pause. En l'occurrence, je me souviens d'absolument tout. Malheureusement, d'ailleurs.

— Oui, j'imagine.

Casey la regarda pendant quelques secondes. Elle ne put s'empêcher de songer qu'elle n'enviait pas le don de Claire. Ce que celle-ci devait ressentir, dans des moments pareils, était sans doute extrêmement douloureux.

— Quels que soient les agents que tu trouveras, fais attention de ne rien dire en présence des Willis. Ils sont sur le point de passer un appel dans les médias, et la BAU n'est pas encore arrivée pour les coacher. La dernière des choses qu'ils ont besoin d'entendre, c'est que Krissy est terrifiée et enfermée quelque part, Dieu sait dans quel but. On pourra leur parler plus tard. Il faudra veiller à insister sur le fait que Krissy est toujours en vie.

A mi-chemin vers la porte, Claire s'arrêta et regarda Casey comme si elle la voyait réellement pour la première fois.

— Tu es vraiment pleine de tact.

— Comme toute mon équipe, répondit Casey. C'est d'ailleurs un point dont toi et moi devrions discuter, le moment venu.

Interdite, Claire haussa les sourcils.

— O.K., si tu veux.

Claire avait à peine quitté la pièce que le BlackBerry de Casey se mit à sonner. Elle jeta un coup d'œil sur l'écran. Le numéro qui s'affichait n'était pas une surprise.

Casey prit la communication.

— Salut !

— Salut à toi, murmura une voix grave et virile. Je voulais juste te dire que j'étais en vadrouille dans les parages. Je suis sur une affaire dans le comté de Westchester. Je ne sais pas encore à quel moment je pourrai me libérer, mais dès que j'en saurai un peu plus, on pourrait prévoir quelque chose ? Peut-être un peu plus tard dans la soirée ?

— Oh ! ce sera bien plus rapide que ça, assura Casey. Je suis au domicile des Willis. Je suppose que c'est là que tu vas ?

Son interlocuteur prit une courte inspiration.

— Ils t'ont déjà engagée ?

— Que veux-tu, ils ont bon goût. Tout comme toi, badina-t-elle avant de changer de ton. Je suis contente que tu viennes. Nous devons retrouver Krissy Willis avant qu'on ne lui fasse du mal. Ou pire encore. Alors fonce.

Casey réussit à s'entretenir avec les Willis avant que la BAU-3 n'arrive pour les briefer.

— Après votre allocution télévisée, mes hommes et moi irons à l'école de Krissy, leur expliqua-t-elle. Nous allons interroger certains membres du personnel.

— Pourquoi seulement quelques-uns ? l'interrompit Hope, avant de poursuivre à voix basse en se penchant vers Casey. S'il vous plaît, mademoiselle Woods, ne vous contentez pas d'obéir aux autorités. Allez chercher plus en profondeur, même s'ils sont sur votre dos. Je vous ai engagée pour vos méthodes originales d'investigation, votre tableau de chasse et votre capacité à sortir des sentiers battus. Edward et moi sommes tous les deux juristes. Nous connaissons la chanson. Les autorités sont liées par la loi. Mais vous, vous pouvez les contourner. Alors contournez-les. Faites ce que vous avez à faire. N'ayez aucun état d'âme. Et ne perdez pas une minute.

— C'est bien mon intention, assura Casey d'un ton aussi calme que sa cliente. Ne confondez pas scrupules et précision. Si quelqu'un me semble intéressant, j'irai fouiller son passé dans le moindre détail, même si nos recherches doivent empiéter sur celles du FBI. Mais si mon instinct me dit que c'est un cul-de-sac, ce serait une pure perte de temps de continuer dans cette voie. Je préfère de loin me concentrer sur des suspects plus intéressants ou des personnes susceptibles de me mettre dans la bonne direction. Je veux absolument parler à Liza Bock, la maman chargée du covoiturage, qui a vu Krissy monter dans la voiture du kidnappeur. Et je veux aussi parler à sa fille, Olivia, et à tous les autres amis de Krissy. Les enfants en savent souvent plus qu'ils ne le pensent. L'équipe spéciale du FBI se chargera du reste de la liste.

« En particulier les délinquants sexuels », ajouta-t-elle in petto, la mort dans l'âme.

— Quant à nous, poursuivit-elle tout haut, nous nous chargerons des profils les plus probables.

— Très bien, acquiesça Hope, tout en remettant à Casey une liasse de documents.

Tout ce qu'elle avait déjà donné à Peg Harrington s'y trouvait : une liste complète de connaissances privées et la nature de leurs liens avec Krissy. Et aussi des pages et des pages de relations professionnelles qui constituaient autant d'ennemis potentiels. Des plaignants ou des défendeurs pétris de ressentiment, des parents à qui on avait retiré la garde de leurs enfants, et toutes les autres personnes susceptibles de leur en vouloir pour une raison ou une autre.

— Je vais passer tout ça en revue et me mettre au travail, dit Casey en feuilletant les pages qu'on venait de lui confier. D'abord, les parents mécontents. Œil pour œil, dent pour dent. Plus d'un a déjà dû penser au moins une fois, la loi du talion. Je me charge moi-même d'éplucher cette partie de la liste et d'interroger les bons candidats. Ryan s'occupera de recenser ceux dont l'esprit et la logique sont les plus aiguisés. Celui ou celle qui a orchestré cet enlèvement est quelqu'un de vif, déterminé et intelligent. Marc, quant à lui, fera le tri parmi les personnes qui vous côtoient régulièrement et ont le plus facilement accès à votre maison et à vos vies quotidiennes. Sans oublier, bien sûr, ceux qui ont un casier. Vous n'avez pas idée de la rapidité et de l'exhaustivité dont nous sommes capables. Vous ne devez pas perdre espoir.

— J'essaie, dit Hope tandis que des larmes jaillissaient de nouveau de ses yeux. Mais c'est mon petit bout de chou…

— Je sais, répondit doucement Casey. Et sachez que, sur tous les fronts, les meilleurs agents sont à pied d'œuvre pour la retrouver saine et sauve.

— Hé ! lança Marc, qui surgit derrière Casey. En parlant du loup, la BAU vient de débarquer. Ils ont envoyé Hutch.

Casey se retourna légèrement.

— Je sais. Il m'a appelée tout à l'heure.

Ce disant, elle tourna la tête. Simultanément, l'agent spécial en chef Kyle Hutchinson entrait dans le salon, et sa présence familière et dominante emplit soudain toute la pièce. Hutch avait un don pour prendre les rênes sans même avoir à les demander. Quelque chose de naturel et d'irrésistible en lui trahissait un sens du commandement. De la puissance de sa carrure à la confiance innée qu'il exhalait, en passant par la cicatrice dentelée qui fendait sa tempe gauche — souvenir du temps où il jouait les détectives pour la police de Washington —, le tout attirait immanquablement le regard et montrait que l'homme n'était pas n'importe qui.

Lui ne prêtait aucune attention à l'effet qu'il pouvait produire. Comme toujours, il avait un seul objectif en tête : faire son boulot.

D'un pas rapide, il s'avança dans la pièce en fixant les Willis de son regard bleu et pénétrant. Derrière Hutch venait sa collègue, l'agent spécial en chef Grace Masters, qui n'avait rien à lui envier. Celui qui se serait laissé tromper par sa silhouette filiforme ou ses grandes boucles châtain clair en aurait été pour ses frais. Un esprit acéré, du cran à revendre, et une personnalité bien trempée. Si Hutch ne laissait transparaître aucun de ses sentiments, Grace, quant à elle, contrôlait ses expressions de près, et ne laissait jamais rien au hasard. Les deux experts faisaient équipe depuis des années et avaient acquis, au fil du temps, la capacité de raisonner à deux avec la facilité d'un vieux couple et la précision du scalpel.

— Marc. Casey.

Hutch salua chacun d'eux d'un signe de tête avant de se tourner vers les Willis.

— Je suis l'agent spécial en chef Kyle Hutchinson. Et voici ma collègue, l'agent spécial en chef Grace Masters. Nous sommes de la BAU. L'unité d'analyse comportementale du FBI, expliqua-t-il tandis qu'il saluait les Willis d'une poignée de main, suivi de près par Grace.

— Vous êtes donc là pour établir le profil du salopard qui a enlevé ma fille, lança Edward.

— Nous sommes là pour examiner l'enlèvement d'un point de vue comportemental, afin d'aider l'unité de recherche à faire son travail, répondit Grace. Mais effectivement, nous allons nous concentrer sur le mobile, les types de personnalités, le nombre de ravisseurs — tout ce qui peut directement ou indirectement nous mener jusqu'aux kidnappeurs de votre fille.

— Laissons de côté les détails pour l'instant, intervint Hutch en devançant les questions d'Edward. Il faut d'abord parer au plus pressé. Vous passez à la télévision dans dix minutes. Cela nous laisse très peu de temps pour vous mettre en condition. Il n'y a pas une seconde à perdre.

6

Claudia Mitchell était occupée à repasser, tout en se délectant d'une rediffusion de sa série préférée, lorsqu'un flash spécial interrompit son programme. Nouvelles de dernière minute. Une alerte enlèvement venait d'être lancée. Krissy Willis, la fillette de cinq ans de la juge aux affaires familiales Hope Willis et du célèbre avocat Edward Willis, venait d'être kidnappée.

Les parents apparurent à l'écran, prêts à s'exprimer face aux caméras.

Claudia éteignit immédiatement son fer, qu'elle posa en toute hâte sur son support avant de bondir sur la télécommande pour augmenter le son. Les Willis étaient en train de faire une déclaration. Un appel vibrant, pour qu'on leur rende leur enfant saine et sauve. Claudia fixa la juge Willis, celle dont elle avait été la greffière pendant des années. Pendant tout le temps où elle l'avait connue, Claudia ne l'avait jamais vue dans un tel état. Pas de maquillage. L'air paniqué. Le regard perdu. Des sanglots dans la voix. Pour une femme qu'elle avait toujours vue sereine et habituée à contrôler ses émotions, cette vision était pour le moins saisissante.

Mais après tout, pourquoi n'aurait-elle pas été dévastée ? Sa petite fille avait disparu. Celle qui comptait le plus dans sa vie lui avait été enlevée. Et on ne la retrouverait peut-être jamais.

Ce devait être une épreuve terrible. Une de ces épreuves qui suscitaient une infinie compassion. Claudia se demanda si la juge Willis se serait montrée plus compréhensive et plus indulgente avec elle, si elle avait enduré ce calvaire avant de la mettre à la porte. Ce jour-là, Claudia avait ressenti exactement ce que la juge Willis éprouvait en cet instant précis. Un pan entier de sa vie venait de s'écrouler. Elle était seule et désespérée. Joe venait juste de rompre leurs fiançailles et de sortir de sa vie en claquant la porte.

Joe était tout pour elle. Son univers. Alors, elle s'était effondrée. Et la juge Willis avait fermé les yeux pendant un mois, peut-être deux. Puis elle avait renvoyé Claudia, au motif que son travail ne lui donnait plus satisfaction et que sa gestion catastrophique du rôle mettait en péril le bon fonctionnement du tribunal.

Claudia s'était alors retrouvée non seulement seule, mais aussi sans emploi. Et dans son état, elle était parfaitement incapable de partir à la recherche d'un nouveau travail. C'était toute sa vie, dès lors, qui s'en était allée à vau-l'eau.

A présent, peut-être la juge Willis comprenait-elle enfin ce qu'elle avait enduré. Quoique… Comment le pourrait-elle vraiment ? Tout bien réfléchi, Krissy n'était pas toute sa vie. Juste une fraction de son emploi du temps, vu le nombre d'heures qu'elle passait au travail. A défaut de son père et de sa mère, ce petit bout de chou était élevé par une nounou.

Et puis, la juge Willis ne serait jamais seule. Elle avait un mari, elle. De l'argent. Et maintenant, elle parlait de prendre un congé jusqu'à ce que sa fille soit retrouvée saine et sauve. Un congé ? De toute façon, son poste l'attendrait jusqu'à son retour. Sa carrière n'en pâtirait pas. Et tout le monde louerait sa fibre maternelle. Aucun risque qu'elle passe pour une pauvre cinglée qui a pété les plombs sous la pression.

Vu les circonstances, Claudia éprouva un sentiment de culpabilité, presque aussitôt balayé par une indéfinissable tristesse. Elle se souvenait encore précisément du jour où Krissy était venue pour la première fois rendre visite à sa mère au tribunal. Elle la revoyait s'asseoir dans son fauteuil, les yeux brillants d'excitation, et attraper son marteau de bois d'ébène. C'était une fillette adorable. Evidemment, elle n'était pour rien dans tout ce qui s'était passé. Pauvre gamine… Tout ce dont elle avait besoin, c'était d'amour, de sécurité. Et pas…

La porte d'entrée s'ouvrit brusquement sur Joe, qui déboula dans la maison. Claudia se précipita hors de sa cuisine pour l'accueillir. Elle avait encore du mal à le croire, mais c'était pourtant bien vrai. Il était revenu. Peu importaient les circonstances, ils étaient de nouveau ensemble.

— Joe, lui dit-elle en lui posant une main sur le bras pour l'arrêter avant qu'il ne descende au sous-sol.

Quittant des yeux le jeu vidéo qu'il venait d'acheter et dont il parcourait la notice d'utilisation, il lui décocha un regard agacé.

— Quoi ?

— La juge Willis passe à la télé. Sa fille a été kidnappée et elle lance un appel. Elle supplie qu'on la lui rende saine et sauve.

— J'ai entendu ça à la radio, répondit-il. T'inquiète pas, la gamine n'aura rien. Et à ta place, je n'aurais pas trop d'états d'âme pour la juge. Après le coup qu'elle t'a fait… Bon, je descends. Tu prépares le dîner.

— Mais, Joe…

Son regard se durcit.

— Je ne suis pas d'humeur, Claudia. Laisse tomber. Je ne vais pas te le dire deux fois. Compris ?

— Compris, murmura-t-elle en lâchant son bras, tout en amorçant un pas en arrière. Je vais éplucher les pommes de terre.

— Bien.

— Tu seras prêt à quelle heure ?

— Je ne sais pas. J'ai un nouveau jeu à essayer.

Il était presque minuit.

L'équipe des Forensic Instincts était réunie autour de la table de conférence de la *browstone*. L'heure était venue de mettre en commun leurs notes et de faire le point sur ce qu'ils avaient appris jusqu'à présent et ce qu'ils prévoyaient pour la suite. L'intervention télévisée des Willis s'était déroulée sans accroc. L'équipe du FBI avait installé son poste de commande dans la salle multimédia au rez-de-chaussée. Le dispositif d'écoute téléphonique et le numéro vert étaient en place, et les citoyens qui pensaient pouvoir se rendre utiles, ainsi que les habituels affabulateurs, commençaient à appeler. Le bal des interrogatoires était ouvert depuis longtemps et promettait de continuer toute la nuit.

Casey était restée une heure de plus avec les Willis, et notamment une demi-heure seule avec Hope, pour revenir sur certains détails indispensables.

Armés de leurs calepins, les trois associés étaient prêts à faire le bilan de leurs premières recherches.

Ryan commença par l'exposé de ce qu'il avait appris avec l'expert judiciaire en informatique. Ils avaient lancé un scan superficiel de l'ordinateur de Krissy avant de l'envoyer au service informatique pour une analyse plus approfondie. Pas de grande surprise. Comme prévu, Krissy était une petite fille de cinq ans, peut-être précoce, mais qui, comme les enfants de son âge, se contentait de jouer, de faire des bricolages et de chatter à travers son avatar.

La question était de savoir si l'un de ses camarades virtuels dissimulait en fait un prédateur en chasse. Une fois que l'ordinateur serait porté au labo, tout serait étudié dans le moindre détail.

Puis ce fut le tour de Marc, qui avait fait jouer ses relations au FBI pour obtenir des informations permettant de rayer de la liste une bonne partie des suspects, même si Sal et Rita Diaz continuaient de le tarabuster. Le jardinier et la gouvernante des Willis, qui se trouvaient par ailleurs être mari et femme, avaient été mis hors de cause par la BAU sur la base d'alibis confirmés. Alibi ou pas, Marc continuait de voir en eux des gens qui avaient siphonné leur compte en banque et s'étaient endettés jusqu'au cou. Un couple qui avait constamment le nez fourré dans les affaires des Willis, et qui aurait très bien pu estimer, un beau matin, qu'une partie de leur fortune lui revenait de droit. Un couple, enfin, dont le mari s'était plus d'une fois illustré dans des bagarres de bars, et dont la femme montrait une nette propension à la soumission.

Tous les ingrédients étaient donc réunis pour un parfait kidnapping. A ceci près que deux employés s'étaient portés garants de leurs allées et venues, tout au long de l'après-midi, et qu'aucune demande de rançon n'avait été formulée. Malgré tout, Marc n'était pas décidé à lâcher l'affaire aussi facilement.

Casey s'était entretenue avec toutes les mères du planning de covoiturage, notamment avec Liza Bock. Et même si elle n'avait rien appris de décisif, les réponses évasives qui lui avaient été données dans un tout autre domaine lui avaient mis la puce à l'oreille, et avaient confirmé ce qu'elle soupçonnait depuis le départ.

— Je crois qu'Edward Willis couche avec Ashley Lawrence, annonça-t-elle sans détour.

— La nounou ? s'enquit Marc en haussant les sourcils.

A la vérité, il semblait plus intrigué que surpris. La nature humaine avait depuis belle lurette cessé de l'étonner, et ce n'était certainement pas une aventure extraconjugale qui allait le faire tomber de sa chaise.

— Ouais, confirma Casey, se penchant en avant tout en posant les coudes sur la table. Tout porte à le croire. Le langage corporel d'Ashley et ses chamailleries avec son petit ami. L'hostilité d'Edward à notre égard et son obstination à se montrer exagérément protecteur envers sa femme. Cette dynamique étrange qui habite la maison. Ce mélange bizarre d'affection et de tension mêlé à une sorte de désespoir, sans compter cette dose de colère et de méfiance. Hope aime son époux, mais elle s'est résignée à l'idée qu'il serait définitivement absent de sa vie et de celle de sa fille au profit de sa carrière. A en juger par sa manière de se refermer sur elle-même et de se détourner de son mari, je parierais qu'elle sait pertinemment qu'il y a une autre femme. Et je parierais aussi qu'elle ignore que cette femme est Ashley. Quant à cette dernière, elle adore Krissy, mais elle est rongée par la culpabilité. Et pour ce qui est d'Edward, c'est un égocentrique arrogant, obsédé par le pouvoir. Il a exactement la gueule de l'emploi. Et il se moque éperdument du tort qu'il fait à sa famille.

— Est-ce qu'il irait jusqu'à mettre sa fille et sa jeune nounou sexy dans sa valise et prendre un avion pour les Bahamas ? demanda Ryan.

— Hmm…, répondit Casey en hochant la tête. Il adore sa fille, pour autant qu'il soit capable de quelque sentiment. Mais je mettrais ma main à couper qu'il serait bien embarrassé d'en avoir l'entière responsabilité. Pas plus qu'il ne voudrait refaire sa vie avec sa jeune nounou sexy. Ce que je crois, c'est qu'à l'heure actuelle, il a absolument tout ce dont il a envie. Tout y est. Une petite famille parfaite. Des parties de jambes en l'air avec une jeune femme qui l'adule. Et un cabinet prestigieux qu'il ne quitterait pour rien au monde. C'est là qu'il trouve de quoi alimenter son compte en banque et nourrir son ego surdimensionné. Non. Cela lui convient à merveille. Tout ce qui lui importe, c'est que nous ne révélions pas son petit secret à Hope. Puisqu'il est le père de Krissy, et par conséquent l'un des principaux suspects, il sait parfaitement que le FBI va le passer au microscope. Donc, en ce moment, monsieur ne doit pas être franchement à l'aise dans ses baskets.

Alors qu'il tambourinait contre sa cuisse avec son crayon, Marc se pencha tout d'un coup sur sa liste et en raya deux noms.

— Donc, on élimine la nounou et son loser de copain. Et les autres membres de la famille ? Grands-parents, frères et sœurs, oncles et tantes ?

— Edward est fils unique. Ses deux parents sont décédés, précisa Casey. Hope, comme vous le savez, a un passé nettement plus compliqué. Sa sœur jumelle, Felicity, a été enlevée. L'affaire a été classée deux ans plus tard et le mariage de ses parents s'est ensuite désagrégé. Son père s'est mis à boire. Sa femme et lui ont divorcé. Il a pris ses cliques et ses claques et n'a jamais plus donné aucun signe de vie. Vera, son épouse, a bien failli sombrer dans la dépression. La présence de sa fille de six ans, qui avait besoin d'elle, lui a certainement évité un passage à l'acte. Elle habite encore dans la maison où les deux fillettes ont grandi. Selon Hope, sa mère n'a jamais désespéré de voir un jour Felicity franchir de nouveau le seuil de la porte.

— Où se trouve cette maison ?

— A New Rochelle. A une bonne demi-heure d'ici. Vera Akerman est extrêmement secouée. Le traitement qu'elle suit actuellement l'empêche de prendre la route. Pour des raisons évidentes, l'enlèvement de Krissy lui fait revivre les pires heures de son passé. Mais elle a besoin d'être auprès de sa fille. Hope a donc contacté une société de taxis qui ira la chercher chez elle, demain, pour l'amener à Armonk.

— Tu comptes l'interroger ? demanda Ryan.

— Oui, mais en y mettant les formes. Demain après-midi. Je veux la laisser un peu seule avec sa fille.

— Tu as raison, acquiesça Marc. De toute façon, il y a peu de chances qu'elle puisse nous apporter des éléments nouveaux sur le kidnappeur de Krissy. En attendant, tâchons d'avancer. J'ai passé en revue quelques articles postés sur le Net à propos d'affaires récentes dans lesquelles Edward a plaidé. D'ailleurs, plusieurs d'entre elles méritent qu'on s'y attarde. Des cols blancs pleins aux as qui sont aussi de vraies ordures au passé plus que violent. Ma main à couper qu'ils sont tous coupables des crimes dont on les accuse. Et pourtant, ils sont libres comme l'air et mènent la grande vie grâce aux bons services d'Edward Willis. J'ai déjà passé quelques coups de fil. Je devrais recevoir sous peu les retranscriptions des audiences. Ensuite, je ferai quelques visites.

— D'ici combien de temps ? demanda Casey.

— Dès demain matin. A midi, je devrais être en train de battre le pavé.

Casey se laissa basculer contre l'appuie-tête de son fauteuil tout en poussant un soupir d'exaspération.

— C'est une course contre la montre. Les premières heures cruciales sont déjà passées et Krissy n'a toujours pas été retrouvée. Peg m'a dit qu'ils n'avaient rien de nouveau du côté de la hotline. Et aucune demande de rançon. Rien.

— Un prédateur d'enfants, murmura Marc. Tu sais très bien que ce sera la conclusion de Hutch et de Grace.

— Oui, répondit calmement Casey. Je sais. Mais il y a beaucoup trop de détails personnels, dans cette histoire. Ce qui me fait dire qu'on a affaire à un kidnappeur qui n'a pas choisi sa proie au hasard. Et ce, même s'il a une obsession pour les petites filles. C'était précisément Krissy qu'il voulait. Elle et personne d'autre. La question est : pourquoi ? Il faut que nous établissions un lien entre les deux, poursuivit-elle avant de marquer une pause. J'ai prévu d'aller à l'école de Krissy demain et de parler à ses camarades pendant la récréation. Les parents m'ont tous donné leur autorisation, et l'école aussi. C'est un environnement rassurant où ils se sentiront à l'aise. Je resterai soft. Mais j'essaierai d'obtenir ce que je peux. Ce soir, je vais étudier la liste des parents mécontents qui ont comparu dans le tribunal de Hope. Je tâcherai d'en contacter un maximum demain. Ah oui ! Je vais aussi interroger Claudia Mitchell, l'ancienne greffière de Hope… Apparemment, elle aurait récemment rompu avec son fiancé, et se serait mise à dérailler à tel point que Hope a dû finir par la renvoyer.

— Demain, vous allez tous les deux copieusement piétiner les plates-bandes des officiels, fit remarquer Ryan, quelque peu songeur. Alors, je suggère, de mon côté, de rester en dehors de tout ça pour cette fois, histoire de minimiser les risques de dommages collatéraux. Donnez-moi les listes. Je vais me terrer dans mon trou et faire quelques recherches plus approfondies en solo. En fonction de ce que je trouverai, j'établirai des scénarios probables pour les suspects dont j'estime qu'ils ont eu non seulement le mobile, les moyens, et l'opportunité, mais aussi l'intelligence nécessaire et un accès aux personnes concernées pour manigancer l'enlèvement. Je pars donc sur l'idée que nous recherchons un donneur d'ordres de sexe masculin et son homme de main, en l'occurrence une femme.

— Oui, je crois que c'est ça, confirma Casey, alors qu'elle repensait tout à coup à autre chose. Je crois que Krissy est retenue dans un sous-sol transformé pour l'occasion en chambre de princesse toute rose. La femme qui l'a enlevée s'est fait passer pour Hope. Elle a été jusqu'à mettre un tailleur noir identique à celui qu'elle portait. Elle l'a droguée et l'a conduite jusqu'à l'endroit où elle se trouve à présent. Jusqu'à la fin d'après-midi, Krissy était seule et terrorisée, mais encore en vie.

— Comment sais-tu… ? coupa Ryan en roulant des yeux. Toi, tu as parlé à Claire-voyante ! Je l'ai vue rôder autour de la maison. Je ne comprends pas pourquoi les flics l'écoutent. Et toi aussi, d'ailleurs…

— Parce que neuf fois sur dix, elle a raison, rétorqua Casey.

S'armant de courage, elle se lança, tête baissée :

— Je voulais vous dire… J'envisage de consolider l'équipe des Forensic Instincts. Je crois qu'il faut rééquilibrer les compétences du groupe. Jusque-là, nous avons fait la part belle à la logique. Peut-être un peu trop, d'ailleurs. Un apport un peu plus spirituel ne nous ferait sûrement pas de mal. J'y ai longuement réfléchi, Ryan. Claire Hedgleigh est vraiment celle qu'il nous faut. J'ai l'intention de l'engager.

— Et merde ! s'écria Ryan en tapant sur la table avec la paume de sa main.

Casey préféra l'ignorer et se tourna vers Marc.

— Le point de vue de Ryan est évident. Et toi ?

Marc contracta les lèvres tandis qu'il évaluait la question en silence.

— Tu sais que je ne crois pas beaucoup aux médiums, finit-il par répondre. Trouver un terrain d'entente ne va pas être facile. Cela dit, je comprends ton point de vue. Je connais le taux de réussite de Claire. Ce qui est une donnée concrète, pas une spéculation. Tu sais si elle est intéressée ?

— Aucune idée, avoua Casey en toute honnêteté. Je voulais en parler avec vous deux avant d'aborder le sujet avec elle. Donc, tu n'es pas contre ?

Marc esquissa un sourire du coin des lèvres.

— J'espère qu'elle a les épaules solides. Il va y avoir du rififi en interne. Est-ce qu'elle sera assez forte pour supporter ça ?

— Aucun doute là-dessus, assura Casey en adressant à Ryan un œil interrogateur. Et toi ?

Ryan intercepta son regard.

— Je peux tout supporter. Mais je ne la ménagerai pas. Si j'estime qu'elle raconte des conneries, elle le saura.

— Est-ce que tu feras exprès de la provoquer ?

— Je ne suis plus en maternelle, Casey. Si tu crois qu'elle peut être un plus, je te fais confiance. Je ne vais pas discuter. Sauf si je ne suis pas d'accord — ce qui arrivera sûrement. Mais je ferai en sorte que ça marche, si c'est pour le bien du groupe.

— Tant mieux. Parce que je crois que c'est le cas, conclut-elle en se levant. Si vous rentriez chez vous, tous les deux, pour dormir un peu ? On n'a pas eu le temps de récupérer depuis l'affaire Fisher. En plus, je voudrais décoller à la première heure demain, ajouta-t-elle avant de froncer les sourcils. Cela me rend malade d'imaginer Krissy Willis passer la nuit je ne sais où, toute seule et terrifiée. Peut-être violée par un malade.

— Les prédateurs sexuels n'attendent pas l'heure d'aller se coucher, Casey, lui rappela Marc avec tact. Si c'est bien de ce type de profil qu'il s'agit, alors oui, nous devons nous battre contre le temps. Mais l'heure du jour ou de la nuit importe peu.

— Je sais, répondit Casey en se grattant machinalement la tête. Et je serais sur le pont toute la nuit si je n'avais pas la certitude que Peg Harrington nous barrerait la route illico si elle apprenait qu'on travaille dans son dos. Nous devons coopérer un minimum, sinon les fédéraux vont nous tomber dessus. Ils vont être là-bas vingt-quatre heures sur vingt-quatre, sept jours sur sept. Je vais donc passer la soirée à relire mes notes, au cas où quelque chose m'aurait échappé.

— Repose-toi quand même, toi aussi, conseilla Ryan en bâillant, tandis qu'il se levait à son tour. Tu as une grosse journée qui t'attend, demain.

— Je te le promets.

Mais Marc et lui savaient pertinemment qu'il fallait plutôt comprendre le contraire. Tout comme l'un et l'autre savaient également qu'ils allaient eux-mêmes travailler jusqu'à des heures indues.

Il était plus de 2 heures du matin lorsque retentit la sonnette de la porte.

Casey avait passé toute la soirée à griffonner des notes dans la marge de ses listings. Elle avait exploité tout ce qu'elle avait à se mettre sous la dent, et devait maintenant attendre les interrogatoires du lendemain matin pour aller plus loin.

Le sourire aux lèvres, elle posa son stylo. Elle ne connaissait qu'une seule personne suffisamment résistante, tenace et motivée pour se présenter chez elle à une heure aussi indécente.

Elle dévala à toute vitesse les deux volées de marches et jeta un œil par le judas. Puis elle déverrouilla la porte et ouvrit.

— Salut, lança-t-elle en accueillant son visiteur avec un sourire béat. C'est pour un petit déjeuner ?

Hutch fit un pas à l'intérieur, referma la porte derrière lui d'un coup de talon et enlaça Casey.

— Un déjeuner, rectifia-t-il.

Puis il s'empressa d'ajouter, tout en déboutonnant son chemisier :

— Pour deux personnes, sans les amuse-bouches. Vous serez gentille de servir directement le plat de résistance, exigea-t-il en s'emparant de ses lèvres.

Déjà il la soulevait du sol et, d'une volte-face, la plaquait contre le mur tout en continuant de lui ôter fiévreusement ses vêtements.

— C'est pour consommer sur place, murmura-t-il d'une voix brûlante de désir. Ensuite, je te porte dans ta chambre.

— C'est au troisième, lui rappela-t-elle, fébrile, tout en dégrafant sa braguette. Tu crois qu'il te restera assez de forces ?

— Il n'y a qu'une façon de le savoir.

— Et je compte bien le découvrir.

7

Deuxième jour

Krissy s'enroula dans ses draps et serra Oreo contre elle. Comme toujours quand il faisait nuit, elle plongea sa tête dans la fourrure soyeuse de son panda. Mais ici, il faisait toujours nuit, sauf lorsque la lumière était allumée. Heureusement qu'il y avait la petite veilleuse. Elle ressemblait à celle qu'elle avait dans sa chambre, à la maison. Et elle l'empêchait d'avoir trop peur.

Le lit était moelleux, la couverture était douce. Et en plus, maintenant, elle avait une chemise de nuit. Plus de pyjama. Depuis longtemps, déjà.

En fermant les yeux, elle pouvait s'imaginer qu'elle était à la maison. Jusque-là, elle n'avait pas réussi. C'était trop dur. Mais depuis qu'elle avait bu le milk-shake, ça allait un peu mieux. Les mauvais moments étaient passés, maintenant. Elle était bien au chaud sous les couvertures, et elle avait sommeil. Elle ne s'était pas fait prier pour grimper dans son lit. La main qui avait caressé ses cheveux alors qu'elle s'endormait était comme celle de sa maman. Et la voix aussi était douce comme celle de maman. Peut-être que toute cette horrible journée n'était qu'un mauvais rêve.

Peut-être que, lorsque la lumière se rallumerait, elle serait dans son lit à elle et raconterait son cauchemar à sa maman.

Et si maman était déjà partie au travail, elle pourrait toujours le raconter à Ashley.

Mais elle n'avait pas vraiment envie.
Plus maintenant.

Casey s'essuyait les cheveux à l'aide d'une épaisse serviette en éponge, tout en bâillant à s'en décrocher la mâchoire. A travers la fenêtre de sa salle de bains, le soleil levant dardait tout juste ses premiers rayons. Une heure dix de sommeil. Pas vraiment le quota réglementaire pour une journée productive. Pourtant, Casey ne s'était jamais sentie aussi reboostée. Si cette affaire ne lui avait pas accaparé l'esprit, rien ne lui aurait fait plus plaisir que de traîner au lit avec Hutch toute la matinée pour rattraper le temps perdu. C'était un amant époustouflant. Et les semaines, voire les mois qui séparaient leurs retrouvailles ne faisaient qu'accroître l'intensité de leurs corps à corps.

Mais aujourd'hui, il n'était pas question de faire la grasse matinée. Pas lorsqu'ils étaient tous les deux en mission. L'objectif de la journée était clair : retrouver Krissy Willis.

En sortant de la salle de bains, Casey tomba sur Hutch, qui jetait de côté sa serviette pour enfiler son jean. Alors qu'elle traversait la chambre en peignoir, il la caresssa d'un regard langoureux, avec le sourire sexy de l'homme assouvi.

— Merci pour la douche. Je ne me souviens pas en avoir pris de meilleure depuis des lustres, lança-t-il. A vrai dire, je ne me rappelle même pas m'être lavé.

— Et pourtant si, je te le confirme. Je me suis d'ailleurs moi-même occupée de ton dos.

— Entre autres.

— Et tu m'as rendu la pareille.

Hutch la tira contre lui et lui donna un long et profond baiser.

— La suite ce soir au prochain épisode.

— Rendez-vous est pris.

— Au fait..., lui dit-il en enfilant sa chemise. Je t'ai apporté un cadeau.

Casey haussa les sourcils.

— Ah oui ? Qu'est-ce que c'est ?

— Avant de me demander ce que c'est, laisse-moi plutôt le temps d'aller le chercher.

— Là, tu as vraiment éveillé ma curiosité.

— Tant mieux, dit-il en achevant de boutonner sa chemise. Alors donne-moi une demi-heure. Je reviens avec deux tasses de café et ton cadeau.

— Il est dans ta voiture ?

— Non. Mais tu chauffes. Et je ne t'en dirai pas plus, trancha-t-il en lui adressant un clin d'œil espiègle. Trente minutes. A tout à l'heure.

Tenant sa parole, Hutch frappait à la porte vingt-huit minutes plus tard.

Casey ouvrit et resta bouche bée. Le plateau en carton contenant deux tasses fumantes de café chaud, elle s'y attendait. En revanche, elle ne s'attendait pas à la laisse enroulée autour du poignet de Hutch. Ni à ce qui était attaché à son extrémité. Un magnifique saint-hubert roux ! Trônant sagement à côté de Hutch, le chien considérait Casey de ses grands yeux noisette, attendrissants et inquisiteurs, tout en balayant le perron de sa queue en anneau.

— Votre cadeau est arrivé ! claironna Hutch.

— Un saint-hubert ! s'écria Casey.

Stupéfaite, elle se jeta instinctivement aux pieds de l'animal, caressant des deux mains sa tête soyeuse.

— Tu m'as apporté un saint-hubert ?

— Attention, ce n'est pas n'importe quel saint-hubert. C'est aussi un chien pisteur. Il a été dressé pour reconnaître les odeurs humaines. Et diplômé, avec ça. Mais retraité. Hero a fait le chemin jusqu'ici en voiture avec Grace et moi. Il arrive tout droit de Quantico, où il a consciencieusement effectué ses deux ans et demi de formation. Manque de pot, une fois qu'il avait passé avec brio tous ses examens, ils se sont rendu compte qu'il ne supportait pas l'avion. Incapacité professionnelle non négociable. Ils ont dû se résigner à se séparer de lui, la mort dans l'âme, d'autant qu'il était le premier de sa classe. Mais ils n'avaient pas le choix. Bref, j'ai discuté avec son éleveur et proposé de lui trouver un nouveau foyer. Je savais combien tu voulais un chien, en particulier un saint-hubert. C'est maintenant chose faite !

— Un chien dressé pour reconnaître les odeurs humaines, murmura Casey tout en caressant la tête de Hero.

Hutch ne s'était pas trompé. Elle adorait les chiens. Elle en avait presque toujours eu. Et elle affectionnait tout particulièrement les saint-hubert. Avec Target, son dernier saint-hubert, ils avaient suivi ensemble des cours de pistage et de poursuite jusqu'à ce qu'il rende son dernier souffle après douze ans de bons et loyaux services. Ces cours lui manquaient terriblement. Mais elle s'était lancée à corps perdu dans la création des Forensic Instincts, et l'aventure accaparait tout son temps. Cela dit, la situation était maintenant sous contrôle. L'agence était sur les rails. Et les saint-hubert avaient quelque chose de noble et d'unique. Quelque chose qui les rendait irrésistibles. Et puis, sa vie était un peu vide, sans un compagnon canin.

— Il vient d'avoir trois ans, lui expliquait Hutch. Il est vif, farouchement loyal, et son odorat est exceptionnel. Et il a un instinct infaillible, ce qui fait de lui un candidat idéal pour intégrer ta petite entreprise.

Un sourire se dessina sur les lèvres de Casey.

— Salut, Hero, lui dit-elle tout en frictionnant ses longues oreilles. Ton nom me fait craquer, tu sais. Et quelque chose me dit qu'il te va comme un gant.

Pour toute réponse, Hero franchit le seuil de l'entrée et se mit à baver de joie au nez de Casey.

— Je suppose que tu sais qu'ils bavent, commenta Hutch.

— Comme des cochons, confirma-t-elle en riant. Et ils sont têtus comme des mules. Un peu comme la plupart des hommes, finalement.

— Très malin.

— Comme tu dis.

Casey se retourna vers Hero avant d'ajouter :

— Nous n'avons qu'une petite arrière-cour pour toi. Mais la bonne nouvelle, c'est que la clôture est suffisamment haute pour t'empêcher de sauter.

Casey s'allongea à même le sol pour mieux caresser le pelage blanc de son poitrail.

— Et puis, il se trouve que nous avons à Tribeca plusieurs parcs magnifiques où nous aurons tout loisir d'entretenir tes compétences en matière de pistage. Et en plus, je pourrai te sortir deux fois par jour pour un petit jogging. Tu n'auras même pas le temps de te sentir seul. Marc et Ryan vont et viennent du matin au soir, et ils seront ravis de t'accueillir dans l'équipe. Eux aussi sont têtus, c'est vrai. Mais comme ça, tu leur donneras du fil à retordre. Entre eux et moi, tu auras toujours quelqu'un pour aller jouer. Qu'est-ce que tu en dis, Hero ?

— Et pour les fois où tu seras en vadrouille ou en mission, il y a à trois pâtés de maisons un chenil super-classe où tu trouveras tout ce qu'il faut, du service toutou à la journée au palace canin trois étoiles. D'ailleurs, j'ai testé pour toi. C'est là que Hero a passé la nuit. Et si tu voyais sa suite… A côté, mon appartement fait figure de misérable taudis.

Casey releva la tête vers Hutch.

— Tu savais parfaitement que je ne pourrais pas dire non.

— Disons que j'étais à peu près sûr de mon coup, répondit-il avec un large sourire. J'ai dans le coffre un panier, un peu de nourriture, et quelques autres incontournables. Ensuite, ça dépend de toi. Alors ? Quel est le verdict ? Est-ce que Hero a une nouvelle maison ?

Hero dressa les oreilles à l'écoute de son nom. A sa façon de se tenir droit comme un i, la tête haute et la queue en l'air, il semblait si professionnel que Casey aurait juré avoir en face d'elle un candidat à un entretien d'embauche.

— Bienvenue parmi les Forensic Instincts, Hero, conclut-elle en lui massant les bajoues, avant de se relever. Allez, on va te préparer. Après, on appellera Ryan pour lui dire de se dépêcher. Nous allons faire les présentations officielles. Marc et moi avons des tonnes d'interrogatoires à mener aujourd'hui. Alors, comme Ryan peut tout faire d'ici, c'est avec lui que tu vas passer ta journée d'intégration.

— Un programme qui m'a l'air intéressant, commenta

Hutch en terminant son café. Je vais chercher le matos dans ma voiture. Après, il faut que je file. Nous sommes attendus avec Grace chez les Willis.

— Et moi, je commence la journée à l'école de Krissy. Au cas où l'un de ses petits camarades aurait vu quelque chose sans se rendre compte que c'était important. Un rôdeur autour de l'école. Ou quelqu'un qui cherchait Krissy, à pied ou en voiture. Je dois chercher à peu près dans un million de directions différentes…

— Pareil pour moi, renchérit Hutch en lui donnant un rapide baiser, gratifiant au passage Hero d'une gratouille derrière les oreilles. Désolé pour ce retour à la réalité un peu brutal, après cette nuit fantastique.

— Je suis sûre que tu sauras comment te rattraper, murmura Casey, l'œil pétillant. Tu m'as déjà versé un merveilleux acompte en m'apportant mon nouveau meilleur ami.

Alors qu'elle faisait route vers Armonk, Casey appela Hope.

— Du nouveau ?

— Rien, répondit Hope, au bord de la crise de larmes. La cellule de crise du FBI a travaillé toute la nuit à rayer des noms de la liste des suspects, à vérifier les alibis et à répondre au téléphone. Je n'en peux plus. Ma mère doit arriver dans une heure, et j'ignore comment je vais pouvoir tenir.

— Où est votre mari ?

— Au bureau, répondit-elle avant de marquer une pause. Il allait devenir fou, à rester assis sur une chaise sans rien faire. Rien, sauf attendre une demande de rançon ou un nouvel indice. Mais il se tient prêt à revenir dans la minute, ajouta-t-elle aussitôt pour sa défense.

Casey s'abstint de tout commentaire.

— Je suis en route pour l'école de Krissy. J'irai ensuite poser deux ou trois questions à quelques parents qui ont perdu leur recours devant votre tribunal. Et après, je me rendrai chez Claudia Mitchell.

— Claudia ? s'écria Hope, manifestement horrifiée. Je savais que je l'avais blessée en la licenciant et qu'elle en avait gardé une profonde amertume, mais... Croyez-vous vraiment qu'elle serait capable de kidnapper un enfant ?

— Je ne sais pas. Personne n'est au-dessus de tout soupçon, vous savez. Et je ne néglige aucune piste. Même la plus improbable. Toute mon équipe est sur le pont. Je passerai chez vous plus tard. En attendant, prévenez-moi si vous apprenez quoi que ce soit.

— Comptez sur moi.

Claire Hedgleigh dessinait des cercles autour de la place de parking où avait stationné la voiture qui avait emmené Krissy à la sortie de l'école. Les vibrations étaient obscures, à cet endroit. Quelque chose d'abominable s'y était manifestement déroulé. Et Krissy avait été prise au dépourvu. Avant qu'elle ne puisse comprendre ce qui lui arrivait, il était déjà trop tard.

Le cœur lourd, Claire s'accroupit sur le trottoir et posa la main sur le sol. Elle aurait voulu ressentir davantage de choses.

Mais rien.

— Claire ?

En sortant de l'école, Casey l'avait aperçue et s'avançait vers elle.

— Salut, Casey, répondit Claire en se relevant. C'est à cet endroit précis que Krissy a été kidnappée. Moins de dix secondes pour enclencher le verrouillage automatique des portières et lui plaquer sur le nez et sur la bouche un mouchoir imbibé de chloroforme. Dix secondes plus tard, la voiture s'éloignait déjà à toute allure. Avec un timing pareil, Krissy n'avait aucune chance de pouvoir réagir.

Si effroyables qu'elles soient, ces informations ne surprirent pas Casey. Elle rejoignit Claire et scruta par-dessus son épaule.

— Un endroit bien choisi. Hors du champ de surveillance des caméras.

Claire suivit son regard.

— Je n'avais pas pensé à ça. De toute évidence, nous avons affaire à quelqu'un de très malin.

— Tu as dit que tu avais ressenti les ondes de Krissy ? Elle est toujours vivante ?

— Je ne sais pas, répondit Claire en haussant les épaules d'un air désespéré. Je n'ai pas réussi à entrer en contact avec elle depuis la dernière fois où nous nous sommes parlé. J'essaie de trouver quelque chose. N'importe quoi qui puisse me rapprocher d'elle. Hier soir, j'ai rapporté à la maison l'un de ses T-shirts favoris. Mais, jusqu'à présent, ça n'a rien donné. Ce qui ne veut pas dire qu'elle est vivante. Ni qu'elle ne l'est pas. Cela veut juste dire que je n'ai aucun contrôle sur ce que je vois et ce que je ressens. Ce n'est pas moi qui décide, expliqua-t-elle en adressant à Casey un regard circonspect. Mais tu fais peut-être partie de ces gens qui ne voient en moi qu'une illuminée ou une affabulatrice de première.

— Non, confia Casey en hochant la tête. J'ai le plus grand respect pour le don que tu as. En fait, c'est justement de cela que je voulais te parler. Je sais que ça te plaît de travailler pour les autorités. Mais j'aimerais beaucoup te débaucher et te voir rejoindre l'équipe des Forensic Instincts.

L'annonce de cette invitation aussi directe qu'inattendue désarçonna Claire.

— Tu veux m'engager ?

— Hmm… En CDI, temps plein, avec salaire, avantages et tout le toutim.

— Mais tu ne sais quasiment rien de moi !

— Au contraire, j'en sais suffisamment long. A commencer par ton impressionnant bagage universitaire. Je sais sur combien d'affaires tu as travaillé. Je connais ton taux de réussite. Je sais que tu détestes le terme *médium*, parce que tu trouves que ça fait cliché et que ça a une connotation mercantile. Moi aussi, d'ailleurs. Je sais que tu attribues tes facultés métaphysiques à la clairvoyance. Je sais que la clairvoyance consiste à percevoir des choses sans pouvoir expliquer pourquoi ni comment. Il faut juste l'accepter. Je t'ai entendue dire qu'il t'arrivait de te réveiller avec une vision très distincte de quelque chose qui vient d'arriver ou qui est sur le point de se produire. Je t'ai vue tenir dans ta main un objet appartenant à une victime et avoir ce qu'on appelle d'ordinaire des visions. Peu importe la terminologie. Et tant pis pour les sceptiques ! Tu mets ce don à profit pour aider les autres, et les résultats sont là. Alors, tu penses toujours que je ne sais rien sur toi ?

Pendant un long moment, Claire la fixa, bouche bée, sidérée autant que flattée. Il lui arrivait rarement qu'on vante à ce point ses mérites. Et encore moins que ses talents soient courtisés de la sorte.

— Je ne sais pas quoi dire, finit-elle par répondre. Je suis un peu prise au dépourvu. C'est bien la dernière des choses à laquelle je m'attendais, lorsque tu m'as dit que tu voulais me parler.

— Eh bien, voilà ! Maintenant, tu sais. Je ne m'attends pas à ce que tu me répondes sur-le-champ, mais pourrais-tu y réfléchir ?

— Bien sûr.

La sincérité de Claire n'était plus à prouver. Aussi se reprit-elle presque immédiatement :

— Je mentirais si je te disais que je n'ai jamais rêvé de travailler dans une structure qui me reconnaisse pleinement et sache mettre à profit mes facultés, poursuivit-elle, avant de marquer une pause. Mais il y a une question évidente que je dois te poser… Est-ce que tu en as parlé avec ton équipe ? Parce que je doute fort que Ryan soit tout sourires à cette idée.

— Je l'ai fait. Et rassure-toi, il n'a pas perdu son sourire, rétorqua Casey sur un ton un brin triomphant. Est-ce qu'il s'est insurgé lorsque j'ai abordé le sujet ? Sans aucun doute. Est-il sceptique ? Tu connais la réponse. Est-ce qu'il a râlé lorsque je lui ai demandé de faire toutes ces recherches sur toi ? Evidemment. Mais je considère vos différences comme un atout. Le débat constructif. La mise en commun de divers points de vue. C'est la meilleure recette si tu veux obtenir les meilleurs résultats. Marc a une approche analytique. Celle de l'investigateur. Ryan est plus stratégique et technologique. Quant à moi, je me focalise sur la dimension psychologique. Je m'en remets à mon intuition. Nous avons besoin d'un œil plus spirituel pour compléter le tout. Tu apporterais un certain équilibre à l'équipe. Même Ryan ne l'a pas nié. Il a juste promis de se poser en rival dès que l'occasion se présentera.

Claire ouvrit les yeux en grand.

— Çà alors ! Quelle surprise ! A vrai dire, je m'attendais à bien pire. Je le voyais plutôt me descendre en règle comme une dangereuse marginale, et menacer de quitter l'entreprise si jamais j'acceptais ta proposition.

Casey laissa échapper un léger rire.

— Même si les faits sont contre lui, sache que Ryan n'est pas aussi obtus qu'il voudrait bien te le faire croire. Donne-lui une chance. Donne-nous une chance. Il y a au moins une chose que je peux te promettre : tu ne risques pas de t'ennuyer.

— Cette idée ne m'a jamais effleuré l'esprit, répondit Claire. Tu peux me laisser un jour ou deux pour y réfléchir ? Surtout compte tenu du fait que je suis réquisitionnée par la police de North Castle, avec ce kidnapping.

— Bien entendu. Pour l'instant, tout ce que je veux, c'est que tu te concentres sur Krissy Willis. Nous reprendrons cette conversation une fois l'affaire résolue. Ah ! Oui… Une dernière chose… Tu n'as pas peur des chiens ? Et tu n'es pas non plus allergique ?

— Non. Pourquoi ?

— Depuis ce matin, l'équipe compte un membre de plus. Il s'appelle Hero. C'est un saint-hubert. Dressé et diplômé en pistage, dit Casey, la bouche de nouveau fendue d'un large sourire. En fait, à l'heure où je te parle, Ryan lui montre les ficelles du métier. Je suis sûre qu'ils auront beaucoup de choses à me raconter à mon retour.

— Je vois ça d'ici ! s'exclama Claire avant de diriger son regard vers le bâtiment de l'école. Tu as interrogé les maîtresses ?

— Les maîtresses, le personnel de surveillance. Principalement ceux qui étaient sur les lieux lorsque Krissy a été enlevée. Je n'ai rien appris que je ne savais déjà. Et je n'ai eu à aucun moment l'impression que l'un d'entre eux pouvait être impliqué.

— Moi non plus, ajouta Claire en fronçant les sourcils, le regard figé sur le bitume, à l'endroit même où Krissy avait disparu. Les seules vibrations que je ressens sont juste ici. Et il n'y a rien que du froid. Du froid et de l'obscurité.

Avant que Casey ne puisse répondre, son téléphone sonna. Elle vérifia d'un coup d'œil le numéro qui s'affichait.

— C'est Hope Willis, annonça-t-elle en prenant l'appel. Oui, Hope ?

Quelques instants s'écoulèrent.

— J'arrive, conclut-elle en se retournant vers Claire. Quelqu'un a appelé la ligne d'urgence pour donner des indications sur le véhicule qui a enlevé Krissy. Les informations ont été vérifiées. Le NYPD a retrouvé la voiture. Je file chez les Willis.

— Je te suis.

8

La voiture du kidnapping de Krissy avait été abandonnée sur un parking couvert d'ordures dans le sud du Bronx. Quelques heures avaient suffi aux vandales du quartier pour la piller consciencieusement et la mettre à sac, ne laissant derrière eux qu'une carcasse. L'équipe qui s'était lancée à la poursuite du véhicule était remontée jusqu'à une société de location de voitures de l'aéroport Kennedy. Le GMC Acadia avait été loué sous une fausse identité avec une fausse carte de crédit. La signature apposée sur le contrat de location n'était, quant à elle, qu'un hiéroglyphe indéchiffrable. Et vu le niveau d'affluence qu'avait connu l'agence ce jour-là, la plupart des employés n'avaient aucun souvenir du client qui avait loué le véhicule en question vingt-quatre heures plus tôt. L'un d'entre eux se rappelait vaguement une femme avec un chapeau et des lunettes. Effectivement, elle aurait pu être la personne que les agents recherchaient, mais globalement, la seule certitude des employés de l'agence était que la date de retour était dépassée et que le véhicule aurait déjà dû leur être restitué.

Malheureusement pour eux, ils n'en reverraient jamais la couleur. Après le premier effeuillage sauvage qu'il avait subi, l'Acadia allait être minutieusement éviscéré puis mis sous scellés en tant que pièce à conviction, avant d'être versé au dossier d'une enquête criminelle.

L'examen sommaire pratiqué par la brigade scientifique ne donna, lui non plus, rien de concret.

Parmi les traces qui recouvraient le véhicule, aucune empreinte digitale ne put être mise en évidence. Le ravisseur avait pris soin de les effacer au chiffon avant de prendre la fuite. Et la voiture avait été pillée par tant de personnes différentes qu'il était impossible, même pour un saint-hubert, de distinguer l'odeur du kidnappeur. Sans compter qu'il n'y avait plus grand-chose à renifler. L'Acadia était aussi propre qu'un squelette d'antilope après le passage d'une armée de fourmis rouges.

Retour à la case départ, en quelque sorte.

— La ravisseuse a dû déposer Krissy quelque part avant d'abandonner la voiture. Elle n'aurait jamais pris le risque d'emmener Krissy avec elle, lança Casey en s'adressant à Peg.

— Eh bien, même pas ! rétorqua Peg en secouant la tête. Le kilométrage indique qu'elle est venue directement de l'école de Krissy jusqu'ici. Si vous voulez mon avis, je dirais qu'elle avait rendez-vous sur ce parking avec le commanditaire de l'enlèvement, qu'elle s'est débarrassée de la voiture, et qu'elle a ensuite pris la tangente avec lui et Krissy.

— Décidément, on a bel et bien affaire à des pros, répondit Casey, désabusée. Ils avaient parfaitement prévu leur coup, et savaient exactement comment nous semer.

— La BAU est en train de peaufiner leur portrait-robot et le transmettra d'une minute à l'autre à la cellule de crise. J'en reviens à l'instant. Vous pouvez aller assister au debriefing du centre de commande. Vous avez mon autorisation. Les Willis y seront, et, de toute façon, ils vous feront remonter les informations. Alors, autant que vous soyez présents pour entendre leurs conclusions de vive voix et affiner votre liste des suspects, continua Peg en jetant un coup d'œil à Casey. La police de North Castle vous a également conviés.

— Merci.

Lorsque Casey et Claire entrèrent dans la salle, Grace et Hutch s'appliquaient à décrire le profil et les incohérences du ou des kidnappeurs de Krissy.

— A moins que cet enlèvement ne soit le premier d'une

longue liste à venir, rien ne laisse penser que nous ayons affaire à un délinquant en série, expliquait Grace. Par conséquent, nous devons traiter ce kidnapping comme un événement isolé. L'hypothèse d'un enlèvement crapuleux avec demande de rançon n'est pas encore écartée, mais elle paraît de moins en moins probable, étant donné que le kidnappeur ne s'est toujours pas manifesté. Néanmoins, on ne peut pas totalement exclure ce mobile, surtout au vu de la classe sociale des parents.

— Y a-t-il un ou plusieurs ravisseurs ? demanda l'un des détectives de la police de North Castle.

— Selon nous, il y en aurait plutôt deux. Simplement en raison de la nature complexe du scénario imaginé. Les statistiques abondent d'ailleurs dans notre sens. Si la personne que nous recherchons est un prédateur d'enfants, il s'agit selon toute vraisemblance d'un homme blanc d'une trentaine d'années, qui travaille avec des enfants ou les côtoie en tant qu'animateur ou bénévole. Il est soit célibataire, soit impliqué dans une relation asexuée, et se passionne pour des activités d'enfants telles que le modélisme ou les jeux vidéo. Il a probablement été victime de maltraitance pendant son enfance, et nourrit une colère latente qui pourrait refaire surface si quelqu'un tente de s'interposer entre lui et sa victime. D'autre part, il se trouve que la personne qui a enlevé Krissy Willis était une femme. A-t-elle pu agir seule ? C'est possible. Même s'il est faible, il existe un pourcentage de kidnappings commis par des femmes.

— Vous êtes donc sûrs et certains qu'il s'agit d'un crime sexuel…

— C'est sans conteste notre hypothèse la plus sérieuse, confirma Hutch. Mais plusieurs constantes ne cadrent pas avec la victime et le ravisseur. Habituellement, un kidnappeur d'enfants suit un modus operandi beaucoup moins compliqué. Le nôtre a pris des risques inconsidérés pour enlever une petite fille qu'il a soigneusement choisie. Ce genre de ravisseur opère généralement de manière plus simpliste et plus discrète. Il repère un gamin esseulé ou vulnérable. Ce qui n'est pas le cas de Krissy, qui est d'ailleurs loin de constituer une proie facile. Ses parents sont tous deux très connus et très présents dans sa vie.

— Ce qui pourrait induire chez certains un sentiment de toute-puissance, commenta Casey depuis le fond de la salle.

Hutch acquiesça dans sa direction.

— Possible. Tu mets le doigt sur une autre incertitude, qui a trait à la fois au profil et au mobile. Quel que soit le chef d'orchestre, nous ne pouvons que constater qu'il a réussi à élaborer un plan très sophistiqué, et à le mettre en œuvre sans aucun complexe, juste sous nos yeux. Il est possible qu'il y trouve justement une source de plaisir. C'est quelqu'un d'intelligent. Cet enlèvement a été méticuleusement planifié par un individu extrêmement bien informé, qui a agi sans laisser la moindre place à l'impulsivité ni au hasard. Sans compter la dimension personnelle de cette affaire. Le fait de s'en prendre à Krissy Willis dénote en effet une motivation bien particulière. Celui qui l'a enlevée la voulait, elle, et personne d'autre. Ce qui révèle soit une soif de pouvoir, soit un désir de vengeance.

— Si ton hypothèse est la bonne, alors le ravisseur n'en restera pas là, répondit Casey. Il cherchera à s'assurer une notoriété ou à s'attirer la reconnaissance du public. Donc, Krissy devrait réapparaître.

— D'une manière ou d'une autre, oui, répondit Hutch d'une voix sinistre. Notre boulot est justement de la retrouver avant qu'elle ne « réapparaisse ». Et de la retrouver vivante.

Confortablement assis dans la salle d'attente du Dr Brian A. Pierson, Marc feuilletait paisiblement un magazine médical. Alors que, quelques mois plus tôt, il était encore bondé de patients, le cabinet du célèbre neurologue était aujourd'hui relativement désert. Quant à obtenir un rendez-vous, pour un nouveau patient, l'opération aurait d'ordinaire supposé une âpre négociation et plusieurs mois d'attente. Mais aujourd'hui, cela avait été un jeu d'enfant. Rien d'étonnant, depuis que le nom et la photographie du médecin avaient été jetés en pâture aux médias, après qu'on l'eut accusé d'avoir tué son épouse de sang-froid. Les preuves rassemblées contre lui étaient irréfutables. Il ne faisait d'ailleurs aucun doute, dans l'esprit de Marc, que ce salopard était coupable. Et pas seulement de meurtre. Grâce à ses contacts discrets mais bien informés, Marc avait découvert une série de petits secrets inavouables sur le célèbre médecin. Pierson aurait dû moisir en prison plutôt que de continuer d'exercer une médecine à plusieurs centaines de dollars de l'heure.

Mais Edward Willis avait assuré sa défense et lui avait obtenu son passeport pour la liberté.

— Monsieur Deveraux ? Le Dr Pierson est prêt à vous recevoir, lui indiqua sa secrétaire.

— Merci.

Marc la suivit dans le hall, d'où elle le conduisit jusqu'au saint des saints, une vaste pièce d'une taille équivalente à deux salles de conférences de la FBI Academy de Quantico. Là, elle l'abandonna sans un mot, refermant la porte derrière elle.

Le visage désormais familier du Dr Pierson émergea de derrière un immense bureau en acajou.

— Monsieur Deveraux, dit-il en saluant Marc d'une poignée de main. Asseyez-vous, je vous en prie.

Ce faisant, il lui indiqua d'un geste un fauteuil en cuir, face au bureau, tout en parcourant des yeux le formulaire rempli par son nouveau patient.

— Je vois que vous souffrez de maux de tête sévères et que votre généraliste a suggéré l'hypothèse de migraines, se lança Pierson avant de froncer les sourcils. Vous ne m'avez pas précisé le nom de votre médecin référent…

— Non. Parce qu'il n'existe pas. Et que mes maux de tête sont généralement dus à une mauvaise alimentation ou à un manque de sommeil.

A ces mots, Pierson se raidit instantanément.

— Vous êtes journaliste ? Je vais vous faire arrêter pour…

— Je ne suis pas journaliste, coupa Marc. Je suis membre des Forensic Instincts, une société privée d'investigation.

— J'ai été acquitté ! protesta Pierson. Veuillez sortir !

Marc ne sourcilla pas.

— Ce n'est pas votre affaire de meurtre qui m'amène. Je suis ici pour discuter de l'enlèvement de la fille d'Edward Willis, Krissy Willis, âgée de cinq ans.

A ces mots, le neurologue sursauta.

— Sa fille ? Quand cela est-il arrivé ?

— De toute évidence, vous n'écoutez pas les informations. Hier. A la sortie de l'école. Les Willis nous ont engagés pour la retrouver.

— Et vous avez pensé que j'avais quelque chose à voir là-dedans ? demanda Pierson, visiblement anxieux. Quel intérêt aurais-je à faire cela ? Edward m'a sauvé d'une condamnation à perpétuité dans une prison haute sécurité.

— Et a ruiné au passage votre réputation. Ce type est spécialisé dans le battage médiatique. Il a mis tout en œuvre pour faire de votre histoire un feuilleton à sensations qui a défrayé la chronique jusque dans les villages les plus reculés. D'après mes sources, vous et Willis avez eu plusieurs discussions pour le moins houleuses à propos de sa stratégie, notamment lorsque vous avez commencé à voir vos patients se détourner de votre cabinet et votre chiffre d'affaires fondre comme neige au soleil. Sans parler de ses honoraires, qu'il a refusé de revoir à la baisse, et qui vous ont quasiment mis sur la paille. Et, pour tout vous dire, il ne m'a pas semblé que votre salle d'attente débordait de patients. Il suffirait d'une bonne grosse rançon qui arrive à point nommé pour vous permettre de vous refaire.

— Je n'ai pour Edward que du respect et de la gratitude. Il a fait ce qu'il devait faire. Et, argent ou pas, je n'ai pas pour habitude de kidnapper des enfants.

— Mais j'ai cru comprendre que vous les aimiez bien…

Pierson écarquilla les yeux.

— Qu'insinuez-vous par là ?

— Que vous avez envoyé en pensionnat votre fille Melanie, âgée de dix ans, peu après le décès de sa mère. Ou plus précisément, juste avant votre procès.

— J'ai préféré lui épargner…

— Oui, c'est ce que Willis a plaidé face au jury. Mais la vérité, c'est que Melanie s'était plainte auprès de votre épouse du temps que vous passiez en compagnie de ses amies. Toutes ces invitations à dormir à la maison… Ces parties de piscine que vous lanciez lors des chaudes nuits d'été… Autant d'occasions pour leur tourner autour. Sans parler des contacts physiques répétés sous prétexte de leur apprendre à nager. Et de toutes ces fois où vous faisiez irruption à l'étage dans la chambre de Melanie, juste au moment où les gamines se préparaient pour se coucher. Curieux hasard, non ?

— C'en est assez ! coupa net Pierson, en tapant du poing sur son bureau. Je ne sais pas où vous êtes allé chercher vos informations, mais je pourrais vous poursuivre en diffamation.

— Vous pourriez, mais vous ne le ferez pas, poursuivit Marc, imperturbable, en croisant tranquillement les jambes. Parce que tout ce que je viens de dire est vrai. Preuves à l'appui. Et même si elles sont sous scellés, ces preuves existent. Alors dites-moi, docteur Pierson, jusqu'à quel point aimez-vous les petites filles de cinq ans ?

La respiration de Pierson s'accéléra.

— Ma fille a beaucoup d'imagination. Je n'ai aucun penchant pour les fillettes, et encore moins de fantasme concernant les enfants. Une gamine de cinq ans, vous dites ? C'est répugnant. Si vous avez l'intention de faire courir la rumeur que je suis un prédateur sexuel…

— Ce n'est pas mon objectif. Alors arrêtons de nous perdre en généralisations futiles, et revenons-en à Krissy Willis.

Pierson lui lança un regard de glace.

— Je ne suis ni un kidnappeur, ni un malfaiteur, monsieur Deveraux.

Non, pensa Marc avec dégoût. *Juste un pervers et un assassin.*

— Où étiez-vous hier à partir de 15 heures ?

— Ici, à mon cabinet. Mon infirmière, ma secrétaire et deux de mes collègues peuvent le confirmer. Je suis arrivé à 10 heures et n'ai pas bougé de mon bureau jusqu'à 18 heures.

— Et ensuite ?

— Ensuite, je suis rentré directement chez moi en voiture. Demandez à ma gouvernante. Elle m'a préparé à dîner et a ensuite tout nettoyé. Elle n'est pas repartie avant 20 heures.

— Et pour le déjeuner ? Vous êtes sorti ?

— Je me suis fait livrer des plats chinois. Vous voulez voir le reçu ?

— Non. Ce ne sera pas nécessaire.

Mentalement, Marc raya Pierson de sa liste de suspects. Il savait que cette piste était un peu tirée par les cheveux, mais le moindre doute devait être levé. Et puis, en lui rendant cette petite visite, Marc savait que Pierson se tiendrait à carreau et laisserait tranquilles les petites filles, et pour longtemps. Le neurologue avait tout intérêt à se faire oublier, et la dernière chose dont il avait besoin, à présent, était un nouveau scandale.

Marc se serait fait un plaisir de lui briser la mâchoire. Mais ce n'était pas au programme. Du moins pas cette fois.

— Et du côté de votre belle-famille ? demanda-t-il. Ou parmi les amis de votre épouse ? Cherchez bien. Il pourrait s'agir d'un proche de votre femme révolté par votre acquittement, et suffisamment téméraire pour décider de se venger lui-même.

— Fran n'avait plus aucune famille, répondit Pierson d'une voix saccadée. Et je ne connais pas assez ses anciennes amies pour savoir si l'une d'entre elles ne tourne pas rond. Adressez-vous au procureur. Toutes ces personnes étaient *ses* témoins.

— Je l'ai déjà fait, assura Marc. Mais je voulais aussi avoir votre point de vue. D'abord parce que je doute que vous souhaitiez me voir exposer au procureur mes théories concernant les amies de votre fille. Et ensuite parce que ce dernier est un homme de loi, tandis que vous êtes, ou que vous étiez, son mari. Et, en général, les maris sont les mieux placés pour connaître chaque détail de la vie de leur épouse.

— Les amies de Fran avaient toutes des enfants. Je ne peux imaginer aucune d'elles…

— Moi non plus. Mais ça s'est vu, néanmoins, rétorqua Marc en feuilletant ses notes. J'ai obtenu une liste de ces personnes. Voyez-vous quelque objection à ce que je les interroge ?

— Aucune. Pour ce que ça change, de toute façon... Même sans ma permission, vous ne vous gênerez pas pour les interroger.

— En fait, je l'ai déjà fait, avoua-t-il en souriant de son sourire qu'il savait des plus exaspérant. Je voulais juste voir votre réaction. De toute évidence, aucune d'entre elles n'a eu vent de votre penchant pour les préadolescentes. Et c'est tout ce qui m'importe. Quant à leurs opinions sur le meurtre, elles sont discutables. Et puis, vous avez été acquitté. Affaire classée. On ne va pas revenir là-dessus. Et de toute façon, mon boulot est de retrouver Krissy Willis, pas l'assassin de votre femme.

— Alors interrogez qui vous voudrez. Je n'ai rien à cacher.

— Très bien, conclut Marc en se levant. Merci pour le temps que vous avez bien voulu me consacrer, docteur Pierson. Ravi d'apprendre que vous n'êtes coupable ni d'assassinat ni de déviance sexuelle. Il n'y a rien de tel qu'une conscience tranquille.

Casey avait un mauvais pressentiment.

L'interrogatoire de Claudia Mitchell était tombé à l'eau. Elle avait eu beau enfoncer sa sonnette une bonne demi-douzaine de fois, personne n'avait ouvert. Pourtant, elle était certaine que la maison n'était pas vide. Elle avait entendu des pas feutrés à l'intérieur, et avait distingué la silhouette fuyante d'une femme à travers la fenêtre. La femme s'était retranchée dans la cuisine et dissimulée derrière le bar. A en juger par sa taille et sa carrure, c'était Claudia Mitchell.

Alors pourquoi refusait-elle d'ouvrir la porte ?

Cette façon de se cacher éveillait en elle une foule de soupçons. Tous les voyants étaient au rouge. D'autant que Casey avait d'abord fait un détour par le tribunal de White Plains. Celui que la juge Willis présidait. Les quelques employées qu'elle avait retrouvées et qui connaissaient bien Claudia avaient confirmé l'état d'esprit de la greffière lors de son licenciement. Deux d'entre elles, ainsi qu'une voisine de Claudia, connaissaient son fiancé. Et à en croire leur description, ce couple correspondait point par point au profil type des kidnappeurs classiques : un homme dominateur, du moins vis-à-vis de Claudia, et une femme soumise, dont la carrure, de surcroît, n'était pas très différente de celle de Hope.

Et puis, il y avait aussi ce que Casey savait déjà. L'un comme l'autre avait un mobile valable. La vengeance, pour Claudia, qui n'avait jamais digéré son renvoi au moment où elle avait le plus besoin d'aide. Et une aubaine pour Joe, que la voisine avait décrit comme un type bizarre et pour le moins asocial. Et ce n'était pas tout. En risquant un coup d'œil furtif par une fenêtre pour tenter d'apercevoir Claudia, Casey avait remarqué un sous-sol rempli de jouets de petit garçon. Pas le genre de consoles dont la plupart des hommes raffolent. Non. Des jeux vidéo plus simplistes, destinés à un public nettement plus jeune.

Un examen approfondi s'annonçait plus que jamais indispensable. Casey en référerait à Peg. Mais il était hors de question d'attendre que les autorités étudient la chose et mettent en œuvre la procédure d'usage pour solliciter un mandat. Casey avait la ferme intention de descendre dans ce sous-sol. Et elle le ferait aujourd'hui. Elle reviendrait une fois la nuit tombée, lorsque Joe serait parti et que Claudia se trouverait à son cours, à l'institut municipal. Marc l'accompagnerait. Après avoir entendu des « bruits suspects » provenant de l'intérieur, ils n'auraient d'autre choix que de crocheter le verrou et d'entrer. Si Krissy était dans la maison, ils la trouveraient.

Après un rapide coup de fil à Marc pour planifier leur escapade nocturne, Casey retourna voir Hope et sa mère.

Mis à part sa chevelure grise, Vera Akerman avait l'apparence d'un moineau, chétif et fragile. Malgré ses soixante-quatre ans, elle paraissait aussi beaucoup plus âgée. De toute évidence, le coup que lui avait porté le destin trente-deux ans auparavant avait laissé des traces. Et la pauvre femme ne s'était jamais remise de l'incommensurable tribut qu'elle avait dû verser à la vie.

Hope se chargea de faire les présentations, après quoi Casey s'installa en face de Vera. Elle engagea la conversation en lui adressant toute sa compassion. Puis elle expliqua à Vera qui étaient les Forensic Instincts et en quoi ils pouvaient développer une approche plus audacieuse et moins réglementée que les autorités. Enfin, elle assura à la mère de Hope que chacun des membres de l'équipe travaillait jour et nuit pour retrouver Krissy.

Vera la remercia, la voix étouffée par les sanglots.

Casey était sur le point d'aborder quelques questions délicates lorsque la sonnette de l'entrée retentit. Une minute plus tard, un sexagénaire à la mâchoire carrée, bien charpenté, les cheveux poivre et sel, entrait dans la pièce.

Hope se leva.

— Etes-vous de la police ou du FBI ?

— Je suis un ancien du FBI, répondit-il abruptement.

— Un ancien ? répéta Hope en fronçant les sourcils. Je ne comprends pas…

Avant qu'elle puisse ajouter un seul mot, elle entendit sa mère prendre une rapide inspiration et retenir son souffle. Elle se tourna alors vers elle.

— Maman ?

Vera dévisageait le nouveau venu. Les yeux écarquillés, elle le considérait avec une infinie reconnaissance.

— Agent spécial Lynch, finit-elle par articuler.

9

— Bonjour, madame Akerman. Je suis flatté que vous me reconnaissiez. Et absolument navré de vous voir une nouvelle fois subir cette épreuve.

L'ancien agent spécial se tourna de nouveau vers Hope.

— Madame, je me présente : Patrick Lynch. C'est moi qui ai supervisé l'enquête, il y a trente-deux ans, lorsque votre sœur a été enlevée.

— Je vois, répondit-elle, visiblement bouleversée. Je suis désolée, je ne me souviens pas de vous…

— Comment le pourriez-vous ? Vous aviez six ans, à l'époque, expliqua-t-il en s'avançant pour la saluer. Je suis désolé de vous revoir en de pareilles circonstances, continua-t-il en lui serrant la main. Je suis venu vous proposer mes services. Si je peux vous être utile en quoi que ce soit, n'hésitez pas à me le demander.

Casey avait observé cet échange sans rien en perdre. La proposition de Patrick Lynch était de toute évidence sincère, et la disparition de Krissy l'affectait profondément. Mais il y avait quelque chose de plus. Quelque chose d'éminemment personnel était en train de se jouer sous ses yeux. Nul besoin d'être devin pour comprendre qu'il se sentait toujours responsable du kidnapping de Felicity et de l'enlisement de l'enquête qui avait suivi. A en juger par la douleur qui se lisait sur son visage et par sa détermination, Casey aurait parié qu'il avait porté, pendant toutes ces années, le lourd fardeau de cette tragédie jamais élucidée.

— Merci, agent Lynch, répondit Hope. C'est très gentil à vous.

— La gentillesse n'a rien à voir là-dedans, répliqua-t-il avant de confirmer les conjectures de Casey. Je ne me suis jamais pardonné l'échec de l'enquête sur la disparition de votre sœur. Mais aujourd'hui, je suis bien décidé à tenter tout ce qui est en mon pouvoir pour épauler le FBI, et faire en sorte que ce deuxième enlèvement ne reste pas irrésolu.

— Avez-vous des raisons de croire que les deux kidnappings puissent être liés ? demanda Casey en se levant à son tour.

— Je vous présente Casey Woods, intervint Hope.

— Des Forensic Instincts. Oui, je suis au courant. Je n'ai pas lâché les médias d'une semelle depuis l'annonce de l'enlèvement de Krissy à la télévision, hier. J'ai vu aux informations que vous aviez engagé l'équipe de Mlle Woods, expliqua-t-il en lui serrant la main. Ravi de faire votre connaissance, mademoiselle.

— Enchantée. C'est donc à vous qu'avait été confiée l'enquête après l'enlèvement de Felicity Akerman ?

L'agent Lynch acquiesça.

— Et pour répondre à votre question, dit-il, j'ignore totalement s'il existe un lien entre les deux enlèvements. Leur seul dénominateur commun est la famille. Mais s'il s'agit d'une coïncidence, elle est vraiment tragique. Mme Akerman a survécu de justesse à la perte de sa fille. Et maintenant sa petite-fille…

A ces mots, il expira lentement, le regard perdu, avant de se reprendre :

— Aujourd'hui, je suis consultant indépendant, mais je me dois de participer à l'enquête. C'est une question d'honneur.

— Quelle que soit votre contribution, elle sera plus que bienvenue, assura Hope. Votre prix sera le mien…

D'un geste de la main, il déclina son offre.

— L'enlèvement de votre sœur n'a jamais cessé de me ronger. Depuis que je suis retraité du FBI, cette pensée ne fait que me hanter un peu plus. Croyez-moi, participer à cette enquête m'apporte autant qu'à vous.

— Dans quel domaine exercez-vous ? demanda Casey par pure curiosité.

— Principalement en matière de sécurité, à la fois pour les

entreprises privées et pour les autorités. Etant donné que je suis basé à New York, j'ai pas mal travaillé avec le NYPD. J'ai aussi apporté mon aide au FBI dans le cadre de quelques affaires criminelles. Ça marche plutôt bien. J'habite dans le New Jersey, et mon bureau est dans le Lower Manhattan.

Casey croisa son regard, celui d'un homme parfaitement au clair avec lui-même et à l'aise dans sa vie.

— Sans vouloir trahir mon âge canonique, lorsque j'ai débuté dans ma carrière, la délégation de White Plains se trouvait à New Rochelle et le bureau régional de New York n'était pas encore sur la Federal Plaza, mais sur la IIIe Avenue, à hauteur de la 69e Est, indiqua-t-il.

— Ce qui explique pourquoi on vous a confié la direction de l'enquête sur l'enlèvement de la sœur jumelle de Hope, coupa Casey en opinant du chef. La famille habitait à New Rochelle.

— Exactement.

Lynch se tourna vers Vera et Hope.

— J'ai conservé toutes mes notes du premier kidnapping. Madame la juge, si votre maman est d'accord, et avec votre permission, je souhaiterais proposer à l'agent spécial Harrington de rouvrir l'enquête classée. S'il existe le moindre parallèle entre les deux affaires, ou si un détail se répète dans les deux enlèvements, je veux pouvoir approfondir les recherches.

Hope lança un rapide coup d'œil à sa mère, qui lui répondit d'un discret hochement de tête.

— Vous avez ma permission, indiqua-t-elle à Lynch avant de marquer une pause, visiblement secouée par la soudaine tournure des événements. Pour quelle raison quelqu'un en voudrait-il assez à ma famille pour s'en prendre à elle pendant plus de trois décennies ?

— Il y a peu de chances que cette hypothèse soit la bonne, répondit-il doucement. C'est davantage une façon de procéder par élimination qu'une piste réellement crédible. Mais, dans l'éventualité peu probable où cette stratégie fonctionnerait, nous pourrions mettre le doigt sur certains indices susceptibles de nous aider à retrouver votre fille.

Casey n'en pouvait plus. La question qu'elle s'apprêtait à poser à Vera Akerman lorsque Patrick Lynch avait fait irruption dans la pièce lui brûlait les lèvres. Et vu l'approche que ce dernier développait, le moment ne pouvait pas être mieux choisi pour la poser :

— Madame Akerman, se lança-t-elle calmement, quand avez-vous vu ou parlé à votre ex-mari pour la dernière fois ?

Décontenancée, la mère de Hope sembla tout d'un coup encore plus attristée.

— A l'audience du divorce. Il était soûl, ce qui était devenu son lot quotidien, à cette époque. Une fois le divorce officiellement prononcé, j'ai obtenu la garde exclusive de Hope et il a disparu dans la nature.

— Et vous ? demanda Casey à Hope. Avez-vous eu des contacts avec votre père ?

— Aucun, déclara Hope, le visage soudain traversé d'une onde de douleur mêlée de nostalgie. Je me souviens seulement à quel point l'enlèvement de Felicity l'a anéanti. Elle et lui se ressemblaient tellement… Les jeux d'arcades, le sport. C'était tout son portrait. Il ne s'est jamais remis de sa disparition. Et chaque jour qui passait était pire que le précédent. Finalement, il a cessé d'aller au travail. Il buvait du matin au soir. Et maman et lui hurlaient et se disputaient à longueur de journée…

— Le traumatisme de la perte de Felicity aurait dû nous rapprocher, Sidney et moi, ajouta Vera. Mais nous n'avons jamais réussi à nous parler. J'ai bien essayé. Mais il se repliait sur lui-même. Comme si cette terrible perte n'était que son affaire. Et puis, il a fini par se couper du monde et tourner le dos à la vie. Le travail, la famille, notre mariage, rien de tout cela n'avait plus d'importance à ses yeux. Pour finir, il a perdu son emploi et s'est noyé dans l'alcool. Pour oublier. Quant à moi, j'étais accablée par mon propre chagrin. C'était plus que je ne pouvais supporter. Notre mariage a purement et simplement volé en éclats, confia-t-elle en retenant ses larmes. Pauvre Hope ! C'est elle qui en a payé le prix fort… Elle n'a jamais dit un mot, mais je le voyais dans ses yeux. Elle s'est toujours crue responsable de notre séparation. Elle pensait que c'était sa faute. Qu'elle n'était pas une raison suffisante pour que son père reste avec nous. Je ne sais même pas comment elle a pu se remettre de ce cataclysme. Une preuve de sa force intérieure, certainement. Elle n'avait que six ans et a, elle aussi, souffert le martyre. Elles étaient si proches… Des vraies jumelles. Perdre sa sœur jumelle, puis son père… Comment un enfant pourrait-il s'en sortir indemne ? J'aurais dû faire plus…

— Arrête, maman, l'interrompit Hope. Tu as fait tout ce que tu as pu. Ton enfant venait d'être kidnappé. C'est la hantise de chaque mère. Et aujourd'hui, c'est mon tour, poursuivit-elle, la voix chancelante, avant de prendre une profonde inspiration. Quant à papa, tout cela appartient maintenant au passé. Je ne pense plus à cette époque. Et je ne pense plus à lui.

— Donc, aucune de vous ne sait où il vit ? demanda Casey.

L'envie de pousser davantage l'interrogatoire la dévorait, mais elle se fit violence pour en rester là.

— Pas la moindre idée, confirma Hope.

Cette dernière était cependant loin d'avoir l'esprit amorti par les événements. Levant la tête, elle dévisagea tour à tour Casey et Lynch.

— Pourquoi cette question ? Vous croyez qu'il sait quelque chose à propos de Krissy ?

— Je crois que vu la situation, nous ne pouvons pas nous permettre de faire l'impasse sur lui, répondit brutalement Casey. Peu importe qu'ils ne se soient jamais rencontrés ; Sidney Akerman est le grand-père de Krissy. Or, on ne sait rien de ce qu'il est devenu aujourd'hui. Ce point doit forcément être éclairci.

— Je suis complètement d'accord, renchérit Patrick Lynch. Je me rappelle à quel point la disparition de Felicity l'a foudroyé, à l'époque. Il s'est pourtant activement impliqué dans chaque étape de l'enquête. Il pourrait se souvenir d'un détail qui nous aurait échappé. Nous devons le retrouver et lui parler.

Casey tira son BlackBerry de sa poche.

— Je mets tout de suite Ryan sur le coup. Il est capable de

retrouver n'importe qui, expliqua-t-elle en composant le numéro du bureau.

Après avoir rapidement détaillé à Ryan les éléments dont elle avait besoin, elle commenta en rangeant son téléphone :

— Il me rappelle dès qu'il a quelque chose.

Lynch fit demi-tour pour regagner le hall.

— Je vais essayer de m'entretenir avec Peg pour l'informer de la situation. Ensuite, nous pourrons nous mettre au travail.

Casey jeta un œil sur Hope, occupée à réconforter sa mère comme elle le pouvait. Profitant de ce court laps de temps, elle rejoignit discrètement Patrick et l'arrêta d'une main dans l'embrasure de la porte.

— Monsieur Lynch, avant que vous ne partiez, j'ai une question un peu directe à vous poser. Seriez-vous prêt à mettre en commun vos ressources avec les Forensic Instincts et à collaborer avec nous ? L'avantage est que vous et mon équipe partageons le même statut d'indépendants. La cellule de crise du FBI est submergée de pistes à vérifier et de suspects potentiels à interroger. Je doute que la réouverture d'une affaire classée il y a trente ans fasse partie de leurs priorités.

L'ancien agent spécial arbora un léger rictus.

— En clair, vous demandez d'accéder à mes notes et à toutes les pièces de l'ancien dossier.

— Exactement, répondit Casey, qui ne voyait aucun intérêt à jouer au chat et à la souris. Comme je vous l'ai dit, le FBI n'a pas les moyens de déployer ses ressources pour une hypothèse qui a peu de chances d'aboutir. Mais nous, si. Sans compter que nous pouvons prendre la liberté de franchir certaines limites que la police et le FBI ne franchiront pas.

A ces derniers mots, Lynch lui lança un regard noir.

— Je suis d'accord avec votre premier postulat. La cellule de crise doit se concentrer sur les pistes qui lui semblent les plus prometteuses. Sinon, pour ce qui est de franchir la ligne jaune, ne comptez pas sur moi. Après trente-cinq années au FBI, je reste fidèle à certains principes. Quoique je ne regrette pas la paperasse… Enfin, bref, je suis prêt à m'arranger un peu avec la loi ici et là si nécessaire, mais ne vous attendez pas à me voir jouer les McGiver. Si cela vous convient ainsi, je serai ravi d'accepter votre offre, à condition toutefois que le partage d'informations soit mutuel.

— Il le sera.

— Parfait, conclut Lynch, visiblement ravi de monter à bord. Ah oui, au fait… C'est Patrick.

Informel. Direct. Pas de chichi. Casey appréciait décidément cet homme.

— Et moi, c'est Casey, répondit-elle. Je vais m'arranger pour que vous rencontriez au plus vite les autres membres de mon équipe, Ryan et Marc. D'ici là, je propose qu'on se voie une fois que vous aurez obtenu le feu vert de Peg. De cette façon, vous pourrez m'éclairer sur certains points, et je tâcherai d'en faire de même pour vous. Cela m'évitera d'importuner Mme Akerman avec toutes ces questions. La dernière chose dont elle et Hope ont besoin, c'est de revivre les pires heures de leur existence. Surtout en ce moment. Nous devons nous efforcer de leur faire garder espoir. Et d'éviter tout amalgame entre les deux affaires. L'enlèvement de Krissy ne se terminera pas comme celui de Felicity.

— Je crois que c'est une sage idée, acquiesça Patrick. Je vais parler à Peg. Je vous rejoins dehors dans vingt minutes.

Comme convenu, Casey passa un rapide coup de fil à Ryan tandis qu'elle attendait Patrick à l'extérieur.

— C'est bon, je suis toute seule, tu peux y aller. Qu'est-ce que tu voulais me dire ?

— J'ai les noms de quatre pères mécontents qui ont perdu la garde de leurs enfants devant le tribunal de Hope Willis, ces derniers mois. Tous les quatre sont entrés dans une colère noire lorsqu'elle les a déchus de leurs droits de garde. D'après l'enquête de voisinage, tous auraient un tempérament irascible et un mode de vie douteux. Tous cadrent parfaitement avec le profil de notre kidnappeur, et jusque dans le moindre détail :

petites amies avec une piètre estime d'elles-mêmes, etc. Et tous ont ouvertement menacé la juge Willis au sein de son tribunal. Je t'envoie la liste.

— Pas la peine de perdre du temps avec un fichier joint, dit Casey en sortant un calepin et un crayon. Je vais noter tout ça et vérifier immédiatement.

Sans perdre une seconde, elle griffonna les coordonnées que lui dicta Ryan, y compris les noms, adresses et numéros de téléphone des quatre types et de leurs employeurs.

— J'irai rendre une petite visite à ces charmants lascars dès que j'aurai parlé à Patrick Lynch. Cet homme est une bénédiction. Tu verras, je crois qu'il te plaira.

— Si tu le dis… Pendant ce temps, j'essaie de localiser Sidney Akerman. Et d'après mes premières recherches, soit ce type est mort, soit il n'a pas du tout envie de recevoir de la visite.

— Intéressant… Quelque chose d'autre ?

— Oui. Ton aspirateur à odeurs et tes tampons de gaze sont arrivés. Avec tout un lot de pots et de pinces. Et ton chien vient d'uriner sur ma chaussure.

Casey éclata de rire.

— Alors, sors-le ! Ça lui fera un peu d'exercice. Contrairement à toi, il n'a pas d'abonnement à la salle de sport.

— Il devrait peut-être considérer la question. Ce tyran m'a déjà traîné jusqu'au parc et a reniflé les quatre coins du quartier, soupira-t-il. Je vais le remmener faire un tour et le fatiguer un peu. J'espère que tu ne lui verses pas de salaire, parce qu'il ne le mérite pas.

— Attends de voir. C'est pour ça que j'ai commandé le STU-100.

— Parfait. Il pourra donc utiliser son premier chèque pour rembourser la moquette, ainsi que mes chaussures. A part ça, il a un pif du tonnerre ! Il ferait un parfait copilote sur un rallye.

— Tu verras ça plus tard avec lui selon ses dispos. Et je t'expliquerai comment te servir du STU-100.

— Pas la peine. Aurais-tu oublié à qui tu as affaire ? J'ai chopé le mode d'emploi sur leur site Web. Mettre la gaze en place.

L'objet personnel sur la gaze. Aspirer trente secondes. L'odeur imprègne la gaze. Et stocker la gaze dans le pot. Hero a même déjà mémorisé l'odeur de Krissy. Le tour est joué !

— Bon boulot ! Net et précis. A ton image. Que dirais-tu de t'occuper de Sidney Akerman, à présent ?

— Aussitôt dit, aussitôt fait !

Sal Diaz coupa le moteur de sa tondeuse à gazon et s'essuya le front de l'avant-bras. Il travaillait à la maison en face de l'école maternelle, de l'autre côté de la rue. Le quartier grouillait de policiers et d'agents du FBI. Alibi ou pas, ils finiraient bien par les interroger, Rita et lui. Ce n'était qu'une question de temps. Sal était le jardinier des Willis, et Rita leur gouvernante. Ils passaient un nombre incalculable d'heures au domicile des Willis. Les flics finiraient évidemment par leur poser des questions. Ils auraient tôt fait de découvrir sa réputation de bagarreur notoire et d'avoir vent de leurs querelles de ménage. Sans parler des lourdes dettes qui les asphyxiaient, Rita et lui. Si les Mueller et les Kitner ne s'étaient pas portés garants de leurs emplois du temps, ils auraient même probablement déjà été placés en garde à vue.

Mais combien de temps ce filet de sécurité allait-il tenir ?

Hier, Sal avait tondu la pelouse chez les Kitner de 14 à 16 heures. Et Rita avait fait le ménage chez les Mueller.

La petite des Willis avait été emmenée par une femme. Les Mueller travaillaient tous les deux, et Mme Mueller finissait son travail à 15 heures. Elle était rentrée chez elle hier après-midi juste au moment de la sortie des classes. Techniquement, Rita aurait pu quitter la maison, attraper la gamine, la planquer quelque part et faire semblant de remonter de la buanderie au sous-sol, si jamais Mme Mueller revenait juste avant elle. Le timing était bien trop parfait. Et le passé de Sal bien trop sulfureux.

Il devait attendre que la machine se mette en branle d'elle-même.

Il ne pouvait pas se permettre de les exposer, Rita et lui, au feu des enquêteurs. Du moins, pas avant que la police ne le fasse pour lui. Et dans ce cas, il n'aurait pas besoin d'aller les trouver. Ils viendraient à lui.

Et il leur dirait ce qu'il savait.

10

Debout au milieu de la chambre de Krissy, Hope pleurait à chaudes larmes tout en s'accablant de reproches.

C'était sa faute. Pourquoi n'avait-elle pas quitté le travail juste un peu plus tôt, hier soir ? Pourquoi n'avait-elle pas fait à Krissy la surprise d'aller la chercher à l'école ? Pourquoi n'avait-elle pas senti que quelque chose n'allait pas ?

En tant que mère, elle aurait dû le savoir.

Mais elle n'avait rien vu venir.

Avait-elle dit à Krissy combien elle l'aimait, avant de lui dire au revoir, ce matin-là ? L'avait-elle serrée dans ses bras ? Avait-elle replacé ses petites mèches rebelles derrière ses oreilles avant de la laisser partir, à la porte de l'école ?

Aurait-elle encore l'occasion de répéter ces petits gestes anodins et inestimables ?

Pourrait-elle encore tenir contre elle sa précieuse petite fille ? Entendre sa délicieuse voix fluette, se délecter de son entrain et de sa joie de vivre ? La verrait-elle devenir une grande fille, batailler contre l'adolescence, et être à son tour une femme ?

Mon Dieu, quel sort lui réservait cette ordure ? Etait-il en train de lui faire du mal ? De la brutaliser ? Pire encore ? Où était donc sa fille ? Son bébé ? Etait-elle au moins vivante ?

Hope s'écroula de tout son poids sur le tapis. En larmes, le cœur transpercé d'un poignard, elle s'effondra de douleur, tremblante et livide.

La porte de la chambre s'ouvrit. Elle reconnut la voix d'Ashley qui l'appelait.

— Madame Willis ? Est-ce que je peux faire quelque chose ?

— Non, répondit Hope en hochant la tête, sans même faire l'effort de se relever. J'ai juste besoin d'être ici avec les affaires de Krissy, ajouta-t-elle avant d'observer un long et pesant silence. Je n'ai pas été là pour elle au moment où elle avait le plus besoin de moi.

En bas, dans le hall, retentit tout à coup la mélodie criarde du portable d'Ashley. Mais la jeune fille l'ignora.

— Madame Willis, vous êtes une mère formidable, assura-t-elle avec une profonde conviction, soulagée de pouvoir apporter au moins ce réconfort, si petit soit-il, à celle qui l'employait. Vous n'avez rien à vous reprocher.

— Oh que si ! J'aurais dû être là.

— Vous ne pouviez pas savoir.

— J'aurais dû ! C'est ma fille !

Telle une ultime provocation du sort, le refrain entraînant du téléphone d'Ashley continuait de résonner dans le hall, narguant la sombre pesanteur qui plombait la chambre de Krissy.

— C'est votre portable, finit par lâcher Hope, à bout de nerfs.

— Qui que ce soit, il rappellera.

Comme pour confirmer ses mots, le téléphone se tut enfin.

Ashley s'avança jusqu'à Hope et s'agenouilla à son côté.

— Moi aussi, je me sens coupable, vous savez, lui confia-t-elle doucement. Si ç'avait été mon tour d'aller chercher les enfants, je serais peut-être arrivée plus tôt. J'aurais tout de suite remarqué l'absence de Krissy. J'aurais peut-être pu donner l'alerte à temps.

— Ça n'aurait rien changé. Personne n'aurait rien pu faire. Ça n'a plus d'importance. Plus rien n'a d'importance.

— Je sais ce que vous ressentez, poursuivit Ashley, tandis que des sanglots se pressaient dans sa gorge.

Saisissant la main de Hope, elle la serra dans la sienne.

— Je ne crois pas pouvoir survivre à cette épreuve, Ashley, murmura Hope. Krissy est toute ma vie. Sans elle… plus rien n'a de sens.

— Je le sais. Mais je sais aussi que…

Avant qu'elle puisse achever sa phrase, son téléphone portable se manifesta de nouveau bruyamment.

— Bon sang ! s'exclama-t-elle en se relevant brusquement. Celui-là, je vais m'en débarrasser une bonne fois pour toutes !

— Vous pouvez décrocher. Ça m'est égal.

— Pas question. Ma place est ici à vos côtés. Je vais éteindre ce fichu téléphone…, s'écria-t-elle en se précipitant dans le hall.

Une minute entière passa. Puis une deuxième.

Prostrée au beau milieu de la chambre, à bout de forces, Hope agonisait de douleur, de culpabilité et de peur. Le chagrin qui la terrassait lui arrachait les derniers soubresauts de vie qui la maintenaient à flot, avant de lui porter le coup de grâce.

Alors qu'elle sombrait dans un abîme insondable, elle entendit revenir Ashley.

— Madame Willis ? chuchota Ashley depuis le seuil de la pièce.

Telle une décharge électrique, quelque chose de singulier dans le son de sa voix ranima soudain Hope.

— Ils ont du nouveau ?

Ashley était livide. Cramponnée de toutes ses forces à son téléphone, elle jeta un œil furtif derrière elle, entra dans la pièce et referma la porte.

— Au bout du fil…, parvint-elle à répondre d'une voix étouffée tout en lui tendant son téléphone. C'est une voix bizarre. Mais il m'a dit qu'il était le kidnappeur. Il a trouvé mon numéro dans le cartable de Krissy. Et il a appelé sur mon téléphone pour ne pas se faire repérer par les autorités. Mais c'est à vous qu'il veut parler. Il a des instructions à vous donner.

Hope s'empara du téléphone et le colla à son oreille.

— Hope Willis à l'appareil.

— J'ai votre fille, déclara une voix singulière et feutrée, certainement filtrée par un brouilleur de voix. Si vous voulez la revoir, suivez mes instructions à la lettre. Et surtout, pas un mot à qui que ce soit. Ne dites rien à personne. Ni votre mari, ni la police locale, ni le FBI. Sinon, vous pourrez dire adieu à votre fille.

— Je ferai tout ce que vous me direz, répondit Hope du tac au tac. S'il vous plaît, ne faites pas de mal à Krissy ! Je vous en supplie…

— Ça dépendra de vous.

— Est-ce qu'elle va bien ? Je peux lui parler ?

— Oui, elle va bien. Et non, vous ne pouvez pas lui parler. Elle n'est pas avec moi.

— Alors comment est-ce que je peux être sûre qu'elle va bien ? Et pour quelle raison devrais-je vous croire, lorsque vous me dites qu'elle est avec vous ?

— Ecoutez…

Après une courte pause, Hope distingua un bruissement confus, suivi du cliquetis d'une touche qu'on enfonce.

— Je n'ai pas faim !

C'était la voix de Krissy, de toute évidence enregistrée. Et entrecoupée de sanglots.

— Et Oreo non plus. Je veux ma maman. Je veux…

Un nouveau claquement sec coupa net la voix de Krissy.

Hope serra les paupières.

— Pourquoi a-t-elle l'air si effrayée ? Que lui avez-vous fait ?

— Vous porterez votre trench marron, ordonna la voix. Vous devez passer inaperçue. Apportez deux cent cinquante mille dollars. En liquide. Dans le sac polochon noir Adidas de Krissy. Demain. 17 heures. Au centre commercial de Mid-County. Deuxième étage. Espace restauration. En face du kiosque à bretzels. Il y a une poubelle. Déposez le sac derrière et filez. Sans vous arrêter. Sans vous retourner. Vous disparaissez.

Mon Dieu ! Il venait de décrire précisément le sac de Krissy. Il avait dû l'espionner pendant un week-end de scoutisme. Ou ailleurs… N'importe où. Et il connaissait également son trench. Il l'avait donc suivie, elle aussi. Certainement alors qu'elle était avec Krissy.

Le cauchemar ne faisait qu'empirer.

— C'est bien compris ? répéta la voix.

— Oui.

Hope n'avait nul besoin de prendre en note ses instructions ; elles étaient gravées dans sa tête.

— Et Krissy ? Elle sera au kiosque ?

— Au parking souterrain. Niveau deux. Une heure plus tard.

— Avec quelle garantie ?

— Aucune.

Hope marqua une pause à peine perceptible.

— J'y serai.

— Très bien. Et… madame Willis. N'oubliez pas. Si jamais je vois quelqu'un d'autre que vous au kiosque, vous aurez sur vos mains le sang de votre fille.

Un clic, puis la tonalité. Il avait raccroché.

— Mon Dieu ! Oh, mon Dieu ! gémit-elle en s'effondrant contre le mur.

— Qu'est-ce qu'il a dit ? s'enquit Ashley.

De nouveau, Hope hésita une fraction de seconde.

— Mieux vaut que vous ne connaissiez pas les détails. Ashley… Pas un mot à Edward ni au groupe d'intervention. Je compte sur vous. Je dois ramener Krissy vivante à la maison. Votre téléphone n'a jamais sonné. Vous n'avez rien entendu, d'accord ? Je vais devoir m'absenter deux fois. D'abord maintenant, et une deuxième fois demain, en fin d'après-midi. J'ai besoin que vous me couvriez. Vous voulez bien faire ça ?

Tremblante, Ashley acquiesça.

— Pour Krissy, bien sûr que oui.

Hope envisageait les options une à une, à la vitesse de l'éclair. Edward gardait une grosse somme en liquide dans leur coffre-fort à la maison, principalement des dessous-de-table versés par de riches clients à la morale douteuse, dont Hope préférait ne rien savoir. Et puis, ils avaient plus de cent mille dollars dans leur coffre à la banque. Entre les deux, elle parviendrait à réunir la somme nécessaire sans alerter qui que ce soit ni entraîner l'édition d'un rapport de transaction bancaire.

S'il vous plaît, supplia-t-elle en silence. *Faites que ça fonctionne. Je vous en prie, rendez-moi ma fille…*

***

La piste des pères lésés ne donnait aucun résultat.

Non pas que ce fût une surprise pour Casey, d'ailleurs. A peine avaient-ils entendu le motif de sa visite qu'ils cessaient brutalement de voir en elle une petite rouquine venue les distraire de leur travail, et la considéraient avec défiance comme on observe un animal dont on ignore s'il va piquer, mordre ou charger. Et ils n'avaient aucunement l'intention de parler à une étrangère tant que la loi ne les y contraignait pas.

Casey se contentait de poser des questions simples et courtes, profitant des quelques brèves minutes dont elle disposait avec chaque suspect potentiel pour observer ses réactions, son langage corporel, et tenter de distinguer son agressivité naturelle de son éventuelle culpabilité.

Tous les quatre étaient visiblement d'incontestables tyrans, animés par un désir de vengeance exacerbé. Et tous manifestaient une hargne rageuse à l'égard de la juge Willis pour la sentence qu'elle avait rendue contre eux.

Mais aucun n'avait ni la jugeote ni le cran nécessaires pour kidnapper sa fille. Aucun n'était suffisamment stratège pour imaginer un scénario aussi bien huilé que l'enlèvement de Krissy. Pas un n'avait assez de sang-froid pour tuer une fillette de cinq ans. Et aucun n'était assez tordu pour être un prédateur d'enfants.

Sur ce point, Casey devait donc se ranger à l'avis des fédéraux. L'hypothèse d'une vendetta personnelle contre une décision de la juge Willis dans une affaire de garde d'enfant semblait peu probable.

Le moment était venu d'explorer les pistes laissées de côté par le groupe d'intervention du FBI.

Casey ne s'attendait pas à trouver Vera Akerman seule dans le salon. Assise sur l'accoudoir d'un fauteuil, elle sirotait une tasse de thé.

— Madame Akerman, dit-elle doucement, savez-vous où est Hope ?

Relevant la tête, la vieille dame laissa échapper un vague soupir.

— Elle est partie faire un tour en voiture. Ma fille est restée plus d'une heure dans la chambre de Krissy. Elle avait besoin de prendre l'air. De se retrouver un peu seule. Pour réfléchir. Pour se ressourcer. Et échapper à toute cette agitation. A mon avis, vous la trouverez garée devant l'école de Krissy, pleurant toutes les larmes de son corps.

— Je comprends.

— Je ne crois pas.

Vera avait prononcé ces mots de manière tout à fait factuelle, sans amertume ni reproche. Levant les yeux, elle croisa le regard de Casey.

— Avez-vous des enfants ?

— Non.

— Alors, je ne crois pas que vous puissiez comprendre. Vous ne savez rien de l'intensité de l'amour qu'une mère ressent pour son enfant. Ni de l'insupportable douleur à l'idée de pouvoir le perdre. Savoir qu'il est quelque part entre les mains d'un monstre et ne pouvoir strictement rien faire… Rien, sauf prier. Hope échangerait sans hésiter sa vie contre celle de sa fille. Mais elle n'a même pas cette alternative. Tout ce qu'on lui laisse le droit de faire, c'est d'attendre. Et de mourir un peu plus à chaque minute qui passe.

— Vous avez raison. Je ne peux pas comprendre. Pardonnez-moi mon manque de tact, reconnut Casey tout en esquissant un geste vers le fauteuil pour demander la permission de s'y asseoir.

Vera acquiesça.

Casey s'enfonça dans le fauteuil.

— Je ne peux pas me figurer ce que Hope est en train de vivre, ni ce que vous avez enduré par le passé et que vous revivez aujourd'hui. Tout ce que je peux faire, c'est prendre part à votre douleur et remuer ciel et terre pour retrouver Krissy.

La mère de Hope posa sa tasse.

— A mon tour de vous présenter mes excuses. Je ne voulais pas être impolie. Je sais que vous travaillez dur pour aider ma fille. C'est juste que j'ai les nerfs à vif, vous comprenez… J'ai la sensation de revivre un cauchemar.

— Vous n'avez pas à vous justifier, assura Casey tout en se répétant mentalement les informations que Patrick Lynch lui avait communiquées. Madame Akerman, continua-t-elle en se penchant vers elle, je n'ai nullement l'intention de rendre ce calvaire encore plus insupportable, mais accepteriez-vous de répondre à quelques questions ?

— A propos de Sidney ?

— Plutôt sur votre vie… Sur ce qu'elle était à l'époque où Felicity a été enlevée.

Vera afficha une moue empreinte d'une profonde douleur.

— Je peux vous dire ce qu'elle était avant. Mais après, c'est peine perdue. La première fois que j'ai essayé de me souvenir, ç'a été absolument atroce. Puis, avec le temps, la douleur a fini par s'estomper, et maintenant, tout est parfaitement flou… Selon les médecins, j'ai développé un syndrome de stress post-traumatique sévère. Moi, j'appelle ça une dépression nerveuse. A l'époque, si j'arrivais à m'extirper du lit chaque matin et à faire semblant de tenir debout, c'était parce que je n'avais pas le choix. Je le faisais pour Hope. Mais pour ce qui est du reste, c'est comme si la vie s'était arrêtée. Et pour Sidney aussi. C'est juste que nous avons chacun réagi de manière différente. Et maintenant…, ajouta Vera en portant à ses lèvres une main tremblotante. Pourquoi est-ce que ça recommence ? Qui en veut à ma famille ? Pourquoi ?

Casey ne tenta même pas de répondre.

— Avant, votre famille était heureuse ?

— Très. Nous étions une famille moyenne. Sidney avait un bon travail. Et je faisais partie de l'association des parents-instituteurs. Les jumelles se complétaient l'une l'autre. Hope adorait la lecture et l'école, tandis que Felicity était l'athlète, passionnée de jeux et de sports. Et malgré cela, elles étaient incroyablement complices. Si quelqu'un avait la mauvaise idée de s'en prendre à l'une, il avait aussitôt affaire à l'autre, expliqua-t-elle en esquissant un sourire. Ce dernier été, Felicity s'était cassé le bras. Elle était désespérée de ne pas pouvoir jouer au football. Alors Hope avait demandé à tous les participants du centre aéré de signer son plâtre. Et lorsqu'on l'a déplâtrée, elle nous a demandé d'organiser une fête de la libération ! Voilà quelles étaient leurs relations.

— Hope a dû être traumatisée par l'enlèvement de sa sœur.

— Bien plus qu'elle ne l'admet, en réalité. Elle était couchée à côté de Felicity, dans le même lit, lorsque c'est arrivé. Le kidnappeur a drogué mes deux filles, et a pris Felicity. Je n'ai jamais su s'il l'avait choisie intentionnellement ou s'il avait été pris de court.

Les lèvres de Vera frémirent un instant.

— Tous nos amis et toutes les mères du centre aéré sont venus me soutenir et veiller avec moi. Ils ont prié et apporté de la nourriture. Hope ne voulait plus sortir de sa chambre. Même pour manger. Elle s'est terrée des semaines dans un terrible mutisme. C'est au moment où mon mariage a commencé à battre de l'aile et où je me suis effondrée qu'elle s'est forcée à sortir de sa coquille et à faire de nouveau partie de nos vies. Elle a été une petite fille courageuse, bien plus que je ne l'ai été. Et même après le départ de son père.

De toute évidence, la mère de Hope en avait assez, mais Casey se dit qu'il faudrait absolument interroger Patrick au sujet de tous ces parents et amis.

— Madame Akerman, restons-en là pour aujourd'hui, lui dit-elle doucement. Nous en reparlerons demain. Pour le moment, il y a d'autres pistes que je souhaite explorer.

Effectivement, Casey avait du pain sur la planche.

Au programme : retrouver Marc et passer au peigne fin chaque centimètre carré de la maison de Claudia Mitchell.

Ashley était occupée à préparer un léger dîner à toute la famille ainsi qu'aux membres permanents de la cellule de crise lorsque Edward entra dans la cuisine d'un pas décidé et lui empoigna le bras.

— J'ai appris par les détectives que tu avais passé un long

moment à réconforter Hope dans la chambre de Krissy, marmonna-t-il en serrant les dents. Et elle s'est montrée bizarre et distante depuis que je suis rentré. Qu'est-ce que tu lui as raconté, pendant vos confessions intimes ?

Ashley dégagea son bras en grimaçant.

— Rien. Je ne suis pas stupide, Edward. Je ne lui ai pas dit un mot.

Il la considéra longuement d'un œil suspicieux.

— Tu es sûre ?

— Puisque je te le dis. Nous n'avons parlé que de Krissy.

— Très bien. Continue comme ça. Et souviens-toi : un mot de trop et mon mariage part en fumée. Et ton boulot avec. Sans compter qu'on deviendra instantanément les suspects numéro un. Le père de Krissy, avocat plein aux as, sa jeune maîtresse et sa merveilleuse petite fille, tous les trois prennent le large pour une destination inconnue après avoir échafaudé un plan machiavélique orchestré par Edward Willis en personne.

— Je crois que tu en fais un peu trop, protesta Ashley sur un ton qui contrastait avec l'expression de terreur qui figeait son visage.

— Détrompe-toi. Je suis avocat. Je sais parfaitement comment raisonne la police. Et crois-moi, mieux vaut ne pas leur tendre le bâton pour se faire battre.

— Tu peux compter sur moi, assura Ashley, tandis que des larmes perlaient entre ses cils. Je me sens déjà assez coupable de ce que nous faisons à Mme Willis. Et comme si ça ne suffisait pas, Krissy est victime d'un enlèvement…

Etouffée par un sanglot, elle marqua une pause puis déglutit pour se redonner une contenance.

— Mais ne t'inquiète pas, je connais les règles. Et je les respecterai, aussi bien vis-à-vis des autorités que de ta femme.

— Tu as plutôt intérêt. Sinon, rien de bon ne nous attend au tournant.

11

Patrick Lynch était un ancien du FBI et, à ce titre, ce fin limier ne pouvait pas ignorer que sa conception des limites différait radicalement de celle de Casey Woods.

Il avait partagé avec elle de nombreuses informations sur l'enlèvement de Felicity Akerman, et même accepté de la laisser consulter ses notes et le dossier de l'ancienne affaire non résolue. En retour, elle lui avait d'ailleurs divulgué tout ce qu'elle savait sur l'enlèvement de Krissy Willis, et lui avait dévoilé toutes les pistes qu'elle et son équipe poursuivaient, soit en solo, soit en collaboration avec les autorités.

Toutefois, elle avait omis ici et là quelques détails apparemment anodins. Mais après tout, il avait fait de même. La confiance ne s'établit pas en quelques heures. Elle nécessite du temps, beaucoup de temps. Lynch s'était donc gardé quelques atouts sous le coude, et il était certain que Casey n'avait aucun scrupule à faire la même chose de son côté.

Il ne faisait aucun doute dans son esprit qu'elle et son équipe étaient sur les talons de Claudia Mitchell, l'ancienne greffière de Hope Willis. Et il comprenait pourquoi. Leur thèse tenait la route. Quant à leurs méthodes, il avait le pressentiment qu'elles flirteraient immanquablement avec l'illégalité.

Si ses principes l'empêchaient de prendre part à de telles opérations, rien, en revanche, ne l'obligeait à dissuader les Forensic Instincts de procéder comme ils l'entendaient.

***

La nuit venait de tomber lorsque Casey et Marc stationnèrent leur camionnette sous les sycomores, à tout juste un pâté de maisons du domicile de Claudia Mitchell. Tous deux vêtus d'un sweat-shirt et d'un jean noirs, ils se confondaient parfaitement avec l'obscurité.

En toute décontraction, ils avancèrent jusqu'à la porte d'entrée et appuyèrent sur la sonnette.

Comme prévu, aucune réponse.

Un deuxième coup de sonnette.

Cette fois, un chat miaula à l'intérieur.

— Tu as entendu ? demanda machinalement Casey, tout en sachant pertinemment que Claudia possédait deux chats roux tigrés.

— Oui, répondit Marc sur un ton tout aussi mécanique. Je me demande bien ce que c'était.

— Je ne pourrais pas dire s'il s'agissait d'un chat ou d'un enfant. Et toi ?

— Moi non plus. Mais si c'est un enfant, il est hors de question de le laisser seul dans une maison vide.

— Hors de question. Et on dirait qu'il est en détresse.

De nouveau, un miaulement se fit entendre.

— Cette fois, c'est sûr, reprit Casey en saisissant la poignée de la porte. Il y a quelque chose. Nous devons en avoir le cœur net. Il faut aller voir.

D'un bras, Marc l'arrêta.

— Ne t'embête pas, je crois que c'est ouvert. Laisse-moi vérifier.

A ces mots, il sortit une clé Allen et un crochet de la banane qu'il portait à la taille. Insérant l'extrémité plate de la clé, il exerça une légère pression sur la partie recourbée de l'outil dont il se servait comme levier. Puis il inséra le crochet et dégagea délicatement chacune des broches jusqu'à entendre un petit clic, suivi d'un crissement presque inaudible du barillet. Il ne lui restait plus qu'à le faire tourner sur lui-même pour déverrouiller la serrure.

Marc n'eut qu'à pousser légèrement la porte pour qu'elle s'ouvre.

— J'avais raison, tu vois… C'était ouvert. Allons voir d'où vient ce bruit.

En un clin d'œil, ils franchirent le seuil.

— Commence par le sous-sol, commanda Casey, qui avait abandonné le ton de la plaisanterie. C'est dans ce genre de pièce que Claire a vu Krissy.

Rapidement, ils localisèrent l'accès à l'escalier. Casey espérait de tout son cœur trouver une pièce transformée en chambre à coucher du style de celle que Claire lui avait décrite.

Mais tout ce qu'elle découvrit fut un banal sous-sol inoccupé. Des cloisons brutes et nues. Une moquette. Deux néons au plafond. Un PC portable Alienware Gaming posé sur un petit bureau. Le seul luxe de cet ameublement spartiate consistait en un fauteuil en cuir installé face à un immense écran plat, au pied duquel étaient entassés pêle-mêle des jeux de console, des régulateurs, divers accessoires et une multitude de DVD.

Mais pas la moindre trace d'un enfant.

— Bon sang ! murmura Casey.

D'un geste sec, elle alluma l'un des néons et scruta la pièce.

Rien.

— Occupe-toi de l'ordinateur, dit-elle à Marc. Je vais continuer de chercher.

Sans un mot, Marc avança jusqu'à l'ordinateur portable. Il ouvrit le lecteur de DVD à l'aide d'un trombone et y inséra le CD que Ryan lui avait confié. Après avoir refermé le lecteur, il alluma l'ordinateur et attendit qu'il démarre à partir du CD de Ryan. Un instant plus tard, la diode du disque dur clignotait, tandis que le programme piratait le mot de passe de sécurité tout en installant un compte système apparemment inoffensif mais doté de tous les droits d'administrateur, ainsi qu'un programme espion indétectable capable de surveiller le moindre des faits et gestes de l'utilisateur. Et le fin du fin : l'activation du microphone, qui faisait de l'ordinateur un véritable mouchard grâce auquel Ryan pourrait suivre toutes les conversations dont la pièce serait témoin.

Une fois sa besogne terminée, le logiciel éteignit l'ordinateur comme si de rien n'était.

Marc retira le CD, le glissa dans son étui et referma le lecteur. Ni vu ni connu.

Pendant que Marc était occupé avec l'ordinateur, Casey passa en revue l'impressionnante collection de jeux vidéo. *BioShock 2 : Edition limitée ; Call of Duty : Modern Warfare ; Batman : Arkham Asylum ; Left 4 Dead 2 ; Resident Evil 5 : Gold Edition.*

— Incroyable ! commenta Casey d'une voix inquiète. *BioShock*… Ce n'est pas dans ce jeu qu'on tue des petites filles ?

— Malheureusement, oui. Mais c'est aussi un jeu qui a fait un tabac. Le fait que le fiancé de Claudia soit passionné de jeux vidéo violents ne prouve rien.

— Peut-être pas. Mais manifestement, ce type en raffole. Lorsque Grace a décrit le kidnappeur, elle a bien dit qu'il devait s'agir d'un sujet mordu de modélisme ou de jeux vidéo. Une chose est sûre : notre petit fiancé correspond pile poil à ce profil, conclut-elle avant de se rembrunir de nouveau. Cela dit, aucun signe de Krissy.

— Ils pourraient la retenir ailleurs dans la maison, fit remarquer Marc en promenant sa torche de chantier.

— Ou carrément dans une autre maison, poursuivit Casey avant de prendre quelques photos avec son téléphone et de regagner l'escalier. Faisons le tour des autres pièces.

Tous deux continuèrent leur inspection minutieuse, même si ni l'un ni l'autre ne s'attendaient vraiment à trouver Krissy au rez-de-chaussée. De type bungalow, la maison était agencée de manière très ouverte, sans recoin ni aucune pièce fermée. Le sous-sol avait été leur meilleur espoir. Et ils avaient fait chou blanc.

L'ensemble était décoré dans un style campagnard, et résolument féminin. Rien de surprenant, étant donné que Joe venait à peine d'y emménager. Pourtant, bizarrement, il semblait que ce dernier n'eût apporté avec lui aucun objet personnel. Rien, mis à part une commode défoncée, dans un coin de la chambre.

— Jetons un œil à l'intérieur, lança Casey. Nous devons

percer ce type à jour. Je veux savoir si cet hurluberlu est juste un peu original ou s'il est capable de s'en prendre à une petite fille.

Déjà, Marc enfilait une paire de gants, aussitôt imité par Casey. Il y avait une différence de taille entre répondre à un présumé appel à l'aide et mettre sens dessus dessous un domicile privé. L'heure était donc à la prudence.

Les trois premiers tiroirs renfermaient le bazar habituel. T-shirts, sous-vêtements, uniformes de chantier. Là encore, aucune surprise. Les recherches de Ryan avaient indiqué qu'il travaillait pour Bennato Construction Company, principalement à la réfection des revêtements routiers.

Le tiroir du bas contenait ses fiches de paie, attachées avec un élastique. Les montants étaient réguliers, tout semblait en ordre. Une pile de papiers : des tickets de caisse de logiciels, des magazines de jeux, deux reçus de carte bancaire d'un pub du quartier.

Sous la pile de papiers dépassait un schéma plié en quatre.

— Qu'est-ce que c'est que ça ? murmura Casey en le tirant pour le défroisser.

Il s'agissait du plan du parking de l'école maternelle d'Armonk. Le parking de l'école de Krissy, avec une vue de l'extérieur du mur d'enceinte, l'éclairage externe, les caméras de surveillance. Tout.

— Nom de Dieu ! lâcha Marc en s'accroupissant tout en plaquant le faisceau de sa torche droit sur le croquis. C'est exactement le plan de la scène de l'enlèvement !

— Et aussi probablement l'un des chantiers de Joe, songea Casey à voix haute. Je me souviens avoir remarqué que le revêtement du parking de l'école de Krissy était neuf. Tout comme celui de la cour de récréation, d'ailleurs. Il faut absolument savoir si Joe a travaillé sur ce chantier.

— Et si oui, pour quelle raison il a conservé chez lui ce plan, même une fois les travaux terminés.

— Très bien, approuva Casey en tirant de sa poche son téléphone pour prendre encore quelques clichés. Bon, on remet tout en ordre et on file d'ici.

Dix minutes plus tard, ils quittaient la maison, verrouillaient la porte et regagnaient la voiture.

— Tu mets Ryan sur le coup ? demanda Marc tandis que Casey les ramenait à Tribeca.

— Oui, confirma-t-elle en agrippant le volant. Pas question de lâcher d'une semelle cet énergumène. Ce type cache chez lui un plan de la scène de crime et vit dans un véritable temple du jeu vidéo. Sans compter qu'il a très bien pu planquer Krissy quelque part. Ça commence à faire beaucoup pour un seul homme. Le logiciel pirate ne va pas suffire. Il faut que Ryan se débrouille pour installer un mouchard GPS sur la voiture de Joe, et si possible sur lui, continua-t-elle en s'engageant sur l'autoroute. On rentre au bureau. De toute façon, je voudrais savoir ce que Ryan a trouvé sur Sidney Akerman.

Avant que Marc puisse répondre, le téléphone de Casey se mit à sonner. Elle décrocha directement aux commandes du volant.

— Casey Woods.

— Alors… ? Bonne pioche ? s'enquit à brûle-pourpoint la voix masculine que diffusaient les haut-parleurs. Ou vous rentrez bredouilles ? Claudia Mitchell constitue un sérieux suspect, j'en conviens. Elle ne voit que par son petit ami, et ce type a vraiment l'air d'avoir un grain. Mais malgré tout, je ne peux pas m'enlever de l'idée qu'il y a un lien entre le passé et le présent.

— Patrick ! s'exclama Casey après avoir jeté un bref coup d'œil dans le rétroviseur. Vous nous avez pris en filature ou quoi ?

— Ce n'était pas nécessaire. Je savais ce que vous mijotiez. Ce que j'ignore — et que je ne *veux pas* savoir — , c'est par quel moyen vous êtes entrés.

Casey esquissa un petit rictus.

— Dans ce cas, Patrick, je ne vais pas aller contre votre volonté. Disons simplement que la porte était ouverte et que nous avons entendu des cris qui provenaient de l'intérieur. Heureusement, ce n'étaient que des chats.

— Des chats… Bien sûr.

D'un geste en direction de Marc, Casey procéda aux présentations d'usage en mode audio.

— Patrick Lynch, je vous présente mon passager et associé, Marc Deveraux.

— Salut, dit Marc, qui semblait plus amusé que surpris par la finesse de l'analyse de Patrick.

— Enchanté, répondit Patrick. Même par téléphone.

— Et que diriez-vous de passer à des présentations plus formelles ? proposa Casey. Nous roulons en direction de Manhattan. Ryan est au bureau. Puisque vous nous avez à l'œil, pourquoi ne pas faire un saut à la *brownstone* pour rencontrer le reste de l'équipe ? Vous savez… l'équipe avec laquelle vous allez étroitement collaborer pour résoudre cette affaire. Celle à qui vous allez expliquer toutes les raisons pour lesquelles vous pensez que les deux kidnappings sont liés. Cette équipe à laquelle vous ne cacherez aucune information ni aucun détail…

— C'est faisable, répondit Patrick, comme s'il attendait l'invitation depuis le départ. J'ai votre adresse. J'y serai dans une heure.

Le cœur de Hope cognait contre sa poitrine tandis qu'elle ouvrait le coffre-fort dans le bureau d'Edward.

Elle prenait un énorme risque en allant ouvrir le coffre à une heure aussi tardive. Mais Edward était encore au travail, et les membres de la cellule de crise s'affairaient ici et là, chacun à sa mission. Le moment n'était donc pas pire qu'un autre pour en vérifier le contenu.

Hope n'avait pas l'intention de récupérer l'argent maintenant. Ce ne serait pas très malin. Si, pour une raison ou une autre, Edward avait la mauvaise idée de jeter un œil dans le coffre au cours des prochaines vingt-quatre heures et qu'il le trouvait vide, son plan tout entier serait fichu en l'air. Et jamais elle ne prendrait ce risque.

Non, pour l'instant, elle se contenterait de compter. Elle devait s'assurer qu'il y avait assez pour compléter les 128 000 dollars qu'elle avait récoltés au cours de ses visites du jour.

Pour éviter les soupçons, elle avait dû se rendre dans deux

banques différentes et retirer du liquide de deux coffres-forts. Elle n'avait jamais réfléchi au poids que pouvait peser une grosse somme en petites coupures, ni aux difficultés de transport qu'une telle marchandise impliquait. Bien sûr, elle ne pouvait entrer dans une banque avec l'énorme sac polochon de Krissy sans attirer tous les regards. Et il était impossible de quitter la maison en pleine journée, avec le sac sous le bras, sans susciter certaines interrogations. Alors, elle avait pris le plus grand attaché-case qu'elle conservait dans son bureau et en avait vidé toutes les poches.

A présent, elle fouillait du regard le coffre grand ouvert de son mari, grimaçant de dégoût à la vue qui s'offrait à elle. Des liasses qu'Edward avait amassées d'une manière qui lui donnait la nausée, mais qui, à cet instant précis, allaient peut-être lui permettre de sauver Krissy. Sans perdre un instant, elle en saisit quelques-unes et se mit à compter.

Elle s'arrêta lorsqu'elle eut atteint le nombre magique de 122 000 dollars. Ce coffre contenait bien plus qu'il ne lui en fallait.

Après avoir tout remis en place, Hope referma le coffre et quitta discrètement le bureau d'Edward.

Collé à l'écran de son ordinateur, Ryan martelait son clavier tout en vidant un sachet de fruits secs et de noix lorsque Casey et Marc entrèrent. Rivé à ses pieds, Hero se délectait de deux morceaux de muesli tombés sur la moquette.

— Eh bien ! Je vois que vous êtes devenus intimes, tous les deux ! commenta Casey.

— Hein ?

Ryan leva les yeux, puis considéra Hero en comprenant ce que Casey venait de dire.

— Ah oui ! Nous sommes sortis prendre l'air après l'épisode du sabotage de mes baskets à l'urine. Une fois ce premier cap passé, la traversée s'est faite sans écueil. Quand nous sommes sortis au parc, il a dû flairer je ne sais quoi et a détalé en moins de deux. On était à un demi-pâté de maisons. Il a bien failli m'arracher la laisse des mains, tant il était excité. Résultat, c'était la responsable de ce dog hôtel où monsieur a passé la nuit. Elle a dû lui accorder quelques petites faveurs, parce qu'il m'a littéralement poussé dans le décor pour lui sauter au cou comme s'ils étaient très, très intimes. Remarque, je ne le blâme pas. Elle était franchement pas mal. Je lui ai extorqué son numéro de téléphone, d'ailleurs. Mais c'est Hero qui a monopolisé toute son attention. Une stratégie plutôt directe et couronnée de succès... Mes respects, vieux !

— Je t'avais bien dit que c'était un expert, confirma Casey en s'asseyant sur le bord du bureau de Ryan pour lui faire un compte rendu de leur visite chez Claudia. On s'est occupé du PC portable. Mais il faut que tu me trouves un moyen de suivre à la trace les allées et venues de Joe Deale.

— Aucun problème. Il travaille sur la réparation d'un pont dans le Bronx. Je m'arrangerai pour faire diversion sur le chantier demain matin. Pendant ce temps-là, j'irai planquer un GPS dans sa voiture et une puce émettrice dans son téléphone. Je pourrai les suivre sur mon PC.

Les bras croisés sur sa poitrine, Casey acquiesça.

— Super ! Maintenant, dis-moi ce que tu as trouvé sur Sidney Akerman.

Ryan se retourna vers l'écran de son ordinateur.

— Il a vécu comme un vagabond, après le naufrage de son mariage. Plusieurs villes, des petits boulots divers et variés, mais toujours dans l'Etat du Connecticut, du New Jersey ou de New York. Il n'a jamais réussi à garder un emploi bien longtemps, à cause de son problème de boisson. Au bout d'une bonne dizaine d'années, il semble qu'il ait finalement trouvé la force d'intégrer un centre de désintoxication, quelque part dans le Nord-Ouest. Bref, il en est ressorti, a rejoint les Alcooliques Anonymes, si j'en crois un article d'un journal d'Arizona. Là, il a commencé à travailler en tant que comptable pour une petite chaîne de fournitures de bureau dans le nord de l'Etat de New York. Mais ça n'a pas duré longtemps. Il s'est remis à boire et s'est une fois de plus volatilisé. A partir de cette époque, j'ai pas mal de blancs à combler. A part quelques bribes ici et là, je n'ai rien trouvé de vraiment consistant. En tout cas, on peut dire que sa vie n'aura pas été extrêmement productive.

— Où est-il, à présent ?

— L'adresse la plus récente que j'aie se situe à Ithaca. Mais elle date d'il y a huit ans. Ce qui, en revanche, peut nous intéresser, c'est le boulot qu'il avait — et qu'il a peut-être encore : concierge dans une école primaire.

Marc laissa échapper un sifflement d'étonnement.

— Pas le moindre comportement douteux pendant cette période ? Des attouchements d'enfants, des propos ou des gestes déplacés envers les gosses ? Ou même des regards insistants à l'arrêt de bus ?

Ryan hocha la tête en vérifiant de nouveau les tonnes de données qu'il faisait défiler sur son ordinateur.

— Rien de documenté, répliqua-t-il.

A ces mots, il afficha une page, l'envoya à l'impression, et courut la récupérer.

— Mais voici l'adresse de l'école et la liste du personnel ! Le directeur est en poste depuis dix ans, donc il connaît forcément Sidney Akerman. Et certains des enseignants ont encore plus d'ancienneté que le directeur. Je dirais que c'est notre meilleur point de départ, lança-t-il en interrogeant Casey du regard. Tu veux que je prenne la voiture et que je file sur place voir ce qu'il en est ?

Avant que Casey puisse répondre, quelqu'un frappa à la porte.

— Garde ça au frais, dit-elle en se dirigeant vers le hall.

Une minute plus tard, elle revenait en compagnie de Patrick.

— Marc, Ryan, je vous présente l'ancien agent spécial Patrick Lynch, notre nouveau consultant sur l'enlèvement de Krissy Willis. Comme je vous l'ai expliqué, c'est lui qui a dirigé l'enquête non résolue de l'enlèvement de Felicity Akerman.

Les trois hommes se saluèrent d'une poignée de main.

— Vous tombez à pic. Nous parlions justement de Sidney Akerman, dit Casey pour le mettre au courant des dernières avancées. Ryan a retrouvé sa trace jusque dans le nord de l'Etat de New York.

— Oui, confirma Ryan. Et j'étais en train de demander à Casey si elle voulait que j'aille enquêter sur place.

— Je m'en occupe, intervint Patrick. Si vous avez retrouvé la trace de Sidney Akerman, je me charge de suivre cette piste. Il a toujours été mon maillon faible. Je n'ai jamais douté que la disparition de Felicity l'avait sincèrement anéanti. Mais il a sombré dans l'alcoolisme depuis cette tragédie. Et je me suis toujours demandé pourquoi il avait disparu de la circulation pendant toutes ces années. C'est à moi qu'il revient de tirer tout ça au clair. Je prendrai la route pour Ithaca demain à la première heure.

Personne ne discuta. Patrick leur avait fourni tout ce qu'il savait sur l'affaire Akerman. Il avait bien le droit d'explorer lui-même cette piste.

Mais Casey voulait en savoir beaucoup plus sur le kidnapping de Felicity Akerman. Le rôle qu'avait joué Sidney Akerman ne lui suffisait pas. Après sa conversation avec son ex-épouse, un peu plus tôt dans la journée, elle voulait interroger plusieurs autres personnes qui lui semblaient intéressantes.

— Patrick, montons tous dans la salle de conférences, suggéra-t-elle. C'est notre laboratoire d'idées. C'est là que nous élaborons les meilleures théories. Ce qui tombe bien, puisque vous et notre équipe avons pléthore d'informations à mettre en commun.

— Si c'est pour une mise en commun, d'accord, répliqua Patrick. Mais il est hors de question que je vous suive si c'est pour me mettre sur le gril.

— Alors, vous allez être très déçu, répondit Casey avec sa candeur habituelle. Parce que j'avais justement l'intention de vous bombarder de questions. Et de vous laisser également tout le loisir de faire de même.

Tous deux se mirent à rire.

— Malheur à celui qui vous sous-estime, Casey Woods !

— J'aime à le croire. Mais n'allez pas penser que j'essaie

d'avoir l'avantage sur vous. Le temps presse. Nous le savons tous. Si nous ne réfléchissons pas ensemble pour trouver des réponses — je veux dire maintenant — , nous perdrons tout espoir de retrouver Krissy Willis, déclara Casey en observant une pause lourde de signification. Et lorsqu'on la trouvera, je prie pour qu'elle soit encore en vie.

12

Troisième jour

Le centre médical était niché dans un écrin de verdure perdu dans la campagne, juste au nord du comté de Westchester. Il n'était pas très étendu, mais bien entretenu, en particulier ses jardins multicolores. Les bâtiments avaient une allure un peu austère qui rappelait vaguement celle d'un hospice.

L'institution avait été baptisée Sunny Gardens, et c'était à coup sûr le nec plus ultra à la portée des classes moyennes.

La femme était assise dans l'un des ravissants jardins qui surplombaient le parc. Le regard dans le vague, elle fixait droit devant elle un parterre fleuri, mais ne semblait pas vraiment le voir. L'esprit vagabond, elle errait dans le temps et dans l'espace. Parfois, ses méditations étaient si animées qu'elles se confondaient avec la réalité. D'autres fois, passé et présent se brouillaient, et elle avait beau s'escrimer, il n'y avait pas moyen de s'y retrouver. Ces jours-là, elle cédait à la confusion. Heureusement, son traitement était là. Elle avait aussi besoin que les infirmières lui expliquent. Il arrivait qu'elles se trompent, elle le savait. Mais parfois, elles avaient raison. Toute la question était de savoir quand. Et elle n'en était pas toujours sûre.

Aujourd'hui, c'était plutôt une bonne journée. Elle savait où elle était, et elle comprenait même à peu près pourquoi. Et elle était certaine d'être mercredi, ce qui signifiait qu'elle allait avoir une visite. Sa visite préférée.

Celle de sa fille chérie.

Elle était donc très angoissée : voir sa mère dans cet état risquait peut-être d'effrayer celle qu'elle attendait avec tant d'impatience. Il est vrai que cette petite n'avait jamais montré aucun signe de crainte. Mais ça ne voulait pas dire qu'elle n'avait pas peur. Elle savait si bien dissimuler ses émotions...

L'infirmière marchait à sa rencontre, le visage fendu d'un large sourire. Son badge fixé à sa blouse indiquait Marla Greene. *Marla Greene*. Ce nom ne lui disait rien. Pourtant, elle devait sûrement la connaître, parce que l'infirmière la considérait d'un air familier.

— C'est l'heure du déjeuner, annonça-t-elle chaleureusement.

— Du déjeuner ? s'écria la femme en secouant vigoureusement la tête. C'est impossible ! Mon bébé n'est pas encore arrivé !

— Peut-être viendra-t-elle plus tard, aujourd'hui ? suggéra Marla Greene. Vous savez qu'elle a beaucoup de travail...

— C'est vrai, admit-elle en affichant un sourire radieux. Elle est intelligente. Je lui ai donné des devoirs supplémentaires.

— Voilà ! C'est donc pour cela qu'elle est en retard. Nous ferions mieux de rentrer manger. Il faut que vous preniez des forces pour elle.

— Bien sûr. Vous avez raison, convint-elle en laissant Marla Greene l'aider à se remettre debout et la guider vers le bâtiment principal. Il faut que je garde les idées claires pour pouvoir continuer à lui donner ses cours. Je suis la seule qui puisse le faire.

Patrick filait à vive allure sur l'autoroute. Ithaca n'était qu'à un peu plus de quatre heures de chez lui, et il avait quitté la ville très vite après le petit déjeuner. Il devrait donc arriver à l'école maternelle de Plainview sur le coup de midi.

Ryan McKay était manifestement un pro dans son domaine. Pendant plus d'un an après l'enlèvement de Felicity, puis de manière plus sporadique, Patrick avait maintes fois essayé de retrouver la trace de Sidney Akerman. Sans jamais y parvenir.

Bien sûr, la technologie actuelle avait tout changé. Patrick était donc prudemment confiant. Cette fois serait peut-être la bonne. Peut-être allait-il enfin mettre la main sur le père de Hope et de Felicity.

Et après ? Cet homme savait-il quelque chose, ou n'était-ce qu'une fausse piste de plus ?

Patrick était plongé dans ses souvenirs de l'époque. Sidney Akerman n'avait pas lâché d'un pouce le FBI depuis le tout début de l'enquête. Même s'il était ivre un jour sur deux, rien n'avait émoussé sa volonté de retrouver Felicity. Il avait pleinement coopéré, passé sans problème son polygraphe et répondu à chacune des questions qui lui avaient été posées au cours des interrogatoires. Puis il avait insisté pour être tenu informé de toutes les pistes à l'étude. Jusqu'à ce que le temps et le stress l'épuisent, et que la bouteille finisse par prendre le dessus.

Pouvait-il, sans même le savoir, détenir de précieuses informations ? Des informations qui permettraient d'établir un lien entre les deux affaires et d'envisager l'enlèvement de sa petite-fille sous un jour nouveau ? Savait-il seulement qu'il avait une petite-fille ?

Indépendamment de ce qu'il avait appris la veille, Patrick avait l'intuition d'un lien entre les deux enlèvements. Lequel, comment et pourquoi ? Ça, il l'ignorait. Mais il faisait confiance à son instinct. Et il savait d'expérience qu'il pouvait le suivre les yeux fermés.

Déjà, un panneau annonçait la sortie. Tout en levant le pied, il mit son clignotant pour quitter l'autoroute. Direction sa destination finale où, avec un peu de chance, des réponses l'attendaient.

Claire se réveilla dans un sursaut. Elle était en nage.

Elle n'avait pas fermé l'œil de la nuit et avait parcouru ses notes toute la matinée, avant de céder à la fatigue et de finir par s'assoupir.

Et de rêver, mais pas de Krissy. D'Oreo, son panda en

peluche. Tirant en arrière ses cheveux trempés, Claire s'efforçait de se remémorer le contenu précis de ses rêves. Cette fois, Krissy avait été à peine présente. Tout juste en filigrane. En revanche, elle se souvenait très distinctement d'Oreo. Il était enroulé dans le couvre-lit. Tout seul. En larmes. Triste pour sa meilleure amie et peiné de la voir aussi malheureuse. Il aurait tant voulu que son autre meilleur ami soit là, lui aussi… Peut-être qu'à deux, ils réussiraient à la faire sourire. A raviver cette lueur dans ses yeux, comme lorsqu'ils jouaient tous les trois, une fois la lumière éteinte, quand ses parents la croyaient endormie.

Claire se reprit. Voilà qu'elle se mettait à lire dans les pensées d'un panda en peluche… Si Ryan était là, il rirait à s'en rouler par terre.

Comment un jouet aurait-il pu avoir des sentiments ? Ou pleurer ? Et pourquoi Krissy lui avait-elle semblé si effacée ? Presque absente ?

Mentalement, Claire tentait de reconstituer le puzzle. De retenir, bien qu'il fût déjà presque trop tard, ces images qui lui échappaient.

Elles n'étaient pas le fruit du hasard. Elles avaient une signification, elle en était sûre.

Restait à découvrir laquelle.

Hutch se sentait contrarié.

L'enquête n'avait rien donné, jusqu'à présent. Mais surtout, la situation ne semblait pas près de s'arranger avant un certain temps. Et du temps, ils n'en avaient justement pas.

Les pièces refusaient obstinément de s'emboîter les unes dans les autres. Aucune demande de rançon. Rien qui ne laisse penser à un prédateur en série ou à un trafic d'enfants. Et, jusqu'à présent, rien non plus qui puisse incriminer l'un ou l'autre des suspects potentiels susceptibles de vouloir se venger des Willis.

Et comme si cela ne suffisait pas, il avait la nette impression que Casey était sur une piste. Une piste différente de celle qui la poussait à croire que l'enlèvement de Krissy était lié à celui de Felicity Akerman. Ce point-là, il en avait débattu avec elle, et il estimait que l'hypothèse était tirée par les cheveux. En outre, il savait pertinemment que le FBI manquait des moyens nécessaires pour l'explorer. La priorité était ailleurs lorsqu'une fillette de cinq ans se trouvait on ne sait où, et soumise à on ne sait quels sévices. C'est pourquoi, si jamais Casey avait vu juste, et même s'il n'y croyait pas un instant, Hutch était bien aise de laisser les Forensic Instincts explorer cette piste.

Non, c'était autre chose… Casey avait une autre idée derrière la tête. Il n'était pas parvenu à lui soutirer la moindre information, la veille, en privé, pas plus que ce matin en public. Rien d'étonnant à cela. Malgré leur intimité, il n'en restait pas moins un fédéral, et elle une consultante privée. Si leur objectif était le même, leurs méthodes divergeaient en tout point.

Et cela ne présageait rien de bon. Si Casey était sur un coup, mais qu'il lui manquait des preuves, et si elle estimait que son équipe parviendrait à ses fins par des moyens pas très réglo, elle n'hésiterait pas à foncer sans l'en informer.

Et il n'aimait pas ça. Mais alors, pas du tout.

En réalité, Casey n'était pas vraiment en train de battre le pavé. Elle ne cessait de repenser à ce coup de fil qu'elle avait reçu juste après leur réunion quotidienne, avant l'arrivée de Hutch, à presque 1 heure du matin.

Comme d'habitude, elle avait fait le point avec Hope Willis avant d'éteindre les feux. Mais, cette fois, la conversation lui avait laissé une étrange impression. Plutôt que de bombarder Casey de questions et de s'agripper à chacune de ses réponses comme à son habitude, Hope s'était montrée peu curieuse. En fait, elle avait été franchement laconique, et lui avait semblé nerveuse, la voix haut perchée. Rien à voir avec les trémolos de douleur et les sanglots habituels. Elle avait même coupé court à la conversation, raccrochant presque au nez de Casey.

Non, vraiment, quelque chose ne collait pas. Certes, Casey avait déjà été confrontée à des comportements similaires. Les mères d'enfants kidnappés passaient souvent d'une émotion à l'autre. Et parfois, ces sautes d'humeur se traduisaient par de la colère envers ceux qui leur tendaient la main, malheureusement sans résultat. Les personnes comme Casey constituaient pour ces mères un défouloir tout trouvé. Ça ne lui aurait donc pas paru déplacé, et elle ne lui en aurait pas tenu rigueur le moins du monde.

Mais cette fois, c'était différent. Ce n'était pas seulement ce que Hope avait dit, ni la manière dont elle l'avait dit. C'était surtout ce qu'elle n'avait pas dit, et cette singulière retenue dans sa voix.

Il y avait quelque chose, et Hope n'avait pas l'intention de mettre Casey dans la confidence.

Etait-elle au courant, pour Edward et Ashley ? Ou y avait-il un rapport avec Krissy ?

Cette question l'avait taraudée la nuit entière.

Elle avait pris le chemin d'Armonk à une heure raisonnable de la matinée, juste après s'être assurée que Ryan avait réussi à déclencher un exercice incendie sur le lieu de travail de Joe. Une diversion qui lui avait permis de placer un mouchard dans la voiture du petit ami de Claudia, ainsi qu'une puce dans son téléphone portable. Grâce à son logiciel espion, Ryan savait que l'homme avait pour habitude d'égarer constamment son cellulaire, ce qui lui avait considérablement facilité la tâche. Ils pouvaient désormais suivre à la trace ses moindres faits et gestes.

Casey avait initialement prévu de reprendre l'interrogatoire de Vera Akerman pour étoffer les informations que Patrick lui avait fournies, la veille au soir. Ces nouveaux éléments concernaient tous ceux qui, à un moment ou un autre, avaient fait partie de la vie des Akerman à l'époque de l'enlèvement de Felicity. C'était le seul moyen de dresser un tableau complet du passé.

Mais en définitive, Casey avait deux bonnes raisons de se rendre à Armonk.

La première était tombée à l'eau. Malheureusement, Vera

n'était pas en condition de parler. Le stress engendré par les récents événements avait eu raison d'elle. Elle était alitée, abrutie par de lourds sédatifs que lui avait prescrits le médecin de famille, avec la consigne d'un repos absolu. Hope restait à son chevet, et était donc indisponible par la même occasion.

C'est alors que les choses avaient pris une tournure inattendue, et que Casey avait trouvé un second motif à sa venue.

En passant devant la véranda, elle avait aperçu Ashley qui faisait les cent pas, visiblement à bout de nerfs. Mais pas comme le jour de l'enlèvement. Ce jour-là, elle l'avait trouvée paniquée, en état de choc.

Aujourd'hui, en revanche, c'était une pile électrique.

D'abord Hope, et maintenant Ashley.

Cela commençait à faire beaucoup.

Décidée à tirer tout cela au clair, Casey pénétra donc dans la véranda, l'air détaché.

— Ashley ?

La nounou survoltée se retourna d'un coup sec.

— Mademoiselle Woods ! Je ne vous avais pas entendue entrer…

— Je vois ça : on dirait que vous avez mis les doigts dans la prise. Il y a du nouveau ?

Ashley marqua une imperceptible hésitation.

— Si vous faites référence à Krissy, eh bien, non. C'est d'ailleurs ce qui me met dans cet état, expliqua-t-elle en lançant un regard angoissé à Casey. Cela fait maintenant bien plus de vingt-quatre heures… Je ne sais pas ce qu'ils sont en train de lui faire, mais le simple fait d'y penser me rend malade.

Casey perçut une hystérie non feinte dans la voix d'Ashley. Cependant, la brève hésitation initiale de la jeune fille ne lui avait pas échappé. Par ailleurs, si Ashley semblait craindre que Krissy puisse être torturée ou abusée sexuellement, elle paraissait en revanche éliminer d'office l'éventualité d'une issue fatale.

— Y aurait-il un détail dont vous auriez oublié de me parler, Ashley ? lui demanda-t-elle calmement. Un élément nouveau dont vous auriez eu connaissance depuis notre dernière conversation ?

Tel un animal aux abois, la jeune fille lui adressa un regard fuyant.

— Vous me suspectez de nouveau ? Parce que si c'est le cas, je jure sur ma vie que je ne ferais jamais de mal à Krissy !

— Et comme je vous l'ai dit la dernière fois, je vous crois.

Casey décida que le moment était venu de gagner la confiance d'Ashley.

— On peut s'asseoir une minute ?

Bavarder avec Casey semblait la dernière chose dont Ashley avait envie. Mais elle s'exécuta sans broncher et prit place sur un siège, le dos droit comme un i. Casey fit de même, s'assurant d'être bien en face d'Ashley afin de ne rien perdre de ses expressions, tout en veillant à laisser assez de distance entre elles pour ne pas empiéter sur son espace.

— Vous avez d'autres questions à me poser au sujet de Krissy ? commença Ashley. Parce que je vous ai déjà dit tout ce que je savais, et…

— En fait, je tiens à vous rassurer, coupa Casey. Je n'ai nullement l'intention de trahir votre secret.

Ashley devint blême.

— Mon secret ?

— Oui. Je n'en parlerai à personne. Pas même à Mme Willis.

Ashley sembla alors déconcertée.

— De quoi parlez-vous ?

— De toute évidence, pas de ce à quoi vous pensiez. Y aurait-il, à tout hasard, un secret entre vous et Mme Willis ? Un secret dont je devrais être informée ?

— Non, répondit Ashley, un peu trop hâtivement. C'est pourquoi je ne comprends pas. A quel secret faites-vous allusion ?

— Votre relation avec Edward Willis, lâcha Casey. Je sais que vos rapports dépassent le cadre professionnel.

— Oh ! Mon Dieu ! s'écria Ashley en s'enfonçant entre les coussins. Comment avez-vous deviné ?

Vous vous êtes trahie toute seule, ma chère, se dit Casey à elle-même.

— Peu importe. Je le sais, et c'est tout ce qui compte. Mais je ne suis pas là pour vous juger. Ni pour en référer aux autorités ou à Mme Willis. Alors reprenez-vous.

Ashley poussa un soupir de soulagement.

— Je vous en suis reconnaissante. Plus que vous ne le croyez… Je ne m'attends pas à ce que vous fassiez preuve de compassion. Mais sachez que je n'ai jamais voulu faire de mal à Mme Willis. Et je ne suis pas assez naïve pour espérer que cette histoire nous mènera quelque part. C'est arrivé. Une fois. Puis une autre. Et avant que je ne m'en rende compte… Disons simplement qu'il y a chez Edward quelque chose d'incroyablement irrésistible. Sa force. Sa passion… Je suis persuadée que ce que nous partageons est bien réel. Je ne suis pas une passade, non… Mais je sais aussi qu'un jour tout ça aura une fin. Je profite donc des moments que nous partageons, en essayant, autant que possible, de faire abstraction de ma culpabilité.

— Comme je vous l'ai dit, je ne suis pas en train de vous juger, répliqua Casey. D'un autre côté, je vous fais un sacré cadeau en gardant le silence. Alors j'estime que vous m'êtes redevable d'une faveur. Vous pourriez par exemple me dire ce qui se passe avec Mme Willis et ce que vous avez à voir là-dedans.

Face au mutisme de la jeune fille, Casey se leva.

— Je comprends votre loyauté envers Mme Willis.

Ce qui, en soit, était plutôt incongru, étant donné qu'Ashley couchait avec le mari de Hope. Et si Casey se retint de le dire à voix haute, le long silence qu'elle marqua fut suffisamment éloquent pour souligner l'ironie de son propos.

— Comprenez-moi bien, reprit-elle enfin. Je ne suis pas là pour fureter dans vos affaires personnelles, mais je crois que ce que vous me cachez a quelque chose à voir avec Krissy. Et puisque je pense, en toute honnêteté, que mon équipe est le meilleur atout dont disposent les Willis pour revoir Krissy vivante, je suggère que vous partagiez ce secret avec moi. Rien ni personne ne mérite d'être couvert, si ça met en danger la vie d'un enfant. Réfléchissez-y. Nous en reparlerons plus tard.

Alors qu'elle quittait la pièce, Casey sentait peser sur elle le regard d'Ashley, en proie à une bataille intérieure.

« Pourvu que la raison l'emporte », pensa-t-elle.

13

Sidney Akerman gara sa voiture sur un coin d'herbe, à deux cents mètres de l'école maternelle de Plainview. S'enfonçant dans son siège, il ferma les yeux. Parviendrait-il un jour à échapper à la douleur du passé, qui ne cessait de le harceler ? La souffrance et la peur étaient devenues insupportables.

D'un œil furtif, il osa un regard du côté de la boîte à gants. Une flasque s'y trouvait. Sans même l'apercevoir, il sentait le goût amer du whisky et ses effets anesthésiants. Jusqu'à présent, il avait résisté à la tentation de dévisser le bouchon et d'avaler la première gorgée, celle qui délivre. Huit jours que la flasque était là, et qu'elle n'avait pas bougé.

Il ne voulait pas redevenir l'ivrogne qu'il avait été autrefois. Il avait réussi à garder le même emploi de technicien de service pendant dix ans. Et il l'aimait, ce boulot. Il aimait être avec les enfants. Et il savait parfaitement pourquoi. Il savait aussi qu'il pourrait dire adieu à tout ça s'il succombait à cette première gorgée.

Mais, de toute évidence, au vu des derniers événements, il allait tout perdre.

Il avait deux heures à tuer avant de retourner à l'école pour y effectuer ses tâches de l'après-midi. Peut-être aurait-il le cran d'appeler son parrain des Alcooliques Anonymes, qui saurait lui apporter le soutien dont il avait besoin. Peut-être que l'histoire qu'il avait racontée aux fédéraux les satisferait. Peut-être réussirait-il à rester libre. Finalement.

Pour autant qu'il puisse être jamais libre.

Soudain, la porte côté passager s'ouvrit, et un homme à la carrure massive, du même âge environ que lui, s'engouffra dans le véhicule.

— Bonjour, Akerman. Ça fait un bail.

Le sang de Sidney ne fit qu'un tour. Oui, ça faisait un sacré bail. Mais ce visage, comment pourrait-il l'oublier ?

— Agent Lynch, finit-il par lâcher. Que faites-vous ici ?

— Alors, vous me reconnaissez ?

— Et comment ! Mais je ne comprends pas… Je croyais qu'après sa visite de la semaine dernière, le FBI en avait fini avec toutes ses questions. Et pourquoi est-ce vous qu'ils ont envoyé ? Pour me torturer avec le passé ? D'ailleurs, vous ne devriez pas être à la retraite ?

Patrick fronça les sourcils.

— Le FBI vous a contacté ?

— Ne prenez pas cet air étonné.

— Mais pas du tout ! Je ne savais même pas qu'ils vous avaient retrouvé.

— Un type de la brigade du crime organisé s'est pointé à mon appartement. C'est bon, Lynch, arrêtez votre petit numéro… Vous n'allez pas me faire croire que vous passez là par hasard.

— Une brigade du crime organisé ?

Patrick n'en avait jamais entendu parler.

— Ça n'a pas été facile, répondit-il sans plus d'explications. Mais je vous assure que ce n'est pas le FBI qui m'envoie. Et pour répondre à votre question, effectivement, je suis retraité. J'interviens sur cette affaire en tant que consultant.

— Pourquoi auraient-ils besoin d'un consultant ? Je leur ai dit tout ce que je savais. Et vous, vous étiez à la brigade des crimes violents. Depuis quand avez-vous changé de service ?

Patrick scruta un instant le visage de Sidney Akerman. L'homme avait terriblement vieilli. L'alcool avait fait son œuvre. Voûté, le visage marqué, les yeux cernés, on lui aurait donné soixante-quinze ans, alors qu'il en avait tout juste soixante. Il était manifestement fatigué d'avoir le FBI à ses trousses. En revanche, Sidney ne semblait pas rongé par l'inquiétude, comme Patrick s'attendait à le trouver après l'annonce publique de l'enlèvement de sa petite-fille, malgré la distance qui s'était creusée entre sa famille et lui.

— Je n'ai jamais travaillé à la section du crime organisé, corrigea Patrick. Je ne sais pas dans quel guêpier vous vous êtes fourré, Akerman, mais je ne suis pas venu pour ça. Si je suis ici, c'est pour votre petite-fille.

— Krissy ? sursauta Sidney en se tournant vers lui. Que se passe-t-il avec Krissy ?

— Vous êtes donc au courant de son existence.

— J'ai suivi chaque détail de la vie de Hope depuis que je suis parti. Sa nomination en tant que juge, son mariage, la naissance de sa fille. Tout. Pourquoi ? Qu'est-il arrivé à Krissy ?

A cet instant l'homme parut paniqué à un point tel que Patrick se sentit soudain désolé pour lui et pour la nouvelle qu'il s'apprêtait à lui assener.

— Elle a été kidnappée.

— Kidnappée ? articula Sidney comme s'il avait craché du poison. Oh, mon Dieu ! Non ! s'écria-t-il en prenant sa tête dans ses mains. Quand ? Quand a-t-elle été enlevée ?

— Avant-hier. A la sortie de l'école. Quelqu'un qui s'est fait passer pour Hope l'a fait monter dans sa voiture avant de disparaître. Depuis, silence radio. Toutes les autorités sont sur le coup. De la police locale au FBI. Je suis surpris que vous ne l'ayez pas appris par la télévision.

— Ma télé est en panne. De toute façon, je n'ai pas l'habitude de regarder les informations.

Les réponses mécaniques de Sidney trahissaient son profond état de choc.

— C'est impossible ! Ça ne peut pas recommencer ! Le cauchemar se répète… Hope doit être anéantie. Et Vera… Cette pauvre femme a déjà connu l'enfer. D'abord, notre fille. Et maintenant, notre petite-fille… Elle a fait une dépression nerveuse, à l'époque. Comment pourrait-elle surmonter cette nouvelle épreuve ?

— Elle accuse le coup. Elle est sous antidépresseurs. Et votre fille est à deux doigts de craquer.

Patrick marqua une pause pour mieux observer les réactions de Sidney.

— Vous ignoriez vraiment tout de l'affaire ? demanda-t-il sans lui laisser le temps de répondre. Pourquoi le FBI s'intéresse-t-il à vous ? Qu'avez-vous à voir avec le crime organisé ?

Un long silence s'installa.

— Ecoutez, Akerman..., reprit Patrick. J'ai consacré trente-deux ans de ma vie, et des centaines de nuits blanches, à cette affaire. Alors maintenant que je suis là, je ne décollerai pas tant que vous ne m'aurez pas dit tout ce que vous savez. Parce que je suis persuadé qu'il existe un lien entre ces deux kidnappings.

A cet instant, Patrick marqua une nouvelle pause. Une onde d'effroi et de culpabilité traversa le regard de Sidney.

— Je vois qu'au moins nous sommes d'accord là-dessus. Alors il faut qu'on parle. Du passé. D'aujourd'hui. De tout.

Patrick sortit une photo de Krissy, qu'il colla sous les yeux de Sidney.

— Avez-vous vu une photo récente de votre petite-fille ? C'est une enfant adorable et pleine de vie. Ou du moins, elle l'était jusqu'à hier. Dieu seul sait ce qu'il lui est arrivé depuis.

Lentement, Sidney saisit la photographie.

— Elle a les yeux de Hope, souligna-t-il, tandis que des larmes perlaient sur ses joues. Et son sourire. Sa façon de retrousser son petit nez. J'ai l'impression de revoir Felicity. Oh ! Mon Dieu ! Qu'est-ce que j'ai fait ?

— Mais bon sang ! Qu'avez-vous fait ? s'exclama Patrick. De quoi parlez-vous ? Avez-vous quelque chose à voir avec la disparition de Krissy ? Qu'avez-vous donc à vous reprocher ? Quelque chose qui expliquerait aussi pourquoi la brigade du crime organisé est à vos trousses ?

Sidney essuya d'un revers du bras les larmes qui brouillaient son regard. Puis il posa la photographie de Krissy et leva les mains au ciel.

— Je n'en peux plus ! Ça suffit comme ça ! J'ai joué à la

roulette russe, la dernière fois, et j'ai perdu. Cette fois-ci, je ne prendrai pas ce risque. Faites de moi ce que vous voulez. Envoyez-moi croupir en prison. Tout ce que je vous demande, c'est de retrouver Krissy, ajouta-t-il en se tournant vers Patrick. Posez-moi toutes les questions qu'il faudra.

— Cette enquête des services de lutte contre le crime organisé, a-t-elle un rapport avec l'enlèvement de Felicity ou aussi avec celui de Krissy ?

— Les deux, lâcha-t-il dans un souffle. Ecoutez-moi bien… Lorsque nous nous sommes rencontrés pour la première fois, j'étais comptable et directeur commercial dans une entreprise de bâtiment.

— Je m'en souviens.

— Je vous avais aussi dit que le propriétaire de la boîte, Henry Kenyon, était un vieux copain de l'université. Mais ce que je ne vous avais pas dit, c'était que Henry avait de gros problèmes de jeu. Il avait accumulé plusieurs centaines de milliers de dollars de dettes. Pour les liquider, il a fait l'erreur de s'associer avec des types douteux.

— La mafia ?

— Oui. Une petite poignée d'entre eux ont investi dans l'entreprise de Henry. Leur implication devait rester un secret que seuls partageaient quelques membres du clan. De cette façon, ils pouvaient échapper au FBI. Et d'ailleurs, ça a marché, parce que votre enquête n'est jamais remontée jusqu'à eux.

— Donc, nous parlons de blanchiment d'argent, devina Patrick.

— Exactement, confirma Sidney d'une voix tremblante. Je n'ai jamais voulu être mouillé dans leurs affaires. Mais Henry était au bord du gouffre. Je ne pouvais pas lui tourner le dos. Alors j'ai fait ce que je devais faire. J'ai gardé le silence aussi longtemps que j'ai pu. Puis, un beau jour, j'ai dit à Henry que c'était terminé pour moi. Il a fait passer le mot. Et quelques jours plus tard, Felicity se faisait kidnapper. J'ai cru devenir fou. J'ai été sur le terrain avec vous pendant toute votre enquête. J'ai prié pour avoir tort. C'est alors que j'ai reçu un appel téléphonique de ces salopards. Ils m'ont dit qu'ils avaient tué ma gosse. Que je ne pouvais m'en prendre qu'à moi-même. Ils m'ont menacé, m'ont dit que si je l'ouvrais, Hope serait la prochaine sur la liste. Et qu'ensuite, ce serait le tour de Vera.

Patrick laissa échapper un sifflement de stupéfaction.

— C'est donc pour ça que vous avez sombré dans l'alcool et disparu dans la nature.

— Evidemment. C'est la seule solution que j'ai trouvée pour protéger ma famille, reconnut-il dans un rire nerveux. Et voilà le résultat. Plus de trente ans après, le FBI me tombe dessus, me cuisine sur la mafia, sur l'entreprise de Henry. Bref, sur des histoires qui remontent à la fin des années 1970. Ça fait quinze ans que Henry est mort et enterré, et donc c'est moi que le FBI est venu trouver. J'ai tout nié en bloc. Je leur ai dit que je ne savais pas de quoi ils parlaient, et que si Henry avait fait quelque chose d'illégal, j'ignorais de quoi il pouvait s'agir.

— Toujours pour protéger votre famille ou pour sauver votre peau ?

— A ce moment-là, les deux, avoua-t-il, le front tout transpirant. La mafia a dû croire que j'avais lâché le morceau aux fédéraux, et ils ont recommencé, mais cette fois-ci avec ma petite-fille.

Il attrapa Patrick par le col de la chemise.

— Vous devez les arrêter avant qu'ils ne lui fassent du mal. Je vous en supplie ! Faites quelque chose !

— J'y compte bien.

Patrick sortit son téléphone de sa poche.

— J'appelle la cellule de crise qui travaille sur l'enlèvement de Krissy pour les informer. Je veux que vous me donniez le nom de l'agent qui est venu vous interroger, ainsi que tout ce que vous savez sur les types de la mafia avec qui vous avez eu affaire — noms, signalement, tout. Une fois que je leur aurai communiqué ces éléments, je récupère ma voiture et je vous suis jusqu'à votre appartement. Vous faites votre valise et vous venez avec moi jusqu'à Armonk.

⁂

Hope s'apprêtait à boucler le sac polochon de Krissy pour le livrer aux ravisseurs lorsqu'elle fut informée par le groupe d'intervention que son père avait été localisé.

Le choc et l'immense colère provoqués par cette nouvelle inattendue, et par le rôle qu'avait joué son père dans l'enlèvement de sa sœur, étaient désormais secondaires. Hope était littéralement dévastée par ce qui arrivait à Krissy, et plus rien d'autre ne comptait. Désormais convaincue que la mafia était à l'origine de l'enlèvement de sa fille, Hope n'en était que plus déterminée à suivre son plan.

Chaque seconde comptait. Il fallait agir.

La trahison de son père, elle y penserait plus tard. Si jamais l'histoire se répétait, sa fille chérie pourrait ne pas s'en tirer vivante. Et cela, elle ne pouvait s'y résoudre. Elle n'était convaincue que d'une chose : elle devait coûte que coûte remuer ciel et terre pour ramener sa fille saine et sauve à la maison.

L'heure fatidique de la remise de rançon approchait. Toute la cellule de crise s'affairait à traquer des membres de la mafia, à dresser des portraits-robots et à contacter d'autres membres du FBI pour obtenir de plus amples renseignements en attendant le retour de Sidney Akerman. Au même moment, Hope traîna le sac polochon rempli de billets jusque dans le garage, le hissa dans le coffre de son 4×4 et mit les gaz.

Personne ne se rendit compte de rien.

Personne, sauf Casey.

14

Casey avait passé tout l'après-midi au domicile de Hope, à disséquer une fois de plus tous les documents que Ryan lui avait remis. Elle refusait de quitter la maison car elle restait persuadée que quelque chose se tramait. Lorsque Hope avait finalement émergé de la chambre de sa mère, uniquement pour prendre des nouvelles de son père, Casey l'avait examinée avec soin, observant chacun de ses gestes et la moindre de ses réactions.

Et son comportement avait été singulier. Bien sûr, elle avait d'abord été assommée et dévastée. Mais le choc initial avait ensuite laissé place à quelque chose de différent. Une froide détermination. Une fébrile impatience. Elle ne cessait de regarder sa montre, attendant manifestement que quelque chose se passe.

Ou peut-être était-elle sur le point de provoquer elle-même quelque chose ?

D'abord Ashley qui refusait de coopérer. Et maintenant Hope qui restait cloîtrée dans sa chambre. Bon sang ! Qu'est-ce que cela pouvait bien vouloir dire ? Casey avait la nette impression que quelque chose se manigançait dans son dos. Elle se doutait d'ailleurs de ce dont il pouvait s'agir. Et ses doutes furent confirmés lorsqu'elle vit Hope filer en douce par l'escalier de derrière, portant à la main un sac polochon qui paraissait étrangement lourd.

Casey resta muette, malgré le regard inquisiteur que lui décocha Hutch tandis qu'elle franchissait la porte à son tour. Pour éviter d'éveiller les soupçons, elle se retourna sur le seuil et, d'un geste, lui fit comprendre qu'elle allait prendre l'air, avant de courir à sa voiture. Elle savait pertinemment qu'il ne serait pas dupe. De toute évidence, il avait bien compris qu'elle suivait une piste en solo. Mais il était pieds et poings liés. Il n'avait aucun moyen de savoir si sa piste était sérieuse, ni même d'ailleurs si elle en avait vraiment une. Il était plongé jusqu'au cou dans sa propre enquête et n'avait aucune raison valable de suivre un consultant privé, où qu'il aille. Casey avait donc les coudées franches, du moins pour l'instant.

Sautant dans sa voiture au moment même où se relevait la porte du garage, Casey s'écrasa dans son siège pour éviter de se faire repérer. Recroquevillée derrière le volant, elle passa un bref appel à Marc, et lui donna pour instruction de trouver Edward Willis et de ne surtout pas le lâcher d'une semelle. Simultanément, elle observa Hope qui remontait l'allée en marche arrière et s'engageait dans la rue à vive allure.

La voie était libre.

Se redressant, Casey tourna la clé dans le contact, passa la première, et attendit pour embrayer que l'Acadia se trouve à une distance raisonnable.

Quel que soit l'endroit où Hope se rendait avec ce magot, et quelles que soient ses intentions, seule ou avec Edward, Casey allait tirer ça au clair.

L'espace restauration du deuxième étage du centre commercial était aussi bondé que Hope l'avait imaginé. Il était 17 heures. C'était bientôt l'heure du premier service et les clients commençaient à affluer. Son épaule la faisait souffrir sous le poids du sac, mais elle se fraya un chemin parmi la foule, et ne s'arrêta que lorsqu'elle eut atteint la poubelle, dans un petit renfoncement face au kiosque à bretzels.

Son cœur tambourinait contre sa poitrine. Elle était terriblement nouée de l'intérieur, et se fit violence pour ne pas regarder autour d'elle. Elle se devait de suivre à la lettre les instructions. La vie de Krissy en dépendait.

Elle déposa le sac polochon à même le sol, derrière la poubelle, à l'abri des regards et du flot des passants. Tout en veillant à garder la tête baissée, elle serra les paupières, luttant contre la nausée qui l'envahissait. Puis elle prit une profonde inspiration avant de se diriger vers la porte menant au deuxième niveau du parking.

Je vous en supplie, Seigneur, pria-t-elle en silence. *Faites que tout se passe comme prévu. Rendez-moi ma Krissy.*

Elle s'apprêtait maintenant à vivre l'heure la plus longue de toute sa vie.

Plantée au milieu de l'espace restauration, Casey balayait nerveusement les lieux du regard à la recherche de Hope. Rien que des tables pleines, encore et encore, des files interminables devant chaque restaurant, et toujours plus de clients qui fourmillaient autour des kiosques. Autant chercher une aiguille dans une meule de foin.

Cinq bonnes minutes s'écoulèrent avant qu'elle ne parvienne à la localiser. A mi-hauteur de l'allée, vêtue de son trench marron, elle avançait d'un pas décidé vers son objectif, malgré le poids du sac polochon.

Jouant des coudes à travers la foule, Casey la perdit de vue par deux fois avant de la retrouver sur le point de franchir la porte de sortie. Mais cette fois-ci, plus de sac sur son épaule.

Et merde !

Loin de s'avouer vaincue, Casey scruta la foule, avec l'espoir, si maigre soit-il, d'y apercevoir une personne chargée du lourd sac polochon.

Peine perdue.

Elle courut jusqu'à la sortie, poussa la lourde porte vitrée et se dirigea vers le parking où elle avait vu Hope garer son Acadia moins de trente minutes plus tôt.

Le 4×4 n'avait pas bougé. Assise à la place conducteur, Hope avait le visage enfoui dans ses bras croisés sur le volant. Malgré la distance, Casey distinguait nettement les soubresauts qui agitaient ses épaules.

Le mal était fait. Quant au résultat, elle l'avait sous les yeux.

Hope attendait manifestement de voir apparaître sa fille, et Casey savait que rien ni personne ne se présenterait.

Mais Hope devait s'en rendre compte d'elle-même. Si jamais Casey allait vers elle maintenant, elle lui reprocherait toujours d'être intervenue et d'avoir compromis le retour de Krissy.

Casey battit en retraite. Elle regagna sa voiture, garée à l'opposé du parking, se glissa à l'intérieur et attendit. Trente minutes passèrent. Puis quarante-cinq.

Hope descendit de son 4×4 et se mit à faire les cent pas, guettant alternativement sa montre et la sortie du parking. Personne.

Une bonne heure et demie s'écoula avant que Hope ne finisse par s'effondrer contre sa voiture, les doigts enfoncés dans ses cheveux. Cette fois, elle craquait pour de bon. Ses jambes flageolantes se dérobèrent sous le poids de son désespoir. Accroupie sur le béton, elle plongea la tête entre ses genoux et laissa couler ses larmes.

Casey sauta de sa voiture pour la rejoindre.

Hope releva brusquement la tête et, pendant une fraction de seconde, une lueur d'espoir raviva son regard. Un espoir rapidement balayé lorsqu'elle reconnut Casey.

— Vous étiez au courant ? demanda-t-elle d'une voix étranglée.

— J'ai deviné.

Casey détestait cet aspect de son travail. En revanche, elle n'était pas prête à abandonner.

— Je suis venue seule, expliqua-t-elle pour rassurer Hope. Je n'en ai parlé à personne. Mais vous savez, Hope, ils ne vous rendront pas Krissy, quoi qu'ils aient pu vous promettre. Ce serait faire preuve d'un amateurisme étonnant, pour un kidnapping aussi sophistiqué. Ce qui ne veut pas dire qu'ils ont fait du mal à Krissy. Cela veut simplement dire que ce qu'ils ont ne leur suffit pas.

— Un quart de million de dollars ?

Casey grimaça en entendant la somme exorbitante que Hope venait de mettre en jeu et de perdre définitivement.

— Oui, répondit-elle en toute bonne foi. Peut-être veulent-ils encore plus d'argent, bien que j'en doute. A mon avis, ils se rendent compte qu'à ce stade, vous allez mettre les autorités au courant de la demande de rançon. Et que le FBI sera désormais sur le pied de guerre si une nouvelle demande similaire est faite. Je pense qu'ils veulent vous voir souffrir. Surtout au regard du caractère personnel de cet enlèvement. Cette histoire de rançon leur a permis de récupérer un maximum d'argent et, cerise sur le gâteau, de vous flanquer un coup de poignard en plein cœur.

Casey marqua une pause.

— Il se peut aussi que tout ce plan soit l'œuvre d'un petit malin qui a suivi l'affaire à la télé et s'est dit que l'occasion était trop belle pour ne pas en profiter. Ramasser autant d'argent sans le moindre effort, ça peut être tentant…

— Non, je ne crois pas que ce soit ça. Ils connaissaient beaucoup trop de détails personnels, protesta Hope.

— Reprenons tout depuis le début… Comment vous ont-ils contactée ? Que vous ont-ils dit ? Je veux tout savoir. Ensuite, nous retournerons chez vous pour expliquer au FBI ce qui s'est passé.

La cellule de crise tout entière était occupée à enquêter sur Henry Kenyon et son entreprise de bâtiment, lorsque Casey et Hope arrivèrent à la maison.

Hutch faillit littéralement plaquer Ashley au sol quand cette dernière se précipita vers sa patronne.

— Où étiez-vous passées, toutes les deux ? s'enquit-il.

Hope jeta un coup d'œil à Casey qui hocha la tête, l'invitant à dire toute la vérité, comme elles en étaient convenues.

— J'ai reçu un appel des ravisseurs, expliqua-t-elle calmement. J'ai payé la rançon qu'ils exigeaient. Ils n'ont pas rendu Krissy. Tout ça n'a été qu'un coup d'épée dans l'eau.

— Elle n'était pas avec eux ? demanda Ashley d'une voix tremblante.

— Non. Ils ont pris le sac rempli d'argent. Mais pas de Krissy.

Casey voyait Hutch prendre sur lui pour se contrôler.

— Quand avez-vous reçu cet appel ? Et qui était au courant ? demanda-t-il.

— Ils m'ont contactée hier, expliqua Hope, désormais décidée à ne plus rien cacher. Ils ont appelé sur le portable d'Ashley pour échapper à la vigilance du FBI. J'étais la seule au courant. Ashley m'a juste passé la communication. Je lui ai fait jurer de ne rien dire. Casey m'a vue quitter la maison. Elle a eu une intuition et elle m'a suivie. Je ne l'ai même pas dit à Edward. J'avais si peur. Les kidnappeurs m'ont dit qu'ils tueraient Krissy si…

Hope éclata en sanglots avant de se reprendre tant bien que mal.

— Je suis désolée…, balbutia-t-elle. Ai-je compromis l'enquête ? Etait-ce précisément ce qu'ils voulaient ? Maintenant qu'ils ont les deux cent cinquante mille dollars, vont-ils…

— Je ne crois pas, coupa Hutch. Cela ne cadre pas avec le profil de nos kidnappeurs. S'ils voulaient de l'argent, et uniquement de l'argent, pourquoi auraient-ils attendu que le FBI et la police soient aussi impliqués avant de le réclamer ? Ils auraient pris moins de risques en vous contactant directement dès les premières heures. C'est à ce moment-là que vous étiez le plus vulnérable, alors que vous étiez sous le choc de la nouvelle.

A ces mots, il adressa un signe à Grace et à Peg Harrington qui, toutes deux, le rejoignirent aussitôt d'un pas décidé.

Hutch les mit au courant en quelques phrases succinctes.

— Dites-nous tout ce dont vous vous souvenez, demanda Peg à Hope.

Une fois de plus, Hope répéta mot pour mot le scénario, du coup de téléphone jusqu'aux détails du rendez-vous.

— Ce plan est d'un amateurisme évident, murmura Grace. Ça ne colle pas avec le degré de sophistication de l'enlèvement.

— Ni le montant de la rançon, ajouta Hutch. Ils savent que vous et votre mari êtes en mesure de trouver bien plus qu'un quart de million de dollars. Quand à vous passer un enregistrement de Krissy au téléphone… ça ne prouve pas grand-chose. Ils auraient très bien pu l'enregistrer n'importe où et faire un montage avec sa propre voix. Là encore, ça sent l'amateurisme à plein nez. Au vu de ce que vous nous dites, ça ressemble à un coup de bluff, et celui qui vous a appelée ne détient même pas Krissy. Je dirais plutôt qu'ils ont parfaitement su jouer avec vos sentiments pour se faire au passage un joli magot.

Casey savait que Hutch atténuait volontairement certains aspects et lui épargnait les pires hypothèses. Car, si l'enlèvement de Krissy était en effet la conséquence des liens qu'avait eus Sidney Akerman avec le crime organisé, toute cette histoire de rançon ne pouvait s'expliquer que de deux manières. Il s'agissait soit d'une fausse piste, soit de la partie visible d'un terrifiant iceberg. Auquel cas, un peu de cash vite amassé ne leur suffirait pas. Les mafiosi exigeraient une compensation bien plus importante, comme ils l'avaient fait lorsqu'ils avaient kidnappé Felicity, si toutefois c'étaient bien eux qui l'avaient kidnappée. Et si tel était le cas… la mafia n'avait pas pour habitude de s'arrêter au simple kidnapping. Son fond de commerce était plutôt le trafic d'êtres humains, la torture et le meurtre.

Avant que Casey ait le temps de poursuivre plus avant ses réflexions, Edward surgit de la cuisine. Apercevant sa femme, il vint à elle et lui empoigna le bras.

— Où étais-tu ?

La réponse le fit blêmir.

— Mais qu'est-ce qui t'est passé par la tête ? explosa-t-il. Le FBI est là pour ça ! Tu te rends compte que par ta faute, Krissy aurait pu se faire tuer ?

— Nous ne croyons pas que ce soit le cas, monsieur Willis, intervint Casey en voyant la frayeur envahir de nouveau le regard de Hope. Pas dans un enlèvement aussi bien planifié et finement exécuté. Nous pensons plutôt qu'il s'agit d'une première étape, ou même d'un acte isolé.

Edward fusilla Casey d'un regard suspicieux.

— Et vous, vous étiez au courant, évidemment !

— Non, certainement pas, répondit Casey avec autant de respect que possible, même si elle n'aimait décidément pas cet homme. Si je l'avais été, je vous l'aurais dit immédiatement, et j'en aurais aussi informé la cellule de crise. J'ai suivi Hope. J'avais l'intention d'essayer de l'arrêter, mais je suis arrivée trop tard.

J'imagine combien ça doit vous contrarier et vous bouleverser. Mais vous ne devez pas perdre de vue qu'à aucun moment Hope n'a voulu vous doubler, vous, ou le FBI. Elle a agi comme une mère sous le coup de la terreur. Elle n'était plus elle-même, et maintenant, elle s'en veut suffisamment comme ça. Alors, je suggère que nous évitions de perdre du temps avec des accusations stériles, et que nous nous remettions au travail pour retrouver votre fille. S'il vous plaît, monsieur Willis, concentrons-nous sur notre objectif et ramenons Krissy au plus vite.

Ces propos semblèrent l'apaiser un peu, car il ne pipa mot et se contenta d'acquiescer.

La tension était encore palpable lorsqu'on frappa à la porte et qu'apparut Patrick. Derrière, un homme abattu qui devait être Sidney Akerman lui emboîta le pas.

— Nous voilà, annonça Patrick. Nous sommes prêts à passer aux choses sérieuses.

— Sidney ?

Vera Akerman se leva du fauteuil dans le salon et se dirigea vers le hall.

— Mon Dieu ! C'est bien toi ! s'exclama-t-elle, manifestement déchirée entre mépris et soulagement.

Hope, quant à elle, n'était pas aussi partagée. Faisant volte-face, elle lança à son père un regard assassin.

— Comment as-tu pu ? Comment as-tu pu mettre en danger ta famille à ce point ? Felicity et moi étions des enfants innocentes ! Tes enfants ! Et maintenant, Krissy. Elle sait à peine que tu existes, et elle fait déjà partie de tes dommages collatéraux. Comment peux-tu vivre avec ça ?

— Je ne vis plus, lui répondit son père sans sourciller. C'est pour ça que j'ai noyé ma vie dans l'alcool. C'est pour ça aussi que je suis là aujourd'hui, même si je sais que tu me détestes… Si je peux faire quelque chose pour aider à ramener ta fille, je ferai n'importe quoi. Je donnerai tout ce que j'ai pour que ça se produise.

— Comme c'est courageux ! Malheureusement, tu es en retard de trente-deux ans pour ma sœur et pour ma fille…

A ces mots, la voix de Hope se noua, et elle se détourna.

Vera fit un pas vers sa fille et la prit dans ses bras.

— Hope, je sais ce que tu ressens. Mais prends sur toi. Laisse cela de côté. Nous devons retrouver Krissy.

Sidney croisa le regard de son ex-épouse et s'adressa aux deux femmes qui se tenaient devant lui.

— Je pourrais vous dire combien j'ai été un abruti, un type stupide et misérable, mais quel intérêt ? Ça ne nous avancerait à rien. S'il vous plaît… Je ne vous demande pas de me pardonner, mais simplement d'accepter mon aide. Laissez-moi jeter un œil aux photos de la police. Laissez-moi élaborer un portrait-robot. Laissez-moi au moins faire ce que je peux pour que l'enquête avance. Ou du moins essayer.

Hope s'écarta de sa mère pour sécher les larmes qui roulaient sur ses joues.

— C'est pour cela que tu es ici, lui rappela-t-elle en indiquant du bras un groupe de professionnels qui attendaient. Certainement pas pour une réunion de famille. Alors, va voir si tu peux être utile quelque part.

Sidney était plongé dans les trombinoscopes et répétait une fois de plus les mêmes explications lorsque le téléphone de Casey sonna.

— Salut, c'est Ryan. Marc m'a appelé pour me tenir au jus des derniers rebondissements. Est-ce que Sidney Akerman est arrivé ?

— Oui, ça fait environ une heure, répondit Casey avec calme. Mais je ne sais pas vraiment ce que ça donne. Le FBI n'est pas d'humeur partageuse. Ils m'en veulent pour l'histoire de la rançon. Selon eux, j'aurais dû leur faire part de mes soupçons avant de prendre Hope en filature.

— Oui, enfin, si on applique leur règlement à la lettre, je ne devrais pas non plus être en train de te téléphoner pour te refiler ce petit détail qui est… Comment dire ? Intéressant.

— Je t'écoute.

— L'entreprise de bâtiment de Henry Kenyon a été rachetée après sa mort. Et devine par quel heureux acquéreur ? Bennato Construction, l'employeur actuel de Joe Deale.

— Tu plaisantes ?

— Non. Et d'après ce que j'ai pu trouver, Bennato aurait des liens avec la mafia.

— Ça, je vais leur en parler, lança Casey.

— J'espère bien, gloussa Ryan. Et grâce à moi, tu vas peut-être pouvoir fêter plus tôt que prévu ton grand retour dans les petits papiers de Hutch.

— Au revoir, Ryan.

— Une dernière chose. Si le FBI veut pincer Deale, il est à Laketown Bridge. Ils refont le pavage.

— Merci.

Casey raccrocha.

— C'était l'un de mes associés, expliqua-t-elle au groupe d'intervention. Il semble que l'entreprise de bâtiment dans laquelle a travaillé Sidney ait été rachetée après le décès de son propriétaire.

Guy Adams lui adressa un regard impatient.

— Et ?

— Et la société qui l'a rachetée s'appelle Bennato. Je suis sûre que vous n'ignorez pas ses liens avec la mafia.

— Oui, nous savons ça.

— Attendez une minute, intervint Hutch en reprenant ses notes. Le petit ami de Claudia Mitchell est employé chez Bennato.

— Exactement, répondit Casey. Joe Deale. Je doute qu'il s'agisse d'une coïncidence. Tout comme le fait que Bennato ait récemment refait le revêtement du parking et de la cour de récréation de l'école maternelle de Krissy. Joe a travaillé sur ce chantier.

Un long silence s'ensuivit.

— Comment avez-vous obtenu toutes ces informations ? s'enquit Guy sur un ton tranchant.

— Aucune importance. Tout ce qui compte, c'est que je les

aie. Et je sais aussi qu'il est actuellement à Laketown Bridge. Sur un chantier de réfection de la chaussée.

— On va le chercher. Maintenant ! ordonna Peg alors qu'elle franchissait déjà la porte.

Tandis qu'une escouade d'agents venait de partir, Hope demeurait pensive. Les sourcils froncés, elle se concentrait.

— Bennato…, murmura-t-elle. Edward, tu n'as pas défendu quelqu'un de ce nom-là, il y a quelque temps ?

Edward s'éclaircit la gorge.

— Ça ne date pas d'hier. Il y a au moins dix ans.

Manifestement, il aurait préféré que sa femme ne s'en souvienne pas.

— Etait-ce le même Bennato que celui auquel Casey fait référence ?

— Oui, Hope. C'était lui. Tony Bennato. Mais je l'ai défendu pour une affaire personnelle, pas professionnelle.

— Quel type d'affaire personnelle ? s'enquit immédiatement Casey.

— Un divorce plutôt compliqué.

— Vraiment ? C'est bizarre. Vous n'êtes pourtant pas spécialisé dans les affaires familiales.

Edward se hérissa à cette remarque.

— Le dossier comportait des aspects criminels. L'ex-épouse de Bennato le poursuivait pour agressions et violences répétées. A l'époque, je m'installais tout juste, et l'affaire était cruciale pour moi. Alors, je l'ai acceptée.

— Et tu as gagné, évidemment.

— Oui, reconnut Edward avant de reprendre son argumentaire. Et il n'a jamais été question d'allégations de crime organisé. Ni dans ma défense. Ni dans le procès.

— Combien avez-vous été payé ? demanda Hutch.

Grace et lui étaient restés sur place pour achever leurs analyses comportementales, tandis que plusieurs agents de la CARD accompagnés d'enquêteurs étaient partis chercher Joe Deale.

— Comment pourrais-je m'en souvenir ? Cela remonte à plus de dix ans !

Hutch esquissa de la main un geste faussement désabusé.

— Je suis juste curieux de savoir si Tony Bennato vous a réglé vos honoraires par chèque ou en liquide.

A cette question, Hope tiqua légèrement. Gênée, elle baissa les yeux.

Edward, quant à lui, se récria sans ménagement.

— Est-ce que vous m'accusez de quelque chose, agent Hutchinson ?

— Pas le moins du monde. J'essaie simplement d'établir la nature de vos relations professionnelles avec M. Bennato.

— J'ai assuré sa défense, dit Edward. Il a été disculpé de toutes les charges qui pesaient sur lui. Qui plus est, il a pu conserver la majeure partie de son patrimoine. Il était content. Moi aussi. Notre relation s'est arrêtée là. Et je n'ai jamais eu de contact avec lui, depuis.

— Waouh ! commenta Casey. Vous avez dû monter une sacrée défense !

— Je suis un excellent avocat, mademoiselle Woods. Ma réputation parle d'elle-même.

— Je ne vous le fais pas dire.

Casey se fit violence pour lui répondre sans sarcasme. Toutefois, du coin de l'œil, elle crut apercevoir Ashley qui tressaillait. Debout dans le coin opposé du hall, la pauvre jeune fille pensait certainement que Casey faisait là une allusion à peine voilée à l'infidélité d'Edward. Mais à la vérité, c'était bien le cadet de ses soucis. Edward était une véritable petite ordure, se disait-elle. Et elle n'abandonnerait pas si facilement la piste de ses possibles liens avec la mafia.

— Le fait est que Tony Bennato n'a aucune raison de s'en prendre à moi, conclut Edward. Et s'il en avait, pourquoi aurait-il attendu dix ans ? Krissy n'était même pas née, à l'époque de son procès.

— Un point pour vous, remarqua Hutch. A moins qu'il n'y ait eu des dessous-de-table. Ce genre d'arrangements donne souvent lieu à des souvenirs vivaces et à de hautes espérances. Vous n'êtes pas d'accord ?

Fixant son interlocuteur d'un regard d'acier, Edward ne décrocha pas un mot.

— Très bien, il n'y a qu'une seule façon de le vérifier, continua Hutch. A moins que vous ne décidiez de nous faire gagner du temps et que vous nous disiez le montant des honoraires que vous a versés M. Bennato.

— Je n'ai rien à dire. Appelez mon comptable si cela vous chante, et posez-lui toutes les questions que vous voudrez, agent Hutchinson.

— Je ne me gênerai pas. Mais ce serait une pure perte de temps, et vous le savez aussi bien que moi. Vous êtes un homme intelligent et avisé. Si vous aviez procédé à des transactions illégales ou contraires à l'éthique, vous auriez de toute façon pris soin de les dissimuler comme il se doit, poursuivit Hutch d'une voix parfaitement neutre. Votre réaction, en revanche, parle d'elle-même. Ce que j'en pense ? Ne faites pas trop le malin, Willis. A cette heure, notre unique priorité est de ramener votre fille à la maison, saine et sauve. Mais une fois que ce sera fait, je suis certain que notre brigade de lutte contre le crime organisé se fera un plaisir de venir discuter avec vous.

15

Dès que les conditions lui permirent de le faire sans attirer l'attention, Ashley prit Edward en aparté.

— Il faut que je te parle, lui glissa-t-elle d'une voix grave et pressante.

— Pas maintenant, rétorqua Edward, les dents serrées. Pas après l'interrogatoire en règle auquel je viens d'avoir droit.

— Ce que j'ai à te dire pourrait bien nous éviter de gros problèmes, insista Ashley, l'air terrorisé. S'il te plaît, Edward, accorde-moi une minute…

Edward jeta un œil alentour. Hope discutait avec sa mère. Sidney travaillait avec le portraitiste, et Casey Woods était plongée dans un débat fort animé avec l'agent Hutchinson.

D'un signe de tête, Edward invita Ashley à le suivre dans la cuisine.

— Qu'est-ce qu'il y a ? demanda-t-il. Le moment est vraiment mal choisi.

— Casey Woods est au courant, pour nous deux, lâcha Ashley sans préambule.

— Comment ça, elle est au courant ? C'est impossible ! Tu as dû mal comprendre.

— Aucune chance. Elle m'a coincée, tôt ce matin. Tout d'abord, elle a insisté pour que je lui dise pourquoi ta femme était aussi nerveuse. Elle sentait que je savais quelque chose. Et comme je refusais de lui révéler ce que je savais, elle m'a rassurée, de manière moyennement subtile d'ailleurs, en m'expliquant qu'elle n'avait pas l'intention d'aller raconter à ta femme que toi et moi couchions ensemble… mais qu'elle me serait très reconnaissante de lui dire ce qui rendait ta femme aussi fébrile. Un retour d'ascenseur légitime, en quelque sorte. Et maintenant ? Tu crois toujours que j'ai mal compris ?

— Bordel de merde ! éclata Edward en frappant du poing le comptoir. Comment a-t-elle deviné ?

— Je n'en sais rien. De la même façon que pour tout le reste. Peu importe comment elle l'a su. Le fait est qu'elle ne prêchait pas le faux pour savoir le vrai. Elle était sûre de ses billes. Il aurait été stupide de nier.

— Alors tu as tout avoué ? lança Edward, visiblement exaspéré. Mais qu'est-ce qui te prend, Ashley ? D'abord tu me caches cette affaire de rançon, et maintenant tu confirmes notre liaison à Casey Woods. Autant lui dire carrément que nous avons deux allers simples pour les tropiques et que nous partons au soleil avec Krissy et tout le blé que j'ai passé à l'as.

— Mais ce n'est pas le cas.

— Toi et moi, nous le savons. Mais ma vie entière est examinée à la loupe en ce moment. Et si le FBI ne croit pas que j'ai kidnappé ma fille, en revanche, il est convaincu que j'ai des choses à me reprocher. Ils m'ont dans le collimateur, tu comprends ? Quoi que je fasse, je suis cuit. Toi, tu es en meilleure posture. Pour Mlle Woods, tu es la supernounou. La pauvre petite oie blanche innocente et pervertie par un homme riche et plus âgé à qui rien ni personne ne résiste.

— Ce n'est pas la vérité ?

Ashley hésita un instant, comme s'il lui en coûtait de prononcer les mots qu'elle s'apprêtait à ajouter.

— N'est-ce pas exactement ce que tu es, Edward ? Tu ne me racontes pas tes histoires de travail, mais je ne suis pas idiote. Je sais quel type de clients tu défends. Et je sais aussi que ta femme a réussi à réunir un quart de million de dollars en un claquement de doigts. Et tout ça sans que personne ne le sache, ni les banques, ni les autorités. Alors oui, pour moi, il y a de l'argent liquide bien caché, quelque part dans cette maison. Et pas qu'un peu.

D'un geste, elle arrêta Edward qui s'apprêtait à l'interrompre.

— Je me fiche de tout ça. Ce ne sont pas mes oignons, et je ne veux pas en parler. Je veux juste te mettre en garde, pour Casey Woods. Et si ça peut te rassurer, elle a promis de se taire, à notre sujet. Non seulement vis-à-vis de ta femme, mais aussi des autorités.

— Quel soulagement ! répondit Edward non sans sarcasme. Comme si je lui faisais confiance, à celle-là… Et même si elle la ferme, le FBI ne va pas me lâcher d'une semelle. Et d'ailleurs, puisque l'appel de la rançon a été passé sur ton téléphone, ils vont te mettre sur écoute. Il va falloir que j'en achète un à carte pour pouvoir t'appeler.

Une longue et douloureuse pause s'ensuivit.

— Ce ne sera pas nécessaire.

— C'est-à-dire ?

— Edward, tu sais combien je t'aime. Mais je sais aussi que je ne suis pour toi qu'une petite distraction amoureuse. Alors, ce que je vais te dire va me faire beaucoup plus de mal à moi qu'à toi. Mais je ne peux pas continuer ainsi. Je n'en peux plus de faire ça à ta femme. Surtout vu la tournure des événements. Je suis morte d'inquiétude pour Krissy, et je m'en veux de faire perdre son temps à Casey Woods alors que les ravisseurs courent toujours.

Edward semblait stupéfait.

— Tu es en train de me dire que c'est terminé ?

— Je n'ai pas le choix. Je ne peux pas m'empêcher d'avoir des sentiments pour toi. Mais j'ai besoin de me retrouver.

— Très bien, acquiesça Edward tout en se massant la nuque. Comme tu voudras… Même si, franchement, il est complètement absurde d'avoir cette conversation maintenant. Ma fille est on ne sait où. J'ignore même si je la reverrai un jour vivante. Alors, que nous continuions ou pas nos galipettes, tu comprendras que ce n'est pas ma priorité. Et si tu as dit tout ce que tu avais à me dire, je vais maintenant retourner dans le salon, voir si l'ivrogne que ce type est allé débusquer a enfin réussi à identifier les ravisseurs de ma fille.

⁂

Casey était encore en train de s'expliquer avec Hutch lorsque Peg Harrington appela chez les Willis. Joe Deale avait été arrêté et embarqué au poste de police de North Castle afin d'y être interrogé.

Tout le monde décampa aussitôt. Hope et Edward attrapèrent leurs manteaux et déguerpirent avec tout le personnel de la cellule de crise resté sur place, y compris les agents qui travaillaient avec Sidney Akerman. Le dessinateur remballa son matériel en catastrophe pour les suivre dans les locaux de la police. Et Sidney avec lui, ainsi que Patrick, qui ne voulait pas manquer une miette de ce que ce Deale avait à déclarer.

Casey échangea quelques mots avec Peg au téléphone.

— Je veux être présente, demanda-t-elle. Je crois que vous me devez bien ça. C'est moi qui vous ai refilé le tuyau.

— O.K., vous pouvez venir. Vous resterez derrière la vitre. La police veut aussi que Claire Hedgleigh soit là. Vous pourrez nous faire part de vos opinions d'expertes, une fois que mes agents et moi aurons procédé à l'interrogatoire.

— Entendu.

Lorsque tout le monde se fut dispersé, les seules personnes encore présentes au domicile des Willis étaient l'agent spécial Will Dugan, qui surveillait le téléphone, Vera Akerman, retournée s'allonger dans sa chambre, et Ashley Lawrence, qui pleurait en silence dans la cuisine.

Joe Deale était sur le point de se liquéfier lorsque les agents du FBI entrèrent dans la salle d'interrogatoire, deux heures plus tard. Il avait eu tout le loisir de réfléchir. Et la liste des choses qu'il avait à cacher était longue. Peu importe la stratégie pour laquelle il opterait, il était cuit. S'il parlait, il serait envoyé en prison. Et s'il se taisait, il n'y avait aucun espoir que la mafia croie sur parole qu'il n'avait pas lâché le morceau. Son avenir se résumait donc à deux options. Se faire jeter en prison, ou se faire tuer.

Et la prison semblait la moins catastrophique des issues.

— Bonjour, Joe.

Peg Harrington et Ken Barkley entrèrent enfin dans la salle d'interrogatoire, armés de documents, et s'installèrent face à lui, de l'autre côté de la table. Les locaux de la police de New Castle étaient exigus, car la délinquance y restait modérée. Quant à la salle d'interrogatoire, c'était une pièce parfaitement nue.

— Qu'est-ce qui se passe ? demanda Joe. J'étais en train de paver un pont. Aux dernières nouvelles, il n'y a rien d'illégal à ça.

— Non, mais travailler pour la mafia, en revanche, si.

— Je ne sais pas de quoi vous parlez.

— Je suis sûr du contraire, répliqua Ken. Tu as fait toutes sortes de sales petites besognes pour tes amis de la mafia, chez Bennato. Racket, visites musclées pour recouvrement d'impayés, trafic de drogue… Je pourrais continuer longtemps comme ça.

Des gouttes de sueur perlèrent sur le front de Joe.

— Vous n'avez aucune preuve.

— Ça, c'est un détail, objecta Ken. Nous avons par exemple quelques clients engagés dans le commerce d'héroïne, qui seraient ravis de t'identifier comme leur contact en échange d'un allègement de peine. Et l'un de mes collègues a un témoin qui t'a vu traîner autour d'une voiture volée retrouvée en pièces détachées dans une casse illégale aux mains de la mafia.

— C'est leur parole contre la mienne. Ces types vendraient leur mère pour réduire leur peine.

— C'est vrai, intervint Peg en se penchant vers lui. Mais les liasses de billets scotchées sous votre commode, elles, ne sont pas une vue de l'esprit. Elles sont bien réelles, et très compromettantes, pour un homme qui gagne à peine plus que le salaire minimum.

— Vous êtes entrés chez moi ? s'écria Joe en agrippant le bord de la table, l'air faussement révulsé.

Cependant, ses mains tremblaient.

— C'est illégal ! C'est une violation de domicile !

— Sauf avec un mandat de perquisition, n'est-ce pas ? La police de North Castle en a obtenu un il y a plus d'une heure.

Vu les circonstances, il lui a été délivré en moins de temps qu'il n'en faut pour dire *Cosa Nostra*. Même avec l'accent. Nous avons plus qu'il n'en faut pour vous faire tomber.

— L'argent est à Claudia. Elle me l'a confié.

— Bien essayé ! commenta Peg, impassible, en croisant les bras sur sa poitrine. Et si on arrêtait de jouer, monsieur Deale ? Vous pouvez rester assis ici toute la nuit pendant que nous passons en revue toutes les preuves que nous avons pour vous coincer. Vous pouvez repartir libre et tenter votre chance dans la rue. Ou vous pouvez nous parler, et maintenant. Parce que, pour être honnête, vos petites histoires d'apprenti mafieux, c'est le cadet de nos soucis. Ce que j'ai là, en revanche, est beaucoup plus…

Tout en prononçant ces mots, Peg déplia le plan de l'école de Krissy et le lui colla sous le nez.

— Qu'est-ce que vous faites avec ça ?

Joe cligna des yeux, visiblement perplexe.

— C'est un chantier où j'ai travaillé.

— Et vous gardez toujours chez vous les plans de vos chantiers ?

— C'est moi qui devais calculer le nombre de tonneaux de goudron. Alors le contremaître m'a donné une copie du plan avec les dimensions, et je l'ai apporté à notre fournisseur. Je ne savais même plus que j'avais gardé ça.

— Donc, si nous interrogeons votre contremaître, il nous donnera la même réponse.

— S'il se souvient de moi, oui. Mais qu'est-ce que vous avez, avec ces plans ? demanda Joe en regardant les croquis.

Soudain, son visage se figea.

— C'est l'école où a été enlevée la gamine de cette juge… Vous pensez toujours que j'ai quelque chose à voir là-dedans ?

— Vous admettrez que c'est plus que troublant. Les plans, l'argent, les liens avec la mafia…

— Pourquoi est-ce que Bennato voudrait kidnapper un enfant ?

— Bonne question. Pourquoi n'iriez-vous pas le lui demander vous-même ?

A ces mots, Joe blêmit instantanément.

— S'il vous plaît, ne faites pas cela ! Je serai mort avant ce soir !

— Probablement. Ce qui fait de la prison un choix bien plus sûr. Dites-nous où est Krissy et nous mettrons un garde devant votre cellule.

— Je n'en sais rien ! s'écria-t-il vigoureusement. Ce n'est pas moi qui ai enlevé cette gamine ! Ni Claudia. Elle en a voulu à mort à la juge Willis de l'avoir virée. Mais elle ne ferait jamais de mal à un enfant. Et même si j'avais fait toutes ces autres choses que vous me reprochez — et je ne dis pas que c'est le cas — je n'ai jamais touché à un enfant. *Jamais !* Je le jure !

— Il dit la vérité, murmura Casey de l'autre côté de la vitre. C'est évident. J'en veux pour preuve son langage corporel. Contact visuel direct. Position offensive. Tout son corps est en phase avec son propos. Il n'est pas assez futé pour feindre.

— Je suis d'accord, confirma Claire, tout en dévisageant Joe avec la plus grande attention. Mais je ressens malgré tout une bonne dose d'énergie négative. J'en déduis donc que le FBI a raison à propos de ses liens avec la mafia. Cela dit, je ne sens pas de malveillance à proprement parler. Ce n'est pas un sociopathe. Et il n'a pas kidnappé Krissy.

— Alors qui ? s'interrogea Casey, en passant sa main dans ses cheveux, soudain agacée. J'ai l'impression qu'on n'arrête pas de faire un pas en avant et deux en arrière. Chaque fois qu'une piste a l'air prometteuse, on retombe dans un cul-de-sac. On sait qu'on n'est pas loin, mais on tourne autour du pot. Le passé et le présent sont liés. Ça, j'en suis sûre. Mais je n'arrive pas à comprendre comment.

Claire tourna lentement la tête vers Casey.

— Je ne sais pas si ça a un sens, ou un quelconque rapport avec ce que tu viens de dire, mais j'ai fait un rêve vraiment étrange, la nuit dernière. C'était à propos du panda en peluche de Krissy.

La maison grouille en permanence d'agents du FBI, et l'allée ne désemplit pas de voitures.

Mais là, il n'y en a qu'une.

Le moment ne sera jamais plus propice pour ce que j'ai à faire.

Une nouvelle mission que je ne peux pas refuser. C'est pour Krissy que je le fais. C'est indispensable pour combler le manque, jusqu'à ce qu'elle retrouve le sourire.

Egoïstement, c'est pour moi aussi. Je redoute ce qui pourrait arriver si je changeais d'avis et faisais demi-tour.

Je vérifie encore une fois l'allée. Toujours une seule voiture. Celle de l'agent posté à l'intérieur aux écoutes téléphoniques. Tout le monde est parti, à l'exception de la vieille dame et de la nounou. Aucune lumière dans leur chambre. Elles doivent être couchées.

Je prends un risque énorme, je le sais. Mais pour voir le visage de Krissy s'illuminer, ça en vaut la peine. Elle est encore tellement traumatisée…

Je suis si près que même la fenêtre fermée, je saisis quelques bribes de la conversation de l'agent. La discussion a l'air houleuse. Probablement un différend avec son supérieur ou une dispute avec une femme. Très bien. C'est une distraction qui tombe à pic.

La porte de derrière. Il n'y a rien que des buissons, et un petit hall qui mène à l'escalier. Je peux le faire. Je dois le faire.

Il faut que j'arrête de trembler. Ça suffit ! Stop !

La clé dans la serrure. Un léger déclic. Pas d'alarme. Parfait. De toute façon, j'avais prévu ce qu'il faut.

L'agent est toujours au téléphone, et ses affaires n'ont pas l'air de s'arranger. Malgré tout, je n'ai pas de temps à perdre.

En silence. Tout doucement. A pas feutrés. L'un après l'autre.

Voilà, comme ça. Et je sais exactement où se trouve ce que je suis venue chercher. Krissy en parle à longueur de journée. Ça la console. Mais elle est tellement inquiète pour Oreo…

De cette façon, le problème sera réglé.

Etagère du haut, au-dessus du lit. Niché dans un lit de fortune en paille. Ruby. Le meilleur ami d'Oreo.

Première étape accomplie.

Puis aller dans la suite principale. La table de maquillage. Dans un flacon sobre et chic… Joy. *Parfum délicat et pénétrant.*

Bon, encore autre chose. Pour vraiment faire illusion.

Le coffre à bijoux — sur la commode. Le médaillon en forme de cœur. A l'intérieur, d'un côté, une photo de Krissy, et de l'autre, une photo de celle qui a été sa mère. Absolument parfait.

Maintenant, tout remettre en place. C'est bon. Rien ne semble avoir été déplacé.

Ashley était certaine d'avoir entendu un bruit. Un craquement. Des pas, peut-être. Elle se faisait certainement des idées, mais après ce qui était arrivé à Krissy, elle n'était pas d'humeur à laisser passer quoi que ce soit.

Elle enfila son peignoir et quitta sa chambre. D'abord la chambre de Krissy. Elle passa la tête par la porte et balaya la pièce du regard. Plongés dans le noir, les lieux étaient silencieux et déserts. Elle alluma la lumière. Personne. Refermant la porte derrière elle, elle descendit dans le hall, et vérifia chacune des chambres d'invités et le bureau. Rien. La porte de la chambre de Mme Akerman était fermée. Ashley prêta l'oreille. Silence complet. Aucun rayon de lumière au sol. Rien de surprenant, vu que la pauvre femme s'était retirée deux heures plus tôt.

Terminant son tour de garde, Ashley remonta et se dirigea vers la suite principale.

La porte était entrouverte, telle que Mme Willis avait l'habitude de la laisser. Elle la poussa d'une main et fit un pas dans la pièce pour y jeter un œil.

Mais elle n'eut pas le temps de se retourner.

Un objet lourd s'écrasa sur sa tête. La douleur aveuglante qui lui envahit le crâne la fit s'écrouler.

Laissant échapper un léger gémissement, elle perdit connaissance.

16

Hope et Edward n'avaient pas échangé un mot depuis qu'ils avaient quitté le poste de police. Absorbé dans ses pensées, Edward conduisait mécaniquement, tandis que Hope, assise côté passager, était tournée vers la portière, la tête appuyée contre la vitre froide.

Nul besoin d'être expert pour interpréter leur langage corporel.

— Ce fichu Joe Deale ne nous a rien donné, mis à part ses liens avec la mafia, finit par dire Edward.

— Toi non plus, tu n'as rien voulu dire. Et toi aussi, tu as eu à une époque des liens professionnels avec Tony Bennato, répliqua amèrement Hope.

— Qu'est-ce que je suis censé comprendre ?

— Qu'il existe toute une palette d'actes criminels, certains plus sales que d'autres. Je ne dis pas que tu travailles pour les mafiosi, mais tu as défendu une figure importante du crime organisé.

Edward lui décocha un regard de côté.

— Je me suis déjà expliqué là-dessus. Qui plus est, j'ai du mal à mettre ces deux collaborations sur le même plan. Joe Deale travaille pour la mafia, pas moi.

— Pas directement, non. Mais les clients que tu représentes, et ta façon de gérer tes affaires…

Hope prit une profonde inspiration.

— Pendant longtemps, je n'ai rien voulu voir. Mais tes scrupules, ou plutôt ton manque de scrupules m'a sauté aux yeux lorsque je me suis souvenue que tu avais défendu Tony Bennato.

Quoique, non… Pour être honnête, ça a fait tilt lorsque j'ai ouvert ton coffre et vu quel trésor tu avais amassé. Certes, tu m'as facilité la tâche pour réunir la rançon. Mais je doute que tu aies gagné cet argent dans une pochette-surprise.

— Où veux-tu en venir ?

— Je veux dire que tu es mal placé pour donner des leçons. Alors arrête de me faire la morale parce que j'ai tenté de négocier avec les ravisseurs. J'essayais de sauver notre fille. J'ai bien compris que tu n'approuvais pas mes méthodes. Et sache que je ne suis pas particulièrement emballée par les tiennes.

Hope inclina légèrement la tête en direction de son mari.

— Laissons notre linge sale de côté pour le moment et tâchons de surmonter cette crise. Ensuite, nous pourrons nous occuper de nos différends, et les régler de la manière qui nous semblera la plus appropriée.

Edward serra la mâchoire.

— Comme tu voudras. Mais nos divergences ne sont pas que professionnelles ou conjugales. Elles concernent également l'enlèvement de Krissy. Tu es persuadée que les enlèvements de ta sœur et de notre fille sont liés.

— Et toi, tu ne crois pas du tout à cette théorie ?

— Je n'ai pas dit ça. Les rapports qu'a eus ton père avec la mafia, à l'époque, et aussi le fait qu'on l'apprenne justement maintenant, tout cela constitue un argument fort en ce sens. Mais ce n'est pas la seule théorie. Le FBI étudie d'autres pistes.

— Dont aucune n'a abouti à quoi que ce soit. Maintenant que les Forensic Instincts se concentrent entièrement sur cet aspect-là, j'ai bon espoir qu'on parvienne à quelque chose. Joe Deale n'est pas le seul homme de main de la mafia. Et en plus, il y a trente-deux ans, il n'était encore qu'un enfant. Le kidnappeur de Felicity et celui de Krissy ne sont peut-être qu'une seule et même personne. Une personne qui a peut-être l'âge de l'agent Lynch, désormais.

— Peut-être, mais ça ne correspondrait pas au profil de la BAU.

— Les profils sont certes le fruit d'une analyse rigoureuse

réalisée à partir de toute une batterie de preuves. Mais ils ne sont pas exacts.

— Ni les intuitions.

— Alors, une fois de plus, nous ne sommes pas capables de nous mettre d'accord.

— On dirait, répondit Edward, d'une voix qui trahissait un imperceptible mépris.

A ces mots, le silence s'installa de nouveau dans la voiture.

Hope était exténuée lorsqu'ils arrivèrent à la maison. Elle monta directement à l'étage, laissant Edward à son verre de brandy. Une fois là-haut, elle s'arrêta à la chambre de Krissy, comme elle l'avait fait les deux soirs précédents. Allumant la lumière, elle dirigea instinctivement son regard vers le lit, où sa petite fille aurait dû être endormie. Sa poitrine se serra, et une montée d'angoisse la submergea.

Deux jours. Deux jours entiers que Krissy avait été kidnappée. Comment croire qu'elle était encore…

Hope secoua vigoureusement la tête. Elle n'avait pas le droit de se laisser aller. A quoi bon spéculer sur ce que pouvait présager une disparition aussi longue ? C'était certain, les Forensic Instincts ou les autorités retrouveraient Krissy et la ramèneraient à la maison saine et sauve. Ils n'avaient pas le choix. Et elle devait y croire.

Eteignant la lumière de la chambre de sa fille, elle se dirigea vers la suite principale. Elle avait mal partout, mais le courage lui manquait pour se faire couler un bain. Elle se contenterait d'une douche et se glisserait dans son lit. Et elle resterait couchée, les yeux brûlants de chagrin, à attendre le sommeil qui ne viendrait pas.

Mais un tout autre programme lui était destiné.

Hope n'eut pas même le temps d'allumer. A peine eut-elle franchi la porte qu'elle trébucha sur un obstacle, dans un bruit sourd. De justesse, elle se rattrapa à la poignée et tendit le bras vers l'interrupteur.

La lumière inonda la pièce.

Affalée sur la moquette, Ashley gisait dans l'embrasure de la porte, à demi recroquevillée sur elle-même.

— Oh ! mon Dieu !

Instinctivement Hope tomba à genoux et se mit à secouer la jeune femme.

— Ashley ! Ashley ! Vous m'entendez ?

Se penchant de côté, elle cria de toutes ses forces à travers la porte ouverte.

— A l'aide ! A l'aide !

Un grondement de pas résonna dans la maison. L'agent spécial Dugan déboula dans la chambre, Edward sur ses talons. Tous deux découvrirent en même temps le corps inanimé d'Ashley.

— Appelez le 911, ordonna Dugan en s'adressant à Edward, devenu blême.

L'agent s'accroupit et examina avec précaution la jeune fille.

— Son pouls est normal et régulier, annonça-t-il. Je ne vois aucune plaie. Pas de sang. Donc pas de couteau ni d'arme à feu. Aucune contusion autour de la gorge, donc pas de strangulation.

Remontant jusqu'à l'arrière de sa tête, il marqua une pause et retira sa main, les doigts rouges de sang.

— Elle a été frappée par-derrière avec un objet contondant. Elle saigne et elle a une énorme bosse.

De nouveau, il fit une pause, considérant la lourde statuette qui traînait sur le sol.

— Là-bas ! Ça doit être l'arme. Que personne n'y touche ! C'est un élément de preuve. D'ailleurs, ne touchez à rien dans cette pièce. Il y a peut-être des empreintes.

Alors qu'il se relevait, Ashley poussa un lent gémissement et se mit à remuer doucement.

— Ashley ?

Délicatement, Hope lui caressa la joue.

— Vous m'entendez ? Est-ce que ça va ?

Lentement, encore sonnée, Ashley ouvrit les yeux.

— Madame Willis ? balbutia-t-elle, visiblement en pleine confusion.

Elle tenta de s'asseoir, mais grimaça de douleur, et porta instinctivement sa main à l'arrière de sa tête.

— Ma tête… J'ai si mal.

Constatant le sang sur sa main, elle faillit défaillir de nouveau.

— Oh ! mon Dieu !

— Ce n'est rien, assura Hope. Vous avez été violemment frappée. Mais ça va aller, maintenant. Les secours sont en route.

— Les secours ? répéta-t-elle, hébétée. Que s'est-il passé ?

— C'est à vous de nous le dire, intervint l'agent Dugan. De toute évidence, quelqu'un s'est introduit dans cette chambre et vous a agressée.

Marquant une pause, il fronça les sourcils et reprit :

— Quel qu'il soit, l'agresseur a dû entrer par la porte de derrière, puisque j'étais dans le salon.

— Et l'alarme ? s'enquit Edward. Je croyais que nous l'avions activée avant de partir. Et de toute façon, toutes les portes étaient verrouillées…

— Je ne peux rien vous dire pour l'instant, monsieur Willis. Mais une chose est sûre : nous retrouverons ceux qui ont fait ça.

— Tout ce dont je me souviens, c'est d'avoir entendu un bruit, et d'être venue vérifier, se remémora Ashley, les yeux plissés sous l'effet de la douleur. La chambre de Krissy était vide. Tout semblait en place. Alors je suis venue jusqu'ici, j'ai fait un pas dans la chambre… et c'est tout ce dont je me souviens. Non. Il m'a semblé tout à coup sentir ma tête exploser. J'ai vu des couleurs, des lumières. J'ai cru que j'allais vomir. Et après, j'ai dû perdre connaissance.

— Avez-vous vu votre agresseur ?

— Non, répondit Ashley, bataillant manifestement pour recouvrer la mémoire. Du coin de l'œil, j'ai vu une ombre. J'ai entendu un souffle. Mais je n'ai pas eu le temps de me retourner, ni de réagir.

De nouveau, elle gémit.

— Je suis désolée, reprit-elle, la tête serrée entre ses deux mains. J'ai tellement mal…

— Vous avez une commotion, ça ne fait aucun doute, dit Dugan.

— Et peut-être une hémorragie interne, ajouta Edward, consultant impatiemment sa montre. Que font les secours ?

A peine avait-il terminé sa phrase que la sirène d'une ambulance se fit entendre au loin. Une minute plus tard, les secouristes débarquaient dans la chambre. Après avoir pris ses constantes, ils installèrent Ashley sur une civière et l'évacuèrent vers l'ambulance.

— Je vais monter avec vous, lança soudain Hope.

— Non, l'interrompit Dugan. Une fois que la police scientifique aura examiné la chambre, j'aurai besoin de vous pour vérifier qu'il ne manque rien.

— Je vais accompagner Ashley, proposa Edward. Je te tiendrai informée de son état. De votre côté, tenez-moi au courant de ce que dira la scientifique. Peut-être que le salopard qui s'est introduit ici a embarqué quelque chose qui pourrait nous mener jusqu'à Krissy. En tout cas, il n'a pas pris tous ces risques pour rien, c'est sûr et certain.

— Je suis d'accord. Il a pris un sacré risque, confirma Dugan en fronçant les sourcils.

Balayant la pièce d'un œil professionnel, il lança sur son téléphone un numéro préenregistré.

— Nous allons passer toute la maison au peigne fin, et avec un peu de chance, nous aurons enfin des réponses.

Casey et Hutch manquèrent de se bousculer sous le porche des Willis.

— Hope t'a donc appelée, à peine arrivée à la maison ? constata Hutch, non sans un certain agacement.

— Evidemment. C'est ma cliente, répondit sèchement Casey.

— Ce n'est pas le moment, vous deux, coupa Grace, les invitant d'un geste à entrer dans la maison. Vous pourrez vous entre-tuer plus tard. Mais pour l'instant, nous avons du pain sur la planche.

Ils montèrent à l'étage, où les secours pliaient bagage, et trouvèrent Hope qui s'entretenait avec Don Owens et plusieurs agents de la CARD, ainsi qu'avec les agents spéciaux Peg Harrington et Will Dugan et le sergent Bennett, de la police de North Castle.

— Je suis si heureuse que vous soyez là !

Le visage de Hope se raviva soudain lorsqu'elle aperçut Casey. Une réaction qui n'avait rien de surprenant. Il n'était pas rare que les clients des Forensic Instincts développent un attachement personnel et s'accrochent à eux comme à une bouée en plein naufrage.

— Que s'est-il passé ? demanda Hutch.

Dugan l'informa des événements de la soirée.

— La section scientifique n'a relevé aucune empreinte digitale sur le coffre à bijoux, ni sur son contenu. Rien non plus sur les surfaces que l'intrus a été obligé de toucher pour prendre le médaillon et le parfum. Rien sur la commode. Rien sur la table de maquillage. Celui ou celle qui s'est introduit ici devait porter des gants. Les scientifiques ont tout vérifié et revérifié. Ils ont emporté le coffre à bijoux pour procéder à des analyses plus poussées. Mais je doute qu'ils trouvent quoi que ce soit. Le voleur savait ce qu'il voulait, et il savait peut-être même exactement où trouver chacun des objets qu'il était venu chercher. Il avait préparé son coup. Il est allé droit au but, a cravaté le médaillon et le parfum, et a pris la poudre d'escampette.

— Un flacon de parfum et un médaillon, murmura Casey. Intéressant…

— Qu'est-ce que ça veut dire ? demanda Hope, tremblante comme une feuille. Il n'a pas touché à mes bijoux les plus précieux, ni à aucun objet de valeur.

— Décrivez-moi ce médaillon, demanda Hutch. Est-ce qu'il s'ouvrait ? Contenait-il une photo ?

— Le médaillon était en forme de cœur. Il y avait deux photos à l'intérieur. L'une de Krissy et l'autre de moi.

— Et le parfum ?

— C'est mon eau de toilette habituelle — *Joy*, répondit Hope. C'est celle que je porte presque tout le temps. Le flacon était posé là.

Hutch bascula la tête en arrière et prit une profonde inspiration.

— Il était là, juste sous notre nez, pendant que nous étions tous au bureau de police.

— Il a pris un sacré risque, ajouta Grace, pensive. C'était gonflé de sa part. Ça ressemblerait presque à un acte désespéré.

Elle se tourna vers Hope.

— Je sais que vous êtes bouleversée par ce qui vient d'arriver, mais il y a une bonne nouvelle dans tout cela. Tout porte à croire que Krissy est probablement vivante.

— Je suis d'accord, acquiesça Hutch. Le kidnappeur a emporté des objets personnels. Des objets choisis intentionnellement pour réconforter votre fille. Cela suggère qu'il essaie de la mettre à l'aise, de la consoler. Ce qui veut dire que non seulement elle est vivante, mais qu'il essaie de faire en sorte qu'elle se sente bien. Ce n'est pas le comportement d'un meurtrier. Pas si l'on considère qu'il a en plus pris le risque de venir jusqu'ici, en sachant pertinemment que toute la cellule de crise est sur le coup.

— Il a profité du moment où nous sommes tous partis, rappela Don. Ce qui signifie qu'il surveille la maison.

— C'est ce que nous craignions.

— Il a attendu que Will Dugan soit seul et occupé au téléphone. C'était le seul moment depuis deux jours où il pouvait entrer sans se retrouver plongé au milieu d'une horde de policiers et d'enquêteurs. Une fois de plus, c'est bien la preuve que nous n'avons pas affaire à un amateur. Chacun de ses actes est mûrement réfléchi et exécuté avec soin.

Casey se tourna vers le sergent Bennett, de la police de North Castle.

— Puis-je appeler Claire Hedgleigh ? Je sais qu'elle travaille pour vous sur cette affaire. Peut-être pourra-t-elle tirer quelque chose de la scène de crime ?

— Bonne idée, acquiesça Bennett. Mais je me charge de la contacter.

***

Claire arriva peu de temps plus tard. Elle était toujours passablement agacée par le fatras de rêves qu'elle avait faits dernièrement, et par toutes ces visions désordonnées qu'elle ne parvenait pas à décrypter de manière cohérente. Et elle non plus n'en revenait pas que le kidnappeur puisse faire preuve d'une telle audace en pénétrant une deuxième fois le domicile des Willis. Mais elle avait hâte d'être dans la chambre de la suite principale. Peut-être aurait-elle un flash qui lui permettrait enfin d'avancer.

— Comment va Ashley ? demanda-t-elle, dès qu'elle eut franchi la porte de la suite. Elle est gravement blessée ?

— Non. Juste une commotion, lui répondit Hope, visiblement soulagée. Aucune lésion interne. Mais tout de même quelques profondes coupures, et un vilain hématome à l'arrière de la tête. Les médecins la gardent en observation pour la nuit, juste par précaution. Mais on pourra aller la chercher dès demain matin, pour qu'elle puisse récupérer à la maison.

— De la culpabilité, lâcha brusquement Claire. Je suis désolée de vous interrompre, mais je perçois un incroyable sentiment de culpabilité dans cette pièce.

— Ce doit être la mienne, dit Hope d'une voix éteinte. J'aurais dû être là pour empêcher ça.

— Vous n'y êtes pour rien, protesta aussitôt Casey. Et Ashley non plus. Ce n'est vraiment pas de chance que l'agent Dugan ait été au téléphone. Mais personne n'aurait pu anticiper ça.

— Moi non plus, je ne suis pas fier de moi, renchérit Dugan. Je n'arrive pas à croire qu'on ait pu me rouler à ce point.

— C'est une grande maison, vous savez, avec des escaliers de service, murmura Claire, toujours à demi absorbée. Mais je ressens dans cette chambre une autre énergie. Une énergie nouvelle. Celle du kidnappeur.

— Un kidnappeur qui aurait des problèmes de conscience, marmonna Hutch. C'est nouveau…

— Une conscience féminine, ajouta Claire. Mon sentiment est que l'intrus était une femme. Elle est venue dans le but précis de récupérer des objets susceptibles de consoler Krissy et d'atténuer l'angoisse de la séparation.

Elle fronça les sourcils, puis reprit :

— C'est une énergie féminine, non pas dense et pesante comme celle d'un homme, mais plus légère, aérienne.

— Donc, selon toi, notre M. X qui a tout orchestré aurait envoyé sa complice pour faire le sale boulot, résuma Casey, pensive. Pourquoi pas ? De cette manière, il parvient à ses fins sans se mouiller.

Le regard noir, Hutch prit à son tour la parole :

— Tout ça n'a aucun sens. Un mafieux qui a mauvaise conscience. Qui demande une rançon, l'obtient, mais décrète aussitôt que cela ne lui suffit plus. Qui ne semble pas non plus être assoiffé de vengeance. Il veut Krissy vivante, et il ne semble pas disposé à la rendre. De la même manière que Felicity Akerman n'a jamais été retrouvée ni rendue. Qu'est-ce que ce type a dans la tête ? Que cherche-t-il, à la fin ? Juste à persécuter la famille Akerman ?

Personne ne répondit.

— Etes-vous sûre que rien d'autre n'a été dérobé ? demanda Claire en s'adressant à Hope.

Tandis qu'elle faisait lentement le tour de la pièce, elle s'arrêta net devant l'espace vide sur la commode.

— Le coffre à bijoux était à cet endroit ?

— Oui, confirma Peg. La section scientifique l'a emporté pour l'analyser. Et d'après Mme Willis, rien d'autre n'a été pris. Rien de plus que ce que nous avons déjà évoqué.

— Le médaillon est tout ce qui a été volé dans le coffre à bijoux ? Vous en êtes sûre ?

— Certaine, confirma Hope. J'ai vérifié trois fois chacun des écrins. Tous mes bijoux y étaient.

— Avez-vous une pierre rouge ? Une bague ? Un collier ? Peut-être des boucles d'oreilles ?

Hope secoua la tête.

— J'ai une opale montée en pendentif avec des reflets irisés de toutes les couleurs. Mais rien de rouge.

— Un rubis, précisa Claire avec aplomb. C'est un rubis.

Elle promena sa main au-dessus de l'emplacement du coffre à bijoux.

— Et il n'est pas dans le coffre à bijoux qui était là. Avez-vous des bijoux ailleurs dans la maison ?

— Non. A vrai dire, je ne suis pas très bijoux…

— Et Krissy ? Est-ce qu'elle aurait des décorations de ce genre ou des fausses pierres qui ressembleraient à des rubis ?

— Elle n'a aucun bijou. Encore moins des rubis. Elle n'aime même pas les rubis. En revanche, elle adore ce nom-là. C'est celui qu'elle a donné à…

Hope s'arrêta net, le souffle coupé.

— Ruby ! reprit-elle. Je n'y avais pas pensé. Je n'ai pas vérifié.

— Ruby ? demanda Grace.

— Le rouge-gorge en peluche de Krissy ! répondit Hope, disparaissant déjà dans le couloir. Elle passe son temps à jouer avec Oreo et lui.

Lorsque tout le monde arriva à la chambre de Krissy, Hope était figée devant les étagères installées à côté du lit, et fixait la plus haute d'entre elles. Dans ses yeux se lisait la panique.

— Il est parti ! Avec le nid ! Il n'y a plus rien !

Lentement, Hope se retourna.

— Oreo et Ruby sont comme une famille imaginaire, pour Krissy. Oreo est le meilleur ami de Ruby, et Krissy joue le rôle de la nounou, comme Ashley.

— Voilà qui explique mon rêve, murmura Claire. C'est pour cela qu'Oreo pleurait. Et qui lui manquait ? Ruby.

Au fur et à mesure que les pièces du puzzle s'assemblaient, Claire expliquait les détails de son rêve.

— Encore une tentative pour que Krissy se sente moins seule, dans un environnement rassurant, conclut le sergent Bennett. Bon travail, Claire.

Il savait parfaitement que le FBI et plus particulièrement la BAU étaient partagés au sujet des capacités de Claire, et il ne put s'empêcher de profiter de l'occasion pour rappeler que ce don qu'elle possédait était bien réel.

Casey intervint.

— Ce n'est pas seulement un environnement rassurant, qu'ils veulent recréer, mais carrément sa maison. Les kidnappeurs font en sorte que Krissy retrouve ses repères. L'odeur de sa maman. Un médaillon renfermant des photos de chacune d'elles côte à côte, et enfin les deux meilleurs amis en peluche de Krissy. Ceux qu'elle garde contre elle toute la nuit dans son lit. Ces personnes mettent tout en œuvre pour que Krissy ait envie de rester où elle est.

— Ils voudraient en faire une captive consentante, convint Claire. Ce qui n'est pas le cas jusqu'à présent. Elle ne pense qu'à rentrer à la maison. Les kidnappeurs espèrent avoir le dessus.

— Oh ! mon Dieu ! s'écria Hope, fondant en larmes sur le lit de Krissy. Et s'ils ne réussissent pas ? Elle est tellement têtue ! Qu'arrivera-t-il si jamais elle se dispute avec eux ? Et s'ils lui faisaient du mal ?

— Hope… Arrêtez…

Casey s'assit à son côté.

— Concentrons-nous sur le fait que Krissy est vivante et que ses ravisseurs font tout pour la consoler. Nous avons besoin d'un peu de temps pour cerner la situation. Alors ne perdons pas une seconde en cédant à la panique.

— Mais que faire ?

— On se répartit les tâches et on avance.

17

La *brownstone* était plongée dans le noir.

Etendu sur la moquette, Hero dormait encore.

Dans la chambre, Hutch releva la tête en poussant un râle, les muscles saillants, tendus à bloc. Epuisé, il frissonna en gémissant avant de s'effondrer sur Casey, le corps perlé de sueur.

Blottie contre le matelas, les yeux fermés, encore toute frémissante, Casey lui caressa le dos du bout des doigts jusqu'à la courbure de ses reins.

— Toujours fâché ? finit-elle par lui demander.

— Je suis trop crevé pour ça. Du moins pour l'instant.

Casey laissa échapper un léger rire.

— Tu es un dur à cuire.

— Retente ta chance à l'occasion, et je reconsidérerai peut-être la question.

— Je vais y penser.

Plusieurs minutes de silence s'écoulèrent.

Vu qu'il faudrait aborder le sujet à un moment ou un autre, Hutch roula sur le côté et s'étendit sur le dos, une main calée derrière la tête.

— D'abord, tu joues avec tes propres règles, dit-il. Passe encore. Mais maintenant, tu prends des risques complètement inconsidérés. Cette histoire de rançon aurait pu mal tourner. Je te rappelle que nous sommes spécialement formés pour ce genre de situation. Pas toi.

— Un point pour toi. Mais je n'avais pas le temps de me retourner. Je devais agir vite. Qui plus est, je n'étais même pas sûre qu'il s'agissait bien d'une remise de rançon. Ma seule certitude était que Hope avait un comportement bizarre. Et puis, elle est partie brusquement, juste après l'arrivée de son père. Je n'ai pas eu le temps de réfléchir. Je l'ai suivie, c'est tout.

Casey tourna la tête vers Hutch.

— Voilà ce que je peux faire de mieux en guise d'excuse. J'espère que ça fera l'affaire.

Hutch eut un sourire en coin.

— Tu es vraiment incorrigible. Disons que ça ira pour cette fois. Quant à tes méthodes, nous ne tomberons jamais d'accord…

— C'est vrai. Mais la bonne nouvelle, c'est que le FBI admet maintenant que les deux enlèvements sont probablement liés. Vous pouvez donc vous consacrer entièrement à Sidney Akerman et à Joe Deale, pendant que nous levons le pied de ce côté-là.

Hutch lui lança un regard inquisiteur.

— Ce qui veut dire ?

— Ce qui veut dire que le crime organisé est le point fort du FBI. Mais il y a d'autres voies à explorer. Des tonnes de détails à vérifier. Le travail des autorités est clair : suivre chaque piste sérieuse, qu'il s'agisse de la mafia ou de n'importe quel autre suspect. Par conséquent, que reste-t-il aux Forensic Instincts ? Poursuivre toutes les pistes moins évidentes, avec des moyens moins conventionnels.

— Juste une question : tu abandonnes définitivement l'idée que le kidnapping de Krissy puisse être un acte isolé ?

— Tu me connais, non ? Je n'exclus jamais rien tant que l'affaire n'est pas officiellement résolue. Il me reste quelques hypothèses à vérifier concernant cette théorie, mais je n'ai pas trop d'espoir de ce côté-là. Cela dit, je ne prévois rien d'illégal, je te le promets. Je veux me consacrer principalement à l'autre théorie, celle du lien entre les deux enlèvements. J'ai prévu de réexaminer tout le dossier de l'affaire Felicity Akerman avec Patrick. Il nous sera d'une aide précieuse pour comprendre le passé, pour nous comme pour vous, d'ailleurs. Je veux qu'il m'explique tout dans le moindre détail. Ensuite, je veux m'entretenir avec Hope, et surtout avec Vera Akerman. Si Sidney avait des problèmes à l'époque où Felicity a été enlevée, il se peut que les membres de sa famille en sachent plus qu'ils ne le pensent. C'est vrai pour Hope, qui n'était qu'une enfant innocente, mais c'est vrai aussi pour Vera, en tant qu'épouse. Je veux en savoir plus sur leurs amis, leurs collègues de travail, et même sur chacune de leurs connaissances. Sait-on jamais ? Peut-être que l'une d'entre elles aurait pu avoir un comportement inhabituel ? Entre vos méthodes éprouvées et les nôtres, certes moins conventionnelles, toutes les possibilités sont couvertes.

Casey se releva sur un coude.

— En parlant de méthodes peu conventionnelles, essaie d'être un peu moins sceptique à propos de Claire Hedgleigh. Elle a un vrai don, et elle, c'est une pro. J'ai bon espoir de la convaincre de rejoindre l'équipe, une fois que cette affaire sera classée.

— C'est noté. Je suppose que ma personnalité et ma formation font que j'ai du mal à croire aux médiums.

— Alors essaie de voir en elle une intuitive hypersensible. Elle préférerait cette dénomination, d'ailleurs.

— C'est l'argument que tu as fait valoir auprès de Marc et Ryan pour les convaincre ? demanda Hutch avec un sourire narquois.

— Quelque chose du genre, oui. Marc te ressemble beaucoup. Il doute, mais raisonnablement. Ryan est moins ouvert d'esprit. Mais je crois qu'il meurt d'envie de coucher avec Claire, et qu'il n'est pas encore parvenu à ses fins. Il faut dire qu'elle est aux antipodes des femmes avec lesquelles il sort habituellement.

— En d'autres termes, elle n'est pas spontanément tombée sous son charme.

— Exactement. Et je pense que s'il a accepté de l'avoir toute la journée à ses côtés, ce n'est pas uniquement pour des raisons professionnelles.

— Mélanger le travail et le plaisir, remarqua Hutch. Ce n'est pas une bonne idée.

— C'est vrai, reconnue Casey, l'œil pétillant. Mais parfois, on ne peut pas s'en empêcher.

— Tu m'ôtes les mots de la bouche, fit remarquer Hutch d'une voix rauque.

A ces mots, il tira Casey contre lui, mettant un point final à la conversation.

J'ai eu tort de douter. Tort d'hésiter.

Ça en valait la peine.

Krissy, quand je te vois bercer délicatement ton panda et ton rouge-gorge, je suis sûre et certaine d'avoir pris la bonne décision en obéissant et en m'introduisant dans ta maison. Et aussi en aspergeant le rouge-gorge de cette eau de toilette... Maintenant, tu dors paisiblement.

Il faut que je te donne envie de rester. Mon plan ne peut fonctionner qu'à cette condition. Ton ancienne vie doit disparaître.

Sinon, c'est toi qui disparaîtras pour toujours.

Quatrième jour

Il était 7 heures du matin, et c'était au tour de Marc de sortir Hero.

Cette corvée ne le dérangeait pas le moins du monde. Hero était vif comme l'éclair, et sa compagnie ne lui déplaisait pas.

Ils rentrèrent à la *brownstone* avec des petits pains et du café pour tout le monde. Casey et Ryan avaient déjà pris place à la table de conférence. Avec Marc et Hero, l'équipe était donc maintenant au grand complet.

— J'avais prévu du café pour Hutch. Où est-il passé ? Il a filé à l'anglaise par la porte de derrière ? ironisa Marc.

— Non, répondit Casey, qui acceptait de bon cœur les taquineries de ses coéquipiers. Il est parti à la première heure, par là où il est venu : la porte d'entrée. Il a rendez-vous avec Patrick et Sidney. La cellule de crise du FBI les interroge en premier. Mais ça ne fait rien. Nous avons plusieurs détails à régler en attendant notre tour. Et de toute façon, Patrick a fait envoyer, à moi et à Don, un exemplaire du dossier de l'affaire Akerman.

Nous aurons donc accès aux mêmes informations. Je vous en ferai des photocopies.

— Très bien, dit Marc, tout en servant le petit déjeuner, avant de s'asseoir à son tour. C'est donc une journée de lecture qui s'annonce.

— Oublie ça pour le moment, reprit Casey. Aujourd'hui, tu vas jouer les maris modèles à la recherche d'une nouvelle maison. A Armonk, où les écoles ont une excellente réputation.

— Vraiment ? dit-il en haussant les sourcils. Et qui est mon heureuse épouse ? C'est toi ?

— Non. Moi, je serai ton agent immobilier. Il faut quelqu'un d'autoritaire pour ce rôle-là. En revanche, je t'ai déniché la femme idéale. Claire a accepté de nous donner un coup de main. Et Hero sera votre chien. Nous nous retrouverons au domicile des Willis. Tu apporteras mon STU-100, les tampons de gaze et les pinces. Et aussi des gants en latex et les pots spéciaux que j'ai achetés. Je préparerai sur place quelques tampons imprégnés des odeurs de Krissy que je récupérerai sur ses affaires, et on les fera renifler à Hero.

— Et après, on arpente le quartier, devina Marc.

— Exactement. Une fois qu'il aura mémorisé l'odeur de Krissy, Hero pourra nous indiquer si elle a été emmenée chez l'un ou l'autre des voisins. Pendant ce temps, nous ferons diversion en discutant avec les propriétaires. Le cadre de vie est-il agréable ? Y a-t-il beaucoup d'enfants ? De quel âge ? Y a-t-il une bonne ambiance dans le quartier ? Le récent kidnapping ne perturbe-t-il pas trop le quotidien ? Je suis certaine que nous allons glaner tout un tas de commérages et de petits potins dont personne n'ose parler aux autorités. Comme ça, nous saurons immédiatement si quelqu'un a une réputation douteuse. Et c'est le meilleur moyen d'entrer en contact avec les habitants du coin. Si le kidnapping de Krissy est un acte isolé, cette petite mise en scène devrait nous orienter vers quelques suspects sérieux. Ensuite, Ryan n'aura plus qu'à lancer une recherche à partir de leur nom pour voir s'ils ont quelque chose à cacher.

— Mais tu n'y crois pas vraiment…

— Non. Je pense que les deux enlèvements sont liés. Mais au moins, les Willis pourront lever définitivement le doute sur leurs voisins et amis. Quant à nous, ça nous permettra d'éliminer quelques suspects en attendant que le FBI en ait fini avec Patrick et nous laisse l'interroger. Je ne veux pas marcher sur leurs plates-bandes. Je les ai suffisamment énervés comme ça en suivant Hope le jour de la rançon. Si l'envie les prend de nous barrer la route, nous serons bien attrapés. Alors tenons-nous à leurs règles, au moins pour ce qui est du volet mafieux de l'enquête.

Ryan se renfonça dans son fauteuil, considérant Casey d'un œil malicieux.

— Mais ce n'est pas tout ce que tu as prévu pour aujourd'hui, n'est-ce pas ?

Casey opina de la tête.

— Je vais parler à Hope. Je veux qu'elle m'en dise plus sur son enfancc. Et ensuite, si j'ai de la chance, je parlerai à Vera Akerman. Je parie qu'elle en sait davantage qu'elle ne le croit. Et c'est là que tu interviens. Une fois ces entretiens terminés, je devrais avoir plusieurs noms à te donner. Des noms de voisins, mais aussi d'anciennes connaissances. Et là, ce sera à toi de jouer.

— Tant mieux. J'adore les défis.

— Pour toi, ça n'aura rien d'un défi. Je sais que tu pourrais le faire les yeux fermés.

La sonnerie du téléphone de Casey retentit.

— Casey Woods.

Attentive, elle prêta l'oreille sans dire un mot pendant une bonne minute.

— Je suis encore à New York, mais je prends la route pour Armonk d'ici quelques minutes, dit-elle enfin, avant de marquer une nouvelle pause. Etes-vous à votre bureau de Midtown ? Très bien. Je vous y retrouve dans une heure.

— Qui c'était ? demanda Marc.

— Edward Willis.

— Et que voulait-il ?

— Si j'en crois ce qu'il m'a dit, il souhaite me voir dans son bureau pour discuter de l'avancée de notre enquête.

— En réalité, il veut savoir si tu as l'intention de dire à sa femme qu'il couche avec Ashley Lawrence, ajouta Marc.

— Bingo ! s'exclama Casey en rebouchant son stylo. Ce mariage a déjà du plomb dans l'aile. Mauvais pour son image. Il cherche donc à assurer ses arrières. Ce pauvre type est le pire des goujats.

— Que vas-tu lui dire ?

Casey adressa à Marc un léger sourire.

— Je crois que je vais le laisser mijoter un peu.

Edward Willis était occupé avec de la paperasse lorsque sa secrétaire introduisit Casey dans son bureau. Il fit fermer la porte après avoir donné pour consigne de ne le déranger sous aucun prétexte. La secrétaire s'exécuta immédiatement, mais avant de se retirer, elle décocha à son patron un long regard langoureux. A tel point que Casey se demanda si Edward ne couchait pas également avec elle.

— Merci d'être venue, mademoiselle Woods, commença-t-il dès qu'ils furent seuls. Voulez-vous un thé ? Un café ?

— Merci, je vais me servir.

Casey se versa une tasse de la machine à café italienne dernier cri et s'installa dans un fauteuil devant Edward.

— J'ignorais que vous étiez au travail, aujourd'hui. Je pensais que vous seriez à l'hôpital avec Ashley ou que vous accompagneriez votre épouse pour la ramener à la maison.

Casey vit les mâchoires d'Edward se serrer aussitôt.

— Le travail est ma thérapie. Cela m'empêche de devenir fou, avec tout ce qui se passe.

Observant ses réactions, Casey se dit que c'était probablement la première fois qu'il se montrait complètement honnête avec elle.

— Lorsque vous m'avez appelée, vous sembliez avoir quelque chose d'important à me dire..., commença-t-elle. De quoi s'agit-il ?

— De ceci.

Edward fit glisser un chèque sur son bureau jusque sous le nez de Casey.

Cependant, elle ne baissa pas le regard, et continua au contraire de fixer Edward droit dans les yeux.

Enfin, il lui donna les explications qui s'imposaient.

— Lorsque mon épouse vous a engagés, je vous ai pris pour des débutants. Je ne m'attendais pas du tout à un tel engagement ni à une telle perspicacité de votre part. J'ai été plutôt maladroit, et je crains de ne pas vous avoir traités avec tout le respect que vous méritez. Je sais que Hope vous paie un bon prix, mais je souhaiterais ajouter une prime dès maintenant pour vous récompenser. Et une autre, si vous me ramenez ma fille saine et sauve.

A ce moment, Casey regarda le chèque. Il était libellé à l'ordre de Forensic Instincts, Ltd. et son montant s'élevait à 25 000 dollars.

Un joli petit pot-de-vin.

En prenant soin de ne rien laisser transparaître de ses émotions, Casey regarda de nouveau Edward.

— Laissez-moi vous préciser deux ou trois choses à propos de moi et de mon entreprise, monsieur Willis. Votre description était tout à fait exacte. Vous êtes même un tantinet en deçà de la vérité. Nous aurons bientôt la réputation d'être la meilleure agence de police scientifique privée de tout l'Etat, avec les méthodes les plus originales et les plus éprouvées qui soient. Mais en aucun cas ces méthodes ne consistent à colporter des ragots ou à détruire des familles. Alors je vous remercie de votre offre, mais je ne suis pas certaine d'apprécier vos motivations. Et laissez-moi vous rassurer, monsieur Willis. De vous à moi, je me fiche pas mal que vous couchiez avec Ashley Lawrence ou avec la moitié de Manhattan. Cela n'a aucune répercussion sur l'enlèvement de Krissy. Je suis convaincue que ni vous ni Ashley n'avez quoi que ce soit à voir avec son kidnapping. Et c'est tout ce qui m'intéresse.

A ces mots, Casey repoussa le chèque.

— Par conséquent, il est inutile de vouloir m'acheter. Comme vous l'avez dit, votre épouse nous paie le double de nos tarifs habituels, ce qui est plus que suffisant. En revanche, ne le déchirez pas. Je l'accepterai avec plaisir une fois que nous aurons retrouvé Krissy.

D'abord stupéfait, Edward sembla ensuite sur le point d'esquisser un sourire.

— Très bien, dit-il en replaçant le chèque dans son tiroir. Je vois que la situation est claire.

— Limpide.

18

En sortant du bureau d'Edward Willis, Casey prit la route d'Armonk pour y retrouver Claire et Marc. L'heure était venue pour elle d'endosser son costume d'agent immobilier, et de mettre en scène la petite comédie qu'ils avaient imaginée.

Après avoir sillonné le quartier pendant plusieurs heures et sonné à toutes les portes, ils s'effondrèrent sur le canapé des Willis pour faire le point. Une chose était sûre : il suffisait de poser les bonnes questions pour obtenir un nombre incroyable d'informations croustillantes sur tout le voisinage.

Grâce à cette séance de porte-à-porte, le ravissant petit couple escorté de son agent immobilier avait en effet réussi à glaner plus de renseignements et à recueillir plus de confidences que n'importe quel officiel n'aurait pu l'espérer. Ils savaient à peu près tout. Le nombre et l'âge des enfants de chaque foyer. Les mères qui travaillaient, celles qui restaient à la maison et celles qui recevaient constamment chez elles les gamins du quartier. Les pères qui travaillaient à leur domicile, ceux qui étaient souvent présents, et ceux qui étaient toujours partis en voyage d'affaires. Et, enfin, les affinités entre les familles, celles qui jouaient un rôle moteur dans la vie du quartier, et celles, plus indépendantes, qui restaient à l'écart.

Même si certaines familles n'avaient pas très bonne réputation, personne ne passait pour menaçant ou dangereux. Tous s'accordaient à décrire un voisinage amical, chaleureux, et un quartier parfaitement tranquille. Le récent enlèvement de Krissy Willis avait été un choc pour tout le monde. Jamais une telle chose n'était arrivée jusqu'alors, et vu les nouvelles dispositions que les habitants avaient immédiatement prises en matière de surveillance, Claire et Marc pouvaient être certains que jamais cela ne se reproduirait.

De l'avis général, il ne pouvait s'agir que d'une vengeance personnelle, vu le type de personnes que les Willis étaient amenés à côtoyer dans leur travail, et vu également leur statut social. Mais nul n'évoqua, ne fût-ce qu'un instant, l'éventualité qu'un des leurs puisse être impliqué dans un enlèvement aussi cruel.

D'ailleurs, Casey ne fut pas surprise de ce résultat, pas plus que Marc et Claire.

— A aucun moment je n'ai perçu une forte énergie négative, dit Claire. Et Hero n'a pas senti l'odeur de Krissy.

— C'est vrai. Comme on pouvait s'y attendre, tout cela n'a été qu'une démonstration de plus de la rivalité légendaire qui règne dans toutes les banlieues aisées, ajouta sèchement Marc. Qui a le plus beau jardin ? Le dernier 4×4 Mercedes à la mode ? La plus grande piscine couverte ? Une bonne raison de plus pour ne pas quitter mon centre-ville.

Casey lui adressa un demi-sourire.

— Tu n'as pas tort ! Et pour ce qui est de nos recherches, aucune surprise. Personne ne s'attendait vraiment à un rebondissement majeur. Mais nous devions tenter notre chance.

Elle parcourut ses notes.

— Je vais quand même envoyer à Ryan la liste des noms qui sont revenus le plus souvent. Juste par acquit de conscience. Il mènera son enquête de son côté. Et si ces personnes ont la moindre chose à cacher, il aura tôt fait de découvrir de quoi il s'agit.

A ces mots, elle commença à taper la liste sur son BlackBerry.

— Le FBI a passé toute la journée avec Sidney Akerman, dit Marc. Tu crois qu'ils ont découvert quelque chose ?

— Si c'était le cas, je pense que Patrick nous aurait prévenus, répondit Casey en se mordillant la lèvre d'un air pensif. Je ne sais pas pourquoi, mais ce type m'inspire confiance. Peut-être parce qu'il n'est officiellement dans aucun camp. Ou peut-être à cause de ce côté non conformiste qu'il dégage… Un peu comme nous, après tout. Enfin, quoi qu'il en soit, je pense qu'il nous aurait tenus informés, s'il y avait eu du nouveau. Enquêter sur la mafia n'est jamais simple. Le FBI travaille avec son bureau permanent de New York à partir des renseignements de leur indic sur l'implication de Sidney. Ils se penchent également sur le cas de Tony Bennato, qui a racheté l'entreprise. Sans oublier Joe Deale, qui n'est qu'un petit maillon de la chaîne. Il ne faut pas s'attendre à des résultats en une nuit. Cela dit… On devrait peut-être quand même vérifier que les autorités ne nous cachent pas quelque chose. Après tout, ça ne coûte rien. Marc, Hutch et toi n'avez pas eu un seul moment de répit. Pourquoi ne ferais-tu pas un saut au poste de North Castle ? Juste pour voir s'il n'a pas envie d'un café ou de casser la croûte ?

— Je suis flatté. Tu me crois donc capable d'obtenir plus d'informations d'un ami et ancien collègue que toi d'un type qui ne peut rester loin de toi plus de trois semaines d'affilée ?

— Je ne le pense pas : j'en suis certaine. Le boulot, c'est le boulot. Tu es un ancien de la BAU, vous avez travaillé ensemble, et rien ne vaut une conversation d'homme à homme. C'est sacré. Du reste, ça nous donnera, à Claire et moi, l'occasion de discuter avec Hope et Vera. Je veux rassembler le plus grand nombre de petits détails apparemment insignifiants. Plus j'en aurai, plus Ryan pourra avancer.

— C'est vrai, reconnut Marc en se levant. Et peut-être pourrais-je rendre une petite visite improvisée au contremaître de Joe Deale ? Histoire de l'intimider un peu à propos des plans de l'école qu'on a retrouvés. Qui sait s'il n'a pas quelque chose à voir avec l'enlèvement, lui aussi ?

— Bien vu ! Bonne chance.

— A plus tard.

Sortant vers le jardin, Marc salua Claire d'un signe de tête et rejoignit Hero qui l'attendait dans la voiture.

En attendant les résultats de ce tête-à-tête viril, le moment était venu de passer un peu de temps entre femmes.

*
* *

Casey et Claire trouvèrent Hope et Vera en train de boire une camomille dans la véranda.

Dès qu'elle les aperçut dans l'embrasure de la porte, Hope bondit hors du canapé.

— Vous avez du nouveau ?

— Pas encore, répondit Casey. Mais nous souhaiterions discuter. Je voudrais vous communiquer les noms que nous avons supprimés de la liste. Ensuite, j'ai quelques questions à vous poser, à toutes les deux. Elles vous sembleront certainement banales, mais elles peuvent s'avérer très utiles. Croyez-en mon expérience.

— Entendu, dit Hope en se rasseyant. Quels sont les noms que vous avez rayés de la liste des suspects ?

Casey raconta rapidement le petit jeu de rôles qu'ils avaient imaginé et mis en œuvre.

— C'est très original, commenta Hope. Mais le FBI a déjà interrogé tous nos voisins. La question est donc réglée.

— Oui et non. La cellule de crise a effectivement fait son travail, et elle l'a très bien fait, d'ailleurs. Mais les uniformes de police et les insignes du FBI ont tendance à intimider les gens. Ils se bornent alors à de simples réponses factuelles et occultent toutes sortes de détails plus personnels. Nous avons noté tout ce qui nous a été rapporté, et communiqué l'ensemble à Ryan McKay, notre prodige de la technologie. Ryan est déjà en train d'effectuer des recherches approfondies, et je peux vous garantir que rien ne lui échappera. Ces investigations permettront de compléter l'enquête des autorités et d'éliminer définitivement une partie des suspects.

Hope esquissa un sourire discret.

— Je vous en remercie, mais il en faudrait plus pour me réconforter.

— Je comprends. C'est pourquoi nous devons parler.

Casey s'assit et ouvrit son bloc-notes, tout en invitant Claire à prendre place à côté d'elle.

— Je persiste à penser que l'enlèvement de votre sœur et celui de votre fille sont liés. Et je crois que, vous aussi, vous le pensez. La police fouille du côté de votre père et de ses liens avec la mafia, même si, a priori, ils ont été limités. De mon côté, je voudrais aussi revenir sur le passé, mais d'un point de vue différent.

— Lequel ?

— Le vôtre. Je veux que vous remontiez le temps, et que vous vous remémoriez chaque détail, chaque personne et chaque conversation des jours qui ont précédé l'enlèvement de Felicity. Vous n'imaginez pas le nombre d'informations que notre cerveau stocke à notre insu. Des événements, des bribes de conversations, des images. Je vous demande de me faire confiance et d'essayer. Claire peut nous aider. Si vous sentez ou ressentez quoi que ce soit, elle pourra aussitôt tenter de l'exploiter. Ensemble, nous pouvons peut-être mettre le doigt sur un indice qui nous aidera à retrouver Krissy.

— Je n'avais que six ans, lui rappela Hope.

— J'en ai parfaitement conscience. Etiez-vous en maternelle ? A l'école primaire ? Concentrez-vous sur votre vie à l'école, sur les amis qui venaient jouer chez vous. C'est un bon moyen de raviver les souvenirs.

A ce moment, Casey se tourna vers Vera.

— Quant à vous, Vera, vous étiez mariée à Sidney. Je voudrais que vous vous replongiez dans les derniers mois que vous avez passés ensemble. Ce que votre ex-mari a pu dire, ou faire. Ses attitudes, ses réactions suite à l'enlèvement de Felicity. Ce qui l'a particulièrement bouleversé. Les aspects de l'enquête du FBI qui l'ont le plus éprouvé. Les personnes qui lui ont proposé leur aide de manière inattendue. Vous voyez ce que je veux dire ?

Comme pour vaincre l'infinie douleur qui, tout d'un coup, l'assaillait de nouveau, Vera prit une profonde inspiration et se lança.

— Ce fut une époque abominable pour nous tous. Et pour notre mariage aussi, d'ailleurs. Je ne peux pas y repenser sans que me reviennent d'abord ces images liées à l'alcool. Cette saleté a eu raison de nous. Et oui, Sidney était obsédé par l'enquête du FBI. Maintenant, je comprends pourquoi. Il se sentait responsable de ce qui était arrivé. Et, de fait, il l'était.

— Avait-il des amis pour le soutenir ? Pour le réconforter durant cette terrible épreuve ?

— Je vois où vous voulez en venir. Mais Sidney n'avait que faire du réconfort. Il considérait qu'il était investi d'une mission. Celle de retrouver sa fille. Et plus rien d'autre ne comptait. En revanche, c'était moi qui manquais cruellement de soutien. Et ce n'est pas auprès de mon époux que je l'ai trouvé. Grâce à Dieu, mes amis et les parents des amis de Felicity et Hope ont été là pour moi. Ils passaient tous les jours à la maison pour prendre de mes nouvelles, m'encourager et m'apporter des plats qu'ils avaient spécialement concoctés.

Retenant ses larmes, Vera déglutit avec peine.

— Pendant toute la semaine qui a suivi la disparition de Felicity, nous avons organisé chaque soir une veillée de prière.

— Je m'en souviens, murmura Hope. Il y avait Mme Matthews, Mme Tatem et tous nos voisins, ainsi que beaucoup d'autres mères que je ne connaissais pas. Felicity et moi avions chacune nos amis respectifs. Je revois encore toutes les mamans du club de foot venir à la maison.

— Tous les jours, confirma Vera. Elles étaient adorables, d'une gentillesse infinie… et accablées par la tragédie qui frappait notre famille. Elles redoutaient que le kidnappeur ne s'en prenne à d'autres filles du club. Je crois que cela les rassurait, de rester à nos côtés afin de se tenir informées de l'avancée de l'enquête. Je ne peux pas leur en vouloir.

— Leurs craintes étaient-elles justifiées ? demanda Casey. Est-ce qu'un pervers traînait autour des filles ?

Vera secoua la tête.

— Pas que je sache. Evidemment, maintenant qu'on sait que la mafia était impliquée, on ne peut être sûr de rien. Ils sont très forts pour rester cachés. Mais même si quelqu'un nous surveillait, il n'avait aucune raison de s'en prendre à d'autres petites filles. Aucun autre père de famille ne travaillait dans l'entreprise de Sidney.

— Etes-vous restée en contact avec ces mères de famille ?

— Bien sûr. Certaines d'entre elles vivent encore à New Rochelle. D'autres ont déménagé, mais nous nous téléphonons de temps en temps. Une tragédie peut avoir des effets inattendus. Elle lie les gens à jamais.

— Je comprends, dit Casey en griffonnant quelques notes. Savez-vous si les noms de toutes ces femmes de l'école, du club de foot, et de vos voisines et amies figurent dans le dossier de l'affaire ? L'agent Lynch vient de nous le remettre, et je n'ai pas encore eu l'occasion de m'y plonger.

— Oui, je crois qu'ils y sont tous, acquiesça Vera après un instant de réflexion. L'agent Lynch a été très minutieux. Il a consigné chaque détail. Les seuls éléments que vous ne trouverez pas dans le dossier sont ceux qui ont trait à la mafia, puisque tout cela vient seulement d'être découvert. Même le nom de Henry Kenyon y figure, bien sûr. Il était l'employeur et l'ami de Sidney. Le FBI l'avait interrogé, à l'époque, mais visiblement ils n'ont pas assez creusé.

Casey referma son calepin et regarda attentivement Vera. La dernière des choses qu'elle souhaitait était de la monter contre le FBI.

— Comme vous l'avez dit, madame Akerman, la spécialité de la mafia est de rester dans l'ombre. Ces gens-là savent parfaitement comment passer inaperçus. C'est pourquoi ils se cantonnent à de petites opérations discrètes, comme la mainmise sur l'entreprise de Henry Kenyon, par exemple.

Ce disant, Casey eut une pensée pour Patrick qui, elle en était convaincue, s'en voulait encore de ne rien avoir vu.

— Le FBI n'avait aucune raison de soupçonner une quelconque implication de la mafia. Et la technologie était beaucoup moins avancée à l'époque. On commençait à peine à parler d'ordinateurs, et les fédéraux n'étaient évidemment pas équipés. Pas non plus de recherches sur Internet, et aucune possibilité de croiser les profils.

— Nous en sommes bien conscientes, affirma Hope. Je me souviens encore des conversations de mes parents. Ils disaient que le FBI s'était pratiquement installé à la maison. Je suis convaincue que l'agent Lynch a fait tout ce qui était en son pouvoir pour retrouver Felicity. Et s'il est venu jusqu'ici, c'est parce que cette affaire le hante encore aujourd'hui. Il serait absurde de jeter la pierre à qui que ce soit.

— Ce n'est pas ce que je voulais dire, rectifia aussitôt Vera. Hope a raison. L'agent Lynch a été une bénédiction pour nous. Il a conduit l'enquête, et s'est occupé de Sidney, ce qui constituait une mission au moins aussi délicate. Je suis désolée si j'ai eu l'air d'accuser qui que ce soit.

— Ne vous inquiétez pas, assura Casey. Vous êtes bouleversée, et on le serait à moins.

— Auriez-vous une photo de Felicity ?

Pour la première fois, Claire intervenait dans la conversation pour mettre à contribution ses compétences.

— Bien sûr.

Vera ouvrit son sac à main et en tira un album de photos. Il contenait plusieurs pages de clichés, la plupart jaunis par le temps, mais encore nets. Elle en tendit deux à Claire.

— Ces deux-là datent de l'été avant… avant que notre monde ne s'écroule. Sur la première, il n'y a que Felicity. Elle sourit jusqu'aux oreilles. Elle avait gagné la médaille de la meilleure buteuse du tournoi de foot féminin. Sur la deuxième photo, Felicity et Hope sont ensemble, ajouta-t-elle avec un léger sourire. Peu de gens réussissaient à les distinguer.

— Ça ne m'étonne pas, murmura Claire en examinant les photos. Je vais commencer avec celle où Felicity est seule. Je préfère éviter que leurs énergies ne se mélangent, en particulier parce qu'il s'agit de vraies jumelles. Si je ne ressens rien avec la première photo, j'essaierai avec la seconde.

A ces mots, elle ferma les yeux et promena l'extrémité de ses doigts sur le visage de Felicity.

Quelques instants s'écoulèrent.

— Je sens de la joie. De la fierté. Un brin d'orgueil, peut-être. Elle a battu Suzie de deux points seulement.

— C'est vrai.

Vera se pencha vers elle, les yeux écarquillés.

— Que pouvez-vous nous dire d'autre ?

— C'est le dernier match que Felicity a joué. Mais pas à cause de son enlèvement. Non, pour une autre raison, poursuivit-elle, pensive. Je sens de l'impatience, de la frustration et de la douleur. Une douleur très intense.

Les doigts de Claire hésitèrent un instant, puis se positionnèrent sur le coude de Felicity.

— Son bras gauche. Elle ne peut pas le plier. Et ça lui fait terriblement mal.

— Elle se l'était cassé, expliqua Hope, visiblement impressionnée par les facultés de Claire. Elle a passé la majeure partie de l'été suivant avec un plâtre. Le médecin lui avait donné l'autorisation de rejouer la veille de son enlèvement. Je me souviens qu'elle était folle de joie !

Claire acquiesça, les yeux toujours fermés.

— Effectivement, elle adorait le football. Et le sport en général, ajouta-t-elle avant d'hésiter une seconde. Elle aimait partager cette passion avec votre père.

— Je vous remercie pour votre tact, répondit Hope, sans une once d'amertume. Mon père était très proche de Felicity, et ce n'était un secret pour personne. Ce n'est pas qu'il l'aimait plus que moi. Ils avaient davantage de points communs, c'est tout. Je ne me suis jamais sentie délaissée ou mal aimée. Et puis, poursuivit-elle en prenant la main de sa mère dans la sienne, j'avais ma maman, avec qui je pouvais partager ma passion pour la lecture. Chacune y trouvait son équilibre.

Submergée par les souvenirs, Hope essuya les larmes qui perlaient entre ses cils.

— Nous étions une famille heureuse et unie. Felicity et moi étions différentes, mais cela ne nous empêchait pas d'être les meilleures amies du monde. Quiconque s'en prenait à l'une avait aussitôt affaire à l'autre. J'adorais Felicity, et elle m'adorait. Mon enfance et un pan entier de ma vie ont disparu avec elle.

A ce moment, Claire rouvrit les yeux, saisit la seconde photo, celle des jumelles, et procéda de la même façon.

— Je sens toute cette affection que vous décrivez. Une affection mutuelle. Le lien qui vous unit est solide. Rien ni personne ne peut s'interposer entre vous. Parfois, elle avait peur. Elle ne voulait le dire à personne. Et c'est vous qui la réconfortiez.

Un sourire nostalgique illumina le visage de Hope.

— Felicity avait peur d'aller chez le médecin. Pour elle, médecin était synonyme de piqûre, et elle avait horreur des piqûres. Et des examens de la gorge, aussi. Malgré nos innombrables tentatives, nous n'avons jamais réussi à leurrer notre médecin de famille. Mais à l'école, c'était une tout autre histoire. Rouler les infirmières était un jeu d'enfant. Non seulement Felicity avait peur, mais en plus, elle ne voulait pas que nos camarades se moquent d'elle. Alors chaque fois qu'elle était malade à l'école, et que la maîtresse l'envoyait à l'infirmerie, elle allait se cacher aux toilettes. Et c'était moi qui allais à l'infirmerie en me faisant passer pour elle. Je faisais semblant d'être malade, et notre mère venait me chercher. Felicity restait toute la journée à l'école, tandis que moi, je rentrais à la maison regarder la télévision et manger de la glace.

Hope laissa échapper un petit rire.

— Cela dit, heureusement que je n'allais pas aux stages de foot, parce que notre petit manège n'aurait pas fonctionné là-bas. Chaque fois que mes parents et moi allions voir Felicity à l'occasion d'un stage ou d'un match, l'infirmière parvenait à nous reconnaître. Elle ne se trompait jamais. Elle était très gentille, et elle disait toujours que nous avions chacune un regard unique.

— Linda…, dit Vera sur un ton affectueux. Elle adorait Felicity. Elle faisait partie de ces gens qui venaient prier avec nous après l'enlèvement. Et même par la suite, Linda et moi sommes restées en contact. D'ailleurs, nous nous donnons encore des nouvelles, de temps en temps. Mais Hope a raison. Linda parvenait toujours à les distinguer. Comme Gladys Evans, notre voisine, et Fern Chappel, la documentaliste de l'école. Certains doivent avoir un don pour ça. Bien sûr, Sidney et moi n'avons jamais eu de problème pour les reconnaître. Chacune avait son caractère, et pour nous, les minuscules détails physiques qui les rendaient si uniques nous semblaient évidents.

Vera se tourna vers Hope, l'œil malicieux.

— D'ailleurs, je n'ai jamais été dupe de votre petit jeu de l'infirmerie. J'avais expliqué votre manège à l'infirmière, et chaque fois que l'une d'entre vous allait la voir, elle m'appelait. Je lui décrivais la façon dont chacune était habillée, et elle me disait laquelle de vous deux je devais venir chercher. Si c'était bien Felicity, ou si c'était sa chipie de sœur prête à tout pour lui éviter une visite médicale.

— Oh ! s'écria Hope, penaude. Nous nous sommes toujours demandé comment tu savais laquelle était vraiment malade !

— Eh bien, maintenant, tu le sais !

— Felicity n'était pas la seule à qui il arrivait d'avoir peur, reprit Claire.

Le sourire de Hope s'évanouit soudain.

— C'est vrai. J'avais peur de dormir seule lorsque nos parents étaient sortis. Alors, ces soirs-là, Felicity venait dormir avec moi. Nous disions à nos parents que c'était à cause de la baby-sitter qui passait son temps au téléphone et qui m'empêchait de m'endormir. Mais c'était faux. En fait, j'avais peur. C'est pour cela que nous étions dans le même lit le soir du kidnapping.

— Oui, confirma Claire. Mais cette nuit-là, elle avait aussi peur pour vous. Elle a vu la personne vêtue de noir se pencher vers vous en premier. Vous étiez endormie. Elle a vu une ombre couvrir votre visage. Elle ne comprenait pas ce qui se passait et elle était terrifiée.

— Tu arrives à voir la scène du kidnapping ? demanda Casey, stupéfaite.

Claire rouvrit les yeux.

— Par fragments, oui. Le kidnappeur était habillé en noir. Il portait un sweat-shirt à capuche et des gants. Je vois ses gants. Le mouchoir était imbibé de chloroforme. C'est tout ce que je vois. Je sens de la peur et de la confusion. Et une commotion, aussi, mais tout est en désordre. Ce ne sont que des flashes…, dit-elle dans un soupir. J'aimerais pouvoir vous en dire davantage.

— C'est un début, affirma Casey. Un bon début. Je crois que nous avons bien avancé, aujourd'hui. Et sur plusieurs fronts.

19

Krissy, nous avons réussi à les tromper. Ils ne savent pas de quel côté chercher. Et ils ne remonteront jamais jusqu'à nous. Tu es en sécurité.

J'aime tellement te regarder jouer avec Oreo et Ruby… Ton petit visage s'illumine comme par enchantement, lorsque tu t'amuses dans ton monde imaginaire. L'imagination est un don merveilleux. Elle ouvre toutes les portes et donne vie aux rêves les plus fous. Elle redonne le sourire lorsque ça ne va pas. Je suis bien placée pour le savoir. Je ferai tout mon possible pour te préserver dans ce fabuleux écrin. Je veillerai sur toi, et ferai de ce monde imaginaire une réalité.

Tu es si mignonne, lorsque tu imites la voix de tes peluches. Tu passes tour à tour des petits gazouillis aigus de Ruby aux grognements graves et chaleureux d'Oreo.

Jusqu'à aujourd'hui, je t'ai regardée jouer à travers le hublot de la porte. J'ai respecté les instructions à la lettre. Mais désormais, tout est différent. Je peux entrer dans ta chambre. Mais je n'ai pas le droit de jouer avec toi. Pas encore. Ce n'est pas grave. J'étais si proche que je me sentais avec toi.

Je suis entrée et je me suis assise sans un bruit. J'ai bien vu que tu te raidissais lorsque je suis arrivée. La peur dans tes yeux ne m'a pas échappé. Mais elle s'est ensuite dissipée. Et tu n'as pas reculé ni cherché à t'enfuir. Tu as pris les cookies et le lait que j'avais apportés, et tu as tout mangé et tout bu sans hésiter. Après, avec une adorable petite moustache blanche, tu es allée dans ton coin préféré pour jouer avec tes deux amis en peluche.

Tu fais comme si je n'étais pas là, mais moi, je sais que tu fais semblant.

Krissy chérie, ceci n'est que le début. Bientôt, tu me feras une place dans ton monde imaginaire. Et je t'emmènerai à mon tour dans celui que je t'ai préparé. Tu es intelligente et maligne. Tu vas l'adorer.

Tu ne peux pas te passer de moi. Tu ne le sais pas encore, mais bientôt, tu t'en rendras compte. Personne ne peut le comprendre mieux que moi. Nous avons les mêmes besoins, toi et moi. Les miens ont été comblés, et les tiens le seront aussi.

Il nous faut seulement un peu plus de temps.

La soirée démarrait tout juste au vieux pub d'Armonk lorsque Marc et Hutch s'installèrent à l'écart sur une confortable banquette, une pinte de Sam Adams à la main.

— Je pourrais te demander à quoi je dois cette délicate attention, mais toi et moi connaissons la réponse, lança Hutch, un sourire en coin. Casey a envoyé son marine préféré en éclaireur.

Marc avala une grande gorgée de bière et posa son verre sur la table.

— En vérité, elle a pensé qu'une petite pause nous ferait du bien à tous les deux. Et, effectivement, elle m'a aussi demandé de tâter un peu le terrain à l'occasion. Sa démarche n'était donc pas totalement intéressée. De toute façon, elle sait parfaitement qu'il est illusoire de jouer la comédie avec toi. Alors autant jouer cartes sur table.

— Très bien.

Hutch s'était toujours senti parfaitement à l'aise avec Marc. Ils se connaissaient depuis de longues années, depuis le passage de Marc à la BAU, où ils étaient devenus non seulement collègues, mais surtout amis. Marc était à l'époque à la BAU-2, la section de la brigade criminelle spécialisée dans les meurtres commis sur les adultes. Et aujourd'hui, Hutch pensait à y demander sa mutation. Les viols, les enlèvements et les meurtres d'enfants, il commençait à en avoir assez. Comme pour tous les policiers, le crime faisait partie de son quotidien. Mais il n'en considérait pas moins la vie comme le plus précieux des cadeaux. Et plus les années passaient, plus il avait du mal à accepter qu'on puisse s'en prendre à des enfants, innocents par nature.

— Je voudrais savoir s'il y a du nouveau dans l'enquête sur Sidney Akerman, dit Marc sans y aller par quatre chemins.

— Concrètement, rien de plus. Les recherches sont en cours. Et tu ne fais plus partie du FBI, je te rappelle, répondit Hutch avec un léger sourire. C'est d'ailleurs pour ça que Peg a pris le temps de me briefer sur ce que je pouvais ou non te dire. Pour être franc, tout ce qui lui importe est de retrouver Krissy Willis, pas de jouer au chat et à la souris avec les Forensic Instincts. Alors dis-moi ce que tu sais et ce que tu veux savoir, et je tâcherai de combler les blancs, du moins autant que je peux.

— O.K. Commençons par la question cruciale. Est-ce que tu sais pour quel parrain travaille Tony Bennato ?

— D'après les renseignements que nous avons obtenus d'un repenti et de notre indic, il s'agirait de la famille Vizzini.

— Vous avez donc mis sur le coup l'unité Vizzini du bureau régional de New York ?

— Oui. Ils sont sur le pied de guerre, tout comme nous. Ils poursuivent leur enquête de fond, et interrogent en collaboration avec les US Marshals tous les membres de la famille encore en activité, ainsi que leurs hommes de main et leurs anciens amis qui bénéficient du système de protection des témoins. Mais pour l'instant, comme la priorité numéro un est de retrouver Krissy Willis, ils mettent à notre disposition l'ensemble de leurs indics et le fruit des recherches de Carl George. C'est le plus ancien de l'unité. Il a intégré le service à la fin des années 70. Il se pourrait donc qu'il connaisse l'un des types à qui Sidney Akerman a eu affaire.

— En d'autres termes, l'un des types qui pourraient avoir des liens avec Bennato Construction Company.

— Exactement.

— J'ai rendu une petite visite au contremaître de Joe Deale, tout à l'heure. Et honnêtement, j'ai bien l'impression que lui et

Deale ne nous mèneront nulle part. A moins qu'ils ne sachent quelque chose sans même en avoir conscience. Mais si tu veux mon avis, ils sont tout en bas de l'échelle et n'ont pas accès aux petits secrets des gros bonnets.

— Tu as vu juste. Deale est un simple exécutant qui s'occupe principalement de rappeler à l'ordre les débiteurs de Bennato lorsqu'ils ont tendance à perdre la mémoire. Mais il n'a jamais entendu parler de Sidney Akerman, et il est bien trop benêt pour mettre en œuvre le kidnapping de Krissy Willis, qui plus est au nom d'une vendetta vieille de trente-deux ans. Il n'a rien à nous apprendre. Et cet ignoble contremaître non plus. Nous l'avons interrogé, nous aussi. Il ignore tout de cette histoire. Alors si Bennato est bel et bien le commanditaire du kidnapping de Krissy, une chose est sûre, il n'a pas fait appel à ces deux lascars. Mais, comme tu l'as dit, il se peut aussi que l'un ou l'autre aient entendu ou vu quelque chose. Alors nous gardons un œil sur le contremaître, et nous maintenons Deale en préventive.

— Si je comprends bien, la piste Bennato n'a toujours rien donné.

— J'ai bien peur que non.

— Alors qu'est-ce que nous avons ?

— D'après Akerman, quatre types étaient chargés de faire tourner le système des pots-de-vin. Puisque, la plupart du temps, c'était Henry Kenyon qui avait affaire à eux, les descriptions et les noms qu'a pu fournir Akerman sont loin d'être précis. Nous avons néanmoins réussi à identifier l'un d'entre eux pour la bonne et simple raison qu'il était déjà connu de la brigade de New York. Malheureusement, il a disparu de la carte il y a onze ans, et son corps n'a jamais été retrouvé. Cela dit, nous en avons un autre dans le viseur, et dès que nous lui aurons mis la main dessus, nous demanderons à Akerman de l'identifier parmi un groupe de suspects. Nous devons faire vite. La vie d'une petite fille de cinq ans est en jeu.

— Evidemment, répondit Marc. Mais trente-deux ans, ça fait un paquet d'années, poursuivit-il en fronçant les sourcils. Il peut s'en passer, des choses, pendant ce temps. Des décès, des restructurations…

— Oui, je ne te cache pas que cette piste est un peu tirée par les cheveux, mais certaines dettes se transmettent de génération en génération. C'est pourquoi nous creusons aussi loin et aussi vite que nous le pouvons.

Hutch vida son verre et le reposa dans un bruit sourd.

— Dis à Casey que c'est tout ce que j'ai pour elle, à ce stade.

— Tout ce que tu sais ou tout ce que tu as le droit de dire ?

— Les deux.

— Tu nous tiendras informés ?

— Oui, dans la mesure du possible, ajouta-t-il en esquissant de nouveau un léger sourire. Et de toute façon, si je vous cachais quelque chose, je suis certain que Casey réussirait à faire cracher le morceau à Lynch. C'est un indépendant, et Casey n'a pas son pareil à ce petit jeu-là.

Marc jeta quelques billets sur la table.

— Je ne veux pas savoir comment tu sais ça.

— Je suis sûr que si, mais ne compte pas sur moi pour te le dire.

Casey passa la soirée à éplucher une fois de plus le dossier que lui avait remis Patrick Lynch. Installée à l'immense table de la salle de conférences des Forensic Instincts, elle reprit point par point chaque détail, chaque nom, chaque date, et chaque piste étudiée. Patrick avait fait bien plus que son travail. Il avait fouillé sans relâche chaque recoin de la vie des Akerman. Mais comme Casey l'avait expliqué à Vera, les moyens technologiques à la disposition du FBI à la fin des années 70 n'avaient rien à voir avec ceux d'aujourd'hui. Et c'est pourquoi, à cet instant précis, Ryan était l'homme de la situation.

Elle lui avait déjà communiqué les noms que Vera lui avait donnés le jour même, et à cette heure-ci, il devait être en train d'activer ses bases de données. Là encore, la probabilité de trouver quelque chose était faible. Un groupe de soutien à une mère en deuil… Rien qui ne fasse penser à un kidnappeur d'enfants. Casey espérait vaguement que l'une de ces mères aurait un mari ou un ami mafieux. Mais elle savait, en son for intérieur, que ce scénario était un peu simpliste.

Patrick avait promis de la rejoindre à la *brownstone* après la fin de l'interrogatoire de Sidney Akerman. Casey voulait faire un point avec lui, juste au cas où Hutch aurait oublié de dire quelque chose à Marc. Et elle voulait aussi avoir des détails sur diverses pistes que Patrick avait suivies à l'époque, et qui figuraient dans le dossier.

Marc devança Patrick. Grimpant les marches qui menaient au premier, il se trouva nez à nez avec Hero, qui le guettait à l'entrée de la salle de conférences. Après lui avoir sauté au cou et l'avoir gratifié de deux généreuses léchouilles, Hero flaira la poche de Marc.

— Ne t'inquiète pas, dit Marc en sortant un sachet de friandises pour chiens. Je te connais trop bien pour essayer de dissimuler quoi que ce soit à ton museau d'expert. Tiens, attrape ! dit-il en lui présentant deux énormes biscuits. Tu sais, poursuivit-il, pensif, en regardant le saint-hubert dévorer sa pitance de choix, Hero a fait du bon boulot en flairant tout le quartier. Pourquoi ne pas poursuivre cette collaboration ? Nous pourrions retourner chez les Willis demain, recueillir d'autres odeurs dans la chambre de Krissy et les faire renifler à Hero. Qui sait ce que ce museau chevronné pourrait dénicher ?

— Excellente idée ! En attendant, dis-moi ce que Hutch t'a raconté.

Une demi-heure plus tard, fidèle à sa promesse, Patrick sonnait à la porte. Casey descendit l'accueillir.

— C'est vraiment rageant ! s'écria-t-il en jetant sa veste sur le dossier d'un fauteuil. Tout ce qu'Akerman a réussi à faire se résume en quelques vagues esquisses dont je doute qu'on parvienne à tirer quoi que ce soit.

— J'ai entendu parler d'une piste sérieuse, répondit Casey.

— Oui. Lou DeMassi, un intime de la famille Vizzini. Il est encore en vie et toujours en fonction. Il avait une bonne vingtaine d'années lorsque Felicity Akerman a été enlevée, ce qui signifie qu'il doit en avoir près de soixante aujourd'hui. Le dessinateur a vieilli de trente ans le portrait dressé par Akerman, et la ressemblance est suffisamment frappante pour creuser cette piste. Peg Harrington et deux agents ont pris le chemin de la prison avec Akerman. Il va devoir identifier DeMassi parmi plusieurs détenus. Ensuite, les autorités pourront le mettre sur le gril. Il n'y a pas une minute à perdre, de toute façon. Ah oui, j'allais oublier… DeMassi a un fils, également proche de la famille Vizzini. Ken Barkley et deux collègues du FBI sont eux aussi en route vers son domicile.

— Vous croyez qu'il aurait pu enlever Krissy pour venger son père ? Peut-être parce que Sidney avait parlé aux fédéraux… Ça pourrait être le mobile du crime. Vous y croyez ?

Patrick haussa les épaules.

— Tout est possible. Franchement, Casey, je ne sais pas quoi en penser. Vous ne pouvez pas savoir à quel point je m'en veux d'être passé à côté de la piste de la mafia. Résultat, nous nous retrouvons maintenant à démêler une véritable toile d'araignée, alors que nous manquons cruellement de temps.

— Ce n'est pas votre faute. Mais je sais que je n'arriverai jamais à vous en convaincre. Alors, je ne vais même pas essayer. Ce que je propose, en revanche, c'est de faire le point sur nos recherches, et d'avancer. Ryan est dans son repaire, au sous-sol. Je lui ai communiqué tous les noms que j'ai pu récupérer du passé des Akerman, y compris la liste presque exhaustive des camarades de classe de Felicity. J'ai mis Hope et sa mère à contribution.

Patrick parut surpris.

— Vous croyez qu'un proche d'un ancien camarade de Felicity pourrait être derrière l'enlèvement de Krissy ?

— C'est plausible, mais je pense surtout que nous nous devons d'explorer la moindre piste. De son côté, Ryan a un logiciel qui lui permet de vieillir n'importe quel visage d'enfant. Et aussi de retracer son parcours : état civil, carrière professionnelle, situation financière, tout. Faites confiance à Ryan. Il va nous servir tout ça sur un plateau.

***

Pendant ce temps-là, Ryan était effectivement en pleine action. A ceci près que son attention était accaparée par une activité tout autre que la mission que Casey lui avait confiée. Il avait quelque chose à vérifier, et il était hors de question de passer à la suite tant que ça n'aurait pas été fait.

L'antre de Ryan reflétait singulièrement les différentes facettes de sa personnalité. La partie la plus importante était dédiée au travail, avec ses serveurs, où il était constamment fourré, le regard rivé sur ses multiples écrans. Installé au sous-sol, le centre de données sécurisé de l'agence occupait un tiers de toute la surface. C'était là que battait le cœur technologique des Forensic Instincts.

Mais on y retrouvait aussi les autres visages de Ryan McKay.

Au milieu de cet espace se trouvait sa salle de sport personnelle, avec un enchevêtrement de câbles, de poulies et de poids. Il pouvait ainsi se dépenser et canaliser son énergie en s'adonnant à une bonne séance d'exercice sans sortir de son antre, ce qui lui permettait de gagner un temps précieux.

Et enfin, il y avait aussi son « coin », où il passait ses heures perdues à assembler avec dextérité des engins prodigieux pour se reposer l'esprit, lorsque les réponses qu'il cherchait refusaient obstinément de venir jusqu'à lui. Ce « coin » occupait en fait une bonne partie du sous-sol. D'un côté se trouvait l'atelier électronique, constitué d'un établi en mélaminé noir surmonté d'étagères et de rayonnages débordant d'équipements électroniques : un oscilloscope double trace, une station de travail, un poste de brasage Weller et une quantité de tiroirs remplis de composants électroniques. Un écran haute définition était fixé au milieu de l'atelier. Il suffisait d'un mot à Yoda pour qu'apparaissent instantanément les images des caméras de surveillance positionnées à l'intérieur comme à l'extérieur du bâtiment, ou encore n'importe quel événement sportif sur l'un des cinq continents.

En face, une vitrine de petites machines en tout genre. Un

mini-tour, une fraiseuse verticale, un fer à souder, et un mur entier de petits outils, appareils de mesure et accessoires de toutes sortes.

Entre les deux, il disposait d'assez d'espace pour concevoir et assembler n'importe quelle invention, pourvu toutefois qu'elle ne dépasse pas la taille d'un kart. C'étaient ses « robots », comme ses associés les avaient baptisés. Pour les projets de plus grande envergure, il disposait d'une liste de fournisseurs qui réalisaient, sur mesure et en un temps record, n'importe laquelle de ses commandes.

Enfin, au beau milieu de tout cela, où il était actuellement accroupi, se trouvait son domaine, comme il l'avait lui-même appelé. C'était là qu'il mettait ses dernières créations à l'épreuve de toute une batterie de tests : obstacles, flammes, scies circulaires, etc. Les débris de ses inventions qui avaient échoué aux tests étaient stockés dans une large corbeille abandonnée dans le coin le plus sombre de la pièce.

Les autres pouvaient bien se moquer tant qu'ils voulaient. Ils n'imaginaient pas à quel point les heures qu'il passait dans son « coin » profitaient à toute l'équipe.

Et, pour être tout à fait honnête, il y prenait aussi un pied incroyable !

Soudain, un crash inattendu fit sursauter Ryan sur son tabouret. Laissant de côté la pièce sur laquelle il travaillait, il pivota pour constater les dégâts. Au sol gisait un étrange petit robot aux pieds équipés de ventouses. Ryan avait voulu tester son dernier joujou, un minuscule robot plus petit qu'un livre de poche, capable d'escalader les murs et de remonter n'importe quelle canalisation. Affectueusement baptisé « Gecko » par Ryan et « Miniboy » par l'équipe, il était recouvert de micros et de caméras vidéo.

Ryan rejoignit le théâtre des opérations et mit la batterie hors tension. Miniboy avait encore besoin d'être amélioré. Mais cela attendrait.

Il retourna à son établi, réalisa les dernières soudures et inspecta son travail. Satisfait, il se dépêcha de remettre en place le disque dur de la photocopieuse, régla le compte à rebours sur dix secondes et retourna à son établi. Un message s'afficha sur son écran : « E.T. téléphone maison. » Une mosaïque d'images apparut alors. Chacune correspondait à une vignette miniature des pages que venait de copier la photocopieuse. Elles avaient été temporairement stockées dans le disque dur après avoir été transmises par le téléphone portable qu'il venait d'y connecter.

— Test réussi ! annonça Yoda.

— Merci, Yoda !

Malgré tout, Ryan devait encore remédier à quelques petites imperfections. Une fois que la photocopieuse serait en place, il faudrait qu'elle soit fiable à cent pour cent.

Et maintenant, l'heure n'était plus à la plaisanterie. Il devait se consacrer à la mission qui lui avait été confiée, et il savait qu'il en avait pour la nuit.

Une nuit blanche était donc au programme, et il devrait annuler ses plans pour la soirée. Il n'avait pas le choix ; la vie d'une petite fille de cinq ans dépendait peut-être de ce qu'il allait découvrir.

Et inlassablement, le sablier continuait de se vider.

20

Cinquième jour

Claudia Mitchell était en proie à la panique la plus complète. Joe venait d'être placé en détention préventive pour ses liens présumés avec la mafia. Claudia était quasiment certaine que le FBI le soupçonnait d'avoir kidnappé Krissy Willis. Et jamais elle ne s'était sentie aussi impuissante.

Une fois de plus, elle se retrouvait seule, sans emploi, et dévastée. Elle venait à peine de récupérer Joe, et se fichait pas mal de savoir pour qui il travaillait. Il avait ses qualités et ses défauts, mais ce n'était pas un mauvais garçon. Et personne n'avait le droit de lui reprendre son homme alors qu'ils commençaient tout juste à repartir sur de nouvelles bases.

Il fallait bien que ça arrive.

Maudite juge Willis…

Claudia avait conscience que la colère noire qu'elle éprouvait à l'encontre de la juge Willis devenait irrationnelle. Mais cette femme lui avait tout pris : sa carrière, son salaire, et maintenant, l'homme qu'elle aimait. Elle lui aurait bien réglé son compte, à celle-là. Il fallait qu'elle paye pour tout ce qu'elle avait fait.

Mais en son for intérieur, Claudia savait que la juge payait déjà, et le prix fort. Sa petite fille avait disparu. On la lui avait enlevée, et peut-être pour toujours.

Dans ces circonstances, le ressentiment qui l'animait avait quelque chose de cruel. Mais c'était plus fort qu'elle. Claudia continuait de bouillir intérieurement, tel un volcan prêt à entrer en éruption.

Alors que toute sa vie allait à vau-l'eau, le coup de téléphone qu'elle avait reçu de l'agence d'intérim, la veille au soir, était plus qu'une bonne nouvelle. C'était le seul point positif auquel elle pouvait se raccrocher, dans cette spirale qui l'aspirait un peu plus chaque jour. Une maison de retraite au nord du comté de Westchester cherchait un comptable et un responsable de secrétariat. Certes, ce n'était pas le Pérou. Le salaire et les responsabilités proposés n'avaient rien à voir avec son statut de greffière. Mais il fallait bien payer les factures, et même si ce n'était pas la porte à côté, cela restait faisable.

Son entretien avait été fixé à aujourd'hui.

Elle s'était levée de bonne heure, avait enfilé son tailleur gris, le plus sobre de sa garde-robe, et avait mentalement passé en revue quelques questions susceptibles de lui être posées. Cela faisait maintenant un moment qu'elle ne travaillait plus, et il était grand temps de redevenir la femme active qu'elle avait été.

Prenant son courage à deux mains, Claudia quitta sa maison, monta dans sa voiture et se mit en route. Par précaution, elle s'était prévu une marge de temps confortable. Elle ne connaissait pas le nord du comté et n'était pas rompue à la conduite sur les routes sinueuses de montagne. Cela dit, une heure et demie devrait largement suffire. Et elle avait vu juste, car elle arriva à Sunny Gardens avec un quart d'heure d'avance.

Juste de quoi faire un petit tour rapide des bâtiments et admirer la vue splendide qu'offrait la terrasse de l'entrée principale. Les jardins étaient ravissants et dégageaient une agréable sérénité. Le cadre idéal pour profiter pleinement des derniers moments de sa vie. Entouré d'un vaste parc, l'établissement se dressait au milieu de petites montagnes escarpées. En plus de l'édifice principal et du bâtiment administratif, l'ensemble comptait un pavillon dédié aux loisirs et un immense patio d'où on pouvait contempler le lever du soleil. Claudia aurait adoré déambuler jusqu'au lac, mais il était hors de question d'arriver en retard à son rendez-vous. Après, peut-être, si l'entretien se passait bien.

Et ce fut le cas. Elle n'aurait pu rêver mieux. Se montrant directe et franche, Claudia ne fit pas mystère de ses diplômes ni de son expérience. Et Mme Babick, la directrice des ressources humaines avec qui elle avait rendez-vous, était parfaitement consciente d'avoir face à elle une candidate surqualifiée pour le poste. Mais elle n'ignorait pas non plus que le chômage atteignait des sommets et que les postes intéressants se faisaient de plus en plus rares. Alors, plutôt que d'être effrayée par la longue expérience de Claudia en qualité de greffière, elle apprécia son sens de l'organisation et sa capacité à prendre des initiatives.

Une demi-heure plus tard, après une chaleureuse poignée de main, Claudia s'apprêtait à rentrer chez elle avec la garantie d'une réponse rapide.

Cela faisait longtemps qu'elle ne s'était pas sentie aussi bien. Maintenant, elle pouvait enfin s'accorder cette petite balade jusqu'au lac.

Mais c'était bien plus qu'une simple promenade bucolique qui l'attendait.

Depuis l'arrière du bâtiment administratif, Claudia pouvait admirer l'ensemble du site. Une nouvelle aile était en travaux à l'extrémité du bloc principal. Accroché aux échafaudages, elle aperçut un large panneau de bois qui annonçait en lettres blanches sur fond bleu : *Bennato Construction Company.*

Désarçonnée, elle s'arrêta net, en proie à la plus grande confusion. Mais elle se ressaisit aussitôt. Bennato intervenait sur des chantiers dans tout l'Etat de New York. Bien sûr, Joe travaillait pour eux, mais rien de tout cela n'avait un quelconque lien avec elle et son entretien d'aujourd'hui.

Sa réaction était excessive, c'était évident.

Claudia passa donc son chemin. Mais c'est alors qu'elle se trouva nez à nez avec sa deuxième surprise de la journée.

Cette fois, ce ne pouvait pas être une coïncidence.

Un instant, elle pensa rebrousser chemin et faire comme si elle n'avait rien vu. Mais non. Cette fois, c'en était trop. C'était maintenant qu'elle devait y faire face, sans quoi elle risquait, comme d'habitude, de se dégonfler et de battre en retraite. Sans réfléchir, elle fonça donc, tête baissée.

Claudia quitta Sunny Gardens, ahurie et terrifiée. La joie ressentie face au succès de son entretien d'embauche n'avait été que de courte durée.

Regagnant le parking d'un pas rapide, elle s'engouffra dans sa voiture et démarra en trombe. Elle n'en revenait pas. Ce qu'elle venait de voir pouvait tout changer.

Cette nouvelle découverte l'avait à ce point bouleversée qu'elle ne remarqua pas, dans son rétroviseur, la berline noire qui la suivait d'un peu trop près.

Environ cinq cents mètres après le virage en épingle, au sommet de la montagne, la puissante berline accéléra tout à coup, rattrapant Claudia en quelques secondes. L'instant d'après, le conducteur fit une embardée à gauche et vint percuter violemment la voiture de Claudia.

Terrorisée, elle s'agrippa au volant, zigzaguant d'un côté à l'autre de la route pour tenter de se dégager. Mais il n'y avait aucune issue. Sur sa droite, seule la glissière de sécurité la séparait de l'à-pic vertigineux qui plongeait à flanc de montagne jusqu'à perte de vue.

La berline ne voulait pas lâcher prise. De nouveau, elle heurta sa voiture, encore et encore, de plus en plus fort, la rapprochant peu à peu du rail de sécurité. Ne pouvant faire autrement, Claudia braqua d'un coup sec pour tenter d'échapper à l'inévitable.

Mais elle dut s'incliner.

Dans un assourdissant fracas de tôles et de verre, la voiture de Claudia fut projetée par-dessus la glissière et dévala la montagne en décrivant plusieurs tonneaux, avant de s'encastrer finalement dans le tronc d'un gigantesque épicéa.

A peine quelques secondes plus tard, la voiture s'embrasait.

Ryan était encore à son bureau lorsque Casey descendit en fin de matinée avec Hero. La barbe naissante du génie de la technologie laissait entendre qu'il n'avait pas fermé l'œil de la nuit. Quant à Casey, les poches sous ses yeux trahissaient elles aussi une insomnie certaine.

— Où en es-tu ? demanda-t-elle.

Ryan se renversa dans son fauteuil.

— Tu as une sale tronche, ce matin.

— Merci, toi aussi.

— Une nuit difficile ?

Casey haussa les épaules.

— Je me suis plongée dans le dossier de l'affaire Felicity Akerman.

— C'est Hutch qui doit faire la tête…

— Même pas. Il a bossé toute la nuit. La BAU est occupée à établir un nouveau profil du kidnappeur qui tienne compte d'un éventuel lien avec les Vizzini.

Préférant ne pas s'éterniser sur sa vie privée, Casey changea rapidement de sujet.

— De ton côté, tu as quelque chose ?

— J'ai vieilli toutes les photos d'enfants que tu m'as données : les amis de Felicity, les petits voisins avec qui elle avait l'habitude de jouer, les filles du club de foot. J'ai lancé les recherches. Elles sont en cours. Pour l'instant, rien d'intéressant à signaler. Aucun parent qui ait fricoté avec la mafia. Personne à la réputation particulièrement sulfureuse. Juste des familles de classe moyenne, tout ce qu'il y a de plus normal. Quant aux gamins, ils sont évidemment devenus adultes. Ils sont éparpillés dans tout le pays et se sont lancés dans diverses carrières, les uns mariés, les autres non. Chacun a suivi son chemin.

Il tendit à Casey quelques pages imprimées.

— Voici les images adultes que j'ai réalisées. Sur chaque page, tu as dans le coin en haut à droite une photo du gosse correspondant. Comme ça, nous pourrons les montrer à Hope et Vera. Peut-être que l'une d'elles reconnaîtra un visage familier ? Surtout Hope… Demande-lui de bien réfléchir à toutes les personnes qu'elle a vues traîner dans les parages ces derniers temps. Pourquoi pas un ouvrier, un réparateur, ou encore un membre d'une communauté religieuse ou d'un parti politique soi-disant en campagne ? C'est une façon comme une autre de les approcher, d'entrer chez eux, et même d'établir un premier contact avec Krissy. Et si jamais Hope et Vera reconnaissent un visage, on tiendra peut-être une piste.

Jetant un œil au centre de la pièce, Casey considéra la photocopieuse.

— On dirait que tu as couru plusieurs lièvres à la fois, cette nuit ?

— Oui. Je sais qu'on n'a rien trouvé dans l'ordinateur de Joe Deale. Et je sais aussi que ce type n'est qu'un petit exécutant des Vizzini. Alors j'ai pensé qu'on pourrait passer à la vitesse supérieure et infiltrer directement la Bennato Construction Company.

Ryan alla jusqu'à la photocopieuse, qu'il gratifia au passage d'une petite tape amicale.

— Depuis 4 heures du matin, ma nouvelle recrue est au garde-à-vous et n'attend plus que son ordre de mission.

Marc était dans son bureau de la *brownstone* et se préparait pour la visite qu'il avait planifiée avec Ryan lorsque son BlackBerry sonna. La conversation fut brève, mais la nouvelle percutante.

Sans perdre une seconde, il rejoignit le bureau de Casey, appelant au passage Ryan, toujours terré dans son antre.

— Tenez-vous bien ! dit-il, une fois que tout le monde fut réuni. Claudia Mitchell est morte. Sa voiture a quitté la route et s'est précipitée dans un ravin à soixante kilomètres d'ici, il y a à peine deux heures. Les enquêteurs ont relevé les traces de pneus de deux véhicules sur la scène de crime.

— Waouh ! lâcha Casey en se laissant tomber dans son fauteuil. Qui t'a dit ça ? Hutch ?

— Oui. Il vient de m'appeler pour nous mettre au courant. C'était plutôt sympa de sa part, d'ailleurs. En tout cas, voilà un rebondissement qui confirme la thèse de la mafia. Il n'y a aucun doute. A mon avis, soit Claudia savait quelque chose, soit c'est un avertissement à l'intention de Joe pour l'inciter à se taire. Ce qui veut dire que, consciemment ou non, il en sait plus qu'il ne le prétend.

Casey composa un numéro sur son téléphone portable.

— J'appelle Patrick. Le FBI l'a peut-être déjà informé, mais si ce n'est pas le cas, il faut qu'il soit au courant. Tout porte à croire, maintenant, que les accointances de Sidney Akerman avec la mafia sont bel et bien au cœur de la disparition de Krissy, et aussi de Felicity.

Une heure plus tard, affublé d'une cotte grise et d'un T-shirt portant l'inscription « Big boss », Marc poussait la porte de la Bennato Construction Company.

Encombrée de piles de matériaux de construction, la réception aux murs décrépis était exiguë et poussiéreuse. Tout au fond se dressait un comptoir en acier derrière lequel était assise une jeune et ravissante secrétaire. Mâchant un chewing-gum, elle était pendue au téléphone, son *Cosmopolitan* sur les genoux. D'après la teneur de la conversation, et vu les Post-it puérils qu'elle avait collés sur son bureau, Marc en conclut qu'il n'avait pas affaire à un prix Nobel, ce qui devrait lui faciliter la tâche.

Entendant des pas s'approcher, elle releva la tête, considérant tour à tour le large torse musclé et le regard ténébreux qui s'avançaient vers elle.

— Suz', dit-elle dans le combiné. Faut que j'te laisse, ma chérie. J'ai un ouvrier qui vient d'arriver. Je te rappelle plus tard.

A ces mots, elle raccrocha, croisa les mains sur le comptoir et se pencha en avant, offrant à Marc une vue plongeante sur son décolleté.

— Je peux vous aider ?

— En voilà une question, répondit Marc en lui décochant un sourire enjôleur tout en dévorant d'un regard de braise les courbes qu'elle lui présentait. Je suis sûr que oui, et de plus d'une façon…

— Je suis tout à vous.

Décidément, c'était presque trop facile.

— Vous m'avez parfaitement compris, …

Marc attendait qu'elle se présente.

— Sonya.

— Vous m'avez compris, Sonya.

Lorsqu'il avait une mission à accomplir, Marc ne faisait jamais les choses à moitié. Il avait donc mis son charme en action et, dans sa bouche, le nom de la jeune femme sonnait comme une caresse.

— Mais je dois d'abord effectuer la réparation pour laquelle on m'envoie. Je m'appelle Danger. John Danger.

— Vraiment ? dit-elle en laissant échapper un petit rire aigu. Est-ce que c'est un surnom ou est-ce votre vrai nom ?

— Les deux, répondit-il avec un clin d'œil. Le hasard fait parfois bien les choses…

— Mais je suis sûre que vous avez souvent la main heureuse…

— Ça se pourrait bien. Mais je ne suis pas du genre à me vanter, répliqua-t-il, l'œil malicieux. Bref, revenons-en plutôt à nos moutons, du moins pour l'instant. C'est Shop Office qui m'envoie. Votre photocopieuse émet des messages d'alerte depuis ce matin.

— Ah oui ?

Elle l'écoutait d'une seule oreille, les yeux rivés sur son entrejambe.

— J'ignorais que les photocopieuses pouvaient faire ça.

— Eh oui… Vous voyez le témoin lumineux de batterie, dans votre voiture ? Eh bien, c'est le même principe, sauf que là, le voyant est situé dans notre centre technique au lieu d'être sur votre tableau de bord. De cette façon, nous pouvons vous offrir un service de maintenance optimal, poursuivit-il en lui faisant son plus beau sourire. Je peux jeter un œil ?

Cette question la fit toutefois sourciller.

— Combien est-ce que ça va coûter ? Je dois demander l'aval de mon patron avant d'engager la moindre dépense.

— Ce ne sera pas nécessaire. C'est gratuit. Ce service est offert avec l'achat de la photocopieuse.

— Gratuit ? Alors c'est parfait, dit-elle en pointant son doigt vers la gauche. La photocopieuse est dans la remise. Voulez-vous une tasse de café ?

— Seulement si vous m'accompagnez.

— C'était justement mon intention, répondit-elle en traversant la pièce, promenant sous les yeux de Marc une chute de reins dénudée et un jean moulant. Ce sera prêt dans un instant.

— J'en ai l'eau à la bouche.

Dès que Sonya fut près de l'évier, Marc se rendit dans la remise, souleva le capot de la photocopieuse comme pour la réparer, et glissa dans le bac à papier l'imprimé spécial que Ryan lui avait confié.

En entendant la cafetière expulser ses dernières gouttes de vapeur, Marc lança :

— Je ne vois aucune erreur de codes. Vous voulez bien faire quelques copies ?

— J'arrive tout de suite. Comment prenez-vous votre café ?

Marc roula des yeux.

— Moi ? Toujours très chaud…, lui dit-il sur un ton prometteur.

Sonya entra dans la remise d'un pas rapide et tendit à Marc une tasse de café fumant. Il s'approcha d'elle, l'effleurant légèrement.

Reprenant sa respiration, Sonya demanda :

— Que m'avez-vous dit ?

— Je voudrais tester la machine. Pourriez-vous faire quelques tirages ?

— Mais bien sûr ! J'ai besoin de quelques copies des plannings, de toute façon.

A contrecœur, elle retourna à son bureau, attrapa le document original, et revint dans la remise. Elle plaça son document sur la vitre, rabattit le couvercle de la photocopieuse et lança dix copies.

L'espace d'un instant, la machine se mit en branle. Mais dès que l'imprimé de Ryan atteignit le scanner, elle s'arrêta net, tandis qu'une odeur de brûlé envahissait la pièce.

Interloquée, Sonya jeta un œil paniqué sur la machine.

— Qu'est-ce que j'ai fait ?

— Ça ne doit pas être bien grave, assura Marc. Laissez-moi regarder.

Tout en retirant l'imageur, Marc fronça les sourcils en désignant du doigt le tambour fumant.

— Mauvais signe. Il est cuit.

Sonya était littéralement en larmes.

— Mon patron va me tuer ! Chaque fois que quelque chose va de travers, c'est ma faute.

— Chut…, fit Marc en lui posant un index sur les lèvres.

Tirant son téléphone portable de sa poche, il composa un numéro.

Au coin de la rue, dans la camionnette des Forensic Instincts, le téléphone de Ryan sonna.

— Oui ?

— Salut, Jim, dit Marc. C'est John. Tu sais, cette machine que tu devais livrer aujourd'hui ? J'aurais besoin que tu me l'apportes ici, chez Bennato Construction, poursuivit-il avant de marquer une pause. J'veux pas l'savoir ! Tu les emmerdes ! Ils auront la leur demain, un point c'est tout. Et Eddie aussi, qu'il aille se faire voir ! Ramène-moi cette fichue photocopieuse. Maintenant. C'est une urgence. On s'occupera d'Eddie après.

Raccrochant son téléphone, il se retourna vers Sonya qui le regardait, absolument médusée.

— Une fois que j'en aurai fini avec la photocopieuse, on verra ce que je peux faire pour vous, Sonya, lui dit-il en lui adressant un regard sensuel et provocant. Et en quoi vous pouvez m'être utile…

Trente minutes plus tard, Ryan et Marc quittaient l'entreprise Bennato. Marc avait une petite morsure sur la lèvre supérieure et le numéro de Sonya dans la poche. La nouvelle photocopieuse de Ryan était, quant à elle, installée dans la remise et ne tarderait pas à envoyer au QG des Forensic Instincts les scans de chacun des documents copiés chez Bennato.

— Charmant petit souvenir, commenta ironiquement Ryan en indiquant à Marc d'un signe de tête la morsure qu'il avait sur la lèvre.

— Ferme-la et regarde la route !

Marc déchira le numéro de téléphone et jeta le tout dans le cendrier.

— Tu devrais peut-être le garder ? Si jamais tu es tout seul ce soir… Bon sang ! Tu étais à deux doigts de conclure, il y a moins de dix minutes, sur la nouvelle photocopieuse. J'imagine que pour arriver à un tel résultat, tu as pris exemple sur le maître en la matière. Mais là, je dois dire que tu me dépasses ! Il faudra que j'explique à Casey quelle doublure parfaite tu pourras faire, si je suis occupé ailleurs.

— Je m'en passerai.

Marc ne prenait aucun plaisir à jouer le rôle du type qui saute sur tout ce qui bouge.

— Je me débrouille très bien tout seul. En situation réelle, je veux dire. Mais ce genre de nana, c'est vraiment pas mon truc. D'accord, je sais jouer la comédie à la perfection quand il le faut. Mais si je m'y suis collé aujourd'hui, c'est uniquement parce que tu étais occupé à tes maudites manipulations sur ta machine, poursuivit-il en passant sa langue sur sa lèvre enflée. Saloperie ! Elle a bien failli m'arracher la moitié de la lèvre et m'étouffer entre ses seins.

— Sans parler de ses trois neurones qui se battaient en duel. Tu as raison. Franchement, on pourrait rêver mieux, renchérit Ryan.

— Espérons au moins que ta photocopieuse servira à quelque chose, se contenta d'ajouter Marc. Le mouchard dans le PC de Joe Deale nous a donné que dalle.

— C'est vrai. Et ça commence à urger. Claudia Mitchell est morte. Et Krissy Willis, dans tout ça ?

— Hum… Ce n'est plus une simple histoire de kidnapping, en tout cas.

— Non. Et j'espère que Krissy ne fait pas déjà partie des dommages collatéraux.

21

Tenant fermement la laisse de cuir noir, Casey conduisit Hero jusque chez les Willis. Flairant tout sur son passage, le saint-hubert s'imprégnait de la moindre odeur des lieux, mais aussi des personnes qui allaient et venaient dans l'agitation du salon.

— Vous voilà en charmante compagnie, Casey, lui dit Grace en la saluant depuis le hall. Je savais que vous finiriez par entendre raison et par remplacer Hutch.

— Vu le dernier coup qu'il m'a fait, c'est effectivement un conseil que je ferais bien d'écouter.

Casey ne mâchait pas ses mots avec la collègue de Hutch. Grace et lui formaient un duo solide, et cette dernière savait pertinemment que Hutch avait préféré appeler Marc plutôt que Casey pour l'informer de l'assassinat de Claudia Mitchell.

Et Casey se demandait finalement ce qui était le plus immature : le coup bas de Hutch ou bien sa propre réaction ?

L'apercevant à l'autre bout de la pièce, elle préféra l'ignorer. Elle avait du pain sur la planche et réglerait plus tard ses différends avec lui.

— Qu'a donné la séance d'identification avec Akerman ? demanda-t-elle. Est-ce que Sidney a pu reconnaître Lou DeMassi ?

— D'après ce que m'a dit Peg, Akerman est quasiment sûr d'avoir identifié l'un des types qui ont fait chanter Henry Kenyon. Aux dernières nouvelles, Peg et Don étaient en train de l'interroger. Ken s'est rendu au domicile du fils de DeMassi, mais il semblerait que celui-ci et toute sa petite famille aient, comme par magie, quitté le pays pour des vacances improvisées en Sicile. Mais Ken finira bien par lui mettre la main dessus. Le problème, c'est qu'en attendant, l'horloge tourne.

— Mademoiselle Woods ? demanda Hope.

Les yeux brouillés de larmes, elle se précipita vers Casey.

— Ce cauchemar ne fait qu'empirer de jour en jour. Pourquoi la mafia aurait-elle tout à coup décidé de tuer Claudia ? Est-ce qu'elle savait quelque chose ? Ou est-ce un avertissement à Joe, pour qu'il taise ce qu'il sait sur l'enlèvement de ma fille ?

— Je ne sais pas, répondit Casey en toute franchise. Mais de toute évidence, ils ont bien choisi l'endroit pour être sûrs de ne pas louper leur coup. Ce tronçon de route est une suite de virages et de précipices. Sans compter que c'est un secteur perdu en pleine montagne. Personne à des kilomètres à la ronde, pas de témoins. A mon avis, ils l'ont suivie jusque là-haut et ont attendu qu'elle redescende pour lui tomber dessus.

Casey se tourna vers Grace.

— Est-ce que quelqu'un a prévenu Joe à propos de Claudia ?

— Oui, acquiesça Grace. Peg s'est arrêtée à la prison avant de filer avec Don jusqu'au centre médical pour y interroger le personnel. D'après ce que j'ai entendu, Joe est dans tous ses états. D'abord parce qu'il a perdu sa petite amie, bien sûr, mais surtout pour ce que ça signifie pour lui. Il sait qu'il est le prochain sur la liste. Malheureusement, il ignore ce qu'il peut savoir de si compromettant. Il est pris comme un rat dans un labyrinthe.

— J'ai fini de mettre à jour notre profil et l'ai communiqué à toute la cellule de crise, dit Hutch.

Surgi de nulle part, il s'adressait à Grace.

— Tout le monde travaille désormais avec le nouveau document, poursuivit-il.

Il jeta un coup d'œil à Casey.

— Salut !

— Salut, lui répondit-elle froidement, sans même daigner le regarder.

D'ailleurs, plutôt que de lui accorder la moindre attention, elle préféra poursuivre sa conversation avec Hope.

— J'ai des photos à vous montrer, à vous et à votre mère. Est-elle disponible maintenant ?

— Bien sûr. Venez avec moi dans la véranda. C'est là qu'elle se repose. C'est bien la seule pièce qui soit encore au calme, dans toute cette effervescence. Vous savez, ma mère ne dort plus depuis que Krissy…, poursuivit-elle avec des tremblements dans la voix. Depuis que Krissy a disparu. Ashley est avec elle.

— Tant mieux. Puisque Ashley passe presque toutes ses journées ici, il se peut qu'elle aussi puisse identifier quelqu'un.

Casey emboîta le pas à Hope, mais s'arrêta presque aussitôt.

— Est-ce que votre mère supporte les chiens ? Comme je vous l'ai dit au téléphone, j'ai amené Hero pour lui faire faire de nouveaux exercices de reconnaissance.

— Aucun problème.

— Je vous préviens, il bave beaucoup.

Hope esquissa un léger sourire.

— Ma mère a grandi avec un épagneul cocker. Toute la famille l'avait surnommé « Baveux ». Alors je crois que vous n'avez pas de souci à vous faire. L'important est de passer au crible toutes ces photos.

— Parfait. Je vais vous laisser à toutes les trois la pile de photos, vous expliquer ce que j'attends de vous, et ensuite, je monterai dans la chambre de Krissy avec Hero, d'accord ?

— Bien, très bien. Tout ce que vous voudrez.

Vera était assise sur le canapé lorsqu'elles arrivèrent dans la véranda. Abattue, le regard éteint, elle sirotait une tasse de thé, tandis qu'Ashley faisait les cent pas, incapable de rester tranquille une minute.

— Bonjour, dit Ashley en s'arrêtant devant Casey. Vous avez appris, pour Claudia Mitchell ?

Casey acquiesça.

— Les autorités s'en chargent. Avec un peu de chance, on en saura davantage d'ici peu.

Le regard d'Ashley s'arrêta sur Hero.

— Quel magnifique saint-hubert ! Il est à vous ?

— Plus que ça. Je vous présente la dernière recrue des Forensic

Instincts. C'est un ancien pisteur formé par le FBI et diplômé à Quantico. Pour notre plus grand bonheur, monsieur a dû prendre une retraite anticipée. Il travaille sur l'enquête à nos côtés.

Casey se tourna vers Vera et Hope.

— J'ai des photos à vous montrer. Des photos des amis de Felicity. Elles ont été vieillies afin de s'approcher le plus possible de la réalité actuelle. Et il y a aussi des photos de leurs parents. Hope, je voudrais que vous examiniez attentivement tous ces clichés et que vous me disiez si vous avez vu l'une de ces personnes traîner autour de chez vous ou de l'école. Quant à vous, madame Akerman, je voudrais que vous vous concentriez sur les photos de l'époque.

— En somme, vous cherchez un indice qui pourrait lier les deux enlèvements. Comme un seul et même kidnappeur, par exemple ? conclut Hope.

— Exactement, dit Casey. Ashley, vous allez examiner avec Mme Willis les photos retouchées. Vous passez tellement de temps ici… L'un des visages vous sera peut-être familier ?

— Bien sûr, répondit Ashley en prenant place à côté de Hope sur le petit divan, le paquet de photos sur les genoux.

— Prenez tout le temps qu'il vous faudra, lança Casey. Hero et moi serons à l'étage, dans la chambre de Krissy. Je voudrais recueillir quelques nouveaux objets pour récupérer des odeurs. Hero a un flair incroyable. Il pourrait retrouver quelqu'un à des kilomètres à la ronde. Alors, on ne sait jamais…

Casey était sur le point de monter lorsque Patrick arriva.

— Où en est-on ? demanda-t-il.

En quelques mots, Casey le mit au courant des dernières avancées et lui suggéra de prendre un moment, lui aussi, pour passer en revue les photos, au cas où l'une d'entre elles lui rappellerait quelque chose.

— C'est comme si c'était fait ! dit-il en se calant sur un accoudoir à côté de Vera.

***

Une fois arrivée dans la chambre de Krissy, Casey enfila une paire de gants en latex pour se mettre au travail. Elle avait passé au crible la moitié de la chambre de la fillette, retiré une taie d'oreiller, qu'elle fit renifler à Hero, et ramassé une paire de chaussures de foot ainsi qu'un T-shirt qu'elle avait soigneusement emballés pour les passer plus tard au STU-100, lorsque son téléphone sonna.

Un coup d'œil sur l'écran de son BlackBerry. L'appel venait du bureau.

— Ryan ?

— Oui. J'ai quelque chose pour toi qui vient tout droit de la photocopieuse de chez Bennato Construction. Et c'est de la balle ! Ecoute ça : tu te souviens de Sunny Gardens, l'établissement médicalisé où Claudia Mitchell a eu un entretien juste avant son décès ?

— Oui.

— Eh bien, devine un peu qui construit la nouvelle aile du bâtiment ?

— Non, tu plaisantes ?

— Pas du tout. Je te le donne en mille. Bennato ! Et ce n'est pas tout. D'après ce que j'ai pu voir sur les papiers que m'a transmis la photocopieuse, ils les escroquent dans les grandes largeurs. Ces petits malins utilisent des matériaux de mauvaise qualité et leur facturent le prix fort. Bref, je ne te fais pas de dessin. Et en plus, il semblerait qu'ils graissent la patte aux inspecteurs, histoire que tout ait l'air en règle. Crois-moi, on tient du lourd.

Casey s'enfonça dans un fauteuil à côté de Hero.

— Ce genre d'irrégularités n'a rien de vraiment surprenant de leur part. En revanche, le fait que Claudia Mitchell soit passée par là juste avant de mourir, ça ne peut pas être une coïncidence. Et je dirais même que ça change tout. J'avais d'abord pensé que son meurtrier l'avait suivie jusque dans le nord du comté, mais maintenant, je me demande si son assassinat n'a pas plutôt été improvisé.

— C'est exactement ce que je me suis dit. Tout ça a peut-être été plus spontané qu'on ne l'a cru au départ. A moins qu'elle n'ait vu ou entendu quelqu'un ou quelque chose par inadvertance. Ou alors, quelqu'un l'a vue et s'est dit qu'elle ou Joe allaient les balancer aux fédéraux.

— C'est bien joli, mais ce ne sont que des hypothèses. Et on ne peut plus rester avec des interrogations. Il nous faut des réponses. Sur les documents que tu as reçus, aurais-tu vu par hasard le nom du contremaître ou des ouvriers employés sur le chantier ?

— J'ai vu passer le nom du contremaître, en effet. Un certain Bill Parsons. Il travaille pour Bennato depuis une douzaine d'années.

— Il faut qu'on parle à ce Parsons.

— Marc est en route pour le chantier.

— Le FBI aussi, Ryan.

— Je sais, et Marc aussi est au courant. Mais tu le connais. Il saura se faufiler dans ce nœud de vipères, manœuvrer en douce, et obtenir incognito tout ce dont il a besoin.

— C'est vrai... Heureusement, d'ailleurs. Parce que si on se faisait pincer sur place, le FBI serait très curieux de savoir comment on a pu remonter jusqu'à Parsons avant eux, et vu la façon dont on s'y est pris, je crois qu'on s'en mordrait les doigts.

Cette fois, le plus raisonnable était de laisser le FBI agir à sa guise. Toutes les preuves qu'il pourrait réunir seraient recevables devant n'importe quel tribunal lorsque les autorités décideraient de traduire Bennato en justice. Casey et les Forensic Instincts avaient, quant à eux, une mission précise : retrouver Krissy Willis. Le reste ne les concernait pas.

— Marc obtiendra de Parsons les réponses que nous cherchons, et il le fera à sa manière, dit Casey. Et, entre nous, je ne voudrais pas être à la place de ce pauvre type.

— Moi non plus. Un larbin de la mafia contre un marine des SEAL... Je ne donne pas cher de la peau du contremaître.

Krissy, je ne sais plus quoi faire.

J'ai suivi les instructions à la lettre. J'ai surmonté les obstacles, trouvé un refuge, et fait tout ce qui était en mon pouvoir pour gagner ta confiance. J'ai cru avoir réussi. Mais en vain.

Même l'univers que j'avais inventé spécialement pour toi n'a pas eu les effets escomptés. Le logiciel que j'ai mis au point est pourtant unique, tout comme toi. Il est plus élaboré et plus original que le Club Pingouin dont tu parles sans arrêt. Et même si tu m'as obéi, même si tu as bien voulu y jouer, il n'y avait pas cette petite lumière dans tes yeux. Tu n'as pas dit un mot. Je ne t'ai pas vue rire. Pas comme quand tu joues avec Ruby et Oreo. Il n'y a qu'à eux que tu souris.

Au moins, tu manges un peu plus. Mais tu n'arrives toujours pas à trouver le sommeil. Ta chambre est encore à tes yeux un environnement étranger et hostile. Rempli de monstres terrifiants.

Je voudrais te consoler, mais tu ne me laisseras pas t'approcher, même avec le médaillon et le parfum. Tu te mets à pleurer à la seconde même où tu les reconnais. Et tu te replies sur toi-même dès que je prononce le mot « maman ».

Pourtant, tu l'appelles en pleurant toutes les nuits.

Je n'arrête pas de me répéter qu'il est encore trop tôt.

J'essaie de ne pas penser à ce qu'on t'a pris. J'essaie de me rappeler mes instructions, mais les choses sont différentes, cette fois. C'est à moi de veiller sur toi. Et à personne d'autre.

Je dois m'en souvenir. Je dois être patiente.

Mais pour combien de temps encore ?

Hutch prit Casey en aparté à l'instant où elle regagnait le rez-de-chaussée avec Hero.

— Je peux savoir ce qui se passe ? demanda-t-il.

Casey lui lança un regard glacial.

— Hero et moi étions dans la chambre de Krissy pour faire des relevés de…

— Je sais ce que tu faisais avec Hero, l'interrompit Hutch. Ce que je veux savoir, c'est pourquoi tu me fais la tête. J'ai fait quelque chose ?

Casey jeta un œil alentour pour vérifier qu'ils étaient seuls.

— Visiblement, coucher avec moi ne te pose pas de problème, mais lorsqu'il s'agit de me faire passer une info capitale, comme le meurtre de Claudia Mitchell, c'est une autre histoire. Je comprendrais s'il s'agissait d'une information classée secrète, mais ce n'était même pas le cas, et tu ne t'es d'ailleurs pas gêné pour appeler illico ton pote Marc. Ce qui te dérangeait, ce n'était pas de mettre les Forensic Instincts dans la confidence, mais de me mettre, moi, dans la confidence.

— Alors c'est ça ? répondit Hutch, qui n'en croyait pas ses oreilles. Je savais parfaitement que Marc s'empresserait de te tenir au courant. C'est évident. Je sais bien que vous travaillez tous les trois main dans la main.

— Mais ? demanda Casey. Mais moi, je ne suis pas une ancienne de la BAU ! C'est bien ça ?

— Mais non, ça n'a strictement rien à voir.

A son tour, Hutch baissa d'un ton en s'assurant que personne n'entendait leur conversation.

— C'est à cause de notre relation. C'est pour cela que je ne t'ai pas appelée directement. Le FBI comprend que je reste en contact avec Marc, puisque nous avons été collègues. Mais pour ce qui est de toi et moi, c'est différent. Tu bosses dans le privé, et tu te fais des milliers de dollars sans respecter aucune règle. La moitié de l'Etat sait que nous sommes ensemble. Alors ce n'est pas la peine d'en rajouter. Parce que le jour où ma hiérarchie en aura assez, elle pourrait bien décider de ne plus se montrer aussi magnanime avec vous. Et c'est bien la dernière des choses que je souhaite. Jusqu'à présent, on a réussi bon gré mal gré à collaborer. Mais ton équipe est en permanence sur le fil du rasoir. Alors tu comprendras que si je te refile directement une info sur le meurtre de Claudia Mitchell, ça risque de ne pas passer comme une lettre à la poste.

Excédée, Casey balaya d'un geste de la main toute son argumentation.

— Alors, si je comprends bien, même si toute la cellule de crise sait que Marc va immédiatement me répéter l'info, ça ne pose pas de problème, vu que Marc est un ancien de la BAU et qu'accessoirement, vous ne partagez pas le même lit.

— C'est à peu près ça, conclut-il en serrant les dents.

— C'est incroyable, ajouta Casey, à bout de nerfs, en se passant la main dans les cheveux. Voilà précisément pourquoi je déteste la bureaucratie. Mais c'est très bien comme ça. J'en prends bonne note, poursuivit-elle avant de marquer une pause. Toi et moi, il faut vraiment qu'on ait une discussion. Je me rends compte que j'aurais dû anticiper ce genre de choses, mais c'est la première affaire sur laquelle nous collaborons aussi étroitement. Alors je n'ai pas vu le coup venir. Nous devons définir des règles de base. Sinon, nous allons droit dans le mur.

— Tout à fait d'accord. Ça ne marchera pas si toi et moi ne sommes pas exactement sur la même longueur d'onde. Et je ne parle pas uniquement de cette affaire.

Sans lui demander à quoi il faisait allusion, Casey se contenta d'acquiescer.

— Ce soir, continua Hutch. Je rentrerai tard, après une journée qui aura été exténuante pour toi comme pour moi. A ce moment-là, nous prendrons le temps de discuter.

Cette fois, Casey tiqua légèrement.

— Cela promet d'être productif, mais je ne te garantis pas d'être très inspirée.

— Ne t'inquiète pas pour ça, je le serai pour deux.

— Si tu le dis…

22

Cette fois, les flashes n'avaient pas surgi au milieu d'un rêve.

Pourtant, Claire était au lit. Allongée dans la pénombre, les yeux fixés sur le plafond de sa chambre à coucher, elle réfléchissait à la proposition d'intégrer les Forensic Instincts que lui avait faite Casey.

La pensée vagabonde, elle passait en revue chacun des associés de l'agence, méditant sur le rôle qui pourrait être le sien au milieu de ce trio, et envisageant sa collaboration avec ses fondateurs.

Tout à coup, d'autres images vinrent s'interposer. Des images d'horreur. Cette fois, elles étaient même accompagnées d'odeurs et de sons.

Un centre médical entouré d'un halo d'ondes négatives.

L'image se dispersa, mais l'obscurité persista.

Un accès de panique. Une voiture. Un coup de volant brutal. Un crissement de freins. Le déchirement des tôles. La voiture qui dévalait la pente en percutant les rochers. Un choc d'une extrême violence. Puis plus rien. Des flammes. L'odeur de l'essence. Le souffle d'une explosion.

Et le silence glacial de la mort.

La peur. Le visage de Krissy. Des larmes sur ses joues. Le visage de Hope. La douleur et la colère.

Krissy. Hope. Krissy. Hope.

Claire se releva d'un coup, incapable de supporter plus longtemps l'assaut de ces images.

Elle resta là une minute, les jambes repliées sous le menton, tentant de trouver un sens à la vision qui venait de la traverser.

La première partie concernait évidemment le meurtre de Claudia Mitchell. Mais la seconde, cette alternance rapide de flashes, les visages de Krissy et de Hope… ça devait vouloir dire quelque chose.

Krissy était toujours vivante.

Claire attrapa immédiatement son téléphone.

Dans le salon de la *brownstone*, Casey venait d'avaler son cinquième café de la journée. Elle s'était attardée suffisamment longtemps chez les Willis pour s'entendre finalement répéter ce qu'elle savait déjà de la bouche de Marc. Peg et ses collègues étaient revenus de Sunny Gardens, où ils avaient interrogé Mme Babick, du service des ressources humaines. Le matin même, l'entretien de Claudia s'était déroulé à merveille. La pauvre femme était sous le choc après avoir appris le tragique accident qui avait coûté la vie à Claudia. Les agents du FBI avaient tôt fait de remarquer la présence de l'entreprise Bennato sur le site. Ils avaient interrogé les ouvriers du chantier de la nouvelle aile en construction, et en particulier le contremaître qui, Dieu sait pourquoi, était dans tous ses états.

Casey n'avait pu réprimer un sourire en entendant cette dernière précision. Que Bill Parsons ait les nerfs à vif, elle le croyait volontiers. Mais ce n'était pas parce qu'il savait quelque chose. Marc l'avait attrapé par le cou et plaqué contre le mur en le menaçant de lui enfoncer la trachée s'il ne lui disait pas ce qu'il savait.

Parsons avait craché toutes sortes d'informations diverses et variées : les noms des ouvriers, leur ancienneté chez Bennato, les irrégularités du chantier.

Mais rien qui ait trait à l'enlèvement de Krissy.

Toutefois, Parsons connaissait Joe Deale et avait appris son placement en détention préventive. Entre ses aveux et la poigne de Marc, l'homme ne se fit pas prier pour jurer de ne pas dire un mot de cette visite impromptue si, d'aventure, les fédéraux venaient lui tirer les vers du nez.

Casey ne fut donc pas surprise d'apprendre que le FBI avait fait chou blanc. Mais le plus intéressant était ailleurs. Lorsqu'il avait été interrogé pour la énième fois, Joe Deale avait expliqué que le jeune frère de Parsons, un dénommé Ike, n'était autre que l'un des fidèles lieutenants de Bennato, et qu'il jouait à ce titre le rôle de contremaître sur ses chantiers les plus lucratifs. Cela méritait qu'on s'y intéresse de plus près. La perspective d'une nouvelle petite visite pour Marc.

Quant aux photos retouchées par Ryan, ni Hope ni Vera n'avaient pu en tirer quoi que ce soit. Hope n'avait jamais croisé aucun de ces visages, et Vera ne reconnaissait personne de familier.

Même Patrick était perplexe, même s'il se souvenait avoir interrogé tous les parents figurant sur les photos. Une fois de plus, il était terriblement déçu, mais pas vraiment surpris. Il était certes passé à côté des accointances de Sidney Akerman avec la mafia, mais pour le reste, il n'avait négligé aucun détail, interrogeant tous les parents jusqu'à la limite du harcèlement.

Casey était encore plongée dans ses pensées lorsque son téléphone sonna.

— Casey Woods.

— Casey, c'est Claire, dit une voix fluette mais pleine d'assurance. Krissy Willis est toujours vivante.

D'un coup, Casey releva la tête.

— Tu es sûre ?

— Tout à fait certaine. Je viens de ressentir sa présence. Avec des flashes de son visage. Elle est en larmes. Toute cette histoire l'a profondément marquée. Mais elle va bien, du moins jusqu'à présent. Et je suis sûre qu'ils ne l'ont pas tuée, poursuivit-elle dans un soupir. Chaque fois que je ressens la présence des kidnappeurs, la douleur de Hope Willis vient aussitôt s'interposer. Je n'arrive pas à m'en défaire. Elle est omniprésente.

— Ce n'est pas étonnant. Hope est complètement anéantie. Et qui pourrait le lui reprocher ? Sa fille a disparu depuis plus de quatre jours, maintenant. Elle connaît les statistiques. En fait, je ne sais même pas si c'est une bonne idée de lui parler de cette vision. Est-ce que ça va vraiment l'apaiser ? Ou au contraire lui donner de faux espoirs ?

Casey se reprit aussitôt pour préciser sa pensée.

— Je ne remets pas en question tes capacités, Claire… Tu ne peux pas savoir combien je suis soulagée d'entendre ce que tu me dis. Mais dire à une mère…

— Je comprends. Et je ne suis pas vexée. Je sais que même si tu me fais confiance, à un moment ou un autre, tu dois forcément douter de ce que tu ne peux pas voir. Malgré tout, si j'étais toi, j'en parlerais à Hope. Elle a besoin, plus que jamais, de se raccrocher à quelque chose. Et si toutefois je me trompe, cela ne rendra pas la perte de sa fille plus douloureuse.

— Tu as raison. Je vais l'appeler maintenant. Ce n'est pas la peine de lui infliger une nuit blanche supplémentaire. J'espère pouvoir l'apaiser un peu.

Une demi-heure plus tard, Casey ressentait encore le bien-être que lui avait procuré la réaction de Hope au téléphone. Celle-ci avait fondu en larmes et n'avait cessé de la remercier.

Désormais, Casey ne pouvait que prier pour que l'espoir donné aux Willis puisse se concrétiser.

Soudain, quelqu'un frappa à la porte, réveillant Hero par la même occasion. Battant l'air de sa queue, le chien dévala l'escalier en aboyant. Casey le suivit en consultant sa montre. Il était 22 heures. Trop tard pour l'un de ses associés, et trop tôt pour Hutch.

— Qui est-ce ? demanda-t-elle.

Pas de réponse.

— Qui est là ? répéta-t-elle plus fort.

Cette fois encore, aucune réponse.

Prenant soin d'accrocher la chaîne de sécurité, elle entrouvrit la porte et risqua un œil au-dehors. Hero faufila son museau et se mit à renifler en grognant.

Personne sur le perron.

Pensant que son visiteur s'était rendu compte de son erreur, elle tira Hero à l'intérieur. Mais, alors qu'elle s'apprêtait à refermer la porte, elle aperçut une enveloppe glissée sous le paillasson.

Détachant la chaîne, elle ouvrit en grand et se baissa pour ramasser l'enveloppe. Son nom y était soigneusement écrit à l'encre.

Rapidement, elle jeta un œil à droite puis à gauche. La rue était calme et déserte.

Hero ne cessait de renifler le seuil avec frénésie et semblait prêt à bondir.

Mais Casey ne donna pas suite à ses velléités. Non sans efforts, elle réussit à le faire rentrer, ferma la porte derrière elle et s'adossa contre le mur en considérant la mystérieuse enveloppe qu'elle tenait dans sa main. Alors qu'elle avait déjà commencé à l'ouvrir, elle s'arrêta net et partit chercher dans la remise une paire de gants en latex. Si cette lettre avait quelque chose à voir avec l'affaire Willis, elle ne voulait surtout pas y déposer ses propres empreintes.

Une fois l'enveloppe ouverte, elle en sortit un feuillet et le déplia.

Une seule phrase était griffonnée à l'encre : *Regardez la famille de plus près.*

Le message faisait certainement référence à l'affaire du kidnapping, mais sa formulation était curieuse.

De quelle famille s'agissait-il ? La famille Vizzini ou la famille Willis ? Et, si l'auteur de la lettre détenait des informations, pourquoi ne venait-il pas en personne dire ce qu'il savait ? Craignait-il qu'on s'en prenne à lui ? Les Forensic Instincts et le FBI étaient-ils suffisamment proches de la vérité pour risquer de violentes représailles ? Le meurtre de Claudia Mitchell n'était-il que le premier d'une longue liste ?

Et pourquoi cet informateur anonyme s'était-il adressé à Casey plutôt qu'aux autorités ? Certainement par peur. Ou dans l'espoir que les Forensic Instincts, fidèles à leur réputation, enfreignent la loi pour creuser cette piste et obtenir des réponses. De toute façon, ce genre de pratique sentait le soufre à plein nez. Et ce courrier anonyme avait résolument un arrière-goût de mafia qui ne présageait rien de bon.

Casey était encore debout dans l'entrée à relire le message lorsqu'on frappa de nouveau.

— Qui est-ce ? demanda-t-elle.

— C'est moi.

Cette fois, il y avait bien quelqu'un, et c'était Hutch.

Soulagée, Casey lui ouvrit la porte. Hutch était là, debout face à elle, l'air exténué, mais pas moins sexy.

— Salut, lui dit Casey. Je suis contente que tu sois là. Même si je ne t'attendais pas avant plusieurs heures.

Il fit un pas à l'intérieur et s'accroupit pour caresser la tête de Hero. Manifestement, son arrivée ne laissait pas le saint-hubert indifférent.

— On a terminé plus tôt que prévu. Ken a retrouvé la trace du fils de DeMassi en Sicile. Il suit ça de près. Dans l'hypothèse où les deux enlèvements seraient liés, la piste de DeMassi est la plus sérieuse que nous ayons. Le père et le fils sont aux ordres de la famille Vizzini. Les dates coïncident. DeMassi aurait pu kidnapper Felicity, et son fils se charger de Krissy. Ça tient la route.

— D'autant plus que, si Lou DeMassi purge une longue peine de prison, c'est un motif de vengeance supplémentaire pour son fils.

Hutch acquiesça.

— De toute façon, si on trouve quelque chose de concret ou s'il y a du nouveau ce soir, la cellule de crise me préviendra. En attendant, toi et moi aurons la petite discussion prévue.

A ces mots, il fronça les sourcils. Hero continuait de grogner à ses pieds, alors qu'habituellement, il ne lui montrait aucune hostilité.

— Ça va, mon gros, lui dit Hutch. C'est moi qui t'ai amené à ta nouvelle maîtresse. Tu te souviens ?

Le regard figé, Hero fixait derrière Hutch la rue plongée dans l'obscurité.

Relevant la tête, Hutch considéra Casey d'un œil inquisiteur.

Jusque-là, il n'avait pas remarqué la tension qu'elle dégageait, ni les gants en latex qu'elle portait, et encore moins l'enveloppe qu'elle tenait dans la main.

— Qu'est-ce qui se passe ? demanda-t-il.

— Voilà ce qui se passe, répondit-elle en lui tendant la lettre. Je l'ai trouvée tout à l'heure devant ma porte.

Plissant les yeux, Hutch décrypta le message à distance en prenant soin de ne pas toucher le papier.

— Aurais-tu une autre paire de gants ?

— Bien sûr, dit-elle en filant à la remise.

Après avoir enfilé ses gants, Hutch attrapa la lettre et l'examina attentivement.

— La famille…, murmura-t-il. Est-ce que cela signifie la famille Willis ou le gang des Vizzini ?

— C'est justement la question que je me suis posée, répondit Casey avec un geste d'incompréhension. Je ne vois pas comment il pourrait s'agir des Willis. Même Edward n'a plus rien à cacher. Ton équipe et la mienne ont passé au peigne fin leur présent et leur passé sans rien trouver. Je ne vois pas ce qu'on peut faire de plus.

— A moins que l'auteur de la lettre ne fasse référence à Sidney Akerman. Il est à la fois la pièce la plus récente du puzzle et le trait d'union avec la mafia. Peut-être que ses relations avec le milieu sont plus profondes que nous ne l'avons cru.

— C'est la seule chose qui me vienne à l'esprit. Et il va falloir tirer cela au clair. Deuxième question : qui nous a déposé cette lettre ?

Hutch haussa les épaules.

— Tout réside dans le *nous*. Et en l'occurrence, il signifie les Forensic Instincts. Ce qui veut dire que celui qui a pris la peine d'apporter cet indice jusqu'ici a sciemment décidé de ne pas le livrer aux autorités. Ce qui suggère également qu'il ou elle préfère que ce soient des méthodes non conventionnelles qui fassent éclater la vérité.

— Ou encore qu'il ou elle a quelque chose à se reprocher, ajouta Casey. J'ai envisagé ces deux possibilités.

— Je n'en doute pas.

— Hutch, comme tu peux le constater, je ne te cache rien. Le labo du FBI est largement plus perfectionné que le matériel dont nous disposons ici. Alors fonce. Prends cette lettre et apporte-la à la cellule de crise pour la faire analyser au plus vite. Pour ce qui est de nos affaires, remettons ça à une autre fois.

Hutch sonda longuement le regard de Casey et finit par hocher la tête.

— Ce serait une perte de temps inutile. Je vais appeler Peg. Je suis certain qu'elle m'autorisera à le faire envoyer directement à Quantico. Ils auront les réponses à nos questions d'ici quelques heures. Pendant ce temps, les autorités vont poursuivre leur enquête sur la famille Vizzini et ses interactions avec la Bennato Construction Company. Pour l'instant, rien ne justifie qu'on change de cap. Et pour ce qui est de Sidney Akerman…

— Je peux appeler Patrick, coupa Casey. Il le cuisinera jusqu'à ce qu'il craque. Personne, sur cette enquête, ne connaît Sidney mieux que lui. Et avant que tu ne protestes, sache que Patrick est d'une droiture irréprochable. C'est un ancien du FBI, au cas où tu l'aurais oublié. Chaque fois que nous franchissons la ligne, Patrick refuse d'être impliqué. Il est l'incarnation même de l'éthique, conclut-elle avec un sourire. Tout le contraire des Forensic Instincts, les ignobles prédateurs du privé. Sans foi ni loi.

— Peut-être pas des ignobles prédateurs, mais certainement des casse-cou inconscients des risques qu'ils encourent.

— Soit, mais les résultats sont là.

— Je ne le conteste pas, mais je n'approuve pas pour autant vos méthodes.

— Message reçu.

— Et à propos d'ignobles prédateurs…, poursuivit Hutch, avec un sourire en coin. Celui que tu as en face de toi aimerait bien régler rapidement cette histoire de lettre et se retirer quelques heures dans la chambre.

— Et notre discussion ?

— Après. Cela risquerait d'avoir raison de notre bonne humeur.

— Bien vu.

L'un et l'autre dégainèrent leur téléphone portable pour régler au plus vite les formalités d'usage. Puis ils glissèrent la lettre dans un sac hermétique qu'ils placèrent dans un colis, après quoi ils retirèrent leurs gants et attendirent le coursier du FBI.

Une demi-heure plus tard, la pièce à conviction filait en direction de Quantico, et Hutch se retournait vers Casey en lui retirant son sweat.

— Quelques heures de répit, murmura-t-il. Rien de plus. Les autres peuvent bien prendre un peu la relève, pendant que nous rechargeons nos batteries.

— Recharger nos batteries ? reprit Casey, le regard pétillant, tandis qu'elle détachait la ceinture de Hutch. On appelle ça comme ça, maintenant ?

— En ce qui nous concerne, il s'agirait plutôt d'évacuer une surcharge sensorielle.

A ces mots, il la prit dans ses bras sans lui laisser le temps de protester, grimpa les marches quatre à quatre et la conduisit tout droit dans sa chambre au troisième étage.

Ils finirent de s'arracher leurs derniers vêtements et tombèrent haletants sur le lit. Plus qu'une simple attirance, il y avait entre eux un véritable magnétisme sexuel qui les avait happés dès leur première rencontre et n'avait, dès lors, jamais cessé de s'intensifier.

Et aujourd'hui ne faisait pas exception.

Ils faisaient l'amour avec passion et intensité, dans une communion dont eux seuls avaient le secret. Et ils savaient parfaitement comment arriver où ils avaient envie d'aller. Leurs corps ondulaient dans une indissociable union, avec une seule et même soif de plénitude.

Murmurant son prénom, Casey enroula ses jambes autour de Hutch et lui attrapa la nuque, arquant son corps contre le sien pour mieux se laisser prendre. Remontant ses cuisses au-dessus de ses reins, Hutch agrippa la tête de lit et pénétra Casey de tout son long avant de relâcher son étreinte et de s'abîmer en elle.

Alors que Casey se contractait contre lui, une explosion de plaisir entremêlée de douleur lui arracha un cri sourd, tandis que Hutch hurlait son nom en se répandant en elle. Prolongeant l'instant aussi longtemps qu'ils le purent, ils s'effondrèrent dans les bras l'un de l'autre, éreintés, trempés et repus.

— Tu crois que l'on pourrait rester comme ça, juste quelques semaines ? murmura Casey à l'oreille de Hutch après avoir repris son souffle.

— Bonne idée, dit-il en riant doucement. Adieu, monde impitoyable, adieu le travail, adieu les conflits. Juste toi et moi, comme ça.

— Difficilement faisable, non ?

— Malheureusement.

Prenant appui sur ses coudes, Hutch se releva pour la contempler.

— On n'en a jamais vraiment parlé, mais toi et moi savons très bien que tout ça est beaucoup plus que du sexe, non ?

— Oui, bien sûr… Et c'est justement ce qui va compliquer la discussion qui nous attend.

— Ecoute, Casey, quel que soit le nom que tu donnes à notre relation, je crois qu'elle en vaut la peine. Et je crois aussi que toi et moi savons parfaitement que ce que nous vivons ensemble est tout sauf banal. Alors si nous devons discuter, discutons. Et si nous devons nous disputer, disputons-nous, mais il est hors de question pour moi d'abandonner ainsi la partie. Sauf si tu me le demandes.

— Je ne suis pas stupide à ce point, dit-elle en caressant du doigt le contour de sa mâchoire. Je n'ai pas l'intention de sacrifier notre histoire sur l'autel de nos carrières. Je veux juste défendre ce en quoi je crois.

— A savoir que la fin justifie les moyens ?

— Jusqu'à un certain point, oui. Aujourd'hui, mon objectif est de retrouver Krissy Willis. Je me fiche pas mal de savoir s'il existe une manière plus éthique qu'une autre d'y parvenir. La seule chose qui compte, c'est le résultat.

Hutch roula jusqu'au bord du lit.

— Je vais chercher du ravitaillement en eau. Tu as épuisé mes réserves. Je suis à sec.

Casey le regarda en souriant.

— Ça, j'en doute. Mais rapporte-moi une bouteille, s'il te

plaît. Je suis assoiffée, moi aussi. Et puis, je crois que l'on ferait mieux de se rhabiller. Sinon, la conversation pourrait bien tourner court.

— Entendu.

Hutch enfila son boxer et son jean, et disparut vers la cuisine. Assise en tailleur sur le rebord du lit, Casey nouait la ceinture de son peignoir de soie noire.

Hutch lui tendit une bouteille et s'affala dans le fauteuil face à elle.

— Parfait. Nous voilà tous les deux décents et fin prêts pour une joute verbale.

— Est-ce que ça doit obligatoirement tourner à l'affrontement ? demanda Casey. Je sais que nous avons des boulots différents et des philosophies légèrement divergentes, mais nous partageons le même objectif, au bout du compte.

— Au bout du compte, oui.

— La bonne nouvelle, c'est qu'il est très rare que nous nous retrouvions à travailler sur la même affaire. Même lorsque le FBI et les Forensic Instincts sont tous les deux sur le coup. Par chance, c'est le premier cas d'enlèvement d'enfant sur lequel mon équipe et moi travaillons. Et j'espère que ce sera le dernier. Donc, à l'avenir, toi et moi ne devrions pas avoir à nous croiser si souvent que ça. Et heureusement, car dans le cas contraire, nous finirions probablement par nous entre-tuer.

Hutch avala une gorgée d'eau.

— Oui, justement, je voulais t'en parler… J'envisage sérieusement de demander ma mutation pour la BAU-2. Le poste resté vacant depuis le départ de Marc n'a toujours pas été pourvu, et je t'avoue que j'en ai plus que ma claque de tous ces crimes commis sur des enfants. Il est temps pour moi de faire ce pour quoi j'ai été formé. Je ne peux pas donner le meilleur de moi-même si je suis émotionnellement impliqué dans une affaire.

— Dans ce cas, tu passerais sur des affaires concernant des adultes.

— Je le crains.

Casey soupira.

— Voilà donc bien des réjouissances en perspective !

— Comme tu l'as dit tout à l'heure, nous devons instaurer des règles de base. A commencer par séparer plaisir et travail. Si j'obtiens ce poste, cela ne va pas être facile. Tu risques d'attendre de moi plus que je ne pourrai te donner. Comme te refiler une info confidentielle, par exemple.

— Et toi, tu vas t'attendre à ce que je suive ta déontologie et que je communique au FBI chacune de mes découvertes. Mais ça n'arrivera pas.

— Je comprends, dit Hutch en roulant la bouteille entre ses mains. Je sais en quoi consiste ton travail. Ce que j'ignore, en revanche, c'est le pourquoi.

— Comment ça le pourquoi ?

— Pourquoi tu t'investis à ce point dans toutes tes enquêtes. Et je ne parle pas d'investissement professionnel, mais personnel. Tu sais très bien lire dans les pensées des gens. Mais moi aussi. Alors, il y a autre chose. Il s'est passé quelque chose dans ta vie. Un événement déterminant qui t'a poussée à créer les Forensic Instincts, n'est-ce pas ?

Casey resta muette quelques instants.

— Effectivement, je vois que tu sais, toi aussi, lire dans les pensées. Et particulièrement dans les miennes. O.K., après tout, puisque mon équipe est au courant, pourquoi pas toi ? Tu as raison, il s'est passé quelque chose qui a changé ma vie, et qui a probablement conditionné mes choix... Tu te souviens comme j'avais à cœur de résoudre l'affaire sur laquelle nous étions, mon équipe et moi, juste avant ce kidnapping ?

— Celle de ce pervers psychopathe qui avait violé et tué toutes ces filles ? Bien sûr que je m'en souviens. J'en ai encore froid dans le dos. Tu étais entièrement concentrée sur un seul objectif : le faire tomber. Je me souviens d'ailleurs qu'il y avait quelque chose d'excessif dans ton attitude. C'est à partir de ce moment-là que j'ai commencé à me poser des questions.

Hutch scrutait attentivement chacune des expressions de Casey.

— Pourquoi ? Est-ce que cette affaire avait une signification particulière pour toi ?

Casey soupira de nouveau.

— Lorsque j'étais à l'université, j'avais une amie dont j'étais très proche. Holly. Elle habitait à l'extérieur du campus. Un jour, elle m'a confié qu'elle avait la sensation d'être suivie. Je lui ai suggéré d'appeler la police, ce qu'elle a fait. Mais elle s'est fait envoyer balader. Une semaine plus tard, elle a été retrouvée violée et assassinée, son corps jeté dans une décharge publique. Elle était là depuis plusieurs jours, enfouie sous des montagnes de déchets. Le salopard qui a fait ça n'a jamais été retrouvé. Je me souviendrai toujours du moment où on m'a annoncé la nouvelle. C'était un horrible cauchemar. Et je sais qu'il me hantera toute ma vie. Cela dit, ce n'était pas la faute de la police. Ils n'avaient aucun élément concret et ne pouvaient pas se permettre de mobiliser du personnel pour une plainte sans fondement. Non, ce dont Holly avait besoin, c'était un professionnel qui ne soit pas pieds et poings liés à cause de la bureaucratie et de la paperasse. Quelqu'un qui dispose des ressources nécessaires pour passer au crible un maximum de suspects et trouver les bonnes réponses.

— Quelqu'un comme les Forensic Instincts.

— Exactement.

— Je suis désolé que tu aies vécu une telle expérience, dit Hutch d'une voix solennelle.

— Moi aussi. Mais je suis encore plus désolée pour Holly. Elle avait dix-neuf ans.

— Bien sûr, répondit Hutch en baissant les yeux. Maintenant, je comprends.

— Vraiment ? Tu as failli me faire une scène lorsque j'ai suivi Hope Willis jusqu'au centre commercial. Je n'ai fait que suivre mon instinct, sans preuve ni aucun élément tangible. Elle aurait aussi bien pu partir faire une course. Je comprends que tu te sois inquiété pour ma sécurité, mais tu étais aussi vexé parce que je ne t'avais pas refilé le tuyau. Je ne peux pas toujours faire ça, Hutch. De la même manière que tu ne peux pas toujours me mettre dans la confidence lorsque tu détiens des infos.

Casey replaça une mèche de cheveux derrière son oreille.

— Je ne suis pas naïve. Il y aura des hauts et des bas, et nous allons être parfois soumis à une pression énorme.

— As-tu envie d'essayer ? demanda Hutch sans détour. Es-tu partante, Casey ? Parce que moi, je le suis. Comme je te l'ai dit, entre toi et moi, il y a bien plus que de superbes parties de jambes en l'air. Et je n'ai pas l'intention de tout jeter par la fenêtre simplement parce que nous risquons d'être confrontés à des conflits d'intérêts. Nous gérerons. Nous nous battrons. Et quelquefois, nous nous disputerons. Es-tu suffisamment investie dans cette relation pour le supporter ?

Casey n'eut nullement besoin de réfléchir.

— Oui, répondit-elle. Je le suis. Mais souviens-toi. C'est donnant-donnant. Je n'ai pas l'intention de céder. Ni de te communiquer des informations exclusives si tu ne fais pas la même chose de ton côté. Nous aurons chacun nos secrets. Il faudra faire avec.

— Tant que ce ne sont pas des secrets sur nous. Je veux dire, sur notre vie privée.

— Entendu.

A ces mots, Hutch posa sa bouteille et traversa la pièce pour se jeter sur le lit.

— Je crois que cette conversation a été un franc succès, et qu'elle est maintenant terminée.

Dénouant d'un geste le peignoir de Casey, il l'ouvrit et le lui fit glisser sur les épaules.

— Le moment est venu de célébrer notre victoire…

Un large sourire aux lèvres, Casey se laissa tomber sur le dos et tira Hutch sur elle.

— Ce sera notre toast.

23

Sixième jour

L'aube venait de poindre derrière la montagne. La plupart des patients de Sunny Gardens étaient encore endormis.

Mais pas elle. Parfaitement éveillée, elle était assise dans son fauteuil, angoissée à l'idée de ne pas revoir son bébé avant des jours. Mercredi était déjà passé, et elles avaient pu profiter d'une bonne partie de la matinée ensemble. Mais on était aujourd'hui samedi. Ou dimanche. Et, dans tous les cas, le prochain mercredi était encore loin.

Elle avait déjà presque oublié sa visite et ce dont elles avaient discuté, et avait demandé à l'infirmière Greene si son bébé l'avait embrassée avant de s'en aller.

L'infirmière l'avait rassurée et réconfortée. Elle était bien venue, et toutes deux avaient passé un moment complice et agréable. Et surtout, elle n'avait pas oublié de l'embrasser avant son départ.

Pourquoi ne parvenait-elle pas à s'en souvenir ?

Prenant sa tête entre ses mains, elle se mit à pleurer.

— Lorna ?

Elle releva la tête. Une infirmière venait d'entrer dans la chambre. Mais elle ne la reconnaissait pas. Cette femme grassouillette d'un âge mûr ne lui disait absolument rien.

— Qu'est-ce qui ne va pas ? demanda l'infirmière.

— Qui êtes-vous ?

— Mlle Amato. Je suis infirmière. Je vous ai entendue pleurer. Vous avez mal quelque part ?

— Je ne vous connais pas. Où est l'infirmière Greene ?

— Elle n'a pas encore pris son service.

L'infirmière s'avança jusqu'à Lorna et posa une main sur son bras. Lorna réussit alors à déchiffrer son badge. Denise Amato. Une parfaite inconnue.

D'un geste, elle se dégagea de sa main.

— Je ne vous connais pas, répéta-t-elle. Je veux l'infirmière Greene.

L'infirmière lui adressa un sourire forcé.

— Je comprends tout à fait que vous ne vouliez pas me faire confiance. Nous ne nous connaissons pas vraiment. Mais je vois bien que vous êtes triste. Il est hors de question que je vous laisse dans cet état. Que diriez-vous d'une petite promenade ? Nous pourrions descendre au parc. Mlle Greene m'a dit que vous adoriez les fleurs.

— Vraiment ?

— Mais bien sûr.

— Mais il y a du bruit dehors. Ces ouvriers font un tapage de tous les diables.

— Nous n'irons pas du côté de la nouvelle aile. Nous n'aurons qu'à aller dans la direction opposée, et ensuite nous reviendrons.

Lorna essuya ses larmes.

— Dans ce cas, d'accord. Allons-y. Mais Mlle Greene me pousse toujours dans mon fauteuil. Je n'ai plus la force de marcher jusque là-bas.

— Bien sûr. Je reviens, attendez-moi ici.

L'infirmière disparut et revint quelques minutes plus tard derrière un fauteuil roulant.

— Et voilà ! s'exclama-t-elle sur un ton jovial. Voulez-vous que je vous aide ?

— Ce n'est pas la peine. Je peux monter toute seule.

Tenant à prouver qu'il lui restait encore quelques forces, Lorna se leva et fit quelques pas jusqu'au fauteuil, dont elle agrippa les accoudoirs, avant de s'installer.

— Parfait. C'est parti !

Les jardins étaient ravissants. Mlle Greene avait raison. Il y avait des lis immaculés, des glaïeuls multicolores, et aussi des roses magnifiques. Elle savait qu'elles portaient le nom d'une actrice. Mais celui-ci lui échappait. Elle en avait d'ailleurs eu tout un parterre, devant la baie vitrée de son salon. Mais cela faisait longtemps déjà, tellement longtemps qu'elle ne savait plus vraiment quand.

Mlle Amato continuait de lui parler tout en marchant, mais Lorna n'entendait qu'un mot sur deux. Elle admirait le soleil qui se levait, et se demandait si son bébé voyait le même soleil, au même moment. Se levait-il partout de la même façon ? Ou était-il différent d'un endroit à l'autre ?

Soudain éblouie par l'éclat d'un reflet, elle revint brusquement à la réalité.

— Qu'est-ce que c'est ? demanda-t-elle d'une voix aiguë.

Elle connaissait la réponse. Elle avait senti ce qui approchait avant même de l'apercevoir.

— C'est le lac, répondit l'infirmière d'une voix enjouée. Les eaux sont calmes, et l'endroit est magnifique, au lever du soleil. Je me suis dit que ça vous ferait plaisir d'y descendre.

— Non !

Le cœur de Lorna se mit à battre la chamade. Des gouttes de sueur perlèrent sur son front et roulèrent le long de son visage. Affolée, elle se rua hors du fauteuil, manquant de tomber au sol dans la précipitation. Se rattrapant à l'accoudoir, elle fit volte-face en direction du bâtiment.

— Lorna !

L'infirmière la rattrapa et la saisit par les épaules.

— Attendez, voyons ! Vous allez vous faire mal !

— Laissez-moi partir ! cria Lorna en se dégageant vigoureusement, avant de tituber sur quelques mètres et de tomber à genoux. Laissez-moi ! répéta-t-elle en sanglot, tout en se traînant à même le sol.

Au loin retentirent des pas. Quelqu'un accourait sur le chemin. Puis Lorna entendit la voix chaleureuse de Mlle Greene.

— Que se passe-t-il ? demanda celle-ci.

Elle s'accroupit et posa doucement sa main sur l'épaule de Lorna.

— Calmez-vous. Tout va bien.

Elle se tourna vers sa collègue.

— Pourquoi l'avez-vous amenée ici ?

Denise Amato était manifestement déconcertée.

— Je... je ne comprends pas, balbutia-t-elle. Je pensais qu'elle apprécierait la vue.

— Apprenez à lire un dossier, avant de prendre en charge un patient que vous ne connaissez pas.

Mlle Greene semblait franchement en colère.

— Cette patiente ne doit jamais, et sous aucun prétexte, être amenée au lac. C'est écrit en rouge sur la première page de son dossier.

— Je suis désolée, répondit Denise Amato.

Elle semblait vouloir ajouter quelque chose, mais elle se tut. Et Mlle Greene n'était pas d'humeur à tergiverser. Elle attrapa le fauteuil, lui fit faire demi-tour et aida Lorna à s'y rasseoir.

— Allons-y. Retournons là-haut, dit-elle d'une voix douce et réconfortante, tout en se mettant en route. Je vais vous préparer une tasse de camomille et vous pourrez la boire, tranquillement installée dans la salle de jour, à côté de la grande baie que vous aimez tant. Les fleurs sont en train d'éclore, vous savez. Vous allez adorer les couleurs. Le petit déjeuner sera bientôt servi. Et je crois que j'ai vu des croissants dans la cuisine.

— Ce sont mes viennoiseries préférées, renchérit Lorna.

— Je le sais bien. Et à moi aussi.

Lorna commençait déjà à se sentir mieux. L'eau était derrière elle. Elle s'éloignait un peu plus à chaque pas. Et cette autre infirmière n'était plus là. Lorna la détestait. Elle aurait dû savoir, et elle avait fait n'importe quoi.

Son pouls retrouva sa cadence normale, et elle cessa de transpirer. Mais surtout, cette panique qui venait de s'emparer d'elle se dissipait peu à peu, et elle commençait enfin à recouvrer le contrôle de ses émotions.

Tout allait rentrer dans l'ordre, à présent.

Elle pourrait dans peu de temps siroter une bonne tasse de thé tout en dégustant un croissant. Et puisqu'il était tôt, elle pourrait peut-être en avoir un avec une barre de chocolat à l'intérieur. Elle raffolait du chocolat et de sa saveur sucrée. Cette sensation suffisait à la rendre heureuse.

Pendant longtemps, elle n'avait pas été heureuse.

Mais elle ne se souvenait plus pourquoi.

Denise Amato attendit que les deux femmes soient hors de son champ de vision. Puis elle se dirigea vers l'autre partie des jardins et s'arrêta devant une caravane de chantier qui portait l'inscription « Bennato Construction ». Elle ouvrit la porte et grimpa à l'intérieur.

— C'est fait, dit-elle.

— Et ?

Bill Parsons se retourna, l'œil inquisiteur.

— Et la pauvre vieille femme a bien failli faire une attaque. Si c'est ce que Tony voulait, c'est réussi.

Parsons acquiesça.

— Parfait. Ses informations étaient donc bonnes. Avec ça, le FBI, la police et ce taré des marines devraient nous laisser tranquilles et aller fouiner ailleurs. Merci, Denise. Je te revaudrai ça.

Casey avait à peine fermé l'œil de la nuit.

Hutch était depuis longtemps endormi, tandis qu'elle continuait à se tourner et se retourner, se demandant ce qui pouvait bien la torturer à ce point, l'empêchant de trouver le sommeil. Ce n'était pas Hutch, même si cette soirée avait marqué un tournant important dans leur relation. Ils s'étaient fixé des principes et avaient reconnu l'un et l'autre la profondeur de leurs sentiments.

Non, ce devait être cette fichue lettre déposée à sa porte, et surtout le contenu pour le moins évasif du message qu'elle renfermait.

L'aube s'installait à peine lorsqu'elle se glissa hors du lit, passa son peignoir et fila dans sa cuisine, de l'autre côté du palier, pour préparer du café. Une demi-heure plus tard, Hutch la trouva dans un coin, assise au bar, penchée sur son mug.

— Salut ! Le lit était froid, dit-il en lui relevant doucement le menton pour l'embrasser sur les lèvres. De toute évidence, mon charme a cessé d'agir, si tu t'enfuis avant l'aube.

Casey lui adressa un léger sourire.

— Je te rassure, tu n'as rien perdu du tout. Je suis d'ailleurs pleine de courbatures. Grâce à toi, je crois même que je me suis découvert de nouveaux muscles.

— Mais cette affaire ne cesse de te ronger.

— Oui.

— Eh bien, je peux t'en dire un peu plus, mais je ne crois pas que cela te redonnera le sourire. Je viens de recevoir un appel de Quantico. Le labo a effectué les analyses en un temps record. Manque de bol, ils n'ont rien trouvé. Nada. Que dalle.

— Pas la moindre empreinte ?

— Ah si ! Il y avait bien quelques empreintes, mais malheureusement inexploitables. Trop de salissures. Le labo n'a rien pu en tirer. Aucune comparaison possible avec le fichier national. Impossible de savoir si cet ADN est celui de quelqu'un déjà fiché.

— Retour à la case départ, si je comprends bien.

— Peut-être pas. Si les empreintes digitales n'ont rien révélé, elles nous mettent tout de même sur une piste. On a trouvé sur le papier une légère couche de poussière de terre.

— De la poussière de terre ? Quel genre ? s'enquit Casey en se redressant. Le genre qu'on trouve dans un jardin… ou plutôt sur un chantier ?

— Difficile à dire. Ça pourrait être les deux, en fin de compte.

— Bon sang ! murmura Casey en posant son mug dans un bruit sourd. On en est donc toujours au même point, c'est-à-dire trouver à quelle famille le mot faisait allusion : les Vizzini ou les Willis ?

Sans un mot, Hutch se versa une tasse de café.

— Je trouve bizarre qu'un membre de la mafia oublie de mettre des gants. Ça ressemble plus à une erreur de débutant.

Casey fronça les sourcils.

— Tu penses donc que l'auteur de la lettre ne serait pas un criminel aguerri, mais plutôt un néophyte ?

— Si j'en crois mon instinct, oui.

— Moi aussi. C'est peut-être pour ça que je n'ai pas fermé l'œil de la nuit. Nous avons beau avoir examiné les Willis et les Akerman sous tous les angles, je ne parviens pas à m'enlever de l'idée que nous avons peut-être loupé un élément essentiel. Et j'ai pensé à autre chose. Je sais que Claire ne constitue pas une source d'information scientifique, mais toutes les visions qu'elle a eues ont exclusivement porté sur Krissy et Hope. Pourquoi n'a-t-elle jamais eu de flash sur des membres de la mafia ? Elle a eu la même impression que moi à propos de Deale, à savoir que c'était un simple exécutant qui n'avait rien de plus à nous apprendre. Peut-être devrait-on lui montrer les portraits-robots de DeMassi et de son fils ? Tu crois qu'elle pourrait en tirer quelque chose ?

Hutch soupira longuement.

— Je n'en ai pas la moindre idée, Casey. Tu sais que je ne suis pas très fan des médiums, en général. Mais si tu penses que ça peut nous faire avancer, pourquoi pas ? On ne risque rien à montrer ces esquisses à Claire. Mais à mon avis, notre meilleure piste reste Sidney Akerman.

— Le reste du FBI est du même avis que toi. Peg et Don interrogent de nouveau Sidney ce matin. Patrick sera avec eux. Tu veux y aller aussi ? Parce que moi, oui.

— Je ne voudrais pas manquer ça !

Peg, Don et Patrick s'étaient isolés pour interroger de nouveau Sidney dans le bureau du premier étage lorsque Casey et Hutch débarquèrent. L'arrivée de Hutch était plus qu'attendue. Sa contribution leur serait précieuse, et Peg n'avait rien contre la présence de Casey. A ce stade de l'enquête, elle se fichait pas mal du protocole et n'avait qu'une idée en tête : retrouver Krissy Willis.

Sidney était assis sur une chaise et se triturait nerveusement les doigts sous le feu des questions. Il avait été prêt bien avant tout le monde. Hope ne voyait pas d'un très bon œil qu'il s'installe sous son toit, même provisoirement. Mais elle lui avait malgré tout donné une chambre. D'un côté, c'était son père. Mais de l'autre, il était probablement à l'origine de la tragédie qui avait d'abord emporté sa sœur, et maintenant sa fille. La pilule n'était certes pas facile à avaler, mais pour le bien de l'enquête, elle devait l'accepter.

Casey et Hutch prirent place sur le canapé en cuir, tandis que Peg et Don se tenaient debout devant Sidney. Patrick faisait, quant à lui, les cent pas dans la pièce et écoutait attentivement, intervenant de temps à autre lorsqu'une question lui traversait l'esprit.

— Vous n'avez donc vraiment aucune idée de celui qui a pu déposer cette lettre chez Casey ? répéta-t-il, alors que Peg et Don lui avaient déjà posé la question deux fois.

— Aucune, répondit-il d'une voix résignée. Si je le savais, je vous l'aurais dit avant même que vous me posiez la question. Krissy est ma petite-fille. Après tout ce que j'ai fait, je donnerais ma vie pour qu'on la retrouve.

— DeMassi est sous les verrous et son fils s'est fait la belle en Sicile, intervint Peg. S'ils sont à l'origine de la lettre, ils l'ont fait parvenir par l'un de leurs hommes.

Don acquiesça, l'air pensif.

— Les traces de terre relevées suggèrent qu'il pourrait s'agir d'un ouvrier de chez Bennato Construction. Monsieur Akerman, êtes-vous sûr de ne connaître aucun des visages et des noms que je vous ai montrés ? Et Tony Bennato ? Il ne vous dit vraiment rien ?

Exténué, Sidney joignit les mains derrière sa nuque et baissa la tête en soupirant.

— Pour la dixième fois, je vous dis que je ne les ai jamais vus et que je n'en ai jamais entendu parler. Ça n'a d'ailleurs rien d'étonnant. J'ai mis fin à toute relation avec la mafia il y a plus de trente ans. Et même avant ça, j'ai à peine croisé ces types et je n'ai jamais eu de contact avec ces gens-là. C'était Henry qui traitait avec eux.

— Mais Henry est mort, alors que vous, vous êtes là. Alors essayez de vous souvenir, rétorqua Patrick, excédé.

D'un signe de tête, Casey demanda à Patrick l'autorisation d'intervenir. Puis elle se tourna vers Peg.

— Vous permettez ?

— Je vous en prie, dit-elle en l'invitant du bras à prendre la parole.

Casey se leva, fit un pas vers Sidney et se pencha au-dessus de lui.

— Et si nous nous y prenions différemment ? Nous avons exploré toutes les pistes en lien avec votre ami Henry Kenyon et ses déboires avec la mafia. Alors, plutôt que de tourner en rond, pourquoi ne pas se concentrer sur votre vie personnelle ? Au lieu de disséquer un à un chaque maillon de la mafia, parlez-nous plutôt de vous et de Felicity. Nous pourrons ainsi savoir plus précisément qui faisait partie de son entourage, et quelles étaient les personnes susceptibles de l'approcher.

— Que voulez-vous dire ?

— Votre ex-épouse nous a dit que Felicity et vous étiez comme les deux doigts de la main.

Un éclair de douleur traversa le regard de Sidney.

— C'est vrai. J'adorais mes deux filles, mais Felicity et moi avions une vraie complicité. Nous étions tous les deux passionnés de sport et de jeux d'arcade. La pizzeria du quartier a été la première à avoir Pacman. Nous y allions chaque week-end, rien que pour jouer. Et même s'il était complètement démodé, Felicity adorait Skee-Ball. Elle me battait chaque fois à plate couture.

— Vous alliez donc toujours à la même pizzeria ?

— Oui. Mais nous connaissions bien les propriétaires. Des gens bien, une famille irréprochable, certainement pas des mafieux.

— Je les avais interrogés à l'époque, intervint Patrick. Et je n'avais rien trouvé, poursuivit-il dans un soupir. Cela dit, je n'avais pas non plus vu les liens de Kenyon avec la mafia. Alors, on peut les interroger de nouveau. Ils figurent dans le dossier.

Casey acquiesça.

— Et concernant les sports ? reprit-elle, bien décidée à explorer la moindre piste. Je sais que Felicity était une vraie petite championne. Pratiquiez-vous certaines activités avec elle, ou étiez-vous un simple spectateur ?

Une onde de nostalgie voila le regard de Sidney et lui arracha un sourire furtif.

— Les deux. Nous passions des heures à regarder des matchs à la télé. Mais nous ne faisions pas que regarder les autres jouer. Felicity était une footballeuse très douée. Je suis sûr que Vera vous l'a dit. Elle avait des entraînements tous les jours, mais en plus de cela, nous jouions ensemble à la moindre occasion. On allait souvent faire quelques passes sur le stade, devant l'école. Et, en été, elle allait au centre aéré. Elle revenait tous les soirs à la maison, et chaque fois que je le pouvais, je sortais plus tôt pour aller la voir jouer. Elle était extraordinaire. Elle aurait pu aller loin, si seulement…

Sa gorge se noua et ses yeux se brouillèrent de larmes.

Casey se pencha sur son dossier.

— L'agent spécial Lynch a interrogé toutes les familles de l'école de Felicity et du club de foot.

— Oui, il a fait tout ce qu'il a pu. Il a questionné les enfants, leurs parents, les conseillers d'éducation et les entraîneurs. Et je vais vous répéter ce que je lui ai dit à l'époque : tout le monde adorait Felicity. Elle était si mignonne, pleine de vie et toujours souriante… Je ne vois pas qui aurait pu vouloir lui faire du mal. Et parmi toutes les personnes que vous venez de citer, je ne vois pas non plus qui aurait pu avoir des liens avec la mafia.

— Vous savez, votre ami Henry était lui aussi quelqu'un de bien, souligna Casey. Il s'était juste mis dans le pétrin et avait choisi la mauvaise solution pour s'en sortir. Les gens qui ont affaire à la mafia ne sont pas tous malveillants, patibulaires ni foncièrement mauvais. Certains sont simplement désespérés et n'ont aucune idée des conséquences de leurs actes.

Resté silencieux jusqu'à présent, Hutch prit alors la parole.

— A propos de Kenyon, il y a peut-être une chose à laquelle

nous n'avons pas encore pensé. Même si votre fille n'était encore qu'une enfant, elle était déjà très douée. Et je sais que ces sports donnent lieu très tôt à des compétitions. Contre quelles équipes jouait-elle ? Avez-vous eu vent de certains paris amicaux sur les matchs ?

Sidney cligna des yeux.

— Des paris ? Sur des gamines de six ans ?

— J'ai déjà vu bien pire, vous savez.

Attentive, Peg scrutait les réactions de Sidney.

— Réfléchissez bien. Si je suis le raisonnement de Casey, Felicity s'était cassé le bras l'été où elle a été kidnappée. Le médecin venait juste de lui donner l'autorisation de rejouer. On lui a retiré son plâtre. Et c'est là qu'elle s'est fait enlever. Est-ce que son retour sur le terrain aurait pu nuire aux intérêts d'un parieur ?

— Waouh ! s'exclama Casey. Je n'y aurais jamais pensé, ajouta-t-elle en se penchant vers Patrick. Vous qui avez interrogé tous les entraîneurs et toutes les entraîneuses du club de foot de Felicity et des clubs contre lesquels elle a joué, croyez-vous que certains parents ou entraîneurs auraient pu organiser un système de paris sur les matchs ? Avez-vous eu l'impression que l'un d'entre eux était suffisamment à court d'argent ou accro au jeu pour en arriver à une telle extrémité ? Quelqu'un qui aurait suivi la même voie que Kenyon, par exemple ?

Patrick avait cessé d'arpenter la pièce. Planté devant le canapé, il se concentrait du mieux qu'il pouvait.

— Cette fois, nous allons vraiment loin. S'il s'agissait de la coupe du Monde, je vous aurais suivis sans hésiter, mais là… A combien pourraient s'élever les paris ? Assez pour intéresser la mafia ? Je n'y crois pas, conclut-il. Mais vous avez raison de souligner l'enchaînement des événements. Il est vrai que Felicity a été enlevée la veille de son retour dans l'équipe. Aurait-on raison de croire que ce n'était pas une coïncidence ? Sûrement. En revanche, le mobile ne me semble pas assez solide.

— Très bien, dit Hutch. Mais considérons quand même la situation en détail, poursuivit-il en se tournant vers Sidney.

Comment Felicity s'était-elle cassé le bras ? Je veux dire... dans quelles circonstances exactement ? Combien de temps a-t-elle été privée de terrain ? Et qui était chargé de sa rééducation ?

Sidney déboutonna le haut de sa chemise. Il était exténué et à bout de nerfs.

— Ça s'est passé lors d'un match en interne. Ce n'était qu'un entraînement en vue d'une compétition contre un club voisin. Elle s'est fait renverser par deux camarades de jeu. C'était un accident. Rien de spectaculaire. Juste une mauvaise chute. Mais elle s'en est quand même tirée avec une belle double fracture du bras. Il lui a fallu presque tout l'été pour se rétablir.

— Et elle venait d'être déplâtrée lorsqu'elle a été kidnappée.

— Oui.

— Donc, il se peut que quelqu'un ait attendu qu'elle soit rétablie avant de l'enlever, poursuivit Hutch, perdu dans ses conjectures. Quelqu'un qui la connaissait suffisamment bien pour savoir à quelle date on lui retirerait son plâtre.

— C'est-à-dire le médecin de famille et tous les proches des Akerman, répondit Patrick. L'orthopédiste bénéficiait d'une excellente réputation et avait un alibi en béton. Quant aux autres personnes, je ne sais pas qui était au courant.

— Tous les membres du club savaient quand Felicity devait se faire déplâtrer, indiqua Sidney. Ainsi que nos amis et voisins. Felicity était tellement excitée à cette idée qu'elle le racontait à tous les gens qu'elle croisait.

— Vous souvenez-vous de quelqu'un en particulier dont l'enthousiasme aurait pu sembler excessif ? demanda Casey.

Taraudé par l'incertitude, Sidney se frottait nerveusement les mains.

— Tout dépend de ce que vous entendez par « excessif ». Son entraîneuse de foot, Ilene Stratton, était aux anges. Comme tous les autres parents dont les enfants jouaient dans l'équipe, d'ailleurs. Et Linda Turner, l'infirmière du centre aéré, avait offert à Felicity un tigre en peluche qui portait le maillot de l'équipe. C'était une femme très serviable et bienveillante.

— Votre femme m'en a déjà parlé, intervint Casey en consultant ses notes. Elle faisait partie des rares personnes qui arrivaient à distinguer Hope et Felicity. Et elle a aussi fait partie du groupe de prière, après la disparition de votre fille. D'après Vera, elle serait encore en contact avec votre ex-épouse.

Sidney ne sembla pas surpris le moins du monde.

— Je l'ignorais. Mais ça ne m'étonne pas. Linda était infirmière aux urgences de l'hôpital où Felicity a été emmenée après son accident. Elle est montée avec la petite dans l'ambulance et nous a retrouvés à l'hôpital. Elle a facilité les choses pour que Felicity puisse être examinée rapidement. Vera n'a jamais oublié combien elle avait été gentille et prévenante. Et puisque vous allez me le demander, je doute que Linda ait jamais eu un quelconque besoin d'argent. Elle était veuve et vivait le plus simplement du monde.

— Aucune de ces réactions ne me semble excessive ou déplacée, dit Casey en ignorant la touche de sarcasme qu'elle avait sentie dans la voix de Sidney.

Depuis son retour à Armonk, on l'avait harcelé de questions. Jour après jour, des fantômes du passé tous plus douloureux les uns que les autres refaisaient surface pour le bien de l'enquête. L'homme était à bout de forces et rongé par les remords. Elle lui devait bien un peu d'indulgence.

— Jusqu'à présent, vous avez uniquement évoqué les réactions des gens qui se réjouissaient du rétablissement de Felicity. Vous souvenez-vous de quelqu'un dont la réaction aurait été plus mitigée ? Quelqu'un de moins enthousiaste, voire inquiet à cette idée ?

— Probablement l'autre équipe. Celle qu'elle s'apprêtait à affronter. Sinon, non. Je ne vois pas.

— Excusez-moi, mais je crois que nous nous égarons, dit Patrick. Je veux bien que ce ne soit pas un hasard si Felicity a été kidnappée le lendemain de son déplâtrage. Mais il se peut tout simplement que le ravisseur ait attendu cette date pour s'éviter tout un tas de complications inutiles. Par ailleurs, la date de l'enlèvement coïncide avec le refus de Sidney de coopérer avec la mafia. Ce motif-là, en revanche, me paraît solide. Plus, en tout cas, que le rétablissement de Felicity.

— Sûrement, approuva Don. Mais cette nouvelle piste est tout de même intéressante.

— Je suis d'accord, ajouta Casey. Je pense que nous devrions officiellement élargir nos recherches dans cette direction, et enquêter sur toutes les personnes liées de près ou de loin aux tournois de foot du club de Felicity.

— Nos équipes vont s'en charger, répondit Peg.

— Très bien. De mon côté, je vais mettre Ryan sur le coup.

« Ce sera réglé en l'espace de quelques heures, sans bureaucratie ni paperasse », se dit Casey.

— Il faut qu'on parvienne à déterminer à qui pouvait profiter l'absence de Felicity sur le terrain, ajouta Don. Ensuite, nous n'aurons qu'à croiser cette liste avec celle des personnes restées en contact avec Hope et Vera. Si nous trouvons quelqu'un qui ait été victime d'addiction au jeu ou qui ait rencontré des difficultés financières à l'époque, il se pourrait que cette même personne ait été impliquée dans l'enlèvement de Felicity et fasse aujourd'hui l'objet d'un chantage par rapport à son passé. Et son maître chanteur aurait pu l'obliger à enlever Krissy pour perpétuer les représailles à l'encontre de la famille de Sidney.

— Très bien, approuva Hutch en considérant ce nouveau profil. Si la personne qui a commis cet acte a un minimum d'humanité, il est probable qu'elle soit prise de remords. Ce qui pourrait expliquer le mot déposé chez Casey.

Casey lut le doute sur le visage de Patrick.

— Jusqu'à présent, DeMassi est notre piste la plus solide, Patrick, dit-elle doucement. Et des pistes, nous n'en avons pas beaucoup. Sans compter que le temps joue contre nous. Krissy a disparu depuis presque une semaine.

Serrant les dents, Lynch afficha une moue des plus sinistre.

— Alors, allons-y.

24

Marc était assis à l'extrémité de l'établi. D'un œil distrait, il regardait son collègue travailler, tout en caressant Hero entre les oreilles. Il attachait une importance capitale au moindre détail. Cette obsession, il la tenait de son passage chez les marines, puis au FBI, où il avait appris qu'un seul élément, si minime soit-il, pouvait parfois changer la donne. En l'occurrence, ce qui ne cessait de le tarabuster, c'étaient les incohérences manifestes de l'enquête.

Comme le FBI, les Forensic Instincts consacraient désormais toute leur énergie à démêler les liens entre Sidney Akerman et la famille Vizzini. Ils avaient mis sur écoute l'entreprise Bennato, passé au gril tous les hommes de main de la mafia ayant eu des contacts avec Henry Kenyon, et maintenant, Ryan étudiait point par point le passé de chaque gamin que Felicity avait pu rencontrer lors de ses compétitions sportives.

Tout était centré autour de la mafia, mais trop d'éléments avaient été négligés. Des éléments qui avaient leur importance, Marc en avait l'intime conviction.

Il y avait d'abord cette rançon. Un quart de million de dollars avait changé de mains. Malgré les apparences, le stratagème n'était peut-être pas qu'un écran de fumée. Peut-être faisait-il partie intégrante de l'enlèvement de Krissy ?

Et puis, il y avait ce mot laissé à la porte de Casey. Des traces de poussière. De la terre tristement banale, qui aurait pu provenir de presque n'importe où. D'un chantier, ou tout simplement du carré de pelouse de Monsieur Tout-le-monde.

Marc avait toujours trouvé que Sal Diaz, le jardinier des Willis, et son épouse, Rita, leur gouvernante, avaient été rayés de la liste des suspects un peu prématurément. Si Ryan recherchait un couple endetté jusqu'au cou, les Diaz rentraient parfaitement dans les cases. Qui plus est, Sal avait des antécédents en matière de violences conjugales. Et il aurait très bien pu jouer les percepteurs pour le compte d'un parrain de la mafia locale.

Sans oublier qu'il était jardinier. Il travaillait donc dans la terre et la poussière du matin au soir. Et si son implication dans l'enlèvement lui faisait perdre son sang-froid, il pouvait très bien être l'auteur de la lettre déposée chez Casey.

Cela commençait à faire beaucoup pour un seul homme.

Brusquement, Marc se leva.

— Allez, viens, Hero, murmura-t-il au saint-hubert. Nous allons faire une petite visite surprise.

Pendant que Ryan s'affairait dans son antre, Casey apporta à Claire des photos de DeMassi et de sa progéniture.

— Salut !

Claire semblait surprise de trouver Casey à la porte de son appartement.

— Il y a du nouveau ?

— J'aimerais bien, répondit Casey en lui tendant les photos. Je voudrais que tu jettes un œil à ces clichés et que tu me dises si tu ressens quelque chose.

Intentionnellement, elle s'abstint de lui donner un quelconque indice quant à l'identité de ces personnes et à la nature de ce qu'elle pourrait ressentir. Le test devait être aussi objectif que possible.

— Bien sûr. Entre, dit Claire en s'écartant pour la laisser passer. J'ignorais que tu savais où j'habitais.

Casey esquissa un sourire.

— On ne t'avait pas dit ? Mon deuxième nom est Big Brother. Je sais tout.

— En d'autres termes, tu as demandé à Ryan de dénicher mon adresse.

— Exactement. Et il me l'a trouvée en moins de deux.

Casey balaya la pièce du regard. L'appartement de Claire était à peu de choses près ce qu'elle avait imaginé. Des murs pastel, quelques meubles en osier et des paysages bucoliques dont il se dégageait une énergie feutrée et aérienne. Un intérieur qui ressemblait tout à fait à la jeune femme.

— Assieds-toi.

D'un geste de la main, Claire l'invita à entrer dans le salon.

— Je viens juste de faire du thé, et je m'apprêtais à relire une fois de plus le dossier de l'affaire Willis. Tu m'accompagnes ?

— Avec plaisir, répondit Casey en s'installant dans le douillet canapé couleur sable qui meublait le salon.

— La police de North Castle a appelé. Ils m'ont dit que quelqu'un t'avait déposé une lettre anonyme et que l'agent spécial Harrington l'avait envoyée à Quantico pour analyse. Est-ce que ça a donné quelque chose ? demanda Claire en apportant sur un plateau une théière fumante accompagnée de macarons.

— Rien d'extraordinaire. Des empreintes digitales impossibles à exploiter. Juste quelques salissures sur le papier.

— Des salissures ? répéta Claire.

A ces mots, elle marqua une pause, le regard soudain absent.

— Celui qui t'a laissé ce mot était effrayé. Il se sentait piégé. Je…

Elle s'essuya le front, tentant de se concentrer davantage.

— Je sens une énergie masculine, bien que je puisse me tromper. Je suis un peu loin de chez toi. Pour bien faire, il faudrait que je sois physiquement à ton domicile.

— Peut-être que ta place est effectivement là-bas, remarqua Casey, une tasse à la main, tout en remerciant Claire d'un signe de la tête. A titre permanent, s'empressa-t-elle d'ajouter. Je sais que tu travailles pour la police, Claire, mais j'ai besoin de ton aide. Je commence à perdre confiance. Cela fait trop longtemps que Krissy a été enlevée.

— Ne te laisse pas abattre. Krissy est toujours vivante. Je le sais.

— Je prie pour que tu dises vrai. Tes visions sont le seul espoir auquel Hope Willis se raccroche.

— Mais cela ne suffit pas… Je comprends, répondit Claire en se versant une tasse de thé.

Puis elle jeta un œil sur les photos que Casey avait apportées et tendit le bras dans sa direction.

— Je peux les voir ?

— Bien sûr.

Casey lui donna les clichés.

— Prends ton temps et dis-moi tout ce que tu ressens.

Claire examina chacune des photos, l'une après l'autre. Il y en avait plusieurs de chacun des suspects. Seuls, en famille, et même pris tous les deux, côte à côte.

Cinq minutes s'écoulèrent. Puis dix.

— Désolée, je ne ressens rien, dit-elle en regardant Casey. Juste une impression très désagréable. Ces deux types ne sont pas des anges. Mais te dire qui ils sont et ce qu'ils ont fait, je n'en sais rien. Ils me sont parfaitement étrangers.

Casey soupira, découragée.

— Aucun lien avec Krissy ? Même de très loin ?

— Rien, répéta Claire en haussant ses sourcils délicats. Pourquoi ? Ce sont des suspects ?

— Ils font partie du gang de la famille Vizzini. Lou DeMassi et son fils, Lou Junior. Il se pourrait qu'ils soient impliqués dans les deux kidnappings.

Claire scruta le visage de Casey.

— Mais tu ne crois pas à cette piste ?

— Je ne sais plus quoi en penser. On ne peut pas faire abstraction des liens de Sidney avec la mafia. Mais j'ai l'impression qu'on s'évertue à assembler des pièces qui ne vont pas ensemble. Il y a quelque chose qui cloche. Cela dit, je reste convaincue que les deux kidnappings sont bel et bien liés, même si trente-deux ans les séparent. Sur ce point, Patrick est d'ailleurs d'accord avec moi.

Claire fronça les sourcils.

— Mais si on élimine l'hypothèse des représailles de la mafia contre Sidney Akerman, que reste-t-il ? demanda-t-elle.

— Tout le problème est là, avoua Casey en se passant nerveusement la main dans les cheveux. C'est justement ce que je dois découvrir. Et vite.

Ryan remarqua à peine le départ de Marc. Il était trop occupé à croiser ses listes de suspects et à affiner ses critères de recherche avant de poursuivre ses investigations. Le génie de l'informatique n'avait pas pour habitude de se lancer à l'aveuglette, cette fois encore moins. Un minimum de préparation en amont devrait lui permettre d'arriver à une efficacité maximale. D'autant qu'une partie du travail avait déjà été réalisée lorsque l'implication de la Bennato Construction Company avait été établie.

Il s'agissait maintenant de regarder de plus près les faits et gestes des connaissances personnelles des Akerman qui s'étaient rapprochées de la famille à l'époque de l'enlèvement de Felicity, ou qui avaient vu leur situation financière s'améliorer miraculeusement après le kidnapping.

Sous l'effet de l'adrénaline, Ryan faisait courir ses doigts sur son clavier à la vitesse de l'éclair sans perdre une miette des informations qui défilaient sous ses yeux. Le plus anodin des éléments pouvait revêtir une importance capitale.

Et ses efforts ne tardèrent pas à être récompensés. Grâce à ses calculs, l'un des tout premiers noms de sa liste venait d'apparaître à l'écran, et le constat était sidérant.

Stupéfait, Ryan demeura immobile plusieurs instants sans parvenir à détacher son regard de l'écran. Pianotant de plus belle, il poursuivit ses recherches afin de reconstituer l'essentiel du tableau. Il lui manquait encore plusieurs données : la provenance de l'argent, le montant du butin, le bilan psychiatrique établi suite au traitement, ou encore le nom des membres du groupe de soutien, dont l'un ou l'autre auraient pu jouer le rôle d'intermédiaire avec la mafia.

Toute une série de questions étaient encore sans réponse. Mais

Ryan mettait maintenant les bouchées doubles. Il trouverait ; ce n'était qu'une question de temps.

Et tout en martelant son clavier, il appelait déjà Casey sur son portable.

Sal Diaz était occupé à tailler la haie d'un pavillon en bas de la rue des Willis lorsque Marc arrêta son véhicule. Le jardinier s'interrompit immédiatement, mais ne chercha pas à s'enfuir pour autant, se contentant de regarder Marc descendre de sa voiture, attacher la laisse de son chien et se diriger droit vers lui. A en juger par son attitude, Marc aurait même juré que l'homme s'attendait à voir un jour ou l'autre les autorités frapper à sa porte.

— Bonjour, monsieur Diaz, lança-t-il.

L'homme, trapu et courtaud, semblait nerveux.

— Nous avons discuté, il y a quelques jours. Vous vous souvenez ?

Son interlocuteur acquiesça d'un geste brusque.

— Vous êtes le type qui n'est ni du FBI ni de la police ? Celui qui m'a posé tout un tas de questions ? Et à Rita, aussi. Tous les autres m'ont cru, mais pas vous. Je l'ai bien vu. Même si ma femme et moi avons tous les deux un alibi, vous continuez de penser que nous avons quelque chose à nous reprocher.

A ces mots, il se détourna.

— Rien ne m'oblige à vous parler.

— Effectivement, rien ne vous y oblige. Mais vous allez le faire.

Marc parlait de manière directe et brute. Même le plus endurci de ses interlocuteurs en aurait eu la chair de poule.

— Parce que, dans le cas contraire, vous aurez affaire à moi. Dans un endroit où personne ne nous verra, sans témoin.

Diaz se liquéfia, mais ne lâcha pas un mot.

Tournant autour des bottes du jardinier, Hero se mit à grogner. Marc baissa aussitôt le regard sur l'animal.

— Il semblerait que mon chien vous reconnaisse. Intéressant, n'est-ce pas ? Parce qu'il n'était pas avec moi la dernière fois que je suis venu vous importuner avec mes questions. Alors comment peut-il vous reconnaître ? Ou, plus précisément, où vous a-t-il déjà croisé ?

— Je ne sais pas…, répondit Diaz en déglutissant avec peine. Je ne l'ai jamais vu.

— Peut-être pas. Et peut-être qu'il ne vous a pas vu, lui non plus. En revanche, votre odeur, il la reconnaît.

Aucune réponse.

— C'est vous qui avez déposé cette lettre à notre porte, n'est-ce pas ?

Marc jouait franc-jeu. Il n'avait plus le temps de tourner autour du pot.

— Ce que je veux savoir, c'est pourquoi ?

— Je… Je…, balbutia Diaz en s'essuyant le front avec sa manche.

— Ecoutez, Diaz. Je n'ai pas le temps de jouer aux devinettes. Une petite fille a été kidnappée. Le temps presse. Il y a plusieurs zones d'ombre dans votre alibi, ainsi que dans celui de votre épouse. L'un ou l'autre avez parfaitement pu vous infiltrer chez les Willis ou filer jusqu'à l'école de leur fille. Alibi ou pas, vous saviez qu'on finirait par s'en rendre compte, sinon vous n'auriez pas pris la peine de venir jusque chez nous avec cette lettre pour tenter de détourner les soupçons. Alors, de deux choses l'une : soit vous me dites gentiment ce que je suis venu entendre, soit je vous aide à retrouver la mémoire. Mais je vous préviens, je suis du genre zélé qui ne ménage pas ses efforts. A vous de voir.

Marc fit un pas en direction de Diaz. Mais il n'eut pas besoin d'en faire un deuxième. Sa corpulence massive et son regard acéré suffirent largement à faire capituler le jardinier.

— Oui, c'est moi qui ai déposé ce mot. Ma femme et moi sommes innocents. Mais je savais que les flics finiraient par penser comme vous et venir nous trouver. Et je ne peux pas laisser faire ça. Alors, je vous ai remis dans la bonne direction.

Marc réfléchissait à toute allure. Diaz ne pouvait pas être au courant, pour la mafia. Sauf s'il en faisait lui-même partie, ce qui semblait fort peu probable. La famille dont il parlait était donc celle des Willis.

— Quelle bonne direction ? demanda-t-il. De quoi parlez-vous ?

— Ils ont dit à la télévision que Mme Willis avait quitté son domicile le matin avec sa fille et qu'elle n'était revenue qu'en fin de journée. C'est faux. Je l'ai vue revenir chez elle vers 14 heures. Elle est entrée pendant que la nounou était descendue au courrier. Elle n'est restée que quelques minutes. Ensuite, elle est repartie.

Marc écoutait attentivement.

— Etes-vous certain que c'était bien Mme Willis ?

Le jardinier acquiesça.

— Je la vois tous les jours. Alors oui, j'en suis sûr et certain. Sa voiture était garée un peu plus bas dans la rue, et elle semblait pressée, mais sa façon d'agir…

A ce moment, il marqua une pause pour réfléchir.

— Non, elle ne voulait pas que la nounou la voie. Ni personne d'autre, d'ailleurs.

— Pourquoi ne pas l'avoir dit ?

— D'abord, parce que je ne voulais pas attirer l'attention sur nous. Et ensuite, parce que je n'ai pas pensé que c'était important. Jusqu'à ce que je voie leur conférence de presse à la télé. C'est à ce moment-là que j'ai su qu'ils mentaient.

Bon sang ! Une piste de plus qui ne menait nulle part. Conformément aux instructions de la BAU, la presse n'avait révélé que les détails nécessaires au grand public. A savoir que le ravisseur était une femme, qu'elle conduisait un GMC Acadia gris métal et qu'elle avait fait monter Krissy dans sa voiture à la sortie de l'école.

Rien n'avait filtré sur le fait que le kidnappeur s'était fait passer pour Mme Willis. Sal Diaz ignorait donc totalement que la femme qu'il avait vue entrer chez les Willis était en réalité la ravisseuse.

Ses révélations permettaient toutefois de préciser la chronologie des événements. Et de confirmer que la kidnappeuse avait pénétré dans la maison en profitant du moment où Ashley Lawrence était descendue relever le courrier.

Mais rien de tout cela ne permettait vraiment d'avancer.

Savoir que la kidnappeuse s'était introduite dans la maison pour prendre Oreo avant d'enlever Krissy aurait pu être utile trois jours plus tôt. Mais plus maintenant. Et rien de ce que Diaz venait de lui apprendre ne les rapprochait de Krissy Willis.

— Je vous le répète, je n'ai rien fait.

Diaz avait manifestement mal interprété le silence de Marc.

— Ni Rita ni moi. Je ne lui ai même pas parlé de ce que j'ai vu. C'est une femme bien. Et elle est tellement honnête... Elle, elle aurait couru à la police. Mais moi, j'ai eu peur. Je ne suis qu'un simple jardinier, vous savez. Et Rita est gouvernante. Tandis que les Willis, eux, sont des gens importants.

Marc acquiesça. Il en savait suffisamment long sur la nature humaine pour être convaincu qu'il disait la vérité. Il n'y avait aucun intérêt à le tourmenter davantage. Sauf, peut-être, pour la bonne cause.

— Je vous crois, dit-il simplement. Mais sachez que la seule raison qui m'a amené jusqu'à vous est votre passé. Faites-vous aider. Et à l'avenir, ne levez plus la main sur votre femme. Payez vos factures plutôt que de dilapider votre argent au jeu et dans les bars. Faites-le, et donnez-moi une bonne raison de vous croire. Car c'est à cette seule condition que j'irai trouver le FBI et la police pour leur dire que je crois à votre histoire.

— C'est compris, répondit Diaz en acquiesçant avec insistance.

L'homme semblait prêt à faire tout ce qu'on lui demanderait.

— Je le ferai. Je vous le jure. Vous pourrez vérifier. Vous verrez.

— C'est bien mon intention. Et vous feriez mieux de ne pas me décevoir.

Casey se trouvait dans sa voiture, relisant les notes du dernier interrogatoire de Sidney, lorsque son BlackBerry se mit à vibrer. Elle jeta un œil sur l'écran.

C'était Ryan.

Décrochant aussitôt, elle porta le téléphone à son oreille.

— Je t'écoute.

— Je crois que j'ai touché le gros lot !

— Vas-y, balance.

— Linda Turner, l'infirmière du centre aéré… Elle a un passé pour le moins intéressant. Un passé qu'apparemment personne ne connaît, parce que ce n'est pas le genre de truc qu'on oublie de mentionner. Elle avait une fille à peu près de l'âge de Felicity.

— Comment ça, *elle avait* ?

— Tu as très bien entendu : « elle avait ». Il semblerait que cette petite fille, Anna, se soit noyée dans un lac, près du domicile de ses parents. C'est arrivé environ six mois avant l'accident de foot de Felicity. D'après ce que j'ai pu trouver, Mme Turner n'a pas supporté la mort de sa fille. L'hôpital l'a fait examiner par un psychiatre, puis elle a pris des congés, et consulté un thérapeute deux fois par semaine pendant trois mois. Ensuite, elle a repris un poste à temps partiel aux urgences dès que son état le lui a permis. Et elle complétait ses revenus avec son activité d'infirmière au centre aéré où se rendait Felicity. Mais selon les archives bancaires que j'ai réussi à consulter, elle avait des difficultés financières. Il n'y a aucun doute là-dessus.

— Waouh !

Casey intégrait aussi vite que possible toutes les informations que lui livrait Ryan.

— Je ne comprends pas : comment a-t-elle pu avoir un enfant, qui plus est le perdre, sans que personne soit au courant ? Je suis certaine que Vera n'en savait rien. Elle m'a parlé de Linda comme si elle n'avait jamais eu d'enfant. Le décès n'a pas été annoncé dans la presse ? Après un accident aussi tragique, j'ai du mal à croire qu'aucun article ne soit paru dans les journaux.

— De toute évidence, Linda était du genre secret et hyperprotecteur, répondit Ryan. Elle a réussi à éviter toute couverture médiatique. Le seul élément tangible est un rapport de police. Même avant la mort de sa fille, Linda assurait elle-même son instruction et maintenait Anna à l'écart des enfants de son âge.

A ces mots, Ryan marqua une longue pause. Casey se dit qu'il était sur le point de lui livrer une information capitale.

— Sauf pour le foot, reprit-il. Anna adorait le foot. Alors Linda l'avait inscrite dans un petit club d'une ville voisine. Une structure privée, assez select, et hors de prix, qui ne participait pas aux compétitions locales. Elle avait aussi un entraîneur privé qui venait à domicile une fois par semaine. Et il devait être très doué, car ses tarifs étaient exorbitants. La seule autre passion d'Anna était l'équitation. Là encore, Linda ne regardait pas à la dépense. Elle lui louait un cheval qui coûtait les yeux de la tête. Pour le reste, Anna vivait à la maison avec sa mère. Pas de frère ni de sœur.

— Et le père ?

— Il est mort alors qu'elle était encore en bas âge. Linda Turner élevait sa fille seule. Et avec un budget plutôt serré. Son mari est décédé sans lui laisser beaucoup d'argent.

— Donc, une fois veuve, elle ne roulait pas sur l'or. Et elle était infirmière aux urgences. Une profession admirable, mais qui ne permet sûrement pas de jeter l'argent par les fenêtres. Alors où trouvait-elle l'argent pour offrir à sa fille des cours particuliers, un abonnement à un club ultra-select et un cheval pour elle toute seule ?

— Je me le demande. Et je me demande aussi jusqu'où elle était prête à aller pour se procurer cet argent. Ou ce qu'elle devait donner en échange à celui qui lui ferait la faveur de le trouver.

— Et, par-dessus le marché, Anna était passionnée de foot… Justement comme Felicity. Ça fait beaucoup de coïncidences. Et puis, la date de son décès concorde avec l'enlèvement.

Casey se renfonça dans son siège, le téléphone coincé dans le creux de son épaule.

— C'est du lourd, Ryan. Je crois que c'est la plus grosse découverte que nous ayons faite jusqu'à présent. Et où se trouve Linda Turner, maintenant ? Si je me souviens bien, Vera ne l'a pas vue depuis un moment.

— Et elle n'est probablement pas près de la revoir. Officiellement, Linda habite toujours à la même adresse, en pleine campagne, à Wappingers Falls, à environ une heure au nord du comté de Westchester. Mais sa ligne téléphonique a été coupée, et personne ne vit plus à cette adresse. J'ai immédiatement appelé la police locale. Ils sont allés vérifier sur-le-champ. La maison est déserte. Aucun vêtement. Frigo vide. Le coup classique, quoi.

— Le rat a quitté le navire.

— Exactement.

— Bon sang ! s'écria Casey en frappant le volant de la paume de sa main. Aucun ami sur place, aucune adresse. Je vais en parler à Vera, mais je suis certaine qu'elle ne pourra rien nous dire de plus. Au mieux, elle aura peut-être une photo d'elle, puisqu'elle travaillait au centre aéré. Et je suis certaine qu'elle pourra la décrire à un portraitiste.

— Et puis, je suis là. Si tu as une photo, envoie-la-moi et je la vieillirai avec mon logiciel. Comme ça, on aura une idée assez précise de ce à quoi elle ressemble aujourd'hui. Vera pourra nous donner son avis. Et nous pourrons l'ajouter à son portrait-robot et l'envoyer à toutes les unités de police de l'Etat de New York.

— Très bien, mais ça va prendre du temps. Il faut agir maintenant. Nous devons nous mettre dans la peau de Linda à l'époque où Felicity a été kidnappée.

Casey marqua une pause. Face à une telle urgence, elle devait faire un choix entre ce qui lui semblait nécessaire et ce que lui dictait l'éthique.

— Tu as dit que Linda avait été suivie par un thérapeute après la mort de sa fille…

— Oui.

— Tu n'aurais pas le nom de son médecin de l'époque, par hasard ?

— Quelle question ! gloussa Ryan, balayant d'un coup les scrupules de Casey. J'ai son nom et l'adresse de son cabinet. Et grâce à ma traque Internet, j'ai cru comprendre que ce toubib était un maniaque des archives, et qu'il conservait tous les documents depuis sa première année d'exercice. Ce qui veut dire que ce brave docteur détient quelque part le dossier de Linda Turner.

— Et quelque chose me dit que tu as déjà pensé à un moyen de mettre la main dessus.

— Pas la peine de demander.

— C'est vrai, j'avais oublié à qui j'avais affaire, répondit Casey, cette fois en souriant.

— Le psychiatre est un certain Stanley Sherman. Son cabinet est situé dans un immeuble de trois étages à White Plains, non loin du tribunal où travaille Hope. Dès qu'on raccroche, je bipe Marc. Il est parti avec Hero il y a un petit moment. Il avait l'air d'être sur quelque chose.

— Mais tu as d'autres plans pour lui.

— Et comment !

Casey entendait un bruit de fond de pièces de métal qu'on déplaçait. Ryan bricolait quelque chose. Et ce quelque chose devait être l'un de ses joujoux.

— C'est Miniboy que j'entends ?

— Gagné ! Gecko est sur le point de réaliser ses premiers exploits.

25

Marc retrouva Ryan dans sa camionnette à l'endroit convenu, à une centaine de mètres du cabinet du Dr Sherman.

— Tu as fait du bon boulot avec Diaz, dit Ryan quand Marc eut refermé derrière lui la porte coulissante. Tu avais des doutes sur lui depuis le début.

Marc haussa les épaules.

— Malheureusement, nous n'avons pas appris grand-chose de plus. Sauf que c'est lui qui a déposé le mot chez Casey, et qu'il a vu la ravisseuse de Krissy entrer et sortir du domicile des Willis. Ce qui, finalement, ne nous permet pas d'avancer d'un iota. Rien de comparable avec la bombe que tu as trouvée.

Curieux de savoir ce que Ryan avait apporté avec lui aujourd'hui, Marc jeta un œil indiscret par-dessus son épaule. A l'arrière de la camionnette, un sac de sport fermé, et le PC portable que Ryan gardait toujours avec lui.

— Alors, quel est le menu ?

— Pendant que tu expliquais au FBI ton entrevue avec Diaz, j'ai fait un petit tour rapide du bâtiment. Le cabinet de Sherman est au premier. Sa secrétaire ne travaille pas aujourd'hui. Un bon point pour nous. Mais Sherman est en consultation. Il va falloir attendre qu'il sorte déjeuner.

— Et il va bien sûr fermer à clé derrière lui, grommela Marc.

— Pour ça, je te fais confiance, poursuivit Ryan en attrapant derrière lui le sac de sport.

Il en sortit d'abord plusieurs outils, que Marc glissa dans sa poche, puis une tenue d'agent d'entretien, qu'il tendit également à Marc.

— Ta bonne vieille tenue de service est de retour. Tu devrais y être habitué, maintenant. Et puis, ça fait ressortir tes yeux. Passe derrière et enfile ça. Je t'explique la suite pendant que tu te changes.

— A vos ordres, chef !

Marc se faufila entre les sièges et commença à passer son uniforme de combat par-dessus ses vêtements.

— Quelque chose me dit que tu as prévu de mettre ton nouveau Miniboy sur le coup…

— Bien vu. Ça fait un moment que j'attends l'occasion de voir ce qu'il a dans le ventre, et aujourd'hui, c'est enfin le grand jour ! Il y a un local technique au rez-de-chaussée. C'est là que j'ai trouvé tes vêtements de service. Tu verras, plusieurs chariots d'entretien y sont entreposés. Tu en embarques un, histoire d'être plus crédible. Ensuite, on attend que le docteur sorte pour que tu t'attaques à la porte. Une fois à l'intérieur, je te dirai quoi faire. Ou plutôt, c'est Gecko qui te le dira.

— Tu ne veux pas m'en dire plus ?

— O.K. Lorsque j'ai dérobé ta tenue de camouflage, je suis ensuite monté sur le toit, et j'ai déposé Gecko dans le conduit de l'air conditionné. D'ici, je le téléguiderai jusque dans le cabinet du Dr Sherman. Gecko est équipé de caméras qui nous permettront de faire un premier repérage. Et je lui ai aussi installé un micro ; comme ça, tu pourras communiquer avec lui. Il nous servira d'espion, et bien sûr, il est relié à mon ordinateur.

Ryan bascula dans son siège en donnant une tape amicale à son PC portable.

— Toi et moi n'allons pas tarder à percer le mystère de Linda Turner. Une fois que tu auras trouvé son dossier, tu en fais une copie et tu remets le tout en place, ni vu ni connu. Je n'aurai plus qu'à faire faire demi-tour à Gecko, et croiser les doigts pour qu'un indice nous mène jusqu'à notre suspect.

— Compris.

Marc avait écouté, sans la moindre surprise, les détails du plan d'attaque de son associé. Il connaissait Ryan, savait parfaitement avec quel professionnalisme il procédait, et avait pour lui et son travail une admiration sans bornes. En combinant force tactique et force physique, ils faisaient ensemble de l'excellente besogne.

— Est-ce que j'ai besoin d'une oreillette ?

— Oui. C'est grâce à elle que je t'indiquerai quand la voie sera libre. Mais une fois que tu seras à l'intérieur, on pourra communiquer directement avec le micro de Gecko. Les oreillettes seules ne me permettraient pas de visualiser la scène. Et puis, comme je te l'ai dit, c'est l'occasion ou jamais d'offrir à Gecko son baptême du feu. Pour un galop d'essai, ça aurait pu être pire.

— Je suis prêt !

Tout en finissant d'enfiler sa tenue de combat, il ajusta son oreillette et scruta à travers la vitre.

— Qui de nous deux y va en premier ? Toi ou moi ?

— Toi. Je peux positionner Gecko en dix minutes.

— O.K., c'est parti.

Marc déambula tranquillement jusqu'au local technique. Comme prévu, il y trouva un chariot qu'il chargea aussitôt de serpillières, balais, torchons et produits d'entretien en tout genre. Puis, il s'engagea dans la cage d'escalier. L'ascenseur aurait été plus pratique, mais il risquait davantage d'y rencontrer toutes sortes d'importuns susceptibles de poser des questions. Son chariot sous le bras, il atteignit le premier étage. Dans le couloir, il croisa deux femmes qui bavardaient tout en se dirigeant vers la sortie. Certainement pour prendre leur pause-café du matin. Tête baissée, les yeux rivés sur son chariot, il ne put toutefois s'empêcher d'écouter leur conversation. Un sévère réquisitoire contre la gent masculine. Elles semblaient tellement ulcérées que la présence d'un homme ne les freinait pas le moins du monde. A croire qu'il était devenu parfaitement invisible. Charlie, le petit ami dont elles faisaient le procès, était sur le point de se faire plaquer en beauté, et définitivement. Visiblement, le type en question ne l'avait pas volé. Non content d'être un sombre crétin, il était en plus d'une parfaite incompétence au lit.

Le couloir du premier étage était à présent désert, et Marc le traversa sans encombre. Mais une fois arrivé au hall d'accueil, ce fut une tout autre histoire. Trois avocats discutaient d'une affaire en cours devant leur bureau. Marc les contourna lentement en prenant soin de relever les numéros de portes. Parfait. Le cabinet de Sherman se trouvait donc juste après l'angle. Si le trio restait à sa place et que Marc ne commettait aucune maladresse, tout devait se passer comme sur des roulettes.

— Il vient de partir déjeuner.

Marc entendit Ryan dans son oreillette alors qu'il s'apprêtait à négocier le virage, manquant de percuter le Dr Sherman au passage.

— Sans blague ? murmura-t-il dans sa barbe, tandis qu'il s'excusait à voix haute avec un fort accent étranger.

Ryan faillit éclater de rire en entendant le Dr Sherman le traiter de parfait imbécile avant de reprendre son chemin.

Quelques pas plus tard, Marc repéra la porte du cabinet. Le nom de Sherman y était indiqué en grosses lettres. Un coup d'œil derrière lui. Personne.

Il enfila une paire de gants, sortit son tournevis à tête plate et sa lime et les inséra délicatement dans la serrure, puis tourna tout doucement jusqu'à entendre le déclic qu'il attendait. Du pied, il poussa la porte, tira son chariot à l'intérieur, et s'empressa de refermer derrière lui. Sans perdre une minute, il traversa l'accueil et entra dans le bureau principal qui jouxtait l'entrée.

— Qu'est-ce que tu as fichu ?

Marc haussa un sourcil.

— Merci pour ton avertissement, mais il est venu un peu tard. J'ai bien failli lui rentrer dedans. Tu aurais pu me prévenir plus tôt.

— Désolé. Ne perdons pas de temps. Sherman a l'habitude de déjeuner rapidement. Ça nous laisse au maximum une trentaine de minutes.

Ryan se tut un instant.

— Il me semble apercevoir une salle d'archives derrière.

— Effectivement, tu as bien vu. Et, coup de bol, la porte n'est pas verrouillée.

En quelques pas, Marc traversa la pièce. L'instant suivant, il poussait la petite porte qui menait à une salle sans fenêtre.

— Tu es là ? demanda-t-il à Ryan.

— Bien sûr. Il y a une bouche d'aération sur ta gauche. Gecko t'a suivi dans le conduit, poursuivit-il avant de lâcher un sifflement d'admiration. Dis donc, je savais que Sherman était un maniaque, mais là, ça dépasse l'entendement ! Il y a des armoires à dossiers dans tous les sens.

— C'est bien ma veine !

Marc parcourut l'une après l'autre les étiquettes collées sur les casiers métalliques. Les dossiers étaient classés par date.

— Ceux-là ne remontent qu'à vingt-cinq ans. Bon sang ! Où sont les autres ?

Il balaya la pièce du regard. Des piles de dossiers étaient amoncelées dans un coin.

— Voyons ceux-là, dit-il à Ryan en les désignant du doigt.

— Bonne idée.

Marc s'accroupit et commença à passer en revue les dossiers en prenant soin de ne pas les mélanger.

— Voilà, on arrive dans les vieux crus, dit Marc. Trente ans, trente et un… Bingo ! Linda Turner ! Je l'ai.

— Génial ! La photocopieuse est à l'accueil. Je vais poster Gecko dans le couloir. Il fera le guet.

Marc retourna jusqu'à la photocopieuse, installée en plein milieu du hall du cabinet. Il connecta la machine, qui se mit en route non sans un certain vacarme, et commença à copier un à un les rapports et ordonnances que contenait le dossier.

Il lui fallut environ quinze minutes pour accomplir sa mission, plus trois minutes pour remettre le tout en place dans la salle annexe.

Quittant le cabinet, Marc referma la porte derrière lui et la verrouilla, puis leva la tête vers la bouche d'aération.

— *Ciao*, Miniboy ! On se voit dans la camionnette.

***

J'ai peur, maman. S'il te plaît, viens me chercher.

Ça fait déjà beaucoup de jours. J'ai regardé cinq fois tous mes dessins animés. J'ai compté. Elle me les passe tous les jours. Et ensuite elle s'assoit et me regarde.

Ça me fait peur, maman. Elle me fait peur.

Je pleure tout le temps. Mais pas quand elle est là, sinon, elle s'approche et me dit des choses bêtes et bizarres. Et ça me fait encore plus peur que quand elle me regarde ou qu'elle essaie de jouer avec moi. Je pleure seulement lorsque je suis avec Oreo et Ruby.

Je n'ai pas envie de jouer avec le jeu vidéo stupide qu'elle m'a donné. Elle m'a dit qu'elle l'avait inventé exprès pour moi. Je m'en fiche. Je veux mes jeux à moi. Je veux jouer dans ma chambre sur mon ordinateur. Mais chaque fois que je lui demande d'aller à la maison, elle me dit que je suis déjà à la maison. Je ne comprends pas pourquoi elle me dit ça. Je suis dans une chambre toute rose. Elle dit que c'est ma chambre de princesse. Et je n'ose pas lui dire que ce n'est pas la mienne.

Elle porte ton collier. Et elle a le même parfum que toi. Je ne sais pas pourquoi. Mais ça me donne envie de me cacher.

La fourrure d'Oreo est toute mouillée. Et les plumes de Ruby aussi. C'est parce que j'ai tellement pleuré… Mais ils comprennent, eux aussi. Je les ai vus pleurer.

Pourquoi est-ce qu'elle me dit tout le temps qu'elle est ma maman ? C'est pas ma maman. C'est toi, ma maman. Mais quand je lui dis ça, elle se met en colère. Elle dit des choses que je ne comprends pas. J'ai peur d'elle. J'ai peur qu'elle me fasse quelque chose. Alors, je ne dis plus rien.

Elle n'arrête pas de descendre ici. Je compte les marches en entendant ses pas dans les escaliers. Il y en a quatorze.

Je déteste ce nombre. Je déteste l'entendre venir. Je suis bien mieux quand elle n'est pas là.

Je ne sais pas qui habite en haut. Quand elle remonte, je l'entends parler à quelqu'un. Mais elle est la seule à descendre.

Peut-être que les autres font encore plus peur qu'elle ?

J'aimerais qu'elle s'en aille pour toujours. Je me fiche pas mal de la crème glacée, des jouets et des bains moussants. Je veux juste rentrer à la maison.

S'il te plaît, maman… J'ai peur.

S'il te plaît, viens me chercher.

Casey avait donné rendez-vous à Ryan et Marc sur le parking d'un pub à Armonk. Elle descendit de sa voiture et grimpa dans la camionnette. Sans perdre une minute, elle consulta le rapport officiel du psychiatre qui déclarait Linda apte à reprendre son activité professionnelle. Puis elle lut ligne par ligne les diverses pièces que comportait le dossier, simple confirmation du résumé que Ryan et Marc lui en avaient fait au téléphone.

De toute évidence, la pauvre femme avait perdu pied suite à la noyade de sa fille. Elle était anéantie et profondément inconsolable lorsqu'elle avait commencé sa thérapie avec le Dr Sherman. Anna avait été le centre de sa vie, et c'était son univers tout entier qui s'était effondré lorsqu'elle était partie.

Linda n'avait accompli que de timides progrès au cours des premiers mois. Mais après une thérapie intensive, le temps avait commencé à faire disparaître ses profondes blessures, et elle avait repris le dessus. Le Dr Sherman s'était félicité de ses efforts. Et le jour où il lui avait donné son feu vert pour qu'elle reprenne le travail, il avait vu en elle une femme suffisamment solide et déterminée pour commencer, pas à pas, à reconstruire sa vie. Il était convaincu qu'à ce stade, la meilleure des choses à faire était de la laisser retourner à l'hôpital, où elle retrouverait ses collègues, et se changerait un peu les idées, du moins quelques heures chaque jour.

Malgré tout, il avait recommandé à Linda de poursuivre sa thérapie, à raison d'une consultation par semaine. Ce qu'elle avait fait… du moins pendant quelque temps. Un beau jour, sans aucune explication, elle avait cessé de venir. De l'avis du médecin, il semblait que son assurance avait décidé de ne plus prendre en charge les consultations. Il avait donc proposé à sa patiente de trouver un arrangement, par exemple de convenir d'un tarif réduit qui lui aurait permis de poursuivre le travail qu'elle avait entrepris sur elle-même. Mais elle avait poliment décliné ses différentes propositions, l'assurant que sa situation financière était parfaitement saine, autant que sa santé mentale, d'ailleurs. Les choses s'arrangeaient, pour elle, et elle voyait enfin le bout du tunnel.

De quelle manière ? Avec quel argent ?

Casey devrait aller chercher ailleurs les réponses à ses questions, car elle était arrivée à la dernière page du dossier. Plus de rapports. Et visiblement, plus de consultations avec le Dr Sherman.

Ce qui en disait long.

Mais le plus inquiétant était que la dernière consultation à laquelle Linda s'était rendue remontait précisément à deux semaines avant le kidnapping de Felicity.

Casey referma le dossier.

— C'est aussi clair que un et un font deux. Tout coïncide… C'est le profil parfait. Sans parler des dates. Et ça change peut-être toute l'orientation de l'enquête. Nous n'avons pas une minute à perdre.

— A ce stade, Casey, on ne peut pas faire cavalier seul, dit Marc. Il faut mettre la cellule de crise du FBI sur le coup.

Ryan se tourna vers Marc.

— Depuis quand as-tu à cœur de respecter les règles ?

— Il a raison, Ryan, répondit Casey. La question n'est pas de respecter les règles ou non, mais de dire au FBI ce qu'il doit savoir, et d'élargir notre force d'action. Nous devons tout mettre en œuvre pour retrouver Linda Turner.

— Mais on ne peut tout de même pas leur communiquer le dossier psychiatrique de Linda, dit-il tout en pianotant sur son clavier, à la recherche d'un indice. Nous l'avons obtenu de manière parfaitement illégale. Dois-je vous rappeler que ce genre de plaisanterie peut nous valoir la prison ? Et que le FBI ne pourra pas produire ce type de preuve devant un tribunal ?

— Nous ne leur donnerons pas le dossier, répondit Marc.

En tant qu'ancien de la BAU, il savait mieux que personne comment fonctionnait le FBI.

— Nous nous contenterons d'agir en tant qu'informateurs anonymes. Il nous suffira de leur donner oralement tous les détails nécessaires pour les convaincre de suivre cette piste sans mettre leur enquête en péril.

— Je suis d'accord, dit Casey.

Déjà, elle se relevait et sautait de la camionnette, les clés de sa voiture à la main.

— C'est parti !

Peg, Don et Hutch, sans oublier le sergent Bennett, de la police de North Castle, ainsi que Patrick Lynch, étaient réunis dans le centre de commande installé chez les Willis pour écouter les révélations de Casey et de son équipe.

Et leur réaction fut à peu de choses près ce que Ryan avait présagé.

Hutch fut le premier à monter au créneau.

— D'où tenez-vous ces informations ?

Sans sourciller, Casey lui répondit en le regardant droit dans les yeux.

— De sources on ne peut plus fiables. C'est tout ce que je peux vous dire.

— Ou plutôt, il vaudrait mieux qu'on n'en sache pas plus, reprit Peg.

Excédée, elle leva les yeux au ciel, tiraillée entre la nécessité de monter un dossier défendable devant un jury et l'urgence évidente de la situation. Il s'agissait désormais de mettre la main au plus vite sur une femme qui pourrait bien être la ravisseuse de Krissy Willis.

— Bon sang, Casey, quand perdrez-vous l'habitude de nous mettre dans une situation aussi détestable ?

— Croyez-moi, ce n'est pas mon intention. Et vous le savez bien, d'ailleurs. Mais ça fait presque une semaine, Peg. La vie de Krissy est entre nos mains.

— Casey a raison.

Don prit alors la parole. Membre de la CARD ou pas, il était là pour retrouver la fillette disparue.

— Nous aurons tout le temps de débattre du protocole plus tard. L'équipe de Casey ne nous a présenté aucun élément tangible susceptible d'avoir été obtenu par des moyens frauduleux. Tout a été fait par oral. Nous pourrons donc toujours trouver un moyen de présenter ça en bonne et due forme à un juge. Mais pour l'instant, nous devons rassembler nos hommes et trouver Linda Turner.

Peg acquiesça du bout des lèvres.

— C'est d'accord.

— Je comprends ce qui aurait pu la motiver à enlever Felicity Akerman, intervint le sergent Bennett. Mais quel rapport avec Krissy Willis ? Cela remonte à plus de trente ans ! Quel est le lien ? A part, évidemment, la parenté entre Felicity et Krissy ?

— L'hypothèse d'une vendetta tient toujours, répondit Lynch. Si DeMassi et son fils ou n'importe quel autre mafieux sont derrière tout ça, il se peut qu'ils aient personnellement choisi leur victime.

— D'un autre côté, intervint Hutch, si le profil psychiatrique que Casey vient d'évoquer est exact, Linda aurait comblé avec Felicity le vide laissé par Anna. Un vide qui aurait forcément réapparu une fois Felicity devenue adulte. On peut donc imaginer qu'elle n'ait aucun scrupule à recommencer, cette fois avec Krissy.

— De cette façon, Krissy remplacerait Felicity, approuva Casey. Ça tient la route. Et, Patrick, je sais que Sidney était votre meilleur atout, mais je ne suis plus certaine que la mafia ait une quelconque implication dans l'affaire. Je crois que nous avons fait fausse route. Les motivations de Linda sont affectives et psychologiques. Elle a un désir et un besoin incontrôlables de remplacer sa fille décédée. Il se peut qu'elle ait agi seule et pour son propre compte.

— Ce qui veut dire que Sidney s'est juste trouvé au mauvais endroit au mauvais moment.

— Exactement.

Déglutissant avec peine, Casey s'arma de courage. Elle s'apprêtait à poser une question dont elle savait que la réponse lui déplairait.

— A quel âge un enfant comme Felicity deviendrait-il inutile ou gênant pour son ravisseur ?

— Si on s'en tient à ta théorie, qui, à mon avis, est tout à fait défendable, je dirais dès que Felicity a atteint un âge où elle n'avait plus besoin d'une maman en permanence sur son dos, ou dès qu'elle a cessé de rappeler Anna à celle qui l'avait enlevée. Je dirais… avant la puberté.

— Mais cela n'a aucun sens, insista Casey. Vera Akerman est restée en contact avec Linda pendant toutes ces années. Et à aucun moment elle n'a craqué. Comment est-ce possible ?

Hutch serra les mâchoires.

— Il peut y avoir plusieurs explications. Soit le vide dans sa vie a été comblé par quelqu'un d'autre. Un homme, par exemple.

— Ou bien ?

— Ou encore il se peut qu'il y ait eu d'autres enfants entre Felicity et Krissy. Des enfants que Linda aurait kidnappés elle-même.

— Mon Dieu ! Ça me rend malade ! s'exclama Casey.

— Et les 250 000 dollars que Hope Willis a versés ? demanda Bennett. Que vient faire la rançon dans tout ça ?

— C'était soit l'œuvre d'un petit malin qui a profité de la détresse des Willis, soit une façon de brouiller les pistes, dit Hutch. Personnellement, je vois mal Linda demander une rançon, compte tenu de ses motivations clairement affectives et psychologiques. Cela dit, il y a peut-être une autre explication. Il se peut que Linda ait eu besoin d'argent pour élever son « enfant ». La rançon aurait pu servir à cela.

— Ça tient la route, murmura Casey. Surtout si Linda a prévu de garder Krissy pendant des années.

Un silence de plomb envahit soudain la pièce.

— Nous sommes donc tous d'accord, finit par reprendre Peg. Il faut trouver Linda Turner, dit-elle en se tournant vers Ryan.

Etant donné que vous avez déjà mis le pied à l'étrier, avez-vous des indications sur le lieu où elle réside ?

Ryan fronça les sourcils.

— Elle s'est volatilisée. Lorsque la police locale a débarqué chez elle, ils ont trouvé la maison vide et la ligne téléphonique coupée. Mais rien n'indique qu'elle ait déménagé. Aucune adresse de réexpédition, rien sur Internet, que dalle. Mais je n'abandonne pas. Je retourne au bureau pour continuer mes recherches. Je finirai par la trouver, conclut-il en regardant Casey. Est-ce que Vera Akerman a une photo de Linda Turner ?

— Je ne sais pas. Mais je vais lui demander. De toute façon, je dois lui parler, à elle ainsi qu'à Hope et Edward. Il faut que je les tienne informés des dernières avancées.

— Ne leur dites que le strict minimum, intervint Peg.

— Entendu.

— Si tu peux me trouver une photo, je tâcherai de l'actualiser du mieux possible, dit Ryan. Je t'enverrai le résultat par e-mail sur ton BlackBerry, pour que tu puisses le montrer à la mère de Hope. On fera ensuite les modifications nécessaires. Une fois que ce sera fait, on pourra la distribuer dans tous les lieux publics.

— Très bien. Marc et moi filerons directement chez Linda dès que nous en aurons terminé, dit Casey sans prendre la précaution de cacher ses intentions à Peg.

— J'envoie une équipe sur place, ajouta Peg. Nous devons absolument déterminer depuis combien de temps Linda a quitté son domicile. En toute logique, elle doit maintenant être avec Krissy.

A cet instant, Peg lança à Casey un regard qui avait tout l'air d'un avertissement.

— Ne marchez pas sur nos plates-bandes, Casey. Vous êtes déjà allée beaucoup trop loin.

— Message reçu. Pour ce type de recherches, nous savons que vous avez plus de moyens que nous.

Casey considéra avec respect le sergent Bennett.

— Avec votre permission, j'aimerais demander à Claire de venir. Il se pourrait qu'elle ressente des énergies susceptibles de nous aider. Et nous amènerons Hero, également. Il est dehors dans la voiture de Marc. Je voudrais qu'il soit présent lorsque la police scientifique réalisera ses prélèvements. Il pourra renifler les échantillons une fois qu'ils auront terminé leur procédure officielle.

— Je n'y vois aucune objection, répondit le sergent Bennett.

— Moi non plus, ajouta Peg avant de se tourner vers Hutch. Grace et vous allez établir un nouveau profil. Pensez à mettre en évidence les informations suivantes : femme, soixante-cinq ans environ, solitaire, photo à venir, vue avec la fillette de cinq ans kidnappée, dont la photo a déjà été transmise. Je veux que vous convoquiez le reste de la cellule de crise. Mettez-moi tout le monde à la recherche de Linda Turner ou de tout indice susceptible de nous mener jusqu'à elle. Don, mobilisez vos hommes. Même chose avec le poste de North Castle. Patrick, si vous voulez venir, vous êtes le bienvenu. On décolle, maintenant.

26

La maison de bois était semblable à toutes celles des environs.

C'était une bâtisse sans prétention, aux volets bleu pâle, avec un large porche. Construite en retrait de la route, elle était entourée de plusieurs hectares de forêt. Les abords de la maison n'étaient plus entretenus depuis longtemps, et des ronces avaient envahi les berges du lac, à l'arrière de la propriété.

Linda avait manifestement tenu à effacer la moindre trace de ce qui s'était passé à cet endroit.

Le groupe d'intervention et l'unité de police scientifique que Peg avait appelée en renfort entrèrent en premier, à la recherche d'indices susceptibles d'indiquer où et depuis quand Linda était partie. Quant aux Forensic Instincts, ils attendaient dehors le feu vert pour pouvoir entrer à leur tour. Patrick était avec eux. Droit comme un i, les mains croisées dans le dos, il fixait la maison sans un mot.

Claire se trouvait avec eux. Déambulant dans le jardin, elle s'arrêtait de temps à autre, se penchait sur une fleur fanée, et tâchait de se concentrer. Quant à Hero, il tirait de toutes ses forces sur la laisse enroulée autour du poignet de Marc, et reniflait chaque centimètre carré de terre.

Impatiente de pouvoir entrer elle aussi, Casey faisait les cent pas. Même si elle se résignait mal à l'inaction, elle ne pouvait rien faire de plus, en attendant que la police scientifique ait fini de passer les lieux au peigne fin.

Rien d'autre que réfléchir.

Elle avait expliqué à Hope et Vera l'essentiel des derniers

rebondissements avant de prendre la route. Edward, quant à lui, se trouvait à son bureau. Comme sous l'effet d'un électrochoc, Hope avait semblé tout à coup ranimée à l'annonce de la découverte d'une piste sérieuse. Vera, elle, s'était refusée à croire que Linda pouvait être impliquée dans cette affaire. Elle avait été abasourdie en apprenant la mort tragique d'Anna, car elle ignorait totalement l'existence même de la fillette. Mais elle persistait à croire que sa mort avait justement rendu Linda plus compatissante à l'égard des Akerman lorsqu'ils avaient été frappés par la disparition de Felicity. Personne n'aurait dû connaître la douleur engendrée par la perte d'un enfant, avait-elle souvent répété à Vera. Et elle avait été présente à chacune des veillées de prière après l'enlèvement de Felicity. Comment aurait-elle pu jouer à ce point la comédie ?

Casey portait un tout autre regard sur l'attitude que Linda avait eue à l'époque. Cela dit, des réactions comme celle de Vera, elle en avait déjà vu. La pauvre femme était en plein déni. Néanmoins, Casey avait décelé un soupçon de doute dans ses yeux. Quelque part, en son for intérieur, Vera redoutait de devoir faire face à une vérité aussi cinglante. En effet, si Casey disait vrai, cela signifierait que, pendant toutes ces années, elle avait été l'amie de celle qui lui avait volé sa famille et avait détruit sa vie, mais aussi kidnappé sa petite-fille.

A la demande de Casey, Vera était allée chercher dans sa chambre une photo de Linda, un cliché pris au centre aéré. Le personnel se tenait en rang à l'arrière-plan. Vera avait pointé le doigt sur une femme frêle aux cheveux bruns, dont le sourire gracieux contrastait avec la gravité de son regard.

A en juger par sa taille et par sa corpulence, l'infirmière aurait pu facilement se faire passer pour Hope, s'était dit Casey. Mais elle s'était abstenue de tout commentaire, et s'était contentée de remercier Vera et de faire passer la photo à Ryan.

Vera semblait abattue. La vérité qu'elle allait peut-être devoir affronter était insupportable. Mais il serait pire encore d'apprendre que Felicity avait été remplacée par d'autres enfants dont la ravisseuse s'était débarrassée une fois qu'ils avaient atteint l'âge de l'adolescence. Une spirale infernale qui pourrait bien emporter Krissy à son tour.

Cette simple pensée donnait à Casey la nausée.

La sonnerie de son téléphone mit fin à ses conjectures.

— Ryan ?

— Comme on pouvait s'y attendre, aucune archive informatisée de l'hôpital ne remonte à plus de trente ans, dit-il sans préambule. Mais l'hôpital où travaillait Linda conserve des archives papier. Je m'y suis donc rendu et je me suis fait quelques amis.

— Des ami-*e*-s, je suppose, commenta-t-elle.

— Oui. Eh bien, elles viennent juste de terminer les recherches que je leur ai demandé de faire. Et, chose étrange, il n'y a aucune trace de Felicity. Rien sur son passage aux urgences, rien sur les visites qui ont suivi. Le néant total. En revanche, il existe bien un dossier d'une petite fille qui pourrait correspondre à la description de Felicity. Elle s'est présentée aux urgences le même jour avec une fracture du bras. Toutes les dates et tous les détails fournis par Vera coïncident.

— Alors l'hôpital se serait planté ?

— J'ai mieux que ça, ajouta Ryan sur le ton qu'il employait toujours lorsqu'il était sur le point de livrer un scoop. D'après le dossier en question, la fillette au bras cassé répondait au nom d'Anna Turner.

Casey tressaillit.

— Oh ! mon Dieu !

— Comme si Linda avait consciencieusement effacé la moindre trace de l'existence de Felicity pour la remplacer par sa fille…

La maison de Linda était vide. Pas de vêtements ni d'affaires de toilette. Rien dans le frigo. Tout laissait croire qu'elle n'habitait plus là depuis un certain temps. Elle avait donc probablement élu domicile dans le refuge qu'elle avait préparé pour Krissy.

Ils devaient la trouver. Cette femme était la clé de toute l'affaire. Celle qui les mènerait jusqu'à Krissy.

Le groupe d'intervention du FBI sonda toute la campagne

environnante. A l'aide des photos de Ryan, ils interrogèrent l'ensemble du voisinage et des commerçants des environs. Manifestement, Linda avait vécu recluse, à l'écart de tous. Quelques voisins installés dans le quartier depuis longtemps la reconnurent, mais ne se souvenaient pas l'avoir croisée depuis des années. La pharmacie locale ne l'avait, quant à elle, jamais comptée parmi ses clients. Ni aucun des commerces du coin, d'ailleurs. Et si elle avait un médecin traitant, il devait exercer dans une autre ville.

Une équipe réduite, composée notamment de Peg et Don, continuait de passer la maison au crible. Casey et Marc restèrent à leurs côtés, tout comme Patrick et Claire, sans oublier Hero. Marc était passé de pièce en pièce avec lui, ne négligeant aucun recoin, et lui avait également fait renifler les échantillons prélevés par la brigade scientifique. Même si ses effets personnels avaient disparu, il n'en restait pas moins que Linda avait vécu ici, et qu'elle y avait forcément laissé son odeur.

— Elle ne voulait pas qu'on la reconnaisse, dit Peg. C'est pourquoi elle ne fréquentait jamais les commerces de proximité, que ce soit la pharmacie, la boulangerie ou même les cabinets médicaux.

— Et elle a peut-être un emploi ? remarqua Casey. Il lui faut bien une source de revenus, si ce n'est pas elle qui a récupéré la rançon versée par Hope. On devrait peut-être chercher dans cette direction ?

— Oui, acquiesça Don. Il faut vérifier dans les villes voisines. Vu la vie d'ermite qu'elle s'infligeait, je doute qu'elle soit allée bien loin pour chercher du travail.

— Je vais demander du renfort, dit Peg en sortant son téléphone portable. Nous allons étendre le périmètre de recherche. Pendant ce temps, continuons à inspecter la maison. Il y a forcément quelque chose. Elle a bien dû laisser derrière elle un ticket de caisse ou un talon de chèque. N'importe quoi, qui soit susceptible de nous en dire un peu plus sur ses habitudes, les lieux qu'elle fréquentait ou encore les commerces où elle allait faire ses courses.

Claire se tenait en haut des marches qui descendaient au sous-sol.

— Il faut que j'aille voir en bas, murmura-t-elle. Je sais que vous avez tout passé au crible sans rien trouver. Mais il faut quand même que j'y aille. Je ne sais pas pourquoi. Je le sens…

A ces mots, elle disparut dans l'escalier.

— Ma main à couper que c'est ici que Linda a enfermé Felicity, dit Casey. Les gens répètent en général les scénarios auxquels ils sont habitués. Et Claire a eu des visions de Krissy dans un sous-sol. Si Linda détient effectivement Krissy dans un sous-sol, elle a dû faire la même chose avec Felicity.

Casey se tourna vers Peg et le sergent Bennett.

— M'autorisez-vous à descendre avec Claire ?

Comme ni l'un ni l'autre n'y voyaient la moindre objection, Casey lui emboîta le pas.

Debout au milieu de la pièce, Claire considérait les lieux d'un regard circulaire. Elle semblait voir bien plus qu'une simple cave vide, avec une dalle en ciment et des murs de béton brut. L'air distant, presque absent, elle n'avait probablement même pas remarqué la présence de Casey.

Lentement, elle traversa la pièce et promena la paume de ses mains sur le mur du fond.

— Un lit…, chuchota-t-elle d'une voix songeuse. Un lit à baldaquin. Un couvre-lit avec des roses. Des roses pour Rose de Bruyère. Princesse Aurore, le lit a été installé pour elle. Et le baldaquin est couvert de broderies. Flora, Pâquerette et Pimprenelle.

La Belle au bois dormant, se dit Casey.

— Elle ne se sent pas comme une princesse, poursuivit Claire sur le même ton, comme en plein rêve. Elle est effrayée. Elle veut sa maman, son papa et sa sœur. Elle ne comprend pas pourquoi on l'a amenée ici. Et elle ne comprend pas son nouveau nom. Ce n'est pas le sien. Elle n'est pas celle qu'on voudrait qu'elle devienne. Elle veut juste s'en aller d'ici. Elle veut rentrer à la maison.

Soucieuse de ne pas interrompre les visions de Claire, Casey se tenait immobile à l'entrée de la pièce. De toute évidence, Claire parlait de Felicity. C'était ici qu'elle avait été retenue en captivité.

Tandis que des larmes jaillissaient de ses yeux, Claire continuait de décrire le contenu de ses visions.

— Elle est recroquevillée contre ce mur. Dans le coin, aussi loin qu'elle peut. Mais elle voudrait aller plus loin encore. S'enfuir. Elle a les jambes repliées sous son menton et elle les serre très fort. Elle a peur du noir. Et il fait toujours nuit, ici. Il n'y a aucune lumière, sauf la veilleuse et la petite lampe sur la table de chevet.

Claire appuya plus fermement ses mains contre le mur.

— Ce n'est pas un conte de fées. C'est un cauchemar. Pourquoi elle ? Elle ne comprend pas. Elle ne veut pas.

Une étrange expression traversa le regard de Claire.

— Douleur. Résignation. Acceptation, dit-elle avant d'ouvrir les yeux. Elle est partie, murmura-t-elle. Définitivement partie.

Pendant un long moment, elle fixa sa main, puis la laissa retomber. Elle avait l'air exténuée et abattue.

— Claire ? dit Casey.

Claire jeta un œil dans sa direction.

— Felicity était là.

— Je sais. Je t'ai entendue.

— Ce mur…, dit Claire. Elle a passé des heures, blottie contre ce mur, à tenter de s'évader par la pensée. C'est pour ça que j'ai pu ressentir ses ondes, même après toutes ces années. Il restait encore un peu de son énergie. Mais elle est partie, à présent.

Claire soupira en frissonnant.

— Nous savons donc que Linda Turner est la ravisseuse. Ou du moins l'une des ravisseuses, si jamais il y en a eu plusieurs. Elle a enfermé Felicity dans ce sous-sol, et aujourd'hui, elle répète le même scénario avec Krissy. Un autre sous-sol ; une autre chambre de princesse.

— Et là, ressens-tu aussi l'énergie de Krissy ? demanda Casey.

— Non. Krissy n'est jamais venue ici. Soit Linda a déménagé avant, soit elle a choisi un autre endroit pour être certaine de ne pas se faire prendre. Mais dans un cas comme dans l'autre, elle n'a jamais amené Krissy dans cette maison.

Casey s'avança jusqu'à Claire et lui passa un bras autour des épaules. La pauvre était encore toute tremblante d'émotion. Cette expérience l'avait durement éprouvée.

— Nous ferions mieux de remonter, maintenant, dit Casey d'une voix douce. Nous allons raconter aux autres ce que tu as vu et ressenti.

— En espérant qu'ils me croient, répondit Claire sur un ton triste et résigné.

Casey savait que ce n'était pas gagné.

— Eh bien, espérons que la police scientifique trouvera dans cette pièce des indices qui confirmeront tes propos.

Pour la première fois, Casey comprit quelle profonde frustration Claire devait endurer dans de telles situations. D'ailleurs, l'expression dubitative des visages qui les accueillirent au rez-de-chaussée parlait d'elle-même. Mais le pire était de savoir que, quoi qu'il arrive, les informations fournies par Claire ne pourraient jamais être prises en compte par un juge. Casey, quant à elle, n'avait que faire de l'admissibilité de tels éléments devant un tribunal. Cela dit, elle devait bien reconnaître, cette fois, que rien de concret n'était ressorti de ces visions. Du moins rien qui les mette sur les traces de Linda Turner, mis à part la confirmation qu'ils étaient bien à la recherche de la bonne personne.

— Vous avez trouvé quelque chose, dans la maison ? demanda Casey en se tournant vers Peg.

— Rien d'intéressant.

Peg semblait aussi déçue que Casey.

— Quelques prospectus de plats à emporter. Les débris d'une assiette cassée dans la poubelle. Et un petit ruban rouge dans la chambre principale. Rien de bien utile. L'unité scientifique a largement assez d'éléments pour établir que Linda Turner a bel et bien vécu ici. Du reste, ils ont passé toute la maison à la poudre, y compris le sous-sol, pour essayer de trouver les empreintes de

Felicity Akerman. Mais même si toutes les analyses confirment nos soupçons et concordent avec ce que dit Claire, cela ne fera pas avancer l'enquête pour autant. Felicity Akerman n'est plus là, et c'est Krissy Willis que nous devons retrouver.

Casey acquiesça.

— Rien d'autre ?

— Des bouts de papiers chiffonnés, un agenda vide et un calendrier sans aucune annotation. Manifestement, Linda Turner ne conservait rien. Du moins ici.

A ce moment, le téléphone de Peg sonna.

— Harrington.

Peg resta silencieuse pendant une bonne minute.

— Très bien. Fais-le analyser immédiatement. Rappelle-moi quand tu auras les résultats.

Casey attendait, les yeux rivés sur Peg. Si elle en croyait la réaction de l'agent spécial, ils tenaient quelque chose.

— C'était la scientifique, dit Peg en réponse au regard inquisiteur de Casey. Lorsqu'ils ont vidé la pharmacie dans la baignoire, ils ont trouvé une pilule. Visiblement, il s'agirait d'une prescription médicale. Ils la font analyser immédiatement.

— Si c'est bien un médicament, nous saurons non seulement lequel, mais aussi de quoi souffrait Linda. Avec cette info, nous pourrons passer en revue toutes les pharmacies de la région. Même si elle s'est procuré ses pilules sous une fausse identité, cela nous facilitera la tâche.

— Les pharmacies *et* les cabinets médicaux, ajouta Peg. Espérons que ce ne soit pas quelque chose d'aussi banal qu'un antalgique ou des somnifères. Si on réussit à l'identifier, on pourra peut-être enfin avancer.

27

Le FBI ne mit pas longtemps à analyser la pilule.

Tandis que les hommes appelés en renfort s'étaient lancés dans une vaste chasse à l'homme autour de Wappingers Falls, Casey, Marc, Claire et Patrick avaient repris la route pour Armonk avec le reste de la cellule de crise. Ils venaient d'arriver chez les Willis lorsque Peg reçut un appel.

La pilule saisie était un comprimé de 10 mg de mémantine, un médicament utilisé pour traiter les cas d'Alzheimer modérés à sévères.

— Alzheimer ? répéta Casey du tac au tac. Je ne comprends pas. Comment Linda a-t-elle pu orchestrer un tel enlèvement si elle souffrait d'Alzheimer ?

— Peut-être n'est-elle pas encore très atteinte ? Les débuts de la démence, suggéra Patrick.

— Non, dit Peg en secouant vigoureusement la tête. D'après les experts médicaux, une dose de 10 mg ne correspond pas à un dosage de début de traitement. Cela dit, chaque patient est différent. Il se peut que Linda soit lucide la plupart du temps. Ou qu'elle bénéficie des services d'une aide à domicile qui passe la voir tous les jours, lui apporte ses prescriptions, mais ne reste pas suffisamment longtemps pour se rendre compte qu'un enfant est enfermé au sous-sol. De toute façon, nous n'en saurons pas plus tant que nous n'aurons pas mis la main sur Linda.

— Cela explique le ruban rouge que nous avons trouvé, murmura Casey. Linda se le noue certainement au poignet en guise de pense-bête. C'est très courant et très utile, en particulier pour ce type de pathologie.

— Nous savons donc ce que nous cherchons, dit Bennett. Les autorités sont déjà sur le pont. La photo de Linda Turner est en train d'être affichée dans toutes les pharmacies à trente kilomètres à la ronde. Il est temps, maintenant, de solliciter les mandats nécessaires pour trouver le destinataire de ces pilules.

Dès qu'il le put, Marc tira Casey à l'écart.

— Est-ce qu'on ne pourrait pas demander à Ryan de s'introduire dans les fichiers des principaux labos pharmaceutiques, histoire de gagner un peu de temps ? Parce que je te signale qu'avec les dernières lois promulguées sur la protection des données, on en a pour un moment.

— Evidemment, Ryan peut entrer partout où il veut, répondit-elle, distraite. Mais il faudrait quand même inspecter un sacré nombre d'officines, et encore, en espérant que Linda se soit présentée sous sa véritable identité... Je n'y crois pas vraiment, étant donné qu'elle ne veut pas se faire repérer. Ce qui nous ramène à la case départ. Comme le disait le sergent Bennett, nous n'avons plus qu'à faire toutes les pharmacies l'une après l'autre avec la photo de Linda, en espérant que celui qui a vendu de la mémantine la reconnaisse.

— Mais toi, tu as une autre idée derrière la tête, n'est-ce pas ?

Marc savait parfaitement lire dans le regard de Casey.

— Effectivement. Il vaut ce qu'il vaut, mais j'ai un plan. Et s'il marche, il pourrait nous faire gagner un temps fou.

Elle jeta un œil sur la foule d'agents qui grouillaient autour d'eux.

— Je ne peux pas sortir d'ici sans me faire remarquer. Et Peg ne me lâchera pas si elle a l'impression que je suis sur quelque chose. Tu peux t'éclipser un instant et envoyer un texto à Ryan ? Dis-lui de nous rejoindre ici avec son ordinateur. Rendez-vous dans sa camionnette.

— O.K. Donne-moi trois minutes.

*
* *

Ryan rappliqua à Armonk à toute vitesse.

Casey dut se dérober discrètement afin d'échapper aux regards des quelques rares agents encore sur place.

Comme prévu, elle alla retrouver Marc et Ryan dans la camionnette, où Hero avait décidé de s'accorder une petite sieste.

— Marc m'a expliqué où on en est, commença Ryan. Alors ? Quelle est ton idée ?

Casey soupira.

— Mon grand-père souffrait d'Alzheimer. C'est une maladie dégénérative atroce. Si Linda Turner prend des cachets dosés à 10 mg de mémantine, il y a fort à parier qu'elle prend 20 mg par jour. Ce qui n'est pas bon signe. Par ailleurs, ces médicaments ne font que ralentir la progression de la maladie. Dans l'état où elle doit être, je ne l'imagine donc pas un instant tenir seule les ficelles du kidnapping.

— Donc, tu penses qu'elle a un complice, dit Ryan. Est-ce que tu reviens à la théorie de la mafia ?

— Non, rétorqua Marc. C'est une affaire trop personnelle. L'idée vient forcément de Linda. Elle a juste eu besoin d'un coup de main pour mettre son plan à exécution.

— Je suis d'accord, approuva Casey. Je ne crois pas à l'histoire de l'aide à domicile. A mon avis, la personne qui va chercher les médicaments de Linda et qui s'occupe d'elle est aussi celle qui retient Krissy en captivité.

— O.K., ça me semble cohérent, acquiesça Ryan sans quitter Casey du regard, convaincu qu'elle n'avait pas encore dit tout ce qu'elle avait en tête. Tu penses à quelqu'un en particulier ?

— Non. Cela dit, j'ai bien une idée que je voudrais vérifier, même si c'est vraiment tiré par les cheveux et que ça risque de nous mener vers un cul-de-sac.

— Mais ton intuition te dit que ça vaut le coup d'essayer…

— Oui, répondit Casey en regardant tour à tour Ryan et Marc. Je crois qu'il faut reconsidérer le meurtre de Claudia

Mitchell. Nous sommes tous partis du postulat qu'il était l'œuvre de la mafia. Mais si la mafia n'a rien à voir dans le kidnapping de Krissy, elle n'avait aucune raison de vouloir faire taire Claudia.

— Ce qui signifie que quelqu'un d'autre voulait ou devait éliminer Claudia, poursuivit Marc. Quelqu'un qu'elle aurait surpris. Surpris où ? Au centre médical où elle avait rendez-vous pour un entretien. C'est-à-dire à Sunny Gardens, là où sont soignés toutes sortes de patients atteints d'affections physiques et mentales, dont Alzheimer.

— Tu penses que Linda Turner pourrait se trouver dans ce centre ? demanda Ryan.

— Il est possible qu'elle y ait été admise récemment, dit Casey. Ce qui veut dire qu'elle a forcément un complice qui lui rend visite.

— Cela veut aussi dire que son complice est sûrement celui qui a commis l'enlèvement. Et, dans ce cas, il s'agirait d'*une* complice, conclut Marc. Tu penses à quelqu'un qui côtoie les Willis ? Quelqu'un que Claudia aurait reconnu ?

— Ça tient la route, n'est-ce pas ? demanda Casey.

Ryan laissa échapper un long sifflement.

— Effectivement, ça mérite qu'on s'y attarde. Et il faut absolument en avoir le cœur net. Mais comment ? Sunny Gardens ne va jamais nous donner accès à ces infos. Les autorités auraient déjà du mal à obtenir quoi que ce soit, alors sans mandat, on peut directement aller se rhabiller.

— Nous avons Marc, dit Casey en considérant son associé d'un œil confiant. Je parie que tu peux obtenir ce dont nous avons besoin.

Marc semblait perdu dans ses pensées.

— Ce qu'il nous faut, c'est vérifier que Linda Turner est effectivement l'une des pensionnaires de Sunny Gardens. Je devrai passer le portail et éviter les caméras de surveillance. M'introduire dans l'enceinte sans me faire remarquer. Puis m'infiltrer dans le bâtiment principal et ressortir. C'est faisable.

— Je pourrais y aller avec toi, proposa Ryan. Si je peux installer Gecko…

— Laisse-moi m'en occuper à ma manière, coupa Marc. Au moins pour l'instant. Les opérations secrètes, c'est mon rayon. Si Linda Turner est là-bas, je la trouverai. Et je trouverai aussi sous quel nom elle a été admise. Nous aurons notre réponse ce soir. Et si nous avons vu juste, tu pourras y retourner avec Miniboy.

— Vous, vous avez encore quelque chose derrière la tête.

Patrick s'approcha derrière Casey au moment même où la camionnette de Ryan et la voiture de Marc disparaissaient au coin de la rue.

Casey fit volte-face.

— D'où sortez-vous ? Vous nous espionniez ?

— J'ai vu Marc partir, dit Patrick, les mains dans les poches, en la regardant fixement. Et puis vous êtes sortie… J'ai fait toute ma carrière au FBI ; ce n'est pas aux vieux singes qu'on apprend à faire la grimace. Il y a des détails qui ne trompent pas.

— Nous avons juste fait le point, mon équipe et moi, sur les différentes options possibles.

— Et celle que vous avez retenue, vous n'avez pas l'intention d'en faire part aux autorités. Autrement dit, une fois de plus, vous vous croyez en plein western.

— En plein western ? répéta-t-elle en réprimant un sourire. Est-ce que ça veut dire que vous allez appeler la cavalerie à la rescousse ?

— Tout dépend de ce que vous mijotez.

— Absolument rien, dit Casey sur un ton intentionnellement banal.

Patrick continuait de la fixer.

— Vous êtes une sacrée menteuse ! Je pourrais presque vous croire, si je n'avais pas eu vent de vos méthodes.

— Alors, vous devez aussi savoir qu'il vaut mieux ne pas poser de questions. Contentez-vous des résultats. C'est tout.

Patrick ne sourcilla pas.

— Vous me mettez dans une position délicate. Parce que je suis à peu près sûr que vous n'êtes pas d'accord avec la théorie de Peg, et que vous êtes arrivée à la même conclusion que moi. Et je ne sais pas si je dois en parler ou non aux autorités.

Malgré sa contrariété, Casey ne perdit pas son sang-froid.

— De quelle conclusion parlez-vous ?

Patrick hésita un instant.

— Si je comprends bien, vous me demandez de me jeter à l'eau le premier ? D'accord, très bien. En temps normal, je ne le ferais pas, mais vous avez une longueur d'avance, et le temps joue contre nous. Alors, je me lance. Mais je vous préviens, Casey, vu que je joue franc-jeu, ne vous payez pas ma tête.

— Vous avez ma parole.

— Bien. Vous et moi sommes d'accord sur le fait que Linda Turner n'est pas en état de kidnapper un enfant. Et qu'elle a une complice, qui a en réalité fait tout le sale boulot pour elle. Est-ce que je suis sur la bonne voie ?

— Oui.

Casey lisait en Patrick comme dans un livre ouvert. Il savait. Ce n'était pas du bluff. Et le moment était venu de lui renvoyer l'ascenseur.

— Je crois que Linda Turner est suffisamment malade pour avoir été admise dans un établissement spécialisé.

— Et vous pensez que cet établissement est Sunny Gardens, l'endroit où Claudia Mitchell s'est rendue pour son entretien. Et vous pensez aussi que lorsqu'elle était sur place, elle a vu quelqu'un qu'elle n'aurait pas dû voir, et que c'est pour cette raison qu'elle a été tuée.

— Exact. Et si Claudia a reconnu quelqu'un de l'entourage de Mme Willis, cela signifie probablement que c'est une personne qu'elle a connue à l'époque où elle était encore greffière.

A cet instant précis, Casey ne s'inquiétait plus de savoir ce que Patrick avait exactement deviné, mais plutôt de l'usage qu'il prévoyait d'en faire.

— Je me moque de savoir comment cette personne est entrée en contact avec Linda Turner. Pour l'instant, l'important n'est pas là. Tout ce qui compte, c'est de la retrouver.

— C'est forcément une femme, approuva Patrick. C'est ce qui ressort de toutes les descriptions des personnes présentes sur la scène du crime, et aussi des déclarations du jardinier.

A ces mots, il se raidit, et Casey vit réapparaître en lui l'agent du FBI.

— Si nous sommes tous les deux arrivés à cette même conclusion, qu'est-ce qui vous fait penser que les autorités suivent une piste différente ?

— Je suis sûre qu'ils arriveront au même point que nous. Mais ils devront faire des tours et des détours pour obtenir les autorisations nécessaires. Pas nous.

D'un seul coup, Casey baissa sa garde et laissa aller ses émotions.

— S'il vous plaît, Patrick, faites-moi confiance… Laissez-moi suivre cette piste jusqu'au bout. Ne mettez pas Peg au courant. Vous n'enfreignez aucune loi, puisque vous ignorez nos plans. Nous pouvons peut-être encore sauver Krissy Willis. Laissez les autorités faire leur travail. Je ne vous demande pas de les envoyer sur une fausse piste, mais juste de tenir votre langue. Nous avons besoin d'un petit temps d'avance pour vérifier nos hypothèses.

Patrick la regarda avec insistance.

— Je ne devrais pas accepter. Mais je suis personnellement impliqué dans cette affaire. Et je dois reconnaître que vous vous débrouillez très bien. Alors faites ce que vous avez à faire. Epargnez-moi les détails. Faites votre boulot, et faites-le vite. Pour ce qui est de Peg, je ne lui dirai pas un mot de notre conversation. Mais je ne l'empêcherai pas de faire son devoir. Je ferais la même chose, si j'étais à sa place.

— Merci. Je me débrouillerai pour citer votre nom à un

moment ou un autre. Sans risquer de vous compromettre, bien entendu. Je sais combien cette affaire compte, pour vous.

— Les deux affaires, rectifia-t-il. Ce qui arrive aujourd'hui à Krissy Willis est loin de me laisser indifférent. Et j'ai besoin de savoir ce qui est arrivé à l'époque à Felicity Akerman.

28

Marc stationna à l'abri des regards, dans une clairière entourée de buissons touffus, à près de quatre cents mètres de Sunny Gardens. Après avoir parcouru à pied la distance qui le séparait du centre médical, il se posta face à une entrée, soigneusement dissimulé derrière un bosquet. Il tenait à faire le guet pendant au moins deux heures en plein jour avant d'escalader la grille et de s'introduire dans la propriété. Il voulait avoir une idée des allées et venues du personnel, et savoir à quel moment les patients étaient sortis et rentrés.

Muni de ses jumelles militaires, il scrutait les alentours, à l'affût du moindre détail.

D'abord, les caméras de surveillance. Elles étaient positionnées à l'entrée principale, et probablement aussi de part et d'autre du portail arrière. Ce qui signifiait qu'une bonne partie de la grille était sans surveillance. Entrer ne serait donc pas un problème.

Ensuite, les ouvriers de Bennato Construction. Ils avaient terminé leur journée et commençaient à quitter les lieux. La structure de la nouvelle aile était en place, et les plaques de Placoplâtre en partie montées. En cas de besoin, Marc trouverait facilement le moyen de se fondre parmi le personnel encore sur place, ou de se cacher derrière les piles de matériaux entassés par endroits.

Marc s'intéressa enfin à la partie du parc où se trouvaient les patients. Quelques-uns bavardaient, mais la plupart étaient seuls dans la grande allée, assis à l'ombre des séquoias ou au beau milieu des jardins parfaitement entretenus et soignés. Néanmoins, certains se promenaient, sous l'œil attentif des infirmières et des aides-soignantes. Quant à ceux qui ne pouvaient se déplacer seuls, ils étaient surveillés d'encore plus près, et ramenés à l'intérieur en fauteuil roulant.

Si les Forensic Instincts avaient vu juste, Linda Turner se trouvait peut-être parmi eux, juste de l'autre côté de la route.

Ryan avait bien fait son travail. Marc avait sous les yeux le nombre de pensionnaires, le nombre d'infirmières par patient, ainsi que la taille et la disposition du bâtiment principal. Ryan lui avait envoyé par e-mail des photos de l'intérieur et de l'extérieur du centre. S'il n'avait pas été pris par le temps, il lui aurait même dégoté un plan complet de l'ensemble du complexe.

Malgré l'urgence de la situation, Marc attendait. Son expérience lui avait appris qu'il fallait parfois faire preuve de patience, et il savait d'instinct quel était le moment le plus propice pour se lancer.

Bientôt, ce fut l'heure du dîner. Puis il y eut l'arrivée des équipes de nuit. Le personnel de jour rentra chez lui. Le dispositif de nuit était allégé. Rien de surprenant pour Marc. Il savait que la nuit serait plus calme. Les patients seraient confinés dans leurs chambres. Les besoins étaient alors moins importants.

Dans ces conditions, le travail de Marc serait à la fois largement facilité et, paradoxalement, d'autant plus délicat. La probabilité d'une mauvaise rencontre serait, en effet, plus faible, mais dans des couloirs déserts, il risquait davantage de se faire repérer. Il avait donc tout prévu, d'abord pour s'infiltrer discrètement, ensuite pour passer inaperçu. Vêtu de noir des pieds à la tête, avec une chemise à manches longues et un jean, il transportait dans son sac à dos une tenue d'infirmier tout droit sortie du grenier des Forensic Instincts.

Le soleil était couché depuis un moment déjà, et les étoiles commençaient à briller dans le ciel lorsque Marc tira de son sac une paire de lunettes à infrarouges. L'heure était venue.

Sans un bruit, il se hissa jusqu'en haut de la grille, à l'endroit qu'il avait repéré, à une bonne distance des caméras de surveillance. En deux temps trois mouvements, il bascula de l'autre côté, et atterrit debout sur un épais tapis de mousse et de feuilles mortes. Sans bouger, il attendit une minute, s'assurant qu'il était bien seul.

Pas un bruit. Rien d'autre que le chant des criquets.

Evitant les éclairages extérieurs, Marc se faufila rapidement jusqu'au bâtiment principal, qu'il contourna par l'arrière. La porte des livraisons était équipée d'un verrou dont même sa nièce de douze ans aurait su venir à bout en moins de temps qu'il ne faut pour le dire.

Il ouvrit la porte, calant son pied dans l'encadrement pour la maintenir entrouverte. Puis il sortit sa tenue d'infirmier, ainsi qu'un porte-bloc rempli de formulaires médicaux vierges mais aussi vrais que nature, que Ryan avait trouvés sur Internet. Il ne lui restait plus qu'à dissimuler le sac à dos dans un buisson.

Un instant plus tard, il était à l'intérieur.

Il était 20 heures. Les résidents avaient terminé de dîner, mais ne dormaient pas encore. Certains regardaient la télévision dans la salle de jour, pendant que d'autres se préparaient, dans leur chambre, à aller se coucher.

Justement les endroits que Marc avait prévu d'explorer.

La salle de jour serait la plus difficile à inspecter. Il décida donc de la réserver pour plus tard. Il y aurait certainement du personnel à l'intérieur, et il devrait, dans ce cas, manœuvrer à découvert, en espérant que tous ne se connaissaient pas.

Il gravit une volée de marches et s'enfonça dans le hall B, celui qui, selon Ryan, accueillait les résidents nécessitant un suivi médical spécialisé, comme les malades d'Alzheimer. Là encore, c'était un coup de poker. Mais finalement, son expédition tout entière n'était-elle pas qu'un coup de poker ?

Il descendit le couloir d'un pas déterminé, son porte-bloc sous le bras, comme s'il était un habitué des lieux. Quelques membres du personnel croisèrent son chemin, se contentant de lui sourire en le saluant d'un signe de tête. Ce à quoi il répondit le plus naturellement du monde. Jetant un coup d'œil furtif par la porte ouverte de chacune des chambres qui défilaient de part et d'autre, il s'efforçait de garder à la mémoire le visage de chaque occupant. Mais rien. Il continua au-delà du coude que formait le couloir et poussa jusqu'à la dernière porte. Toujours rien. Il fit même marche arrière pour s'assurer qu'il n'avait pas raté une chambre. Aucun patient ne ressemblait ni de près ni de loin à Linda Turner.

Deux possibilités s'offraient à lui : essayer une autre aile ou risquer la salle de jour.

Faisant confiance à Ryan, il tenta cette dernière. A en juger par son emplacement, elle devait être réservée aux résidents du hall B.

Poussant la porte, il pénétra à l'intérieur.

Une demi-douzaine de patients étaient rassemblés en demi-cercle autour d'un téléviseur fixé à mi-hauteur du mur. D'autres étaient installés devant la large baie vitrée, considérant d'un œil hagard le paysage désormais plongé dans l'obscurité. Deux infirmières se tenaient au fond, et surveillaient de près chacun d'entre eux.

Apercevant Marc, l'une d'elles l'interpella aussitôt.

— Oui ?

— Salut !

Marc leur adressa un sourire enjôleur, tout en balayant la pièce du regard.

— Les cuisines m'ont chargé de faire le tour des nouvelles prescriptions alimentaires pour le petit déjeuner.

L'infirmière se tourna vers sa collègue en haussant les sourcils d'un air inquisiteur.

— Tu as quelque chose de neuf ?

La deuxième infirmière hocha la tête.

— Rien de nouveau.

— Super, répondit Marc. Merci !

Déçu, il scruta de nouveau la pièce, en se concentrant cette fois sur les patients massés devant la baie vitrée.

— Après tous ces changements de dernière minute, on peut enfin souffler un peu, poursuivit-il.

En vérité, son soulagement venait d'ailleurs.

Assise devant la baie vitrée, le visage tourné vers Marc, se trouvait Linda Turner. Il reconnut immédiatement la femme de la photo retouchée par Ryan. La forme de son visage, ses traits saillants, l'expression de son regard, ses cheveux poivre et sel. Aucun doute possible. Ils tenaient enfin celle qu'ils recherchaient.

Les risques qu'ils avaient pris n'avaient pas été vains.

— Bon, sur ce, je file. Je dois continuer ma tournée, dit Marc en soupirant d'un air las. Les heures de nuit, c'est vraiment barbant…

— A qui le dis-tu ! répondit la première infirmière.

Esquissant un geste de la main en signe de solidarité, Marc quitta la salle, son porte-bloc sous le bras.

En théorie, sa mission était terminée. Mais plus il pourrait fournir d'informations à Ryan, plus cela faciliterait la deuxième phase des opérations.

Une remise se trouvait de l'autre côté du hall. Marc se glissa à l'intérieur et referma la porte derrière lui, ne laissant qu'un minuscule interstice. Tout juste de quoi surveiller le couloir.

Et ses efforts ne tardèrent pas à être récompensés. Moins d'un quart d'heure plus tard, les infirmières commencèrent à accompagner leurs patients jusqu'à leur chambre pour la nuit. Elles se relayaient, ramenant deux par deux les moins valides, et trois par trois les plus autonomes.

Linda Turner faisait partie de la deuxième tournée. Marc attendit que les infirmières aient atteint la moitié du couloir avant de s'extirper de sa cachette. Il les observa attentivement tout en comptant le nombre de portes qu'elles passaient avant de laisser Linda Turner dans sa chambre.

La sixième porte à droite.

Il regagna son refuge et attendit d'entendre revenir les infirmières. Peu à peu, elles s'éloignèrent, et le volume de leurs voix diminua, jusqu'à disparaître tout à fait.

Une fois le silence revenu, Marc sortit de nouveau de sa tanière.

A pas feutrés, il s'avança jusqu'à la chambre de Linda Turner. Une étiquette glissée dans un étui fixé à droite de la porte indiquait le nom du patient. *Lorna Werner.*

Lorna Werner. Linda Turner. Voilà qui était suffisamment

proche, pour une femme qui perdait la mémoire, mais assez éloigné pour éviter de se faire repérer. Un choix judicieux.

Marc jeta un œil à travers le hublot de la porte fermée. Linda Turner s'affairait autour de son lit. Elle parlait toute seule, tout en humant le parfum d'un bouquet de chrysanthèmes jaunes disposés dans un vase installé sur le rebord de sa fenêtre. Il aurait voulu pouvoir entendre ce qu'elle disait. Mais il avait pris bien assez de risques pour aujourd'hui.

Il balaya du regard l'intérieur de la chambre.

Rien de bien original. Les seules touches personnelles consistaient en une collection de vases et un maillot de foot accroché au mur.

Au cas où il aurait encore eu un doute, ce doute était à présent bien levé.

Cinq minutes plus tard, il était dans sa voiture, le téléphone portable collé à l'oreille, et rentrait à la *brownstone*.

Lorsque Marc entra dans le bureau, Ryan était déjà en plein branle-bas de combat, tandis que l'imprimante laser crachait sans discontinuer une multitude de feuilles. Hero était assis au pied de l'imprimante, aboyant à chaque nouvelle impression.

— C'est fou ce qu'on peut faire une fois qu'on a la bonne information ! dit Ryan. Un simple nom. Lorna Werner. Et comme par magie, j'ai accès aux données que tout le FBI essaie d'obtenir sur les antécédents médicaux de Linda avant son admission à Sunny Gardens. J'ai son traitement complet. Les posologies. Le nom de son médecin traitant. Sa pharmacie. Je suis entré dans le système d'exploitation de Sunny Gardens, les doigts dans le nez. J'ai son dossier d'admission. Il est daté d'un mois à peine. Jusque-là, elle était soignée à domicile.

— Le rapport précise-t-il qui a demandé son admission ? s'enquit Marc.

— Non. Le dossier ne comprend que des informations de base. Aucun détail.

— Bon, j'ai essayé de glaner tout ce que je pouvais. Désormais, la balle est dans ton camp.

— Tu as dit qu'il y avait des vases de fleurs dans sa chambre.

Casey était appuyée sur un coin du bureau de Ryan. Elle avait écouté attentivement le compte rendu de l'excursion de Marc et tâchait d'en dégager l'essentiel.

— Le terrain autour de la maison de Linda était à l'abandon lorsque nous y sommes allés, mais il est évident qu'à une époque, le jardin a été entretenu. Ça a même dû être un très joli jardin. Quant au lac, il était envahi de ronces. Mais je parierais qu'avant la mort d'Anna, il était bordé de fleurs.

— Et qu'en déduis-tu ?

— Tu as dit que certains patients passaient l'après-midi dans le parc à regarder les fleurs. A mon avis, c'est là que nous trouverons Linda, enfin… Lorna.

— Ça tient debout, approuva Marc.

— Et c'est là que Gecko et moi intervenons, dit Ryan en basculant dans son fauteuil, les mains derrière la tête. L'heure est venue pour moi de me glisser dans la peau d'un installateur de caméras de surveillance. Une fois que j'aurai terminé mon petit boîtier noir, nous pourrons suivre directement depuis nos bureaux tout ce que filmeront les caméras de Sunny Gardens. Et si Linda Turner passe ses journées dans les jardins, nous y serons aussi.

— Je n'ai pas tout compris, dit Marc. Mais c'est plutôt habituel lorsque tu nous sors ton jargon. Je serai par ici, si vous avez besoin de moi. Espérons que notre complice pointera le bout de son nez pour notre retransmission privée.

— Elle viendra, dit Casey. Il faudra bien qu'elle rende visite à Linda un jour ou l'autre. Peu importe qui a commis le kidnapping, Linda est émotionnellement attachée à Krissy, même si elle n'est pas physiquement à ses côtés. Elle a besoin de se sentir avec elle. Et la seule personne capable de lui fournir ce lien est sa complice. Elle est sa béquille. Et elle lui prend certainement un beau paquet d'argent au passage — disons 250 000 dollars — pour veiller sur Krissy. La seule chose que nous ignorons est le stade de sa maladie et l'ampleur de ses pertes de mémoire. Il se peut que sa complice la manipule. D'après nos conjectures, Linda imaginerait donc que Krissy vit quelque part à Sunny Gardens. Mais nous devons en avoir le cœur net.

— Question suivante, dit Marc en s'adressant à Ryan. Quand met-on Peg et le FBI au courant ?

— Pas maintenant ! répliqua Ryan. J'ai besoin d'un peu de temps. Il me manque encore quelques éléments. Une fois que je les aurai, tu pourras dire au FBI tout ce que tu veux.

— Il va falloir jouer serré, murmura Casey. Je suis sûre qu'ils ne sont pas loin derrière nous. Une fois qu'ils auront tous les mandats nécessaires, ils vont débarquer à Sunny Gardens pour débusquer Linda Turner. Et si elle n'a pas les idées assez claires pour répondre à leurs questions, la seule chance qu'on a de mettre la main sur sa complice pourrait bien partir en fumée.

— Oui, et si cette complice apprend l'arrestation de Linda, on pourra lui dire adieu à jamais.

— Elle est le seul lien qui peut nous mener jusqu'à Krissy, dit brusquement Casey. Je n'ai pas l'intention de la laisser nous filer entre les doigts. Ryan, prévois un départ pour Sunny Gardens demain dès l'aube.

29

Septième jour

Le soleil dardait ses premiers rayons à travers les feuillages tandis que Ryan filait en direction de Sunny Gardens au volant de sa camionnette. Comme Marc, il stationna à une bonne distance de l'établissement, dans un chemin de terre bordé de fougères qui s'enfonçait sous les branches. Un parfait camouflage. Son entrée en scène officielle, il la gardait pour plus tard.

Par chance, les ouvriers entamaient leur chantier à l'aube. Ainsi, lorsque Ryan traversa le parking en bleu de travail, une lourde caisse à outils à la main, personne ne lui prêta attention.

Sur les conseils de Marc, il contourna le bâtiment par-derrière, et, comme prévu, la porte des livraisons était ouverte. En journée, les mesures de sécurité étaient allégées, et les livraisons se faisaient à toute heure.

Sans perdre un instant, il descendit les quelques marches qui menaient jusqu'au sous-sol. Un enchevêtrement de câbles et de fils en tout genre courait le long des poutres en béton, mais Ryan repéra au premier coup d'œil la gaine qui l'intéressait. L'alimentation du système de vidéosurveillance interne relié à la salle des infirmières.

D'un geste, il s'empara de son agrafeuse, visa pile dans le câble sélectionné, et attendit. Une minute, puis deux. Au bout de cinq bonnes minutes, il sortit son téléphone portable et appela l'infirmière en chef.

— Oui ? répondit une voix fatiguée.

— Bonjour. Ici la société de surveillance. Avez-vous un problème avec votre circuit TV interne ?

— Comment le savez-vous ? Nos écrans de contrôle sont effectivement complètement brouillés. Il y a des zigzags dans tous les sens. On n'y voit plus rien du tout.

— Le système est couplé à un dispositif d'alerte qui déclenche une alarme dans nos bureaux. En tant qu'établissement médical, vous êtes prioritaire. Souhaitez-vous que je me déplace pour voir ce qui se passe ?

— Oh ! Mais oui, ce serait formidable ! s'écria l'infirmière, visiblement enchantée à l'annonce de cette proposition. Merci beaucoup !

— Pas de problème. Qui dois-je demander ?

— Jeri Koehler. C'est moi. Je suis l'infirmière en chef.

— O.K. Ne touchez à rien. Attendez mes instructions, dit-il d'une voix rassurante. Je serai là d'ici une heure environ.

Après avoir raccroché, il empoigna sa caisse à outils, quitta le sous-sol, et sortit tranquillement par le portail principal.

Une fois arrivé dans sa cachette, il grimpa à l'arrière de sa camionnette et attendit un moment. Il ouvrit un sac marron dont il tira une barre protéinée et un café achetés sur la route en guise de petit déjeuner. Tout en mangeant, il envoya un texto au bureau pour informer ses associés du succès de la phase numéro un.

Une demi-heure plus tard, il troqua son bleu contre un jean et une chemise de travail, prenant soin de ne pas attacher les trois premiers boutons. Puis il sortit par la portière arrière, contourna son véhicule et s'installa au volant.

Cette fois, il fit son entrée en grande pompe et stationna sur le parking principal avant de se présenter à l'accueil. Un jeu d'enfant.

L'infirmière en chef Jeri Koehler poussa un profond soupir de soulagement. Dire qu'elle était ravie de le voir arriver aurait été un euphémisme. Autour d'elle, les infirmières toisèrent le beau gosse qui venait de faire irruption sous leurs yeux. Quelques messes basses s'échangèrent. Face à la fébrilité générale, Jeri Koehler lança un bref rappel à l'ordre. Monsieur était là pour réparer le système de vidéosurveillance. Et si elle s'était exprimée sur un ton aussi sec, c'était certainement pour ne pas avoir à préciser à ses collaboratrices qu'elles avaient mieux à faire que de rester là, les bras ballants, à faire les yeux doux à leur visiteur. Après quoi, elle emmena Ryan jusqu'aux écrans de contrôle et monta à l'étage, où on l'attendait.

Ryan étala quelques outils et entreprit de démonter les écrans, tout en écoutant les infirmières déblatérer à voix basse sur le compte de leur supérieure. A plusieurs reprises, il ne put s'empêcher d'intervenir, prenant leur défense contre la hiérarchie, toujours plus exigeante. Comme d'habitude, Ryan ne perdait pas une occasion de tester son sex-appeal auprès de la gent féminine.

Après avoir fait semblant de chercher la cause du problème suffisamment longtemps pour paraître crédible, il annonça qu'il devait descendre au sous-sol pour localiser le signal défectueux. Ne se privant pas de faire un clin d'œil au passage, il promit d'être de retour au plus vite.

Une fois en bas, il répara le câble qu'il avait saboté une heure plus tôt, avec toutefois quelques petites modifications. A l'aide d'un routeur, il dévia la deuxième ligne vidéo vers le petit boîtier noir qu'il avait lui-même conçu. Grâce à ce mini-ordinateur, il pouvait transférer le signal vidéo sur Internet et le récupérer directement à son bureau.

Mission accomplie.

Muni de son téléphone, Ryan accéda à distance au serveur vidéo de la *brownstone* pour vérifier que son artifice fonctionnait comme prévu.

D'un hochement de tête, il se félicita. Sa dernière création lui fournissait une image d'une qualité irréprochable.

Un succès de plus. Aucun doute, il était vraiment un génie.

Sans plus tarder, il remballa ses affaires et regagna la salle de repos des infirmières.

— Bonjour, mesdames, lança-t-il sur un ton jovial aux jeunes femmes qui allaient et venaient en attendant son retour. J'ai effectué une réparation, mais malheureusement, elle n'est que provisoire. Je vais devoir commander une pièce et revenir l'installer d'ici quelques jours. La bonne nouvelle, c'est qu'en attendant, le système fonctionne de nouveau normalement.

— Merci mille fois ! dit l'une d'elles. Vous êtes notre sauveur !

— Ravi de vous avoir été utile, répondit Ryan, le visage fendu d'un sourire ravageur. Il ne me reste plus qu'à remonter les écrans et ranger tout le bazar que je vous ai mis. Je n'en ai que pour quelques minutes.

— Prenez tout votre temps.

Et Ryan ne se fit pas prier, profitant de la charmante compagnie de ces dames pour bavarder de tout et de rien.

— J'ai aperçu les jardins en entrant, commenta-t-il. Ils sont splendides. Si ma mère voyait ça, elle serait verte de jalousie !

— Les pensionnaires aiment beaucoup s'y installer pour passer le temps, répondit une jeune et délicieuse novice à la chevelure blonde.

— C'est ce que je me suis dit, confirma Ryan en replaçant avec soin l'écran le plus grand. Est-ce qu'ils sortent souvent ?

— Autant qu'ils le souhaitent. Ils sont en train de terminer le petit déjeuner, à cette heure-ci. Ceux qui désirent aller se promener ne vont pas tarder à sortir.

« Si seulement ils pouvaient se dépêcher un peu… », se dit Ryan.

Tout en s'essuyant le front du revers de la manche, il regarda ses interlocutrices d'un air accablé.

— Je sais que vous êtes toutes très occupées, et je ne voudrais pas abuser de votre gentillesse, mais je pourrais vous demander un verre d'eau ? J'ai oublié ma bouteille dans ma camionnette, et le sous-sol est plein de poussière. J'ai la gorge toute sèche. C'est à peine si j'arrive à avaler.

— Pas de problème, dit une aide-soignante en tournant les talons.

Ryan était bien décidé à jouer les prolongations. Le récit de ses aventures aux quatre coins du monde et de ses marathons de l'extrême eut sur son auditoire un effet immédiat. Les yeux écarquillés, les infirmières l'écoutaient, bouche bée, raconter ses prouesses en chute libre. De deux choses l'une : soit elles le prenaient pour un dieu vivant, soit elles étaient convaincues d'avoir devant elles un véritable fou à lier.

Mais dans un cas comme dans l'autre, l'opération avait permis de faire diversion en attendant que revienne l'aide-soignante avec son verre d'eau.

— Et voilà, dit-elle en le lui tendant.

— Merci beaucoup.

Tout en portant le verre à sa bouche, il jeta un œil sur l'écran.

Les résidents commençaient à sortir, certains vers le patio, d'autres vers les jardins, à pied ou en fauteuil.

Parfait.

Ryan prit tout son temps pour boire son verre, s'arrêtant à plusieurs reprises pour reprendre son souffle. Enfin, il se remit au travail.

Huit à dix patients étaient installés dans chaque coin du parc. Il balaya rapidement les écrans du regard. Toujours rien.

Faute de mieux, il se remit donc à ranger ses outils. « Allez, plus vite, plus vite ! » pensa-t-il en jetant des coups d'œil furtifs sur les écrans. Combien pouvaient-ils être au total ? Il ne pourrait pas rester planté là indéfiniment, à compter fleurette aux infirmières, avaler des verres d'eau et passer pour un crétin incapable de remettre en place un ordinateur. Plus les minutes passaient, plus il risquait de devoir abandonner son idée.

Ça y est ! Les yeux rivés sur l'un des écrans de contrôle, Ryan venait d'apercevoir Linda Turner qui arrivait en fauteuil dans la partie la plus à l'est du jardin. A en juger par ses gestes démonstratifs, elle était en grande discussion avec l'infirmière qui la poussait.

Un ruban rouge était noué à son poignet.

— Eh bien ! En voilà une qui a l'air ravie d'être ici, commenta Ryan. Si tous vos patients commencent la journée de cette humeur, je crois que je vais m'inscrire !

L'aide-soignante regarda par-dessus son épaule.

— Oh ! C'est Lorna Werner… Elle adore cet endroit. Elle insiste pour qu'on l'installe tous les jours à la même place. En temps normal, elle est toujours abattue, mais aujourd'hui, elle est tout excitée parce qu'elle a une visite cet après-midi.

L'aide-soignante pointa son doigt vers l'écran de contrôle.

— Vous voyez ce ruban rouge ? C'est pour lui rappeler le jour de visite de sa fille. Chaque fois, c'est un véritable événement. Elle n'arrête pas d'en parler.

« Sa fille ? » Le cerveau de Ryan bouillonnait. C'était donc ainsi qu'on appelait désormais les complices de kidnappings ? Il devait admettre que l'idée était plutôt astucieuse. Cette femme connaissait le talon d'Achille de Linda et savait exactement comment arriver à ses fins.

Ryan prit le temps de repérer précisément l'endroit où l'infirmière l'installait, puis il rassembla rapidement toutes ses affaires.

Toutes ses affaires à l'exception d'une chose : son générateur basse fréquence, qu'il laissa intentionnellement à l'intérieur du tableau de contrôle. Un prétexte tout trouvé pour une contre-visite qui ne saurait tarder.

Enfin, il salua toutes les infirmières, promit de revenir en personne installer la pièce défectueuse, et s'en alla. Arrivé à sa camionnette, il grimpa à l'intérieur et claqua la portière derrière lui. Sans perdre une seconde, il attrapa son téléphone et appela Casey.

— Salut ! Nous sommes sur des charbons ardents ! lui dit-elle. Où en es-tu ?

— Vous pouvez maintenant accéder au circuit de vidéosurveillance de Sunny Gardens depuis la *brownstone*. N'hésitez pas à jeter un œil, poursuivit-il en expliquant à Casey la marche à suivre. Linda Turner est dans les jardins. Dans la partie est. Je vais installer Gecko pile à l'endroit où elle a l'habitude de passer ses journées. D'après les infos que j'ai glanées, Linda attend une visite aujourd'hui. Elle s'est attaché un ruban rouge au poignet pour s'en souvenir.

— Comme le ruban rouge qu'on a retrouvé chez elle.

— Exactement. Et devine qui lui rend visite ? Sa fille.

— Sa fille ? répéta Casey, abasourdie par la nouvelle. Tu veux dire que la complice de Linda se fait passer pour sa fille ?

— Pas bête, non ? Si cette femme s'est présentée comme sa fille, j'imagine qu'elle n'a eu aucun mal à faire d'elle ce qu'elle voulait. La faire admettre à Sunny Gardens, lui rendre visite de temps en temps…

Encore sous l'effet de la surprise, Casey tentait d'analyser la situation sous un jour nouveau.

— Elle a pu la manipuler sans difficulté, obtenir des informations confidentielles, et faire tourner le tout à son avantage, déclara-t-elle. N'oublie pas que le vœu le plus cher de Linda était d'avoir un enfant. Elle a dû voir dans cette personne sa fille Anna devenue adulte. Quant à Krissy, elle joue le rôle de sa fille encore enfant. Le fonctionnement psychique humain est tellement complexe que les scénarios sont infinis. Qu'est-ce que tu prévois ?

— Comme je te le disais, j'ai l'intention de positionner Gecko juste à l'endroit où elle a l'habitude de s'asseoir. Quand sa visiteuse arrivera, Gecko pourra enregistrer leur conversation audio et vidéo. Il peut largement émettre jusqu'à ma camionnette. Je pourrai ainsi écouter et tout visualiser en même temps. De cette manière, on saura qui est sa complice. Et là, on trouvera un moyen de mettre Peg et le FBI au courant. Ils n'auront plus qu'à la cueillir en douceur. Et on saura où elle retient Krissy prisonnière.

— Il est hors de question qu'on te laisse seul sur ce coup, répondit Casey d'une voix solennelle. Marc et moi te rejoignons là-haut. Avec Hero. Puisque celle qui prétend être sa fille ne se pointera pas avant cet après-midi, ça nous laisse tout le temps nécessaire pour arriver et prendre place avec toi aux premières loges.

— J'espère que vous allez aimer le spectacle, dit Ryan, tout en rassemblant le matériel dont il avait besoin. Bon, je vais positionner Gecko, maintenant… Je le mettrai en veille pour économiser sa batterie. J'ai laissé un outil sur place. Ce sera mon excuse pour retourner y faire un tour. Cette fois, je passerai par les jardins. Je n'en ai pas pour longtemps. Ensuite, je sortirai la camionnette du parking et j'irai me garer dans le chemin qui part sur la gauche, juste avant le portail principal. Retrouvez-moi là-bas. Il y a de la place pour deux véhicules. Vous n'aurez qu'à monter avec moi pour suivre la scène à distance.

30

Krissy, tu as besoin de moi.

Je suis désolée de devoir te laisser toute seule.

Je n'en ai pas pour longtemps. Aujourd'hui, c'est exceptionnel. C'est une urgence.

Je suis inquiète. J'ai vu aux informations certaines choses qui ne me disent rien de bon. Je dois vérifier ce qu'il en est. Car si c'est vrai, des photos risquent d'être affichées un peu partout : dans les cabinets médicaux, les pharmacies. En tout cas, ils ne sont pas remontés jusqu'ici.

Mais peut-être sont-ils arrivés à Sunny Gardens ? Peut-être ont-ils réussi à assembler les pièces du puzzle ? Je dois en avoir le cœur net. Parce que s'ils ont deviné, nous devrons partir.

Nous trouverons un endroit où nous serons en sécurité.

Personne ne nous trouvera. Je ne les laisserai pas faire.

Tu es à moi.

Rien ni personne ne nous séparera jamais.

Les ouvriers fourmillaient autour du chantier lorsque Ryan descendit de sa camionnette. Il portait encore sa chemise de travail, et tenait à la main sa caisse à outils. Soigneusement calé entre deux clés anglaises, Gecko attendait sa nouvelle mission.

Entre les grues qui s'activaient de tous les côtés, les pelleteuses qui creusaient et les dizaines d'ouvriers qui cognaient, perçaient et s'interpellaient dans tous les sens, Ryan était à peu près certain que, même sans sa tenue de travail, personne ne lui aurait prêté la moindre attention. Mais il était hors de question de prendre un tel risque. Jouant les réparateurs surmenés, il entra dans le jardin d'un pas pressé, s'avança jusqu'à l'endroit qu'il avait repéré au préalable, s'accroupit dans l'herbe et sortit plusieurs outils de sa caisse.

Linda Turner était installée à moins de trois mètres de lui. Il mourait d'envie de lui faire avouer où se trouvait Krissy Willis. Mais, ce faisant, il compromettrait définitivement le plan des Forensic Instincts, et réduirait à néant leur espoir de confondre la kidnappeuse sans risquer d'être traduits en justice pour leurs méthodes.

Il s'en tint donc au scénario prévu.

— M'dame ! salua-t-il lorsqu'elle tourna la tête vers lui.

— Bonjour, monsieur.

Le regard dans le vide, elle ne semblait pas le moins du monde chercher à savoir d'où il sortait ni ce qu'il faisait là.

— Je ne vais pas vous déranger bien longtemps, lui dit-il néanmoins. Je dois juste vérifier quelques câbles par ici. Et ensuite, je disparaîtrai.

— Ma fille va venir tout à l'heure, répondit-elle, comme si elle connaissait Ryan. Il y a un tel vacarme, ici... On s'entend à peine. C'est pour ça qu'elle vient l'après-midi, une fois que tous les maçons sont partis. J'espère que vous aussi, vous aurez terminé.

— Bien sûr. Je serai parti depuis longtemps.

Ryan se positionna de façon à tourner le dos à la fois au bâtiment principal et à Linda. Puis il remua ses outils dans sa caisse et en jeta quelques-uns au sol. Simulant une grande agitation, il avait l'air de s'acharner à réparer une panne récalcitrante, sans toutefois y parvenir.

Tout en s'affairant, il retira d'une main le plateau supérieur de sa caisse à outils, attrapa Gecko de l'autre, le mit sous tension et l'installa en plein milieu du massif de fleurs le plus proche.

Laissant échapper quelques jurons, il replaça avec fracas ses outils dans sa caisse, la referma et se releva en se tournant vers Linda.

— Impossible de mettre la main sur l'outil dont j'ai besoin.

Je dois retourner au bâtiment principal. Passez un bon après-midi avec votre fille !

Linda lui adressa un sourire radieux.

— Merci.

Sans perdre de temps, Ryan tourna les talons et remonta vers l'aile centrale, affichant une moue passablement irritée.

D'un pas décidé, il se rendit directement dans le bureau de l'infirmière en chef.

Jeri Koehler avait regagné son poste.

— Rebonjour, dit-elle, l'air surpris. Je croyais que vous étiez parti ?

— J'étais effectivement parti, mais arrivé à la moitié du chemin, je me suis rendu compte que j'avais oublié mon générateur basse fréquence quelque part chez vous. Ça vous ennuie si je jette un coup d'œil ?

— Bien sûr que non, lui répondit l'infirmière en chef. Je vous demanderai juste de ne pas interférer avec notre travail.

Ryan lui décocha un sourire ravageur.

— Sans mon générateur basse fréquence, je ne suis plus rien…

A ces mots, il s'avança jusqu'au panneau de contrôle, fit semblant de chercher pendant cinq minutes environ, puis regarda sous le panneau, glissa une main à l'intérieur et retira l'appareil qu'il était venu chercher.

— Et voilà ! s'écria-t-il, avec un soupir de soulagement plus vrai que nature. Ce petit truc n'a l'air de rien, mais il me sauve la vie ! Je ne sais pas comment vous remercier, dit-il en rangeant le générateur dans sa caisse à outils. Cette fois, c'est promis, je vous laisse travailler. Je repasserai dans quelques jours, lorsque j'aurai reçu la pièce, poursuivit-il en quittant les lieux tout en saluant l'infirmière en chef d'un geste amical.

Désormais, tout était prêt. Gecko n'avait plus qu'à entrer en action.

Ryan grimpa au volant de sa camionnette et quitta le parking. Quelques centaines de mètres plus loin, il coupa la route pour s'enfoncer dans le chemin qui menait jusqu'à l'endroit où il s'était dissimulé un peu plus tôt. Avec ses yeux de lynx, Marc n'aurait aucune difficulté à repérer sa cachette, lorsqu'il viendrait le rejoindre avec Casey.

Passant à l'arrière de la camionnette, Ryan alluma son ordinateur et se connecta à Gecko. Prenant mille précautions, il le repositionna afin d'orienter son micro et sa caméra pile en face de Linda. Si jamais, cet après-midi, elle s'asseyait un peu plus à droite ou à gauche, il pourrait de nouveau réajuster le tir, le moment venu. Mais pour l'instant, tout était parfait.

A distance, il mit Gecko en mode veille afin qu'il garde toute son énergie pour plus tard.

Puis il appela Casey pour lui demander de faire un détour par le McDo le plus proche et de lui rapporter deux Big Mac et des frites. D'ordinaire, il ne cédait jamais à la tentation de la malbouffe, mais aujourd'hui, il s'était levé avant l'aube. Et avec toutes ces allées et venues chez les infirmières, la barre vitaminée et le café qu'il avait ingurgités dans la matinée n'étaient depuis longtemps qu'un lointain souvenir. Il était donc temps de contrevenir à certains principes. Après tout, ce ne seraient pas les premières règles qu'il enfreindrait aujourd'hui.

Une fois son SOS envoyé à Casey, il s'assit et attendit.

Krissy l'entendit partir.

Comme chaque fois, elle sauta du lit et se mit à chercher partout, espérant de tout son cœur que la femme avait oublié son ordinateur ou son téléphone dans un coin. Krissy savait comment s'en servir. Sa maman lui avait montré. Elle avait même son propre téléphone portable, avec des gros chiffres dessus, et elle l'emportait à l'école. Maman avait enregistré plusieurs numéros d'urgence. Elle savait sur quelles touches appuyer. Et elle savait même comment faire avec n'importe quel autre téléphone. Mais chaque fois que la femme laissait Krissy toute seule, elle prenait bien garde de tout emporter avec elle. Et cette fois ne faisait pas exception. Il n'y avait rien d'intéressant dans la chambre. Rien qui puisse permettre à Krissy d'appeler à l'aide.

Elle grimpa jusqu'en haut des marches et tenta d'ouvrir la porte, tirant de toutes ses forces sur la poignée, encore et encore. Mais il n'y avait rien à faire. La porte ne bougeait pas d'un pouce.

De grosses larmes emplirent ses yeux et coulèrent sur ses joues.

Au départ, elle était certaine que sa maman viendrait la chercher, même si la femme s'entêtait à lui répéter le contraire. Elle lui avait raconté que sa maman avait déménagé et que son travail l'occupait trop pour s'occuper d'elle. Et elle lui disait tout le temps qu'elle était sa maman et qu'elle l'aimerait toujours.

Krissy ne l'avait pas crue. Mais tellement de jours s'étaient écoulés… Et toujours aucun signe de sa maman.

Avait-elle vraiment voulu se débarrasser d'elle ? Est-ce que même Ashley avait trop de travail pour jouer avec elle ? Son papa, oui, elle le savait.

Et s'ils avaient arrêté de la chercher ?

Non. Non. *Non !*

Elle redescendit les marches, monta sur le lit et attrapa Oreo.

Le serrant contre elle de toutes ses forces, elle l'inonda de ses larmes.

Marc leva le pied de l'accélérateur et vint se glisser tout doucement à côté de la camionnette de Ryan. Ils avaient pris sa Subaru Outback. Avec sa couleur noire, elle serait plus facile à dissimuler derrière les branchages. Au milieu de la forêt, la Mazda Miata rouge de Casey aurait été un tantinet trop voyante.

Le tumulte du chantier voisin parvenait jusqu'à eux par vagues irrégulières. C'était le début de l'après-midi, et, de toute évidence, les ouvriers accéléraient le rythme pour avancer au maximum avant la fin de la journée. Dès 3 heures, ils abandonneraient leurs engins, rangeraient leurs outils et regagneraient leurs pénates.

Alors que Marc et Casey descendaient de leur voiture, le moteur d'une grue vrombit tout à coup dans un bourdonnement assourdissant. Effrayé, Hero se mit aussitôt à aboyer.

— Ce n'est pas le moment, mon grand ! lui dit Casey. Même si je sais que le bruit te fait mal aux oreilles. Alors, allons vite nous mettre à l'abri dans la camionnette de Ryan.

Ils se précipitèrent jusqu'au véhicule. Marc frappa à la portière arrière.

— C'est nous ! cria-t-il dans le vacarme qui avait envahi la forêt.

Ryan ouvrit la double portière.

— Montez !

Hero ne se fit pas prier. Il flaira l'air une dernière fois, balaya la forêt du regard et bondit à l'intérieur. Casey détacha sa laisse et grimpa derrière lui, suivie de près par Marc. A peine ce dernier avait-il claqué la portière que Hero était déjà couché sur le sweat-shirt de Ryan, attendant en haletant qu'on lui apporte sa gamelle d'eau. Grâce aux nouvelles provisions *spéciales Hero* que Ryan avait emportées, il fut servi aussitôt.

— Des Big Mac et des frites ? lança Marc. Ça vaut au moins une journée entière à la salle de gym ! Sans compter que tu as séché l'entraînement de ce matin… Attention, mon vieux. Si tu perds tes tablettes de chocolat, tu peux dire adieu à ces demoiselles !

— Ça va, ça va… Pour une fois, rétorqua Ryan en prenant le sac McDonald's des mains de Casey. Et je t'ai déjà vu t'enfiler plusieurs hot dogs à la suite dans certaines situations. Alors garde tes conseils pour toi, tu veux ?

— Ça suffit, tous les deux, dit Casey avec impatience. Nous ne sommes pas là pour discuter de vos régimes protéinés. L'invitée de Linda n'est pas encore arrivée, n'est-ce pas ?

— Non, répondit Ryan en hochant la tête. Les résidents sont en train de terminer leur déjeuner. Linda va sortir sous peu. Ensuite, sa soi-disant fille ne devrait pas tarder à entrer en scène. Apparemment, elles se donnent rendez-vous en fonction des travaux, pour éviter le bruit. Et puisque les ouvriers quittent le chantier à 3 heures, j'imagine qu'elle va se pointer à ce moment-là.

Marc haussa les sourcils.

— Toutes ces informations, tu les tiens des infirmières que tu as séduites à l'accueil ?

— En partie, effectivement. Et le reste, de la bouche de Linda en personne.

— Quoi ? Tu lui as parlé ?

— Oui, répondit Ryan, tout en dévorant à pleines dents son Big Mac. Elle était juste à côté de moi quand j'ai installé Gecko. Elle est vraiment à l'ouest. Elle n'avait qu'une chose en tête : voir sa fille et se débarrasser des ouvriers pour pouvoir bavarder dans le calme.

Hero louchait sur le hamburger de Ryan en se léchant les babines.

Casey lui tendit un os en caoutchouc pour l'occuper, tandis qu'elle le caressait machinalement entre les oreilles.

— Si elle est à ce point déconnectée de la réalité, c'est donc sa complice qui mène la danse, comme nous l'avons imaginé. Et elle garde Krissy dans les environs pour une raison bien précise, mais qui m'échappe encore.

— A moins que Linda n'ait des liquidités dont nous n'aurions pas connaissance, intervint Marc. Dans ce cas, il se pourrait que l'opération soit très fructueuse pour cette femme. Son rôle se bornerait à loger et nourrir une fillette de cinq ans dans un endroit tenu secret, probablement apporter de temps en temps quelques photos à Linda, et bien sûr se faire passer pour sa fille. Elle a peut-être fait signer à Linda une procuration par laquelle elle dispose librement de son patrimoine.

— J'ai effectué des recherches approfondies sur les comptes bancaires ouverts au nom de Linda Turner, et même de Lorna Werner, répondit Ryan. Et je n'ai rien trouvé d'extraordinaire. Cela dit, elle peut tout à fait posséder des bijoux, des meubles ou des objets de valeur. Alors oui, Marc, je crois que ta théorie tient la route.

A ces mots, il connecta Gecko.

— Nous n'allons plus tarder à le savoir.

Dix minutes s'écoulèrent.

Tout à coup, Casey scruta l'écran de l'ordinateur par-dessus l'épaule de Ryan.

— Elle arrive !

Une infirmière poussait doucement Linda Turner dans un fauteuil roulant. Tout en discutant, elle l'amena jusqu'à l'endroit habituel, l'installa confortablement, et lui promit de lui envoyer sa fille dès qu'elle arriverait. Puis elle tourna les talons et retourna jusqu'au bâtiment principal.

Promenant autour d'elle un regard absent, Linda se mit à énumérer à voix haute les noms des fleurs qui l'entouraient. Certains étaient justes, et d'autres si incompréhensibles qu'on aurait cru entendre une langue inconnue. Mais elle était heureuse et tout excitée.

Soudain, le téléphone portable de Casey sonna. Fronçant les sourcils, elle jeta un œil sur l'écran. Un appel privé.

— Je ferais mieux de vérifier de qui il s'agit, dit-elle d'un air résigné. Si c'est Peg et que je l'ignore une fois de plus, je vais au devant de sérieux ennuis.

Elle porta le téléphone à son oreille.

— Casey Woods.

— C'est moi, dit Patrick sans préambule. Juste un petit conseil. Peg ne décolère pas que vous soyez introuvables, parce qu'elle sait pertinemment ce que ça veut dire. Autre chose : elle a réussi à assembler les pièces du puzzle. Elle a interrogé la femme des ressources humaines qui a eu Claudia Mitchell en entretien. Elle lui a expliqué l'urgence de la situation, et Sunny Gardens a donné son accord pour coopérer pleinement, même sans mandat, à la seule condition que Peg promette de ne divulguer aucune des informations confidentielles qui lui seront dévoilées. Vous n'avez donc plus aucune marge de manœuvre.

— Bon sang ! murmura Casey en passant nerveusement une main dans ses cheveux. Est-ce qu'ils sont en route pour Sunny Gardens ?

— Pas encore. Obtenir des informations est une chose. Interroger un suspect en est une autre. La police de North Castle est sur le point de demander un mandat. Le FBI, quant à lui, va déposer une requête auprès du procureur général. Mais entre le kidnapping de Krissy Willis et le meurtre de Claudia Mitchell, je doute qu'ils aient beaucoup de mal à obtenir gain de cause. Surtout dans une affaire où le temps est un élément décisif. Alors, quoi que vous soyez en train de faire, faites-le vite.

— Merci, Patrick, dit Casey sans rien cacher de sa profonde gratitude. Je vous revaudrai ça.

— Vous ne croyez pas si bien dire. Peg m'a demandé où vous étiez. Je lui ai dit que vous étiez sur une piste, mais que vous aviez refusé de m'en dire davantage.

— Ce qui est vrai.

— Oui, mais je vous ai évité le pire.

— Et vous avez eu raison. Nous avons une petite longueur d'avance sur les autorités. Nous ne sommes plus très loin de Krissy Willis.

— J'espère que c'est vrai. Et, au fait, votre petit ami est à deux doigts de devenir fou. A votre place, je ne compterais pas trop sur un dîner aux chandelles avant quelque temps.

Casey esquissa un sourire crispé. Elle savait exactement dans quel état de nerfs Hutch devait être. Et elle n'était pas pressée de le croiser.

— Ce n'est pas une surprise, dit-elle à Patrick. Mais merci de nous avoir tenus informés. Je tâcherai de mettre mon armure pour ce duel qui s'annonce inévitable. En attendant, je dois y aller. Merci encore.

Les yeux rivés sur l'écran de l'ordinateur, elle raccrocha en attendant, fébrile, le moment tant espéré.

Soudain, la vidéo diffusée par Gecko commença à se brouiller. Puis le son se mit à son tour à grésiller. A la vitesse de l'éclair, Ryan bondit sur son clavier pour vérifier la connexion sans fil.

— Il ne manquait plus que ça ! s'écria-t-il. Le débit a chuté de soixante-dix pour cent.

— Ce qui veut dire ? demanda Casey.

— Ça veut dire qu'à ce rythme, la transmission audio et vidéo est tout simplement impossible, expliqua-t-il en se dirigeant vers l'arrière de la camionnette, tout en baissant la tête pour éviter de se cogner. Il faut que je trouve d'où vient le problème, sinon on est foutus !

D'un geste, il ouvrit la portière arrière, sauta au sol et tourna la tête en direction de Sunny Gardens.

— C'est bien notre veine ! s'exclama-t-il.

L'énorme grue métallique s'était déplacée entre Gecko et la camionnette, ce qui expliquait les interférences avec son signal sans fil.

Rien à faire. La grue ne semblait pas devoir bouger, et, de leur côté, ils ne pouvaient courir le risque de révéler leur présence en tentant de se déplacer.

Ryan allait devoir improviser.

— Mauvaise nouvelle, dit-il à Casey et Marc, en remontant dans la camionnette pour leur exposer la situation.

— Quelle est la solution ? demanda Marc. Nous sommes bien trop près du but pour abandonner. Et le FBI est sur nos talons.

— Pour le timing, je ne peux rien faire. Mais je peux faire quelque chose concernant notre problème. Il faut que je coupe la diffusion en direct et que je demande à Gecko d'enregistrer le tout. De cette façon, nous pourrons visionner la vidéo plus tard.

Tout en parlant, Ryan envoyait déjà ses instructions au petit robot. L'écran devint alors noir, et la bande son se coupa aussitôt.

— Plus tard quand ? demanda Marc.

— Lorsque vous reviendrez ici ce soir pour récupérer Gecko. A ce moment-là, nous pourrons prendre connaissance des événements de l'après-midi. Et, avec un peu de chance, nous tiendrons ce que nous sommes venus chercher.

31

Cette fois, il allait falloir faire preuve d'un peu plus d'imagination que la veille pour s'introduire dans l'enceinte de Sunny Gardens.

Marc ralentit devant le portail principal. Scrutant les pelouses à l'avant du bâtiment, il ne tarda pas à repérer le jardin qu'il cherchait et le massif de fleurs où Ryan avait caché Miniboy.

Il était hors de question d'escalader la grille au même endroit que la fois précédente. C'était beaucoup trop loin. La veille au soir, la partie de la propriété qu'il avait contournée par l'arrière était déserte et à l'abri des regards, grâce au chantier. Mais ce soir, il devait s'aventurer jusqu'au beau milieu des jardins. S'il empruntait le même chemin, il lui faudrait traverser à découvert toute la surface de gazon. Et vu le nombre de projecteurs, il aurait tôt fait de se faire repérer.

Mieux valait abandonner cette idée.

Il ne restait donc plus que la zone assez restreinte qui s'étendait de part et d'autre du portail principal.

A côté de l'entrée, Marc repéra une guérite. Un agent de sécurité était posté à l'intérieur. Bien que minuscule, l'espace était équipé d'un téléviseur. Une chance. Affalé dans un fauteuil, le gardien buvait tranquillement une bouteille de soda, les yeux rivés sur l'écran. A en juger par l'alternance de gestes d'agacement et d'explosions de joie qu'il apercevait, Marc se dit que l'homme devait être plongé dans un match. Les Yanks affrontaient les White Sox, ce soir-là. Le coup d'envoi avait été donné par les Yankees à 20 heures, et il était maintenant 21 h 15.

Par précaution, Marc s'avança jusqu'à une futaie, d'où il pouvait observer la guérite sans être vu. Il alluma sa radio et la régla sur la station qui retransmettait le match de base-ball. Puis il attendit en prêtant l'oreille, sans quitter le garde des yeux.

Soudain, le commentateur se mit à hurler dans le poste. Les Yanks venaient de frapper un magnifique double en sixième manche. Simultanément, le gardien se releva dans son fauteuil tout en arborant un sourire extatique. « Bravo ! » semblait-on lire sur ses lèvres.

Aucun doute, c'était bien ce match-là qu'il suivait.

Marc alla faire demi-tour un peu plus loin, puis revint stationner dans un petit bosquet, du même côté que le centre médical, à environ deux cents mètres de l'entrée principale. Dissimulé derrière un taillis, il se gara de façon à pouvoir évacuer les lieux sans devoir effectuer la moindre manœuvre.

La veille au soir, il avait dû rester assez longtemps à l'intérieur des bâtiments, et avait par conséquent caché sa voiture beaucoup plus loin dans la forêt. Ce soir, il s'agissait simplement d'aller récupérer Gecko et de revenir aussitôt. Il préférait donc garder son véhicule à proximité pour déguerpir au plus vite.

Coupant le contact, Marc attrapa le sac à dos qu'il avait emporté et quitta sa voiture. Il longea le bas-côté de la route et s'arrêta juste à droite de la guérite. Le gardien lui tournait le dos.

Là, il attendit qu'un rebondissement dans le jeu lui donne une opportunité. Soudain, hypnotisé par l'écran, le gardien se redressa de nouveau dans son fauteuil, empoignant sa bouteille de toutes ses forces.

C'était l'occasion ou jamais.

Marc escalada la grille tout en souplesse et retomba dans l'herbe. Puis il demeura un moment accroupi, aux aguets.

De toute évidence, le gardien était bien trop absorbé par le match pour se préoccuper de ce qui pouvait se passer autour de lui.

Sans un bruit, Marc piqua un sprint jusqu'au jardin situé côté est, tout en slalomant entre les faisceaux lumineux des projecteurs. Là, il se mit à quatre pattes, tira une lampe stylo de la poche de son jean, l'alluma et la serra entre ses dents en l'orientant vers le sol.

Il lui fallut à peine deux minutes pour trouver l'endroit que Ryan lui avait décrit en détail, et encore moins pour attraper Gecko, le glisser dans son sac à dos et rebrousser chemin jusqu'à la grille.

Comme à l'aller, Marc attendit, caché derrière la guérite, qu'une occasion se présente. Après s'être longuement étiré, le gardien se gratta la tête, profitant d'une coupure publicitaire pour vérifier rapidement les alentours.

Enfin, le match reprit, mettant du même coup un terme brutal à cette sommaire inspection des lieux, et le vigile se laissa de nouveau distraire par l'entrée sur le terrain du frappeur des Yankees.

Avant même le premier coup de batte, Marc avait déjà escaladé la grille, et longeait le fossé en direction de sa voiture.

Il était plus de 23 heures lorsque Marc referma derrière lui la porte de la *brownstone.*

Casey et Ryan l'attendaient en faisant les cent pas. Ils sautèrent sur lui à l'instant même où il mit un pied dans la maison.

— Tu as trouvé Gecko ? demanda Ryan.

— Oui, dit-il en tirant le robot de son sac à dos tout en le tendant à Ryan. Tes instructions étaient parfaites. Je l'ai trouvé exactement à l'endroit que tu m'avais indiqué.

— Et personne ne t'a vu ? s'enquit Casey, même si elle connaissait déjà la réponse.

Marc haussa un sourcil.

— Un type à demi abruti par un match de base-ball n'est pas vraiment ce qu'on pourrait appeler le défi du siècle. Quant à la position des projecteurs, elle était plus que prévisible. Sans vouloir jouer les modestes, Sunny Gardens n'est qu'une maison de retraite médicalisée, pas une prison pour terroristes.

— Je sais. Ce n'était pas aux employés que je pensais, mais plutôt à la cellule de crise.

— De ce côté-là, pas un chat.

— Parfait. Quant à moi, je n'ai pas eu de nouvelles de Patrick. J'ose donc espérer que nous avons encore une petite longueur d'avance, poursuivit-elle avant de se tourner vers Ryan. Et maintenant, quel est le programme ?

— Direction la salle de conférences, répondit Ryan, déjà parvenu à la moitié de l'escalier.

Une fois arrivé au premier étage, Ryan connecta Gecko à un boîtier fait maison qui permettait de recharger les accumulateurs du petit robot, tout en récupérant les données enregistrées.

Les premières images ne tardèrent pas à apparaître.

Linda était assise dans le jardin. Les minutes s'égrenaient, tandis qu'elle regardait autour d'elle, les yeux dans le vague. Au bout d'un moment, elle montra quelques signes d'impatience, puis finit par manifester une véritable agitation.

Soudain, son visage s'illumina, et elle se mit à gesticuler en levant les bras.

— Je suis là, mon bébé ! Je suis là !

— Bonjour, maman, répondit une voix étrangement familière. Ça me fait tellement plaisir de te voir !

L'invitée de Linda entra dans le champ de la caméra. S'avançant jusqu'à la vieille dame, elle se pencha sur elle pour l'embrasser. Puis elle se releva, et fit alors face à Gecko.

Le temps sembla s'arrêter un instant dans la salle de conférences.

Celle qui était venue rendre visite à Linda n'était autre que Hope Willis.

32

Huitième jour

Il était encore très tôt, le lendemain matin, lorsque Casey téléphona à Peg depuis la camionnette de Ryan, tandis qu'elle faisait route vers Armonk avec toute l'équipe des Forensic Instincts.

— Merci d'avoir pris la peine d'appeler ! lança Peg d'une voix glaciale. J'essaie de vous joindre depuis hier.

— Peg, où êtes-vous ? demanda Casey.

— Chez les Willis. Enfin, pour quelques minutes encore. Nous nous apprêtons à partir interroger quelqu'un d'intéressant *avec* un mandat.

— Est-ce que les Willis sont là ?

— Oui, mais ils ne viennent pas avec nous.

— Je sais qui est cette personne intéressante que vous voulez interroger. N'allez pas à Sunny Gardens, demanda Casey d'une voix pleine d'assurance. S'il vous plaît… Il faut qu'on se voie de toute urgence. Attendez-nous *avec* Hope et Edward. Nous avons découvert quelque chose d'explosif.

— Casey, je n'ai plus de temps à perdre avec vos salades. Laissez-moi faire mon travail.

— Et vous le ferez encore mieux lorsque vous aurez pris connaissance des pièces qui vous manquent. Sinon, vous allez tout fiche en l'air. S'il vous plaît, ne bougez pas !

Peg demeura un moment silencieuse.

— Vous êtes à combien d'ici ?

— Nous pouvons être là dans quarante-cinq minutes. Ryan a le pied au plancher.

— C'est d'accord. Vous avez quarante-cinq minutes, mais pas une de plus. Passé ce délai, nous mettons les voiles.

— Très bien. Nous arrivons.

Patrick faisait les cent pas dans la cour des Willis lorsqu'il entendit des crissements de pneus à l'entrée du pavillon. D'un pas rapide, il traversa le gazon en direction de Casey qui sautait du véhicule.

— Qu'avez-vous trouvé ? demanda-t-il.

— Quelque chose qui va nous permettre de résoudre les deux affaires, répondit Casey alors qu'elle filait déjà en toute hâte vers la maison. Je ne sais pas où est Krissy. Du moins pas encore. Mais je la trouverai. Nous la trouverons. En attendant, je ne crois pas qu'elle soit en danger.

— J'espère que vous êtes sûrs de ce que vous faites. Vos infos ont intérêt à être fiables.

— Je suis parfaitement certaine de ce que j'avance. Où en est la cellule de crise ?

— Ils ont tout découvert à propos de Linda Turner. D'abord, ils en sont arrivés à la même conclusion que nous. Mais il leur fallait un motif valable pour procéder à une perquisition à Sunny Gardens. Alors, ils ont fait le nécessaire. Puisque Linda cherchait manifestement à cacher son état de santé, les autorités ont dressé la liste de tous les médecins avec qui elle avait travaillé lorsqu'elle était employée à l'hôpital. Il ne leur a pas fallu longtemps pour trouver le cabinet privé de son médecin traitant, qui est d'ailleurs bientôt à la retraite. Quant à sa pharmacie habituelle, elle ne se trouvait qu'à deux pâtés de maisons de son cabinet.

— Qui leur a donné les infos qu'ils cherchaient ? Le médecin ou le pharmacien ?

— Les deux. Vous imaginez bien que les archives médicales sont confidentielles, mais Peg a discuté avec un pharmacien qui a reconnu Linda. Il lui a dit qu'aucun médicament ne lui avait été délivré depuis plus d'un mois. D'après le pharmacien, Linda avait dû être admise dans un établissement spécialisé. Les autorités en ont donc parlé au médecin. Face à l'urgence de la situation, il leur a avoué avoir recommandé Sunny Gardens à Linda. Entre ça et le meurtre de Claudia Mitchell, juste après son entretien dans le même établissement… Inutile de dire que cela commençait à faire beaucoup.

— J'ai appris que les autorités ont obtenu les mandats nécessaires. Ils étaient tous sur le point de partir pour Sunny Gardens lorsque j'ai appelé.

— Oui, et d'ailleurs, ils étaient furieux de devoir vous attendre. Peg s'est clairement mise en danger pour vous. C'est pourquoi vous feriez mieux d'avoir plus que du solide à leur présenter.

— Ne vous inquiétez pas pour ça, répondit Casey en s'arrêtant devant la porte d'entrée. Merci, Patrick. Je sais combien tout ça a été difficile pour vous. Et non seulement parce que l'affaire Felicity Akerman vous tenait à cœur, mais aussi parce que je vous ai forcé à enfreindre vos principes.

Il contracta ses mâchoires.

— Si je l'ai fait, c'est pour une bonne raison : je crois que vous avez suffisamment de talent pour résoudre cette affaire sans avoir à rendre de comptes. Cela ne veut pas dire que j'approuve vos méthodes. C'est juste qu'au point où j'en suis, je n'ai pas d'autre choix que de les accepter.

— Allons voir à l'intérieur, dit Marc.

Il venait de les rejoindre, accompagné de Ryan. Ce dernier avait mis sur une clé USB la vidéo qui allait à coup sûr faire l'effet d'une bombe, si toutefois Peg acceptait de la visionner.

Une fois entrés, tous se dirigèrent vers le salon, où les attendaient la plupart des membres de la cellule de crise, et notamment Hutch et Grace, mais aussi Claire, les Willis, ainsi que Sidney et Vera Akerman.

Hope fonça littéralement sur Casey et lui attrapa le bras, en proie au plus grand désespoir.

— Avez-vous trouvé Linda ? Etait-elle dans ce centre, à Sunny Gardens ?

— Oui.

Casey scruta longuement les yeux de Hope. L'émotion qui la submergeait ne pouvait être feinte. Bien sûr, elle n'en avait jamais vraiment douté, mais après ce qu'elle avait vu, elle se sentait soulagée d'en avoir la confirmation.

— Vous lui avez parlé ? Elle vous a dit où est Krissy ?

Casey se tourna vers Peg. Ce faisant, son regard croisa celui de Hutch, et elle s'efforça d'ignorer les éclairs de colère qu'il lui lançait.

— Linda Turner a une nouvelle identité, ainsi qu'une complice pour le moins inattendue. Ne me demandez pas comment je l'ai su. Prenez cela comme tuyau. Et un vrai tuyau. D'ailleurs, plus tôt vous saurez de quoi je parle, mieux ce sera.

— Continuez ! ordonna brusquement Peg.

— Elle a été admise à Sunny Gardens sous le nom de Lorna Werner. Ça, vous étiez sur le point de le découvrir. Vous n'aviez plus qu'à montrer sa photo à l'accueil. Vous vous seriez vite rendu compte qu'il était inutile de l'interroger. La pauvre femme voyage en permanence entre rêve et réalité, et n'a certainement pas pu exécuter le kidnapping de Krissy, bien qu'elle l'ait probablement inspiré. Vu son état, même si elle avait une petite idée de l'endroit où se trouve Krissy, elle serait incapable de nous en dire davantage. En revanche, sa complice, elle, peut le faire.

— Et cette complice, a-t-elle un lien avec la mafia ? s'enquit Sidney.

— Non. Vos anciens liens avec la mafia n'ont rien à voir avec l'enlèvement de votre petite-fille.

— Vous savez donc qui est la complice de Linda, conclut Peg.

— Oui.

Casey parlait avec franchise et aplomb.

— Je peux vous le dire. Ou je peux aussi vous le montrer avec cette preuve tombée du ciel que j'ai trouvée en passant, à l'extérieur de l'enceinte de Sunny Gardens. A vous de voir.

Peg lui jeta un regard noir.

— Montrez-moi.

Ryan sortit la clé USB contenant les données enregistrées par Gecko et s'avança jusqu'à un ordinateur du FBI.

— Vous permettez ?

— Allez-y.

Il inséra la clé dans la prise USB et pianota quelques secondes sur le clavier.

Moins d'une minute plus tard, l'enregistrement vidéo était lancé. D'abord Linda, puis la voix familière, et enfin, l'apparition de la complice.

La salle tout entière retint son souffle en découvrant le visage de celle qui lui rendait visite. Cette dernière commença par lui poser quelques questions, cherchant à savoir si Linda avait été approchée par la police. Lorsqu'elle eut la certitude qu'ils n'étaient pas remontés jusqu'à elle, elle manifesta aussitôt un profond soulagement.

— Hope ? dit Edward en se tournant vers son épouse, le visage blême. Qu'est-ce que…

— Ce n'est pas votre épouse, monsieur Willis, l'interrompit Casey. Nous avons visionné cette vidéo de nombreuses fois avec la plus grande attention. Son langage corporel, son vocabulaire et sa façon de se comporter n'ont rien à voir. Notre conclusion est claire. Cette femme se fait passer pour Hope, mais il s'agit de quelqu'un d'autre… C'est Felicity.

— Oh ! mon Dieu !

Les jambes de Vera se dérobèrent sous son poids face au choc de la nouvelle. Patrick Lynch eut tout juste le temps de la rattraper.

— Oh ! mon Dieu ! répéta-t-elle, défaite, les yeux rivés sur l'écran, tandis que Patrick l'aidait à s'asseoir.

Lui-même était blanc comme un linge.

— Felicity est… vivante ?

— Oui, acquiesça Casey. Elle a vécu avec Linda pendant toutes ces années. Dès que nous l'avons compris, tout est devenu limpide. Pourquoi la kidnappeuse a pu se faire passer pour Hope aussi facilement. Pourquoi je n'ai aperçu personne d'autre que Hope lors de la remise de la rançon. Comment elle a pu s'introduire ici pour dérober le pendentif de Hope et la peluche de Krissy, puis assommer Ashley après avoir été surprise.

— Felicity a dû utiliser les clés de Krissy, présuma Edward, manifestement secoué. Elles étaient dans son sac à dos, avec le code de l'alarme et son téléphone portable. Tous nos numéros y sont enregistrés. C'est grâce à ça qu'elle a pu appeler Ashley sur son portable, et échapper ainsi au dispositif d'écoute de la police, pour demander à Hope le paiement de la rançon.

— De l'argent qu'elle prévoyait probablement d'utiliser pour élever Krissy, poursuivit Casey. Cela explique aussi pourquoi le jardinier était à ce point convaincu d'avoir vu Hope entrer dans la maison pendant qu'Ashley était descendue relever le courrier. Sans parler de la visite fatale de Claudia Mitchell à Sunny Gardens. Elle a dû voir rouge en apercevant celle qu'elle a prise pour son ancien employeur. Elle était folle de rage d'avoir à postuler pour un poste en deçà de ses compétences, et n'avait pas non plus digéré le placement en garde à vue de son petit ami. Je suis sûre qu'elle a reproché à Hope d'être entièrement responsable du fiasco de sa vie. A mon avis, elle a sauté sur l'occasion pour lui dire ses quatre vérités, et s'est finalement rendu compte que ce n'était pas Hope. Et voilà. Nous avons tous cru à des représailles de la mafia, mais nous étions bien loin de la vérité. Il s'agissait en réalité d'un acte commis par une femme désespérée.

Perdu dans ses pensées, Don ajouta :

— La mafia a déployé tous les efforts possibles et imaginables pour se débarrasser de nous… Quelle ironie du sort ! Le seul crime qu'ils n'ont pas commis est justement celui qui a bien failli les faire tomber.

— C'est donc Felicity qui a forcé Claudia Mitchell à se jeter dans le ravin ? demanda Hope d'une voix tremblotante, sous l'effet du choc qui venait de l'ébranler. Ma sœur est donc une meurtrière ?

Casey prit la main de Hope dans la sienne.

— Elle n'a pas toute sa tête, Hope. Elle a dû perdre complètement la raison en réalisant que Claudia risquait de faire capoter son plan. Krissy est tout pour elle. Votre sœur a fait sur Krissy un transfert de ses sentiments pour Linda. Elle est prête à n'importe quoi pour la garder. C'est la seule façon pour elle de ne pas s'effondrer.

— Mais elle ne connaît même pas Krissy ! protesta Edward.

— Cela ne change rien, déclara Hutch. Casey a raison. Linda Turner a été la mère de Felicity pendant trente-deux ans. Elle l'a coupée du monde pendant toutes ces années. Felicity n'est plus rien sans elle. Depuis ses six ans, son monde tout entier s'est résumé à une seule personne. Lorsque la maladie de Linda s'est aggravée à tel point qu'elle ne pouvait plus rester chez elle, Felicity a été prise de panique. C'était comme perdre sa mère. Sa seule chance de survie était alors de répéter le scénario dont elle avait été elle-même victime. Comme si elle accomplissait son devoir.

— Le syndrome de Stockholm, dit Patrick.

— Exactement.

— Mais comment m'a-t-elle trouvée ? Et Krissy ? demanda Hope d'une voix éteinte.

— Ça, je n'en sais rien, répondit Hutch. Felicity devait savoir plus ou moins inconsciemment quelle était sa réelle identité. Elle savait qu'elle avait une sœur jumelle. Puisqu'elle vous avait à l'œil, à mon avis, elle n'habite pas bien loin d'ici. A plus forte raison si elle rend visite à Linda chaque semaine.

— Mon Dieu ! s'écria Vera en plongeant sa tête entre ses mains. Quand je pense que Linda est venue jour après jour m'apporter son soutien et son réconfort… Nous sommes devenues amies. Et pendant tout ce temps, c'était elle qui avait mon bébé. Ma Felicity !

— Ce n'est probablement pas par hasard si elle a souhaité se faire une place dans votre vie, reprit Casey. C'était pour elle un moyen de se tenir au fait des avancées de l'enquête et de s'assurer que personne ne la suspectait.

— Et les soupçons ne se sont d'ailleurs jamais portés sur elle, dit Patrick sur un ton plein de remords. Même moi, je n'y ai jamais songé. J'ai toujours espéré que Felicity soit vivante. Mais jamais je n'aurais pu imaginer un tel scénario.

— Nous étions tous très loin de la vérité, dit Peg en se tournant vers Casey. Voilà donc pourquoi vous vouliez nous empêcher d'aller à Sunny Gardens.

Casey acquiesça.

— Si vous aviez débarqué là-bas avec un mandat, Linda aurait pu appeler Felicity et l'avertir. De toute évidence, Felicity est déjà sur ses gardes. Certaines rumeurs ont dû remonter jusqu'à elle. C'est pourquoi elle est venue hier rendre visite à Linda. D'ordinaire, elle vient le mercredi. Mais elle voulait s'assurer que les autorités n'étaient pas venues fouiner du côté de Sunny Gardens. A l'heure qu'il est, elle doit se sentir soulagée. Ce qui veut dire qu'elle n'a aucune raison de prendre la fuite avec Krissy.

— Aujourd'hui, nous sommes mardi, dit Peg. A un jour de mercredi, donc.

— Alors, nous attendons, approuva Don. Nous attendons patiemment sans bouger. Et demain, nous mettons Sunny Gardens sous surveillance policière. Nous laissons Felicity rendre visite à Linda. Et lorsque Felicity s'en va, nous la prenons en filature. Elle nous mènera tout droit jusqu'à Krissy.

— Il n'y a aucune autre solution ? demanda Hope, le visage inondé de larmes. Je sais que Felicity est ma sœur, et je suis désolée de devoir dire ça, mais pouvons-nous laisser ma petite fille de cinq ans entre les mains d'une femme complètement déséquilibrée ? Qui sait quel calvaire elle lui fait subir, et ce qu'elle a déjà bien pu lui faire pendant tout ce temps ?

— Elle ne lui fait aucun mal.

Pour la première fois, Claire prenait la parole.

— Krissy est effrayée. Mais elle va bien. Felicity lui a aménagé une chambre de princesse. Elle a voulu imiter celle que Linda lui avait offerte il y a trente-deux ans. Pour elle, ce décor est un véritable havre de paix.

A cet instant, elle marqua une courte pause, semblant soudain prendre conscience de quelque chose.

— Je comprends maintenant mes visions… J'avais en

permanence des flashes de Mme Willis, ou plutôt de celle que je prenais pour Hope Willis, qui venaient s'interposer entre les images de Krissy. Je n'arrivais pas à comprendre pourquoi. Ni pour quelle raison je ne parvenais pas à voir le visage du kidnappeur. Maintenant, je me rends compte que je le voyais très bien. Mais que ce n'était pas Hope que je voyais.

— Mais Krissy est vivante ? demanda Hope à Claire en la regardant d'un air suppliant. Vous en êtes certaine ?

— Elle a peur. Et elle ne comprend pas pourquoi vous n'êtes pas venue la chercher. Mais physiquement, elle va bien.

— Et psychologiquement ?

— Psychologiquement, il vaut mieux pour elle qu'elle passe une journée de plus là où elle est, si effrayée soit-elle, plutôt qu'une vie entière entre les mains de sa ravisseuse, lâcha Hutch de but en blanc. Cela ne fait qu'un peu plus d'une semaine qu'elle a été enlevée. Je sais que ça vous semble une éternité. Mais elle s'en remettra. Sachez que si nous loupons cette occasion, nous prenons le risque de la perdre pour toujours.

— Nous n'avons pas le choix, dit Edward sur un ton tranchant et déterminé. Je veux qu'on me ramène ma fille. Et s'il faut attendre un jour de plus, qu'à cela ne tienne. Puisque nous n'avons aucune idée de l'endroit où se trouve la cachette de Felicity, nous n'avons pas le choix.

Hope pleurait toujours à chaudes larmes.

— Elle est effrayée, Edward… Elle doit penser qu'on l'a abandonnée. Et en plus, elle me voit, moi, tout en sachant que ce n'est pas moi. As-tu la moindre idée des ravages que ça peut causer, chez une enfant de cinq ans ? La laisser toute seule un jour de plus… Ça me rend malade !

— Concentrez-vous sur le résultat, lui dit doucement Casey. Cela ne dissipera pas vos angoisses, mais vous y trouverez la force dont vous avez besoin. C'est la seule solution. Le groupe d'intervention encerclera le bâtiment. Le personnel de Sunny Gardens sera prévenu. Dès que Felicity arrivera, on saura quelle voiture elle conduit et quel est son numéro d'immatriculation. Ils installeront un mouchard GPS sous son véhicule. Des agents en civil seront postés dans la rue. On ne la lâchera pas d'une semelle. Elle n'aura aucune chance de nous échapper.

— Je veux que vous et votre équipe soyez là, déclara Hope sur un ton catégorique.

Ce n'était pas une demande, mais la condition sine qua non qu'elle imposait aux autorités.

— Et je veux être à vos côtés.

— Ce n'est pas une bonne idée, madame Willis, intervint soudain Peg. Nous sommes parfaitement capables de gérer nous-mêmes cette opération. Si nous sommes trop nombreux sur place, nous pourrions lui mettre la puce à l'oreille.

Les yeux baignés de larmes, Hope ne se démonta pas.

— Les Forensic Instincts ont effectué un travail remarquable, jusqu'à présent. Je suis certaine qu'ils sauront trouver leur place dans le dispositif sans se faire remarquer. Quant à moi, je suis la mère de Krissy, et la sœur de Felicity. Je pourrais vous être utile pour désamorcer la situation, si jamais ça devait mal tourner. Vous ne pouvez pas m'empêcher d'être là.

— Vous avez raison, je n'en ai pas le droit. En revanche, je peux vous déconseiller fortement d'assister à l'opération. Vous êtes émotionnellement très impliquée dans cette affaire. Vous n'êtes donc absolument pas objective. Et vous n'êtes pas non plus formée à ce type de situation. Vous risquez de nous compliquer la tâche plutôt que de nous aider.

— Hope, Peg a raison, intervint aussitôt Casey. Vous avez ma parole : les Forensic Instincts seront sur place et nous suivrons les opérations minute par minute. Mais pour ce qui est de votre présence à Sunny Gardens, vous êtes beaucoup trop proche des personnes mises en cause. Vous pourriez perdre votre sang-froid, mettre en péril toute l'opération et vous mettre vous-même en danger. Je suis d'accord avec Peg. Restez ici. Soyez patiente. Nous vous appellerons dès que nous aurons du nouveau.

— J'ai bien compris votre conseil, répondit Hope du tac au tac. Mais je reste sur ma position. Je vais devenir folle si je dois rester ici à attendre. Je ne veux pas qu'on me tienne au courant.

Je veux être présente, moi aussi. Et j'y serai. Je vous paie pour intervenir. Cela me donne bien le droit d'imposer quelquefois mes conditions. Alors, que cela vous plaise ou non, je vais à Sunny Gardens. Et j'y vais avec vous et votre équipe.

33

Neuvième jour

Il était 14 h 40.

Le groupe d'intervention, la BAU et les forces de police étaient postés tout autour de Sunny Gardens. La camionnette de Ryan, avec à son bord l'équipe des Forensic Instincts au grand complet ainsi que Hope Willis, était stationnée sous les arbres, à l'est de la propriété, non loin de l'endroit où Linda avait l'habitude de passer ses après-midi. S'ils s'étaient fait refouler jusque-là, c'était parce que la cellule de crise tenait à déployer ses forces sur les parkings donnant directement sur les jardins.

Mais Ryan n'y voyait aucun inconvénient. Sunny Gardens avait, en effet, autorisé la mise en place d'une vidéosurveillance supplémentaire et, dans ce dispositif, il avait réussi à négocier la participation de Gecko. Le robot pouvait largement émettre jusqu'à la camionnette, ce qui permettrait aux Forensic Instincts de garder en permanence un œil sur Linda et son invitée. Leur planque était donc parfaite.

Après quelques manipulations à distance, Gecko était fin prêt.

Seule la direction avait été prévenue qu'un de leurs visiteurs avait retenu l'attention des autorités dans le cadre d'une enquête. La consigne avait été donnée de ne pas ébruiter la présence du FBI et des forces de police. Quant aux instructions, elles avaient été transmises de façon informelle, comme s'il s'était agi de la routine la plus banale, et non d'une affaire hautement prioritaire.

Il fallait avant tout veiller à ne pas déstabiliser les patients, et éviter, bien sûr, tout mouvement de panique parmi le personnel.

A 14 h 45, l'équipe de 15 heures commençait à arriver, tandis qu'avec l'aide des agents de sécurité de l'établissement, les autorités surveillaient les allées et venues de chaque véhicule. Le parking réservé aux visiteurs était séparé du parking du personnel. L'un et l'autre étaient surveillés de près. Rien à signaler. Du moins jusqu'à présent.

Dans la camionnette des Forensic Instincts, Casey jeta discrètement un regard anxieux en direction de Hope. L'attente interminable avait épuisé le peu d'énergie qui lui restait. A la vérité, elle semblait même sur le point de défaillir à chaque instant. Le regard hanté et le visage hâve, elle n'avait quasiment rien avalé depuis une semaine. Assise sur la banquette arrière, les mains nouées sur ses genoux, elle regardait dans le vide à travers la vitre. Elle avait à peine prononcé un mot de tout le trajet. L'angoisse semblait s'être emparée de tout son être et l'avoir soudain pétrifiée.

Casey s'était assise près d'elle et lui avait, de temps à autre, adressé quelques mots de réconfort. Mais elle savait parfaitement que rien ni personne ne pourrait atténuer le sentiment de panique qui la tenaillait. Seule la présence de sa fille à son côté aurait pu l'apaiser.

Les minutes s'écoulaient. Bientôt 15 heures. Felicity n'était toujours pas là. Dans la camionnette, les Forensic Instincts commençaient à manifester quelques signes de nervosité. Même Hero se mit à gémir. Lui aussi sentait que quelque chose n'allait pas.

— Pourquoi n'est-elle toujours pas là ? demanda Hope d'une voix frêle et aiguë. Le directeur a dit qu'elle arrivait toujours entre 2 et 3 heures.

— Je ne sais pas, répondit Casey en toute franchise. Elle est peut-être coincée dans les embouteillages.

Hope déglutit avec peine.

— Ou peut-être qu'elle a eu vent de ce qui se tramait ici, et décidé de rester à l'écart.

Casey était loin d'être à l'aise dans cette situation. Hope avait certes des raisons légitimes de s'inquiéter, mais il y avait une pointe d'hystérie dans sa voix. Et l'hystérie n'avait pas sa place dans une opération aussi délicate que celle qu'ils s'apprêtaient à mener.

— Hope, écoutez-moi, dit-elle calmement. Il est hors de question que vous cédiez à la panique. Nous allons retrouver Krissy. Soyez positive. Ce n'est certainement pas le moment de s'effondrer.

Hope acquiesça furtivement, sans un mot.

— C'est parti ! annonça soudain Marc depuis le siège passager.

Ce faisant, il désigna du doigt une Ford Fiesta bleue qui ralentissait dans le virage pour aller stationner sur le parking principal. La plaque d'immatriculation et le profil du conducteur ne laissaient aucun doute.

— C'est Felicity, dit Hope en s'approchant de la portière.

Casey la tira aussitôt en arrière, tout en lançant un regard à Marc.

Immédiatement, il verrouilla les portières du véhicule.

— N'y pensez même pas ! lança Casey d'une voix aussi douce que possible. Si jamais Felicity vous aperçoit, vous faites tout échouer. Restez calme. Ne bougez pas.

— Elle vérifie les environs, observa Ryan.

Assis à l'arrière de la camionnette, son ordinateur sur les genoux, il se tenait prêt à envoyer son feu vert à Gecko.

— C'est peut-être pour ça qu'elle est en retard, commenta Marc. Elle est loin d'être stupide. Elle aurait probablement été plus difficile à repérer au moment du changement d'équipe, mais il est beaucoup plus facile pour elle de localiser d'éventuelles forces de police au moment le plus calme de la journée. Ryan a raison. Elle scrute les environs.

Et ils avaient tous les deux vu juste. Une fois stationnée sur le parking visiteurs, Felicity sortit de sa voiture avec un sac de courses et un sac à main en bandoulière. A deux reprises, elle regarda à droite et à gauche, puis se retourna pour vérifier une dernière fois derrière elle.

Rassurée de ne voir personne, elle se dirigea vers l'entrée principale.

Ryan consulta sa montre.

— Elle devrait être dans le parc d'ici cinq minutes.

Après quoi, il connecta Gecko.

— Tout est en place. Maintenant, nous n'avons plus qu'à regarder.

Tandis qu'il parlait, une vue du jardin apparut à l'écran. Comme prévu, Linda était assise. Les traits tirés, elle avait l'air fatiguée. Sa tête inclinée reposait contre le dossier du fauteuil. Le regard vide, elle fixait le ruban noué autour de son poignet.

— Elle sera bientôt là, dit-elle. Mon bébé ne va pas tarder.

Au même moment, Felicity entra dans le jardin. Bien avant son apparition sur l'écran, la réaction de Linda avait trahi son arrivée. Elle se redressa dans son fauteuil en souriant et l'accueillit d'un large geste de la main.

— Bonjour, maman.

Felicity se baissa pour embrasser Linda sur le front. Puis elle s'assit sur le banc en face d'elle et lui donna le sac de provisions tout en déposant son sac à main dans l'herbe, à ses pieds.

— Je t'ai apporté tous tes produits préférés, annonça-t-elle en désignant du doigt le sac de courses. Des pommes du verger, une boîte de beignets au cidre et deux nouvelles chemises de nuit, toutes les deux en Nylon, avec des manches longues. Comme tu les aimes. Je t'ai aussi apporté de nouveaux livres et les derniers magazines de jardinage.

Linda était aux anges. Elle se pencha vers le sac, le visage extatique, tout en vérifiant son contenu.

— Tu es si gentille avec moi ! Tu as toujours été une petite fille adorable.

Felicity plongea la main dans son sac.

— Je t'ai apporté du ruban rouge, dit-elle en en tirant une pleine bobine. N'oublie pas de leur demander de t'en attacher un bout au poignet, mercredi prochain.

— Je n'oublie jamais, dit fièrement Linda. J'y pense toujours, ajouta-t-elle en regardant Felicity avec insistance. As-tu fini tous tes devoirs de maths ? Je peux les corriger, si tu veux ?

— Ce n'est pas la peine, répondit Felicity.

Telle une enfant, elle semblait chercher l'assentiment de sa mère.

— J'ai déjà vérifié les réponses à la fin du manuel. J'avais presque tout bon. C'est parce que tu m'as aidée la dernière fois.

— C'est vrai, oui, confirma Linda en affichant un sourire radieux. Et je sais que tu ne regardes jamais les réponses avant d'avoir terminé. Tu es si appliquée !

Felicity se redressa sur le banc. Bizarrement, ses yeux étaient baignés de larmes, comme si elle savait que la mère qu'elle avait tant aimée allait bientôt la quitter.

— Et tu sais quoi ? Il y a autre chose. J'ai eu un vingt en dictée. J'ai écrit toute la liste de mots que tu m'avais donnée. Et je n'ai pas fait une seule faute. J'ai vérifié après avoir terminé. J'ai même regardé dans le dictionnaire. J'avais bon partout.

— Je suis si fière de toi ! s'écria Linda en applaudissant des deux mains.

Felicity chercha de nouveau dans son sac, et en sortit cette fois des photos tirées sur imprimante.

— Je t'ai apporté des photos de notre petite fille. Je sais combien tu as hâte de faire sa connaissance. J'ai fait une copie du cliché le plus réussi, et je te l'ai encadrée. Elle est dans le sac que je t'ai apporté. Tu peux la garder tout près de toi, sur ta table de chevet.

Tout excitée, Linda attrapa les photos et les examina l'une après l'autre.

— Elle te ressemble tellement ! dit-elle, émerveillée. Et je suis si contente de savoir que tu n'es plus toute seule… J'aimerais tant la voir, poursuivit-elle, en proie à une soudaine tristesse. Mais tu ne dois pas la laisser sortir. Sous aucun prétexte. Tu sais comme le monde est dangereux. Et tu sais très bien ce qui pourrait lui arriver.

Portant un index à ses lèvres comme si elle s'apprêtait à lui confier un secret, elle se pencha vers Felicity.

— L'autre jour, une nouvelle infirmière a voulu m'emmener

jusqu'au lac, en bas. Mais je ne l'ai pas laissée faire. Je sais que je serais tombée. Et je serais morte. Mais je n'ai pas envie de mourir.

— Et tu ne vas pas mourir, s'empressa de répondre Felicity. Je suis là. Nous avons Krissy pour nous deux. Nous allons l'aimer toutes les deux. Et je veillerai sur elle. Je te le promets.

— Tu l'as bien enfermée ?

— Exactement comme tu as fait avec moi. Dans sa chambre de princesse. Je lui ai même inventé un jeu rien que pour elle, sur l'ordinateur. Elle adore l'informatique, maman. Comme moi. Peut-être qu'un jour, elle aussi deviendra concepteur Web. Elle pourra gagner sa vie sans jamais devoir sortir. En attendant, j'ai l'argent du gros sac de sport pour lui acheter tout ce dont elle a besoin. Tout se passera bien. Et pour toi aussi. Je prendrai soin d'elle, tout comme tu prends soin de moi. Et si quelqu'un essaie de nous retrouver ou de nous faire du mal, je m'enfuirai avec elle. Personne ne saura où nous sommes, à part toi.

— Oh ! mon Dieu !

A l'intérieur de la camionnette, Hope agrippa le dossier du siège avant. Par-dessus l'épaule de Ryan, elle n'avait pas perdu une miette de la vidéo.

— Elle va prendre la fuite. Nous devons l'en empêcher !

A ces mots, elle se précipita sur la portière.

D'un bras, Casey lui bloqua le passage. Même si Marc avait verrouillé toutes les portières, elle devait absolument ramener Hope à la raison. Vu son extrême nervosité, elle aurait pu se mettre tout à coup à tambouriner sur la vitre ou à faire Dieu sait quoi d'autre.

— Ne bougez pas, lui ordonna Casey. Je vous en prie, laissez-nous faire notre travail.

Hope fit volte-face.

— Et si elle s'enfuit avec Krissy ? Ma fille sera perdue à jamais !

— Cela n'arrivera pas. Le groupe d'intervention est habitué à ce type de situation. Il est prêt à faire face à toute éventualité. Croyez-moi, ils savent ce qu'ils font. Ce n'est pas par hasard s'ils les laissent toutes les deux discuter. Imaginez qu'ils lancent maintenant l'assaut et qu'ils arrêtent Felicity. Qui vous dit qu'elle accepterait de leur révéler sa cachette ? Vu le type de sentiments qu'elle a développés envers Krissy, Felicity serait prête à sacrifier sa liberté et sa vie plutôt que de risquer de mettre en danger celle qu'elle considère comme sa fille. La meilleure façon de retrouver Krissy est de laisser Felicity repartir et de la suivre jusqu'à votre fille.

— Mais si elle l'aime à ce point, comment peut-elle laisser Krissy seule dans cette prison, sans personne pour s'occuper d'elle ?

— Les facultés mentales de Felicity sont altérées. A l'heure actuelle, elle ne pense plus de manière rationnelle, et ses réactions peuvent être inattendues. C'est pourquoi il faut retrouver Krissy au plus vite.

— Et si Felicity cédait tout à coup à la panique, elle pourrait s'en prendre à Krissy.

— Pour l'instant, Felicity est ici, à Sunny Gardens. Elle n'est pas avec Krissy. Votre fille ne court donc aucun danger immédiat. Ce n'est pas le moment de craquer, Hope. Pas maintenant !

— A mon goût, il y a un peu trop de personnel qui leur tourne autour, dit Ryan en fronçant les sourcils. Je ne sais pas exactement ce qu'on leur a raconté, mais je préférerais nettement qu'elles retournent toutes à leurs occupations. Il faut absolument que tout semble le plus normal possible.

A cet instant, Felicity se leva en expliquant à Linda qu'elle devait aller aux toilettes. Elle laissa tout en plan, son sac à main, ainsi que le sac de courses, et disparut en direction du bâtiment principal.

— Parfait, dit Ryan. Elle file à l'intérieur. Profitons de l'occasion. Je vais appeler Mme Koehler. C'est l'infirmière en chef. Je vais lui demander de rappeler du personnel. De cette façon, lorsque Felicity ressortira, elle n'aura pas l'impression qu'il se passe quelque chose d'anormal.

A ces mots, il passa un coup de fil sur la ligne que l'infirmière en chef lui avait indiquée.

En quelques minutes, les infirmières et aides-soignantes qui tournaient autour de Linda commencèrent à s'éparpiller.

— Bien joué, commenta Casey. Il ne manquerait plus que Felicity se doute qu'on la surveille.

Mais quinze minutes plus tard, Casey avait perdu son sourire.

— Bon sang, où est-elle fourrée ? Elle a dit qu'elle allait aux toilettes, pas faire son marché.

— Elle s'est peut-être arrêtée en chemin pour discuter avec le médecin de Linda ? suggéra Marc. Elle a laissé son sac, donc elle ne doit pas être bien loin. Les femmes ne se déplacent jamais sans leur sac à main.

— Jamais, répéta Casey en se précipitant sur la portière. Même pour aller aux toilettes. Marc ! Déverrouille les portes et reste ici avec Hope !

Marc s'exécuta dans la seconde, sauta à terre, et contourna la camionnette au cas où Hope aurait tenté de suivre Casey.

— Où allez-vous ? demanda Hope à Casey d'une voix pleine d'angoisse.

— M'assurer que je m'inquiète pour rien.

Malheureusement, ce n'était pas le cas.

A peine avait-elle sauté de la camionnette qu'elle vit Peg jaillir de sa voiture et courir jusqu'à celle de Don en lui faisant de grands gestes. Une minute plus tard, une horde d'agents et de policiers se dispersaient dans les jardins et sur les parkings, en direction de l'entrée principale.

Devant le hall, Peg tomba sur le directeur de l'établissement, visiblement affolé.

Casey traversa la route, passa le portail et courut jusqu'à Peg.

— Que s'est-il passé ?

Peg se tourna vers elle.

— Une infirmière a été assommée dans les toilettes des femmes, répondit-elle immédiatement. On lui a retiré sa tenue et volé ses clés de voiture. Et Felicity a disparu.

Au même moment, Guy et Hutch déboulèrent par la double porte de l'aile principale.

— La voiture de l'infirmière n'est plus là, dit Guy. Felicity a dû utiliser le verrouillage à distance pour la localiser. Elle est sortie par-derrière. J'ai la marque et le modèle du véhicule, ainsi que son numéro d'immatriculation.

— Bon sang ! s'écria Peg en se tournant vers un groupe d'agents et de policiers. Séparez-vous. Guy, appelle la police locale. Dis-lui de boucler la zone. Don, mets la police d'Etat sur les autoroutes. Will, tu fais le tour des agences de location de voitures, au cas où il lui viendrait à l'idée de procéder comme l'autre fois. Et, Jack, tu réunis une équipe pour patrouiller toutes les gares et les stations de bus. Il est hors de question de la laisser filer.

Casey s'avança vers Peg.

— Peg, vous me permettez de prélever des échantillons d'odeurs sur le sac à main laissé dehors ? Je voudrais que Hero les renifle. C'est un ancien du FBI. Comme ça, il connaîtra l'odeur de Felicity. On ne sait jamais, ça pourrait nous être utile.

Peg acquiesça sans hésiter une seconde.

— Allez-y.

Alors que Casey s'apprêtait à filer vers le jardin, une main lui empoigna vigoureusement le bras. Hutch la regardait fixement, des éclairs dans les yeux.

— Tu peux faire ton boulot, mais rien de plus. Pas d'improvisation. Pas cette fois. Quant à Hope Willis, gardez-la avec vous dans votre camionnette. Je ne veux pas la voir courir partout et faire tout capoter. Sans compter qu'on serait bien incapable de la distinguer de sa sœur.

— J'ai très bien compris, Hutch. Je ne suis pas sourde. Alors maintenant, si tu veux bien me lâcher le bras, je pourrai aller faire mon travail.

Il la lâcha immédiatement, mais la fusilla du regard en guise d'avertissement.

Casey courut jusqu'à la camionnette, s'engouffra à l'intérieur, et s'adressa à Marc.

— Prends Hero et file dans le parc. Fais des prélèvements sur les sacs laissés par Felicity.

Il était inutile d'en dire plus. Marc avait parfaitement compris ce qui se passait.

— C'est comme si c'était fait ! dit-il en bondissant de la camionnette avec la laisse de Hero à la main.

Attrapant l'animal au passage, il l'attacha en deux temps trois mouvements, et tous deux disparurent en direction du jardin.

Pendant ce temps, Casey sauta sur la banquette arrière, tandis que Ryan reprenait sa place au volant et verrouillait de nouveau les portières.

Restée un instant muette et immobile, Hope ne tarda pas à se retourner vers Casey.

— Felicity est partie ?

— Oui.

— Vous aviez dit que ça ne pourrait pas arriver. Vous m'aviez promis que…

La fin de sa phrase fut couverte par le hurlement strident d'une sirène d'ambulance qui pénétrait à toute vitesse dans l'enceinte de Sunny Gardens.

— Qui est blessé ? s'enquit Hope.

— Une infirmière. Felicity lui a réservé le même sort qu'à Ashley. Puis elle lui a dérobé sa blouse et ses clés de voiture, et s'est enfuie par-derrière.

Casey prit les mains de Hope dans les siennes.

— Je sais quelle promesse je vous ai faite. Felicity s'est montrée plus maligne que nous ne l'avions imaginé. Elle a dû repérer un agent, ou a pensé qu'il y avait un peu trop de personnel autour d'elle. Je n'en sais rien. Ce que je sais, en revanche, c'est que nous allons la retrouver. Toute la cellule de crise est à ses trousses. Plus les forces de police des trois comtés. Elle n'est partie que depuis cinq à dix minutes. Elle n'a pas pu aller bien loin.

— Mon Dieu ! s'écria Hope en se redressant sur la banquette. Je dois faire quelque chose !

— C'est vrai. Et je vais vous dire quoi. Vous devez vous retenir de faire quoi que ce soit pour l'instant. Si vous interférez avec nos opérations, vous risquez de tout faire échouer. Surtout si vous essayez d'attraper Felicity. Les agents ne pourraient même pas vous distinguer l'une de l'autre. Les conséquences pourraient être catastrophiques. Contentez-vous de suivre mes instructions. Nous allons retrouver Krissy.

A ces mots, une colonne de voitures de police banalisées quitta Sunny Gardens.

Quelques minutes plus tard, Marc était de retour avec Hero et tenait dans sa main une compresse imprégnée de l'odeur du sac de Felicity.

— Allons-y. Nous n'avons qu'à sillonner les petites routes sur cinq kilomètres à la ronde. Elles sont à peine plus larges que des chemins et pleines de virages. Dans ces conditions, Felicity n'a pas pu aller bien loin.

— Je vais utiliser mon nouveau GPS, dit Ryan. Il est suffisamment précis pour repérer même les chemins privés.

Déjà, il avait mis le contact et passé la première, n'attendant plus que Marc soit à bord pour mettre les voiles.

Comme Marc l'avait annoncé, les petites routes des environs étaient étroites et sinueuses. Si jamais Felicity les connaissait bien, elle aurait de toute évidence un avantage sur eux.

Ils n'avaient pas fait un kilomètre que le téléphone de Casey sonna.

Elle jeta un œil sur l'écran de son BlackBerry.

— Hutch ?

— Ils ont retrouvé la voiture volée. Elle l'a abandonnée dans les bois, face à la gare ferroviaire, à trois kilomètres à l'ouest de Sunny Gardens. J'ai pensé que ça t'intéresserait.

— Merci.

Casey n'était pas dupe. Hutch essayait de se rattraper après la démonstration de force qu'il lui avait réservée à Sunny Gardens. La dernière fois qu'il avait eu un tuyau, c'était à Marc qu'il l'avait donné. Mais cette fois-ci, c'était à elle qu'il en réservait la primeur.

— Nous sommes en route, répondit-elle.

Casey raccrocha et se pencha vers le GPS.

— Fonce sur Garrison Station ! C'est à un peu plus de deux kilomètres d'ici. Là ! dit-elle en désignant la voie ferrée sur l'écran du GPS. Elle a laissé la voiture et sauté dans un train.

Ryan acquiesça et écrasa l'accélérateur.

Ils arrivèrent à la gare en même temps qu'une poignée d'agents et de policiers.

— Le train est parti il y a dix minutes, annonça Hutch. Il fait trois arrêts avant le terminus de Poughkeepsie. Nous n'avons aucune chance d'arriver à l'heure à chacun d'eux sans se séparer. Le premier est à quatre minutes d'ici. Le deuxième huit minutes plus loin. Et le dernier, sept minutes après. Ensuite, il reste dix-sept minutes pour Poughkeepsie. Par la route, c'est l'enfer. Peg est en train de demander aux autorités ferroviaires d'immobiliser le train en gare de Poughkeepsie. Plusieurs agents sont déjà partis directement là-bas. Pour le reste, trois voitures sont en route. Une pour chaque arrêt. Les agents vont montrer des photos aux usagers, en espérant que quelqu'un reconnaîtra Felicity. Cela dit, ce n'est pas gagné. Un mercredi en plein après-midi, il n'y a pas foule sur les quais. Mais on n'a pas le choix. Il faut tout essayer.

— Tu vas à Poughkeepsie ? demanda Casey.

— Oui.

— Nous allons faire les gares intermédiaires et donner une compresse de Felicity à Hero. On lui fera renifler les quais. Comme ça, nous saurons si elle est descendue du train. Si tu m'appelles pour me dire que Felicity a quitté le train à Poughkeepsie, on filera là-bas illico, et Hero prendra le relais. Hope a apporté un T-shirt de Krissy. C'est notre dernière chance, Hutch. Felicity n'a pas pris un train au hasard. Elle rentre chez elle pour récupérer Krissy et prendre la fuite.

— Cela n'arrivera pas. Je t'appelle, dit-il en courant vers sa voiture.

Casey fonça jusqu'au hall de la gare et attrapa au passage les horaires des trains. Tout en retournant vers la camionnette, elle jeta un œil sur les différents arrêts. Cold Spring. Beacon. New Hamburg.

D'un geste, elle fit signe à Ryan de baisser sa vitre. Casey se pencha à l'intérieur et lui fourra les horaires dans la main en désignant les trois arrêts.

— Rentre ces trois gares dans ton GPS.

34

Hero avait inspecté de fond en comble la gare de Cold Spring, et l'équipe des Forensic Instincts fonçait en direction de Beacon lorsque le téléphone de Casey sonna.

— Nous sommes à Poughkeepsie, lui annonça Hutch. Elle n'est pas dans le train. Nous avons posté un homme à chaque sortie, fouillé tous les wagons et interrogé, un à un, tous les passagers. Personne ne l'a vue. Elle a dû descendre dans l'une des gares entre Garrison et ici.

— Je doute qu'elle soit descendue à Cold Spring. Malgré tous leurs efforts, vos agents n'ont rien trouvé. Et Hero n'a rien senti. Pourtant, nous avons passé au peigne fin toute la gare : le parking, les quais, le hall, les escaliers. Enfin tout, quoi. Nous roulons maintenant en direction de Beacon.

— Il reste donc Beacon et New Hamburg. Nous avons déployé des agents dans les deux gares. Ils interrogent les passants en leur montrant des photos de Felicity. Vous ne pourrez pas les louper. Bon, quoi qu'il arrive, vous me tenez au courant…

— O.K., toi aussi.

Casey raccrocha et informa son équipe des dernières avancées.

Une minute plus tard, ils arrivaient à la gare de Beacon.

Les lieux étaient déserts. Une seule personne sur le quai, et aucun employé en vue. Les forces de police arpentaient les abords du bâtiment à la recherche du moindre indice.

Ryan les imita, tandis que Marc mettait sa laisse à Hero. Sitôt fait, il partit inspecter les lieux. Quant à Casey, elle dut à contrecœur se résigner à rester auprès de Hope. Jouer les babysitters n'était pas sa tasse de thé, mais elle n'avait pas le choix. Malgré ses avertissements, Hope se cramponnait à la poignée de la portière, à l'affût du moindre signe. Et si jamais elle devait apercevoir sa sœur, il était évident qu'elle ne pourrait pas se contrôler. Et tous courraient alors à la catastrophe.

Casey ne tenait pas en place. Elle aurait fait n'importe quoi pour sortir de la camionnette et rejoindre ses collègues sur le terrain.

Tandis qu'elle essayait tant bien que mal de se faire une raison, elle aperçut un groupe d'adolescents qui flânaient sur le parking. Les jeunes riaient bruyamment en buvant des sodas et semblaient traîner là depuis déjà un certain temps. Il était donc indispensable de les interroger. Ryan se trouvait de l'autre côté de la gare, et les adolescents étaient sur le point de partir.

Les laisser filer était inimaginable. Et pourtant, elle ne pouvait pas bouger. Elle était coincée.

— Hé ! Ne bougez pas, je m'en charge, lança une voix étouffée provenant de derrière la camionnette.

Casey tourna la tête et n'en crut pas ses yeux : c'était Patrick.

Conscient de l'avoir surprise, il lui adressa un demi-sourire.

— Je ne suis peut-être pas Claire, mais j'ai un sixième sens qui me permet de savoir quand on a besoin de moi. Et puis, ce cauchemar a déjà assez duré. Je ne pouvais pas rester sans rien faire. Je vous ai donc suivis jusqu'ici avec ma voiture. Restez avec Mme Willis. En revanche, je vais juste vous demander de baisser la vitre de son côté pendant que j'interroge ces jeunes gens.

— Vous êtes mon sauveur, Patrick, dit Casey à voix basse.

Lynch l'entendit mais ne fit aucun commentaire, se contentant d'arrêter le groupe de jeunes d'un geste ferme et autoritaire. Désignant du doigt Hope qui était restée dans la camionnette, il posa plusieurs questions aux adolescents. De toute évidence, il leur demandait s'ils avaient vu passer une femme blonde ressemblant à celle qui était assise dans la camionnette.

Ils regardèrent en direction de Hope, mais aucun d'entre eux ne semblait la reconnaître.

De son côté, Ryan revint en secouant la tête. Manifestement, il n'avait pas été plus chanceux. Les policiers et agents qu'il avait rencontrés étaient, eux aussi, bredouilles. Quelques minutes plus tard, Marc revint avec Hero ; à en juger par l'expression de dépit qu'elle lisait sur son visage, Casey sut immédiatement qu'il avait également fait chou blanc.

Les Forensic Instincts quittèrent alors la gare pour New Hamburg, suivis de près par Patrick.

— C'est notre dernière chance, dit Hope d'une voix éteinte.

Son désespoir était palpable. Peu à peu, elle se laissait gagner par la panique, et semblait sur le point de craquer.

— Et que ferons-nous si nous ne trouvons rien de plus à New Hamburg ? Après tout, Felicity a très bien pu prendre un autre train, partir dans une autre direction, ou encore s'enfuir à pied ou en bus… D'ailleurs, qui vous dit que Krissy se trouve par ici ? Felicity est tout à fait capable d'avoir cherché à nous duper en abandonnant sa voiture à la gare pour mieux brouiller les pistes. Avez-vous seulement envisagé cette possibilité ?

— Ce n'est pas le cas, Hope, répondit Casey en s'efforçant d'être la plus convaincante possible. Krissy est la seule priorité de Felicity. Son objectif n'est pas de jouer au chat et à la souris avec la police et le FBI. Il n'y a aucune raison qu'elle laisse Krissy toute seule, en particulier maintenant, alors qu'elle sait pertinemment que nous sommes tous à sa recherche. Nous serons à New Hamburg dans quinze minutes. Gardez espoir.

— Garder espoir…, répéta Hope sur un ton amer. Je ne suis pas certaine de savoir encore ce que cela veut dire.

Krissy tressaillit en entendant la porte claquer brusquement à l'étage. Le bruit avait été plus fort que d'habitude. Beaucoup plus fort. A tel point que, cette fois, elle avait sursauté.

Elle se blottit contre le mur. Il était si solide… C'était comme s'il pouvait la protéger. Elle attrapa Oreo et Ruby, et les serra fort, tout contre elle, les yeux fixés sur la porte. Elle était terrifiée.

Dans un grand fracas, elle entendit de nouveau une succession de pas accompagnés de claquements de portes.

La femme était peut-être en colère après elle. Avait-elle fait quelque chose de mal ? Et si elle avait découvert qu'elle avait essayé de tourner la poignée ?

Cette fois, elle pourrait bien s'en prendre à elle.

Tremblante de peur, Krissy se recroquevilla un peu plus.

La porte s'ouvrit violemment, et la femme dévala l'escalier, faisant claquer ses talons sur chaque marche.

— Debout, Krissy ! ordonna-t-elle.

Sa voix n'était pas gentille et douce comme d'habitude. Elle était aiguë et stridente. Et elle avait un air bizarre.

— Pourquoi ? demanda Krissy.

— Nous déménageons dans une autre maison. Maintenant ! dit-elle en lui saisissant le bras. Allez, viens ! Nous n'avons pas de temps à perdre.

— Aïe ! Ça fait mal ! s'écria Krissy en reculant, tout en serrant Oreo et Ruby un peu plus fort encore. Où on va ?

— Ne pose pas de questions, dit la femme en relâchant un peu sa poigne. Pas maintenant. Nous n'avons pas le temps. Je t'expliquerai tout, mais plus tard. Et je te ferai une autre chambre de princesse, aussi. Mais pas ici, poursuivit-elle en attrapant Krissy sur le lit. Allons-y !

— Non ! protesta Krissy en tirant sa main de toutes ses forces.

Et cette fois, ce fut elle qui eut le dernier mot. La femme ne s'attendait pas à une telle résistance. Sa main lui échappa. Krissy était libre.

Maintes fois, elle avait grimpé les marches, et avait toujours trouvé la porte fermée.

Mais pas cette fois. La porte était grande ouverte.

Elle se précipita à toute vitesse en direction de l'escalier.

— Attends ! hurla la femme en se lançant à sa poursuite.

Déjà, elle était à ses trousses, escaladant comme elle le pouvait les marches étroites avec ses hauts talons.

Mais Krissy avait l'avantage de l'âge. Elle monta l'escalier à la vitesse de l'éclair, manquant de trébucher contre une valise sur le palier. Sans même s'arrêter pour reprendre son souffle, elle regarda tout autour d'elle. La cuisine. Une porte ouvrant sur l'extérieur. En une seconde, elle était dehors.

De l'air frais, des arbres de tous les côtés. Aucune issue. Tant pis. Même si elle devait se retrouver nez à nez avec un ours, ce serait toujours mieux que cette maison. Il fallait s'enfuir coûte que coûte.

Zigzaguant entre les fourrés et les troncs, elle s'enfonça dans les bois et disparut bientôt parmi les feuillages.

La gare de New Hamburg était différente des autres.

Il n'y avait aucun escalier ni aucune passerelle pour relier les quais entre eux et accéder au parking. Au lieu de cela, tous les passagers devaient emprunter un passage souterrain, ce qui rendait leur contrôle encore plus difficile.

La cellule de crise occupait déjà le terrain, mais vu la complexité de l'exercice, ils acceptèrent sans hésiter l'aide de Ryan et de Patrick.

Comme à chaque gare, Marc se chargea de faire faire à Hero le tour des quais, du tunnel, du parking et du hall. Après lui avoir mis sa laisse, il lui fit renifler la compresse imprégnée de l'odeur de Felicity. Puis il partit, avec lui, explorer les lieux en veillant à ne pas le brider dans ses mouvements.

Ils venaient tout juste d'entrer dans le tunnel lorsque Hero se mit à tirer sur la laisse en flairant le sol avec insistance.

Tout en raccourcissant sa laisse, Marc suivit le saint-hubert jusqu'à la sortie du tunnel, où ce dernier se mit à aboyer en frétillant.

Cette fois, aucun doute possible. Ils avaient enfin retrouvé la trace de leur fugitive.

— C'est bien, mon grand ! Allons-y.

Tous deux retournèrent au pas de course jusqu'à la camionnette.

— Bingo ! cria Marc à Casey en levant le pouce dans les airs. Felicity est descendue ici. Il n'y a aucun doute. Du moins, d'après Hero.

— Mon Dieu ! s'écria Hope en sautant littéralement sur son siège. Il faut la trouver ! Je dois la trouver !

— Restez tranquille, rétorqua Casey, qui appelait déjà Hutch. Pas question de partir à l'aventure. C'est le meilleur moyen de perdre un temps précieux. Nous devons mettre au point une stratégie. Ensuite, nous nous lancerons à la recherche de Felicity et de Krissy.

— Casey ? répondit Hutch.

— C'est New Hamburg ! Hero a flairé son odeur dans le tunnel et sur le quai. Marc est catégorique. Et je lui fais confiance.

— Nous arrivons.

Le cœur de Felicity battait si fort dans sa poitrine qu'il lui semblait sur le point d'éclater. Ses jambes lui faisaient mal. Elle avait la voix cassée à force de hurler le nom de Krissy.

Des larmes jaillirent entre ses cils et roulèrent sur ses joues.

— Oh ! Krissy, ma petite Krissy. Mon bébé. Où es-tu ?

Elle s'arrêta un instant, juste assez pour remettre ses cheveux en arrière et scruter les alentours. Son visage éraflé par les branches était couvert de sang. Quelle distance avait-elle parcouru ? A droite, à gauche, devant, derrière, tout semblait identique. De la terre, des rochers et des arbres.

Mais aucun signe de Krissy.

Krissy ! Pourquoi t'es-tu enfuie ? Je t'ai dit que je te protégerais. Que je trouverais une nouvelle maison, avec une nouvelle chambre de princesse. Qu'est-ce qui a bien pu t'effrayer au point de te faire prendre la fuite ?

J'ai tout fait comme il fallait. Je le sais. Maman m'a dit que je n'avais rien oublié.

Mais c'est ma faute. Maman avait réussi à me garder à l'abri du monde. Elle avait su me protéger.

Et moi, j'ai échoué, Krissy. Le monde n'a pas voulu nous laisser tranquilles. Ces horribles agents du FBI ne vont pas nous lâcher. Pour moi, ils avaient fini par abandonner. Alors, pourquoi ne veulent-ils pas abandonner, cette fois encore ? Pourquoi refusent-ils de comprendre que nous sommes heureuses ? Que nous sommes toutes les deux heureuses ? Que chez toi, c'est ici.

Tu as vu que j'avais peur. C'est pour cela que tu es partie. C'est moi qui t'ai effrayée. Les mamans sont censées cacher leurs angoisses. Se contrôler. Garder leur sang-froid. Elles doivent rester fortes.

J'ai tout gâché. J'ai été faible.

Cela ne se reproduira pas.

S'il te plaît, Krissy, laisse-moi t'aider… Je saurai te consoler. Je t'emmènerai loin d'ici. Maman comprendra. Elle sait ce dont tu as besoin. C'est de moi que tu as besoin. Et de moi seule.

Mais je ne sais pas où tu es. Il faut que je te retrouve.

Maman va partir. Elle va me laisser toute seule. Tu es la seule personne que j'aie. Tu es toute ma vie, à présent.

Et je t'ai laissée partir.

A bout de souffle, prise de panique, Felicity éclata de nouveau en sanglots, titubant d'un tronc à l'autre en appelant Krissy.

Mais la seule réponse qu'elle obtint en retour fut la complainte lugubre du vent dans les branches.

35

New Hamburg était une petite bourgade peu étendue.

Les forces de police eurent donc tôt fait d'encercler la commune et de commencer à ratisser les environs. Le mot d'ordre était simple : il fallait faire vite.

Mais, même dans ces conditions, personne n'avait la moindre idée de ce que Felicity avait pu faire depuis qu'elle avait quitté la gare.

Patrick intégra l'équipe de recherche, fouillant chaque centimètre carré, maison après maison, rue après rue. Ryan se joignit à eux, mais il devait aussi garder en permanence un œil sur Hope Willis, au cas où elle aurait eu la mauvaise idée de vouloir faire cavalier seul.

Hope avait bien tenté de s'esquiver à deux ou trois reprises, mais elle avait finalement dû se résigner à accepter la présence de son garde du corps. Ryan était bien trop malin pour se laisser berner, et il disposait en outre d'une supériorité physique évidente. C'était donc ça, ou rester dans la camionnette et risquer de manquer le moment où ils retrouveraient Krissy. La décision s'était imposée d'elle-même.

Casey fit équipe avec Marc. Tous deux attachèrent Hero, et se mirent en route sans perdre une seconde. Marc était rompu aux opérations de sauvetage, tandis que Casey avait une certaine expérience du pistage canin. En tant que chien pisteur, Hero était parfait. Tous trois formaient donc une équipe de choc, et n'avaient qu'un objectif en tête : retrouver Krissy.

— Linda avait enfermé Felicity dans une maison perdue dans

la campagne, dit Casey, tandis que Hero leur servait de guide à travers les bois. Je pense que Felicity a dû chercher à tout prix à reproduire un environnement similaire.

— Sûrement, mais vu la configuration des lieux, ça ne nous avance pas beaucoup, répondit Marc.

— C'est vrai. Cela dit, Ryan a consulté la carte. Il a repéré un groupe de maisons construites dans les bois, sans vis-à-vis, à l'abri des regards. Je suis d'avis de commencer par là.

— Je te parie que Ryan va avoir la même idée.

— A ceci près qu'il doit aussi s'occuper de Hope, ce qui va le ralentir considérablement. Je pense qu'on arrivera avant lui. Sinon, on se répartira les rues.

Hero filait devant d'un pas décidé, flairant consciencieusement le sol sans relever la tête.

— Quelle superficie Hero peut-il couvrir ?

— D'après ce que m'a dit Hutch, et selon ce que j'ai lu, c'est assez impressionnant. Il peut suivre quelqu'un sur plus de vingt kilomètres, et localiser une personne à une trentaine de mètres près.

Marc laissa échapper un sifflement d'admiration.

— Effectivement, c'est à peine croyable !

— Pourquoi crois-tu qu'il fasse partie des Forensic Instincts ? demanda-t-elle avec un demi-sourire.

— Tu as raison. On fait vraiment une sacrée équipe, tous ensemble.

Une fois qu'ils furent arrivés à la zone boisée dont Casey avait parlé, l'environnement se fit plus hostile. La boue, les rochers et la végétation ralentirent brusquement leur progression.

Le téléphone de Casey sonna à ce moment.

— Nous avons trouvé la maison, annonça Ryan. Mais elle est vide. Le sous-sol correspond exactement à la description de Claire. Et la porte de derrière est ouverte. De toute évidence, elles ont pris leurs jambes à leur cou.

— Où es-tu ? demanda Casey en sortant la carte que Ryan lui avait imprimée.

— Au 39, Pine Street. Mais ça ne sert à rien de venir ici. Les autorités ont appelé la brigade scientifique. Ils vont passer la scène de crime au peigne fin. Il faut sortir de là et aller chercher Krissy.

Casey scrutait la carte. Son doigt s'arrêta sur Pine Street.

— Nous ne sommes pas loin du tout, dit-elle en jetant un œil sur son GPS portable. Nous venons d'entrer dans les bois, juste à l'ouest de la maison.

— O.K. Un groupe d'agents devrait vous rejoindre d'ici peu ; donc ne soyez pas surpris quand vous les entendrez arriver. Mais continuez de chercher. Felicity n'a pu partir que dans deux directions. Vers l'est ou vers l'ouest. Ce sont les seules zones boisées. Les bosquets au nord et au sud donnent sur la rue et sur les maisons voisines. Un groupe de policiers du coin couvre actuellement ce périmètre, mais je doute que cela donne quoi que ce soit. Peg est partie à l'est avec une équipe. Hutch est en route vers l'ouest. Patrick et moi sommes sur le point de les rattraper.

— Hope est toujours avec toi ?

— Oui, contrainte et forcée, répondit-il sans plus de commentaire.

— Très bien, dit Casey en voyant Hero tirer sur sa laisse avec énergie. Ryan, je dois te laisser. Hero est sur une piste.

— O.K. De toute façon, j'arrive.

Marc suivait Hero comme il le pouvait, se faufilant parmi les troncs et les branches qui lui fouettaient le visage. Casey piqua un sprint pour les rattraper.

Bientôt, on entendit distinctement des pas fouler les feuilles mortes. C'étaient peut-être les agents. A moins que ce ne soit Felicity.

A en juger par la réaction de Hero, il n'y avait pas de doute : c'était bien Felicity.

Hero était indéniablement sur une piste. Escaladant les rochers, dévalant les talus, il tirait derrière lui Marc, qui dut accélérer le pas et faire mille et une acrobaties pour le suivre.

— Krissy ? cria une voix de femme paniquée, juste devant eux. C'est toi ? S'il te plaît, ma petite princesse, réponds-moi !

C'est alors que tout se joua en une fraction de seconde.

Hero bondit en avant. Quelqu'un se mit soudain à courir

derrière eux, tandis qu'une autre personne filait entre les branchages, juste sous leur nez.

Une femme. Blonde et mince. Affolée.

Felicity.

— FBI ! Pas un geste !

Casey reconnut la voix de Hutch qui déboulait derrière elle en lançant les sommations d'usage, revolver au poing. Peg et une dizaine d'autres policiers et agents le suivaient de près et se déployèrent aussitôt sur toute la zone.

La femme s'arrêta net, pétrifiée.

— Aidez-moi ! bredouilla-t-elle d'une voix plaintive, sans même tenter de prendre la fuite. J'ai perdu ma petite fille.

— Nous allons la retrouver, dit Peg.

Tout en s'avançant vers elle, elle rangea son arme et lui plaça les mains dans le dos pour la menotter.

Felicity resta debout sans manifester aucune volonté de résistance. Son visage était couvert de sang et de larmes. Le regard éteint, l'air anxieux, elle ressemblait à un petit oiseau fragile tombé du nid.

— Quand avez-vous vu votre… votre fille pour la dernière fois ? demanda Hutch.

Bien sûr, ce n'était pas sa fille, mais il était conscient que le moment n'était pas encore venu de lui assener un brutal retour à la réalité.

— A la maison. Elle s'est enfuie. Je ne sais pas où elle est. Elle s'est peut-être blessée. Oh ! mon Dieu ! Tout ça est ma faute ! S'il vous plaît ! Je vous en prie ! Trouvez-la ! Je ne peux pas la laisser toute seule dans la forêt… Le monde est tellement cruel… Alors qu'elle est si mignonne… C'est une princesse. Il faut la sauver !

— Nous la trouverons, dit Hutch en se tournant vers Marc. Avez-vous un objet appartenant à Krissy ?

— Moi, j'en ai un.

Avant que Marc ne puisse répondre, une voix tremblante leur fit tourner la tête. Hope s'avançait lentement dans leur direction en leur tendant un T-shirt de Krissy. Regardant fixement

Felicity, elle tenta à plusieurs reprises de lui dire quelque chose. Mais en vain. Les mots ne venaient pas.

Felicity ne chercha pas à éviter son regard. Une vague de confusion et d'étonnement traversa son visage.

— Hope ? demanda-t-elle d'une voix lointaine. C'est bien toi ? Tu es réelle ? Je savais bien que c'était toi, dans la maison… Maman a dit que non. Elle m'a dit que ce n'était que mon imagination. Que j'avais tout imaginé. Mais elle avait tort, n'est-ce pas ? Tu es bien réelle.

— Oui, Felicity. C'est bien moi, et je suis bien réelle, répondit Hope d'une voix blanche.

A ces mots, elle remit le T-shirt à Hutch, et le regarda partir en courant pour le faire renifler à Hero.

Marc et lui se mirent aussitôt en route derrière le saint-hubert surexcité.

Hope considéra de nouveau sa sœur. Son état d'épuisement, son évidente aliénation mentale, mais aussi tous les griefs et le venin qu'elle avait distillés au fil des années semblaient transpirer de chaque pore de sa peau.

— Est-ce que tu as pris soin d'elle ? finit-elle par lâcher, comme si elle s'adressait à la petite fille de six ans qui lui avait été volée.

— J'ai fait tout ce que j'ai pu, répondit Felicity, tandis que de grosses larmes roulaient sur ses joues. Mais ça n'a pas suffi. Elle s'est enfuie. Je… je ne comprends pas, poursuivit-elle en baissant les yeux, comme si elle était déjà ailleurs. Je ne comprends pas…

Levant la tête, Hope croisa le regard de Casey. Elle semblait sur le point de défaillir.

— Ils vont retrouver Krissy ? demanda-t-elle. Je vous en supplie… Dites-moi que oui.

— Pour moi, ça ne fait aucun doute, répondit Casey. Elle ne peut pas être allée bien loin.

Il suffit de quelques minutes à Hero pour retrouver la trace de Krissy.

Dès qu'il se mit à tirer sur sa laisse, Marc et Hutch appelèrent la fillette en criant son nom dans les bois.

— Krissy ! lança Hutch. Nous sommes du FBI. C'est la police. Nous sommes venus pour t'aider !

Un léger bruissement se fit entendre sur la gauche.

— Krissy, c'est bon ! Tout va bien ! cria Marc. Nous avons arrêté la femme qui ressemble à ta maman. Elle ne peut plus te faire du mal. Et ta vraie maman est ici. Elle est venue pour te ramener à la maison.

— Mais d'abord, tu dois nous dire où tu es ! cria Hutch en indiquant à Marc un fourré sur le côté, à une dizaine de mètres environ.

Marc répondit d'un signe de tête, tandis que Hero filait déjà dans la même direction.

— Krissy ? cria de nouveau Hutch. Où es-tu, Krissy ?

Hero se mit à tourner autour du fourré en grognant.

Les jappements du chien durent l'effrayer, car elle laissa échapper un petit cri.

— Tout va bien, répéta Marc en s'avançant jusqu'à la fillette terrorisée qui s'agrippait à un tronc d'arbre.

Marc s'accroupit à côté d'elle.

— Je te présente Hero. Il travaille avec nous. Il est très gentil. Et en plus, c'est un vrai héros. C'est lui qui nous a aidés à te retrouver.

La fillette blonde serra contre elle son panda et son rouge-gorge en peluche, tout en fixant Marc de ses grands yeux écarquillés. Ses cils étaient encore tout collés par les larmes. Elle avait des écorchures au visage et sur les bras. Ses vêtements étaient déchirés et ses cheveux en bataille. Mais elle était vivante, et manifestement, elle allait bien.

— C'est vraiment un chien de la police ? murmura-t-elle.

— Encore mieux, répondit Hutch en s'approchant. C'est un chien du FBI. Qu'est-ce que tu en dis ? Et il est là rien que pour toi.

— Waouh ! s'exclama Krissy en s'approchant de Hero pour

le caresser, tandis qu'il se roulait sur le dos, apparemment impatient de recevoir sa récompense.

En guise de bienvenue, il lui lécha la paume de la main.

— Cette dame, elle est vraiment partie ? demanda Krissy d'une voix frêle et pleine d'inquiétude. Et maman, elle est vraiment là ?

— Oui, elle est partie. Et ta maman t'attend, répondit Hutch en lui tendant une main. Est-ce que tu veux aller la voir ?

Elle posa sa minuscule main dans celle de Hutch et lui fit signe de sa petite tête ébouriffée.

— Oui.

Ensemble, ils rebroussèrent chemin à travers les arbres et atteignirent bientôt la clairière où Hope attendait.

— Regarde qui est là ! lança Marc.

— Maman ! s'écria Krissy, reconnaissant sa mère au premier coup d'œil.

Elle courut vers Hope, passa devant Felicity en lui décochant un regard terrifié, et se jeta dans les bras de sa maman sans lâcher Oreo et Ruby.

— Oh ! Mon bébé ! Krissy ! Dieu merci !

Hope prit sa fille dans ses bras et éclata en sanglots.

— Tu n'es pas blessée ? demanda-t-elle en l'embrassant encore et encore.

— Je me suis écorchée. Ça brûle, dit-elle, pleurant elle aussi à chaudes larmes, le visage enfoui dans le cou de sa mère.

— Mais Feli… la dame qui t'a emmenée, elle ne t'a pas fait de mal, n'est-ce pas ?

Krissy secoua la tête.

— Elle a essayé de me prendre dans ses bras. Mais j'ai dit non. Et elle a arrêté. Elle ne voulait pas s'en aller. Mais elle ne voulait pas non plus me ramener à la maison.

— Dieu merci, tu vas bien ! dit Hope en embrassant sa fille dans les cheveux. Je t'aime. Je t'aime tellement !

— Moi aussi, je t'aime. Et tu m'as manqué. J'avais très peur. Oreo et Ruby aussi voulaient rentrer à la maison, dit-elle en levant en l'air ses deux peluches fripées.

— A moi aussi, ils m'ont manqué, ajouta Hope en les embrassant l'un et l'autre. Mais je savais qu'ils s'occupaient bien de toi.

— Oui. Ils ont dormi avec moi toutes les nuits.

A ces mots, Krissy se redressa pour interroger sa maman.

— Est-ce qu'on va vraiment rentrer à la maison ?

— Bien sûr que oui !

Hope promena son regard sur la foule de policiers et d'agents massés dans la clairière. Ses yeux s'arrêtèrent sur Casey.

— Merci, dit-elle d'une voix chancelante. Merci à vous tous du fond du cœur.

Puis son regard se posa sur Felicity. Debout, le visage défait, celle-ci semblait perdue, en proie à la plus grande confusion.

— Krissy ? dit Hope. Tu veux bien rester une minute avec l'agent Hutchinson ? J'ai quelque chose à dire à la femme qui t'a emmenée avec elle.

De nouveau, un éclair de peur traversa le regard de Krissy.

— Et si jamais elle t'emmène, toi aussi ?

— Elle ne peut pas m'emmener. Tu vois ? Ses mains sont attachées dans son dos. La police et le FBI la surveillent. Elle ne peut plus emmener personne, à présent, poursuivit-elle en embrassant de nouveau sa fille. Ça va aller, mon cœur. Tout va rentrer dans l'ordre.

— Allez, viens, Krissy, dit Ryan en s'avançant vers elle, la main tendue. Je suis un ami de ta maman et de l'agent Hutchinson. Et je passe aussi beaucoup de temps avec Hero, tu sais. Qu'est-ce que tu dirais d'aller le voir pour qu'il te montre tout ce qu'il sait faire ?

Krissy ne se fit pas prier.

Hope lâcha sa fille, qui courut vers Ryan et lui attrapa la main, puis suivit Marc et Hutch jusqu'à Hero. Là, ils s'accroupirent tous les quatre autour du chien pour admirer ses exploits.

Sachant sa fille entre de bonnes mains, Hope avança vers Felicity et s'arrêta juste en face d'elle.

— Tu es ma sœur jumelle, balbutia Felicity tout en dévisageant Hope comme si cette dernière sortait tout droit d'un conte de fées. Tu n'es pas le fruit de mon imagination. Tu es bel et bien réelle. Maman avait tort. Les rêves que je faisais voulaient bien dire quelque chose. Quand j'étais petite… Quand j'avais peur… Tout ça est vraiment arrivé. Comme pour Krissy. Je n'aurais pas dû prendre cette voiture. Je n'aurais jamais dû faire de mal à personne, ni rien voler, et encore moins me faire passer pour toi. Mais maman disait que je me trompais. Elle disait que je devais faire tout ça, si je voulais avoir ma princesse. Elle disait que c'était la seule façon pour moi de ne pas être seule, le jour où elle partirait pour toujours. Mais c'était faux, n'est-ce pas ? Maman se trompait.

— Oui, Felicity. Elle se trompait.

Hope semblait à chaque instant sur le point de s'effondrer.

— Comment as-tu eu l'idée de faire tout cela ? Comment as-tu eu l'idée de te faire passer pour moi ?

— Maman m'a aidée à tout organiser… Parfois, elle va bien. Et parfois, elle redevient la maman d'avant. Et elle est si intelligente… Moi aussi, je suis intelligente. Je tiens ça d'elle. Elle le dit tout le temps. Alors nous avons élaboré ce plan toutes les deux. Il fallait que je construise ma vie. Il me fallait mon bébé. Mais ce n'était pas ma vie, n'est-ce pas ? C'était la tienne, conclut-elle en secouant énergiquement la tête. Je ne sais plus où j'en suis.

— Il est normal que tu sois perdue. Tu as été kidnappée lorsque tu avais six ans. Depuis ce jour-là, tu as vécu dans un monde à part. Je n'arrive même pas à imaginer…

Submergée par l'émotion, elle se tut un instant.

— Nous trouverons de l'aide. Tes souvenirs te reviendront.

Felicity se mit à tordre nerveusement ses doigts.

— Et maman ? Elle est malade. Je ne peux pas l'abandonner. Elle ne m'a jamais abandonnée.

— Elle est très bien soignée. Ça ne va rien changer, dit Hope en se retenant de lui crier que Linda Turner n'était pas sa mère.

Que sa vraie mère avait bien failli mourir de chagrin après son enlèvement. Et que son vrai père et sa vraie mère seraient tous deux fous de joie en apprenant que leur fille leur était enfin rendue, même si elle était loin d'être indemne.

— Est-ce que je pourrai toujours lui rendre visite ? Elle a besoin de me voir. Elle n'a que moi.

Hope lança un regard à Peg.

— Nous en reparlerons plus tard, dit Peg.

— Merci, dit Felicity en se mordant les lèvres. Je sais que j'ai mal agi. Mais je ne voulais pas te faire du mal. D'habitude, je suis une petite fille très sage.

— Felicity…, dit Hope en posant sa main sur l'épaule de sa sœur. Ça va aller.

— Une cellule psychologique est en route, dit Peg à Hope d'une voix douce. Ces sont des spécialistes pour les victimes d'enlèvements tels que celui que Krissy a subi. Ils vous rencontreront à votre domicile. Et il y a aussi une spécialiste pour Felicity, qui a de toute évidence développé le syndrome de Stockholm. Elle nous attend au bureau régional de New York.

— Je vous remercie, dit Hope. Et mes parents également.

— Lorsque Krissy comprendra que Felicity est sa tante, qu'elle a aussi été kidnappée lorsqu'elle était enfant, et qu'elle est restée entre les mains de sa ravisseuse pendant toutes ces années, la peur laissera peu à peu place à la compassion, ajouta Casey. Les enfants se remettent vite, lorsqu'il n'y a pas eu de violence physique ou psychologique. Ce sera dur pendant un moment. Mais Krissy est une petite fille solide. Elle est pleine de ressource. Elle s'en sortira. Quant à Felicity, dit-elle en prenant doucement une inspiration, elle va avoir besoin de beaucoup de soutien. Ce qu'a vécu Krissy pendant une semaine, elle l'a enduré toute sa vie. Et en plus de l'aide des thérapeutes, il lui faudra sa famille, en particulier une fois que Linda sera partie.

— Elle pourra compter sur nous, répondit Hope, le visage inondé de larmes, en se tournant vers sa sœur. Il y a beaucoup de gens qui t'aiment, lui lança-t-elle soudain. Ça, ça n'a pas changé.

Felicity afficha une moue distraite.

— Des gens qui m'aiment ?

Hope acquiesça.

— Oui, Felicity. Qui t'aiment. Tu es ma sœur. Ma jumelle. Nous sommes liées pour la vie. Tu voulais Krissy pour l'aimer comme ta fille, pas pour lui faire du mal. Je sais que tout se mélange dans ta tête pour l'instant, mais tes souvenirs reviendront. Je t'aiderai à te remémorer les bons moments. Je te le promets.

A ces mots, Peg lui indiqua qu'il était temps d'y aller, et Hope s'écarta pour les laisser passer.

— Va avec le FBI, lui dit-elle. Je viendrai te voir plus tard.

— Tu me le promets ?

— C'est promis.

Felicity approuva d'un signe de tête, hésitant un instant, puis se laissa emmener par la police.

— J'aime beaucoup Krissy, tu sais. Je l'aime tellement ! murmura-t-elle.

— Je sais que tu l'aimes.

Déchirée entre l'angoisse et le soulagement, Hope regarda sa sœur suivre les forces de police.

Pendant un long moment, elle resta immobile, sans rien dire. Juste le temps de se ressaisir, afin de pouvoir donner à Krissy tout l'amour et le réconfort dont elle avait besoin.

Puis elle se retourna et fila droit vers sa fille qui jouait avec Hero. Elle ne connaissait pas ce nouveau jeu apparemment hilarant, mais ce qui était sûr, c'est que le grand perdant de la partie était le T-shirt qu'elle leur avait donné. Ou plutôt ce qu'il en restait.

— Ma chérie, on y va ! Il faut appeler papa. Et puis, il est l'heure de rentrer à la maison.

Krissy courut immédiatement vers sa mère. Hope lui tendit la main. Une main sûre et réconfortante.

Puis elles marchèrent tranquillement vers la camionnette. Savourant le plaisir simple d'être de nouveau réunies, elles rattrapaient déjà ce temps si précieux qu'on leur avait volé.

Epilogue

Installés autour de la table de conférence de la *brownstone*, les Forensic Instincts célébraient au champagne leur tout dernier succès.

— A cette nouvelle réussite ! lança Casey en portant un toast. Et à une équipe de vrais pros ! Bienvenue à Claire et Hero, nos deux nouveaux coéquipiers, poursuivit-elle en levant sa flûte en direction de Claire. Je suis vraiment ravie que tu aies décidé de quitter le monde de la paperasse et de sauter le pas.

— Moi aussi, répondit Claire, l'œil pétillant. La bureaucratie a ses limites. Un petit peu d'air frais ne me fera pas de mal.

Le regard de Casey s'arrêta sur Hero. Couché à ses pieds, il s'accordait une sieste bien méritée.

— Et toi, mon grand, tu es l'homme de la situation. Un vrai héros !

Imperturbable, l'animal ponctua d'un ronflement le discours de Casey.

— C'est Hero qui a raison. Nous avons tous besoin d'une bonne nuit de sommeil, dit Ryan en bâillant à s'en décrocher la mâchoire. Je ne sais même plus à quand remonte ma dernière nuit complète !

— Mmm… Tu as l'air bien fatigué, en effet, renchérit Claire en roulant des yeux. Doit-on craindre le retour de M. Hyde ?

Ryan lui décocha un regard de travers.

— Fais attention à ce que tu dis, Claire-voyante. Je reste convaincu que Casey accorde beaucoup trop d'intérêt à tes visions. Gecko a joué un rôle tout aussi important que toi, dans cette enquête. Et lui, il ne la ramène pas sans arrêt.

— Et il ne se plaint pas non plus. Décidément, il a toutes les qualités. Méfie-toi, Ryan. Il pourrait bien finir par prendre ta place.

— Et voilà, ça recommence ! s'exclama Marc en vidant sa flûte. Attention, mesdames et messieurs. Accrochez vos ceintures, nous approchons une zone de turbulences !

— Et dire que j'allais louper l'ouverture des hostilités ! lança Hutch dans l'embrasure de la porte, son sac de voyage sur l'épaule.

Il descendait de l'appartement de Casey, où il avait ramassé les quelques effets personnels qu'il avait laissés dans sa chambre.

— Il va falloir que je revienne vite. Côté divertissement, Quantico ne fait pas le poids avec vous !

Surpris, Marc haussa les sourcils.

— Tu nous quittes déjà ?

— Eh oui. Grace passe me prendre en voiture. Nous avons pas mal de route à faire. Et je dois être à mon bureau demain à 7 heures.

— Quelle torture ! Et, au fait, est-ce que Casey et toi avez enterré la hache de guerre ? lâcha brusquement Ryan en les interrogeant du regard. Ou est-ce que vous vous faites toujours la tête ?

Casey et Hutch échangèrent un bref coup d'œil complice. L'heure qu'ils avaient passée ensemble avant que tous les autres ne rappliquent à la *brownstone* n'avait rien eu d'une manœuvre militaire. Ils avaient mis sur la table leurs griefs respectifs et les avaient réglés en moins de cinq minutes. Puis ils avaient passé le reste du temps au lit, à consolider leur pacte.

— Il semblerait que tout aille pour le mieux, conclut Claire.

Ryan lui lança un regard méfiant.

— C'est encore une de tes prémonitions ?

— Pas du tout. Juste le sens de l'observation.

— Et c'est bien vu, confirma Hutch. Tout va bien, en effet. Et d'ailleurs, j'étais sur le point de vous enlever votre patronne quelques minutes, pour lui dire au revoir comme il se doit.

— Je ne vais pas tarder à filer, moi aussi, intervint Ryan, un brin grognon. Alors tâche de faire vite, et surtout, soyez sages.

— Bien, monsieur, dit Casey en saluant l'assistance. Je t'accompagne jusqu'à la porte, ajouta-t-elle.

Tous deux descendirent au rez-de-chaussée. Là, Hutch laissa tomber son sac sur le sol et prit Casey dans ses bras.

— Salut, ma petite chieuse sexy, murmura-t-il en l'embrassant.

— J'en ai autant à ton égard, répondit-elle en souriant, tout contre sa bouche. Tu penses pouvoir prendre quelques jours de congé, dans les semaines qui viennent ?

— Pas sûr, dit-il en s'emparant de nouveau de ses lèvres. Et toi ?

— C'est pas gagné, ajouta-t-elle en l'enlaçant à son tour. Je peux toujours essayer de m'éclipser entre deux affaires, le temps d'un week-end.

— Très bonne idée. Quand ça ?

— Tu le sauras quand tu me verras sur ton palier, répondit-elle en l'embrassant plus profondément. Je préfère te maintenir en alerte.

— Ne t'inquiète pas pour ça.

Un Klaxon retentit dans la rue.

— C'est sûrement Grace, fit remarquer Hutch. Elle doit être en double file. Je ne veux pas la faire attendre. Je ferais mieux d'y aller, ajouta-t-il en lui passant une main dans les cheveux.

Puis il l'embrassa une dernière fois, s'attardant sur ses lèvres, et ramassa son sac.

— Fais attention à toi.

— Je ferai de mon mieux. Prends soin de toi aussi.

— Promis.

Casey était parvenue à la moitié de l'escalier lorsqu'on sonna à la porte.

Etonnée, elle fit demi-tour et jeta un œil dans le judas. Finalement, ce n'était pas vraiment une surprise.

— Rebonjour, Patrick !

— Rebonjour ! dit-il en entrant dans le hall. Je suppose que votre équipe est en haut, en train de célébrer sa victoire.

Elle acquiesça d'un signe de tête.

— Premier étage, salle de conférences. Vous êtes cordialement invité à trinquer avec nous.

— Avec plaisir ! dit-il en grimpant les marches, suivi de près par Casey.

— Nous avons un convive de plus ! annonça Casey en l'invitant d'un geste à se joindre au groupe. Servez-vous une flûte de champagne.

— Ce n'est pas de refus !

Après avoir rapidement salué la petite assemblée, Patrick s'avança jusqu'à la table et prit la flûte que Marc lui tendait.

Hero leva la tête et poussa un vague gémissement.

— Du calme, mon grand ! Je ne suis pas un vilain intrus, lui dit Patrick. Juste un ami et, qui plus est, un collègue du FBI.

Hero renifla sommairement les chaussures de Patrick, et ne se priva pas de baver allègrement sur le cuir reluisant. Une fois rassuré, il s'affala de nouveau sur l'épaisse moquette, ferma les yeux, et se rendormit aussitôt.

— Je vous en prie, asseyez-vous, dit Casey en lui indiquant l'un des fauteuils.

Patrick s'assit et leva son verre.

— A vous tous ! Pour avoir réussi à résoudre ces deux affaires. Et en particulier celle qui n'a cessé de me hanter pendant plus de trente ans. Je n'arrive même pas à imaginer comment vous avez procédé, et je préfère ne pas le savoir. Tout ce que je sais, c'est qu'une petite fille a retrouvé ce soir ses parents et sa maison. Et qu'une femme, qui est finalement plus victime que bourreau, va pouvoir bénéficier de tous les soins dont elle a besoin. Vu les circonstances, on ne pouvait pas espérer mieux.

— Etiez-vous chez les Willis avant de venir ici ? demanda Marc.

Les Forensic Instincts ne s'étaient pas attardés après l'émouvante réunion de famille. En retrouvant sa fille, Edward s'était, pour une fois, laissé aller à ses émotions, et avait fondu en larmes.

Krissy, quant à elle, avait rencontré son grand-père pour la première fois. Puis Casey avait réglé quelques formalités avec les autorités, et ils avaient pris la route pour New York. Hope Willis les avait suivis jusque dans le jardin, insistant pour leur remettre sur-le-champ un chèque plus que généreux. Ils avaient fini par l'accepter, lui avaient demandé de leur donner des nouvelles de Krissy, puis s'étaient éclipsés.

— Oui, je suis venu directement d'Armonk, confirma Patrick. Krissy ne dit pas grand-chose pour l'instant. Mais on devait s'y attendre. Elle était avec le pédopsychiatre du FBI, lorsque je suis parti.

— Du nouveau sur les charges retenues à l'encontre de Felicity et de Linda ?

— Pas encore, répondit Patrick en fronçant les sourcils. Ce sont deux cas très complexes. Elles bénéficient l'une comme l'autre de circonstances atténuantes évidentes, et ni l'une ni l'autre ne sont aptes à supporter un procès. Bien évidemment, Linda est de loin la plus coupable, puisqu'elle est l'instigatrice de cet ignoble stratagème. Elle devrait être transférée dans un hôpital psychiatrique de haute sécurité, dans un service spécialisé pour les personnes souffrant d'Alzheimer. Quant à Felicity, elle aura besoin d'une thérapie intensive, et d'un grand soutien affectif. J'espère que les juges prendront en compte le traumatisme qu'elle a enduré depuis son plus jeune âge.

— J'en suis certaine. Surtout vu la compassion dont Hope réussit à faire preuve. Elle saura plaider en sa faveur. Elle est consciente que la vie de Felicity est complètement anéantie et qu'elle a déjà payé le prix fort.

Patrick acquiesça.

— Au fait, j'allais oublier… Avant de partir avec Felicity, Peg m'a donné une info intéressante. Apparemment, la mafia avait tellement peur de se faire démasquer pour d'autres délits qu'ils ont chargé une infirmière de Sunny Gardens de prendre les devants pour détourner les soupçons.

— Même s'ils n'avaient rien à voir avec les deux kidnappings ?

observa Ryan, amusé. Je suis ravi d'apprendre qu'on leur a fichu la trouille. Mais que s'est-il passé avec cette infirmière ?

— Une certaine Denise Amato, poursuivit Patrick. Apparemment, elle aurait une liaison avec Bill Parsons, le contremaître de Tony Bennato qui supervise le chantier. Peg a réussi à la faire parler. Cela dit, elle ne savait pas grand-chose. Seulement que Bennato avait eu un tuyau selon lequel il ferait mieux de demander à Parsons de trouver un moyen de détourner l'attention sur quelqu'un d'autre. Histoire de se débarrasser du FBI, de la police et, ajouta-t-il en regardant en direction de Marc, de « ce taré des marines », pour reprendre ses termes. Donc, sur les instructions de Parsons, Denise Amato a emmené Linda Turner en fauteuil roulant jusqu'au lac. Là, Linda a réagi au quart de tour. Elle est devenue hystérique, s'est mise à hurler et a sauté de son fauteuil pour rentrer à pied.

— Je suppose que Bennato était au courant, pour l'altercation entre Claudia Mitchell et Lorna, ou plutôt Linda, et qu'il est allé fouiller dans son passé, dit Marc en s'efforçant de rester naturel.

— Oui, et je suppose que vous avez rendu à Parsons une petite visite surprise pas très amicale dont vous seul avez le secret…

— Vous voulez vraiment connaître les détails ?

— Non.

— Vous avez bien raison.

Patrick s'éclaircit la voix.

— Cela m'amène au deuxième motif de ma visite.

— Çà alors ! s'écria Ryan. Et moi qui croyais que vous étiez juste venu jusqu'ici pour nous dire tout le respect que vous aviez pour nous !

— Non. Comme je vous l'ai dit, vous êtes d'une efficacité exemplaire. Pour ce qui est de vos méthodes, en revanche, elles laissent franchement à désirer. Vous avez besoin d'être supervisés et qu'on vous fixe des limites. C'est pourquoi j'ai décidé de mettre à votre disposition mes compétences dans ce domaine.

— Pardon ? demanda Casey en relevant la tête.

— Vous avez besoin de moi. Et moi, je m'ennuie à mourir, avec toutes ces missions plus banales les unes que les autres. C'est pourquoi j'ai décidé de monter à bord pour vous éviter de vous retrouver, un de ces quatre, derrière les barreaux !

— Vous voulez vous joindre aux Forensic Instincts ? répéta Casey, qui n'en croyait pas ses oreilles.

— Surprise ?

— Absolument enchantée, rectifia-t-elle, le visage fendu d'un large sourire. Vous feriez le contrepoids parfait face à une bande de hors-la-loi ingérables. Je sais que nous prenons habituellement ces décisions en privé, mais puisque l'entretien s'est déroulé en public, autant battre le fer tant qu'il est chaud ! Que diriez-vous, les uns et les autres, si notre équipe s'agrandissait de nouveau ?

— Merveilleux ! répondit Ryan sans la moindre hésitation. J'ai hâte de voir Marc et Patrick travailler main dans la main. Le mariage du renégat et du parfait procédurier. Je sens un bon début de roman. Les possibilités sont infinies.

— Et moi, je sens un certain équilibre, ajouta Marc, ignorant les sarcasmes de Ryan. Je crois que c'est une excellente idée. Un cadre un peu plus défini et de la discipline, ça ne nous fera pas de mal. Et pour ce qui est des guéguerres internes, je crois qu'on saura se comporter en adultes, n'est-ce pas, Patrick ?

— Ça me semble tout à fait faisable.

— Et depuis que nous avons Claire-voyante à bord, il est en effet urgent de pouvoir compter sur une nouvelle recrue qui ait les pieds sur terre, poursuivit Ryan en lançant à Claire un regard assassin. Qu'en penses-tu ?

— Je crois que l'expérience, et surtout la maturité de Patrick, seront un vrai atout. Je suis toute nouvelle parmi vous, mais si j'ai voix au chapitre, je vote pour !

— Quant au chef de la bande… Je crois que Hero est déjà convaincu, ajouta Casey en souriant. En tout cas, il a adopté vos chaussures ! Il ne bave pas sur les pieds de n'importe qui… Si ce n'est pas une preuve d'affection, je rends mon tablier ! dit-elle en lui tendant la main. Bienvenue dans l'équipe, ex-agent spécial Lynch. Nous sommes honorés de vous compter parmi nous.

— Vous risquez de regretter ces paroles plus d'une fois ! répondit-il en serrant, à son tour, la main de Casey, le sourire jusqu'aux oreilles. Mais j'ai hâte d'effectuer ma première mission avec vous tous.

Casey leva de nouveau son verre.

— Aux Forensic Instincts et à notre nouvelle équipe ! A la vôtre ! En espérant qu'on réussira à ne pas s'étriper au passage !

Remerciements

Je remercie chaleureusement tous les professionnels qui m'ont si gentiment consacré un temps précieux pour m'aider à reproduire l'authenticité que je souhaitais insuffler dans l'écriture de *The Girl Who Disappeared Twice*. La liste est longue et sans ordre spécifique. Mes plus sincères remerciements à chacun d'entre vous.

Angela Bell, Public Affairs Specialist, FBI Office of Public Affairs (Angela, tu fais exception à la règle que je me suis fixée. Tu es toujours la première, car tu es le contact le plus extraordinaire que j'aurais jamais pu espérer !)

Arthur Commings II, Former Executive Assistant Director, FBI National Security Branch

SSA James McNamara, FBI Behavioural Analysis Unit 2

SA Konrad Motyka, FBI New York

SSA James Margolin, FBI Office of Public Affairs, New York Field Office

SSA Michael Harkins, Coordinating Supervisor, Violent Crime/Gangs Branch, FBI New York Office

SSRA Michael Ferrandino, FBI Long Island Resident Agency

SSA Leonard Johns, ancien de la FBI Behavioral Analysis Unit 3

SSA Thomas Lintner, Chief FBI Laboratory's Evidence Response Team Unit

SSA Rex Stockham, program Manager pour le FBI Laboratory's Forensic Canine Program

SSRA Edward McCabe, FBI White Plains Resident Agency

SA Tonya DeSa, FBI Newark Division National Academy Coordinator, NCAVC Coordinator, Assistant Training Coordinator

SA Laura Robinson, Senior Team Leader, Evidence Response Teal, FBI Newark Field Office

SA Maria Jonhson, NCAVC Coordinator, FBI New York Field Office

SA Richard DeFilippo, retraité de la Violent Crimes Task Force, FBI New York Field Office

Roberto D'Angelo, Chief of Police, North Castle, New York

SA Richard Mika, retraité du FBI

SA Ann Todd, FBI Office of Public Affairs

Mike Oliver, enquêteur du NYPD à la retraite

Jennifer Michelson, New Jersey Search and Rescue Dog Task Force

Hillel Ban-Asher, médecin

Je tiens par ailleurs à remercier mon éditeur Adam Wilson, véritable partenaire, ainsi qu'Andrea Cirillo et Christina Hogrebe, pour l'aide extraordinaire qu'ils m'apportent en qualité d'agents et de conseillers.

Enfin, je souhaite tout particulièrement remercier ma famille, qui m'a suivie dans cette aventure depuis le début. Je vous aime et vous chéris plus que vous ne pourrez jamais l'imaginer.

CHEZ MOSAÏC

Par ordre alphabétique d'auteurs

LAURA CALDWELL	*La coupable parfaite*
HEATHER GUDENKAUF	*L'écho des silences*
LISA JACKSON	*Le couvent des ombres*
ANDREA KANE	*La petite fille qui disparut deux fois*
ALEX KAVA	*Effroi*
BRENDA NOVAK	*Kidnappée*
EMILIE RICHARDS	*Le parfum du thé glacé*
NORA ROBERTS	*La saga des O'Hurley*
ROSEMARY ROGERS	*Une passion russe*
KAREN ROSE	*Elles étaient jeunes et belles*
ERICA SPINDLER	*Les anges de verre*

Composé et édité par les

éditions HARLEQUIN

Achevé d'imprimer en Allemagne
par GGP Media GmbH, Pößneck
en août 2012

Dépôt légal en septembre 2012